La Ladrona de la Luna

CLAUDIA RAMÍREZ LOMELÍ

La Ladrona de la Luna

Planeta

Diseño e ilustración de portada: David Espinosa Álvarez
Fotografía de la autora: © Jesy Almaguer
Ilustraciones de interiores: Max Monroy (Drunkenfist)
Ilustración de mapa: Carmen Irene Gutiérrez Romero

Bajo el sello editorial PLANETA M.R.
Avenida Presidente Masarik núm. 111, Piso 2
Polanco V Sección, Miguel Hidalgo
C.P. 11560, Ciudad de México
www.planetadelibros.com.mx

Primera edición en formato epub: noviembre de 2019
ISBN: 978-607-07-6119-5

Primera edición impresa en México: noviembre de 2019
Décima reimpresión en México: mayo de 2023
ISBN: 978-607-07-6118-8

Impreso en los talleres de Litográfica Ingramex, S.A. de C.V.
Centeno núm. 162-1, colonia Granjas Esmeralda, Ciudad de México
Impreso y hecho en México – *Printed and made in Mexico*

Para mi hermana Andrea,
porque sin ti, este libro no sería.
Gracias por ser mi luz de luna.

AMNIA
DAZA
MAR PENUMBRA
ZOBETH
GILA
BREIA
ILARDYA
EL REINO DE LA LUNA
N

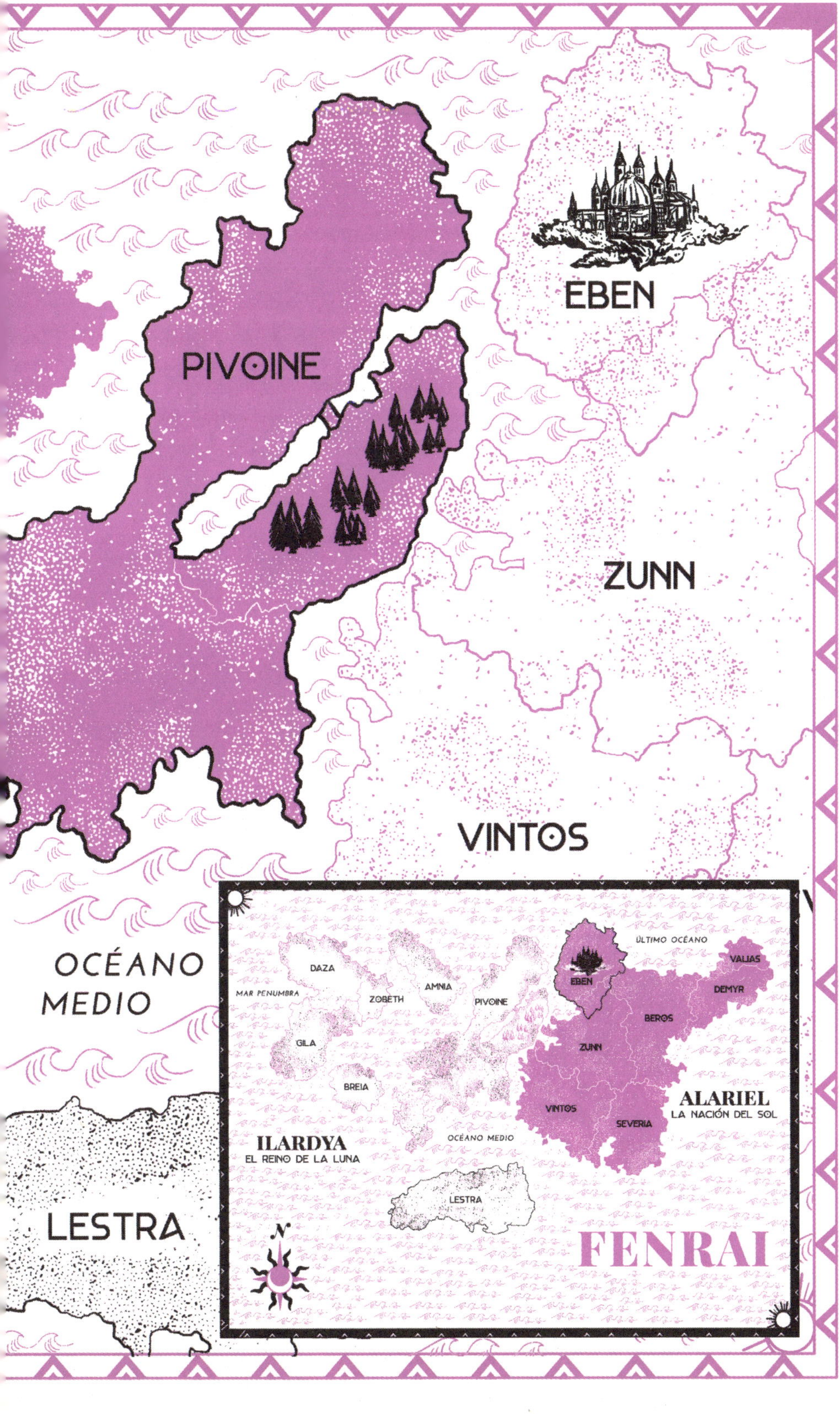
EBEN
PIVOINE
ZUNN
VINTOS
OCÉANO MEDIO
LESTRA
ÚLTIMO OCÉANO
DAZA
MAR PENUMBRA
ZOBETH
AMNIA
PIVOINE
EBEN
VALIAS
DEMYR
BEROS
GILA
ZUNN
BREIA
VINTOS
SEVERIA
ALARIEL
LA NACIÓN DEL SOL
ILARDYA
EL REINO DE LA LUNA
OCÉANO MEDIO
LESTRA
N
FENRAI

Parte 1

EL REY

Se había convertido en el rey del sol.
¿Entonces por qué le hablaba
a la luna todas las noches?

Capítulo 1

EMIL

El rey de Alariel estaba preocupado, pues, una vez más, el sol no había salido a la hora habitual.

Jugueteaba con el anillo en su dedo anular mientras miraba por la ventana del carruaje. La oscuridad se atenuaba y, poco a poco, comenzaba a ceder. Eso no era normal, pues, cualquier otro día, el sol habría salido un par de horas antes. Apretó su anillo con fuerza. Sentía impotencia al no encontrar una explicación a esta situación, que cada vez se hacía más recurrente.

Metió la mano al bolsillo del saco que llevaba puesto, tomó su reloj de cadena y miró la hora. Emil no solía llevar consigo un reloj, pero este problema lo estaba obsesionando con el tiempo. Cuando miró las manecillas, comprobó lo que, de todos modos, ya sabía.

El sol ya debería estar brillando en los cielos de Fenrai, pero se negaba a salir.

O tal vez algo no le permitía salir.

La primera vez que sucedió fue hace seis meses. Toda la nación pensó que se había tratado de un hecho singular, que no volvería a pasar. Pero no fue así. Conforme transcurría el tiempo, se repetían las mañanas en las que el sol se demoraba en salir. Cada vez con más frecuencia y cada vez más tarde. Esto era alarmante, no sólo porque nunca había ocurrido, sino porque cuando ocurría... la noche duraba más.

La nación del sol no era muy fanática de las noches.

La ola de preguntas no se hizo esperar; todos querían respuestas por parte del rey. El problema era que ni el mismo Emil Solerian sabía la causa de este fenómeno. Y, por si fuera poco, no era el único asunto por el cual tenía que preocuparse. Echó la cabeza para atrás y cerró los ojos, frustrado. No tenía la energía para atender los compromisos del día; sin embargo, esa no era excusa. Desde que se convirtió en rey, había dejado de dar excusas.

Una mano de tacto sumamente familiar y apretón suave se posó sobre la suya. No abrió los ojos, pero le devolvió el gesto a su esposa, Gianna Solerian.

Justo en ese momento, el carruaje frenó repentinamente, lo cual ocasionó que Emil abriera los ojos de golpe. Habían llegado a su destino, Beros, la gran ciudad montañosa, que también era el hogar de la honorable casa Lloyd, una de las más poderosas e influyentes de Alariel, incluso antes de que su heredera se convirtiera en la reina consorte.

Beros era toda una visión, una muy distinta a la de su propio hogar, Eben, la capital. Allá todo era cielo y brisa; en Beros sólo se podían ver majestuosas montañas de distintos tamaños, con caminos que se abrían entre y sobre ellas, así como casas construidas tanto en las partes bajas como en las más elevadas. Mientras más arriba se ubicara una casa, más alto era el estatus social de la familia. Por lo general sólo las familias de dinero podían costear vivir tan arriba, especialmente porque, para llegar, lo más sencillo era volar en pegaso, criaturas bellas pero escasas, y sólo unos cientos de privilegiados contaban con uno.

El destino final era la residencia de los Lloyd, en donde se hospedarían por unos días. Como se encontraba en la cima de la montaña más alta, para llegar ahí primero debían recorrer un gran tramo de camino montañoso.

El carruaje comenzó a moverse de nuevo. Los ciudadanos de Beros ya los esperaban, todos de pie por ambos lados del sendero. Se habían reunido para dar la bienvenida a la familia real.

Emil descorrió la cortina y alzó la mano para saludar mientras el carruaje pasaba. Gianna también saludaba, luciendo deslumbrante, como siempre. Ese día había optado por recoger su cabello color avellana en una serie de complicadas trenzas; varios mechones caían con delicadeza y contorneaban su afilado rostro. Llevaba una tiara de oro y un vestido de la misma tonalidad, el cual hacía que su piel morena irradiara luz.

Emil también llevaba corona, como sucedía en raras ocasiones, pues el protocolo dictaba que así lo hiciera en las visitas oficiales de la familia real a cada ciudad. Todos los años tocaba ir a una ciudad distinta de Alariel, y ya le debían esta visita a Beros desde hacía tiempo. Sintió melancolía y amargura al recordar que se suponía que esta visita la haría con sus padres, antes de la desaparición de la reina Virian. Antes de todo el caos y de todo el dolor.

Pero no podía permitir que los recuerdos se apoderaran de él, como lo hacían siempre que se quedaba solo con sus pensamientos. Era la primera vez que haría esto sin sus padres. Era la primera vez que lo haría no como príncipe, sino como rey.

Mientras más avanzaban, no sólo aumentaba la gente, sino que también comenzaban a vislumbrarse rayos de luz que coronaban las montañas. El sol al fin salía y Emil podía notar el alivio y la felicidad en los rostros de los ciudadanos que veía al pasar. Él se daba cuenta de la incertidumbre en ellos cada vez que esto ocurría. Había miedo también y, sobre todo, muchas dudas.

Una calidez que parecía provenir del mismísimo sol le inundó el pecho al ver que, a pesar de esto, la gente de su nación lo miraba con auténtico cariño y dejaba de lado el temor. Este era el legado de su madre, a quien todos recordaban como la gran soberana que fue. Emil recibía ese amor por el simple hecho de ser su hijo, pero, como rey, aún tenía mucho que probar. Cada día de su vida se esforzaba por ser el líder que Alariel merecía.

No quería vivir bajo la sombra de su madre, quería forjar su propia historia.

La nación nunca llegó a enterarse de lo que realmente ocurrió en la Isla de las Sombras. Ni de los cristales ni de lo que hizo la reina Virian. Esto lo habían acordado desde que pusieron un pie fuera de ese horrendo lugar. Su madre no había sido una mala persona, simplemente era humana, como todos. Y una de las cosas que Emil había aprendido es que nada era sólo blanco o negro.

—Su majestad, hemos llegado al límite del camino. Los pegasos están listos —dijo el conductor mientras abría la puerta.

Emil asintió, bajó del carruaje y le extendió la mano a Gianna para ayudarla a bajar. Y así, tomados de la mano, miraron de frente a su gente, que ahora los rodeaba. Podían escuchar distintas voces anunciando el honor que para ellos significaba recibirlos en Beros, mientras otras decían que esperaban que la pasaran bien durante su estadía. Pudo escuchar a una mujer que le decía a la reina lo feliz que estaba por su regreso.

Y es que, desde que se casaron, Gianna no había vuelto a su casa en Beros. Ahora vivía en Eben.

—¡Cuánto tiempo ha pasado, su majestad! —continuó la mujer.

—Sí, poco más de un año —respondió Gianna con un tono que Emil no supo descifrar.

El tiempo pasaba demasiado rápido, aunque a veces no lo suficiente.

Hace algunos días celebraron su primer aniversario de matrimonio en Eben con una gran fiesta en el castillo. Y semanas antes habían tenido una ceremonia en memoria de la reina Virian y de las personas que perdieron la vida en la isla.

Elyon.

El sólo pensar en ella hacía que su corazón volviera a romperse. Y pensaba en ella todo el tiempo.

Ya había pasado más de un año desde la última vez que vio su sonrisa. Desde la última vez que escuchó su voz. Desde la última vez que pudo sentirla. Y un año no había sido tiempo suficiente para que el dolor desapareciera, porque él todavía podía recordar todo como si hubiera sido ayer.

Llegaron los demás carruajes en la caravana y de ahí bajaron los acompañantes de la familia real. No podía faltar, por supuesto, Marietta Lloyd, la madre de Gianna, quien se había mudado al castillo desde la boda. También iba Zelos, el tío de Emil, junto con algunos miembros del Consejo Real. Y, al final del camino, dirigiéndose hacia ellos a paso firme, venían Gavril Lloyd y Mila Tariel, sus más grandes amigos.

—¿Listos para subir, su majestad? —preguntó uno de los guardias.

—Estamos listos —respondió, luego se despidió de las personas que lo rodeaban y les prometió que esa misma tarde bajaría a dar un paseo. Para él era importante conocer a su gente.

Su pegaso, Saeta, ya lo esperaba; el joven rey le acarició el pelaje oscuro antes de subir. Saeta comenzó a ascender y lo primero que Emil Solerian vio al estar entre las nubes fue el resplandeciente sol de Fenrai, al fin en el cielo y en toda su gloria.

Derien, el senescal de Emil, salió de la habitación después de recordarle los compromisos del día.

Emil tenía un rato libre hasta el mediodía y después de la hora de la comida debía hacer su primera visita por las calles rocosas de Beros. Los siguientes días estarían llenos de reuniones con personas importantes de la ciudad, personas muy mayores que lo ponían nervioso. El rey apenas tenía dieciocho años y, durante su corto tiempo en la Corona, había notado que muchos lo trataban con condescendencia.

Suspiró con pesadez y procedió a quitarse la corona. Esta representaba un gran peso, incluso cuando no la llevaba puesta.

—Mi madre me asesinaría si me quito la mía.

La voz de Gianna lo sacó de sus pensamientos. Dio media vuelta para encontrarla sentada en la cama, mirándolo muy atenta. No tuvo que preguntarle; sabía que se refería a la corona.

—Podemos decirle que la perdiste —respondió en tono bromista, encogiéndose de hombros. Luego caminó hacia ella para sentarse a su lado.

—En verdad quieres que me asesine. —Sonrió débilmente y se dejó caer hacia atrás, sobre el colchón. La tiara seguramente estaba bien sujeta, pues no se movió de su sitio.

Emil también se dejó caer. Le gustaba esta nueva cercanía con Gianna. A pesar de que la conocía desde que ambos eran unos niños, ella siempre fue la más reservada de sus amigas. Eran pocas las ocasiones en las que bajaba la guardia frente a otros, y ahora que pasaban más tiempo juntos, era normal que, cuando estaban a solas, bromeara y sonriera con más libertad.

Él, en cambio, todavía luchaba por sonreír.

—¿Estás feliz de volver a tu casa? —preguntó Emil, girando un poco el rostro para verla.

Gianna no se percató del movimiento o eligió no voltear, pues se quedó mirando hacia el techo. Había un enorme candil adornado con piedras preciosas y luces de solaris. Era una habitación bastante amplia y elegante. Por lo que tenía entendido, era la que solían utilizar Febos Lloyd, el actual general de la Guardia Real, y Marietta Lloyd. Esto cuando aún compartían una vida de pareja. La habitación llevaba años sin usarse.

—Esta ya no es mi casa —respondió Gianna, haciendo una mueca leve de disgusto—. Y nunca me sentí en casa cuando vivía aquí. Era más bien una jaula, oh... —Se tapó la boca con una mano—. Estar aquí no me hace bien, ya estoy soltando cosas que no suelo decir en voz alta.

—A veces es mejor decirlas o podrían consumirte por dentro —dijo Emil, hablando por experiencia.

De pronto se escucharon ruidos que provenían de la gran ventana que daba al balcón y todos los sentidos de Emil se encendieron de inmediato. Se puso de pie de un solo salto, se situó frente a Gianna para cubrirla con su cuerpo y un gran orbe de fuego apareció en cada una de sus manos. Estaba más que preparado para atacar.

—Espera, creo... —comenzó a decir Gianna, tomando el brazo de Emil con una mano.

—Somos nosotros —anunció Gavril al entrar. Lo seguía Mila.

Emil sintió que una fuerte presión abandonaba su pecho. Ambos orbes de fuego se esfumaron.

—¿Es en serio, Gavril? —espetó Gianna, dirigiéndose molesta hacia su hermano—. Pudiste tocar la puerta, como la gente civilizada.

Gavril chasqueó la lengua y se adentró en la habitación.

—Las viejas costumbres no se pierden. Quería ver si todavía podía trepar hasta esta habitación; hace años que no lo hacía.

—Intenté convencerlo de usar la puerta, pero él me convenció de trepar para subir —intervino Mila, con una sonrisa que pedía disculpas—. Lo siento, Emil. Dadas las circunstancias, fue imprudente de nuestra parte.

—No, no se preocupen —replicó el joven rey, respirando profundamente—. Es sólo que estos últimos días mis nervios están más intensos que nunca.

—Todos lo entendemos perfectamente —agregó Gianna, cruzándose de brazos—. Gavril, ¿podemos ir eliminando esa costumbre de usar los balcones de los demás como entrada?

Gavril le dedicó una sonrisa de medio lado.

—Nunca —dijo con simpleza y luego dirigió la mirada hacia Emil—. Los guardias nos dejaron pasar, pero sabes que no permitirían que nadie más lo hiciera. Van a tener rodeado el perímetro en todo momento; yo mismo di la orden.

Emil negó con la cabeza para restarle importancia al asunto. Era de lo más normal que su mejor amigo se escabullera y entrara así a su habitación. Suponía que lo había tomado por sorpresa en esta ocasión porque estaba en un lugar desconocido.

—Pensábamos ir a comer a uno de los jardines de la casa. Gav dice que tienen una cueva con cocina y comedor —dijo Mila—. ¿Vienen?

—Gavril, sabes bien que ese es el comedor de los cocineros y que mamá odia que vayamos —señaló Gianna; su postura era rígida.

—Ya ni siquiera vivimos aquí, no tenemos que seguir sus reglas —respondió el menor de los mellizos.

A pesar de que Gianna seguía con los brazos cruzados, Emil pudo notar que apretaba los puños con frustración. Las palabras de su hermano la habían afectado, pues aunque ya no vivieran bajo el techo de Marietta Lloyd, Gianna no había dejado de obedecerla. Podría ser la reina de Alariel, pero su madre no la dejaba olvidar que primero era su hija. Y, para esa señora, eso significaba que era de su propiedad.

Podría decirse que a Emil no le agradaba su suegra en lo más mínimo.

—Podemos comer en otro lado, dentro de la mansión —sugirió Emil, para apoyar a Gianna.

—Claro, la cosa es estar juntos —dijo Mila, quien al parecer también había notado la incomodidad de su amiga.

Gianna les dedicó una mirada de agradecimiento a ambos, pero negó con la cabeza y al fin dejó caer los brazos.

—No, Gavril tiene razón. Además, los cocineros siempre se quedan con la mejor comida —dijo y tomó su tiara para quitársela—. No le digan a mi madre.

Emil no supo si se refería al hecho de que los cocineros guardaban la mejor comida para ellos o a que se había quitado la corona. Pero no importaba. Esos pequeños momentos en los que desafiaba a su madre eran cuando más se podía apreciar a la verdadera Gianna.

Tal vez nunca la había desafiado de frente, pero por ahora, esos momentos a escondidas eran suficiente.

—Vamos entonces —dijo Gavril.

—Por la puerta, por favor —respondió Gianna.

Los hermanos salieron del cuarto y Emil se dispuso a seguirlos, pero notó que Mila se quedó atrás y caminó de vuelta hacia el balcón. Se abrazaba a sí misma y miraba para afuera, hacia el cielo.

—Mi, ¿estás bien? —preguntó el joven rey, acercándose.

Mila no volteó a verlo.

—Sí, es sólo que desde la ceremonia del aniversario luctuoso no he podido dejar de pensar en Elyon —respondió, soltando un suspiro audible. Mila siempre había sido la más fuerte de todas las personas que conocía; y aun así, tardó meses en poder decir el nombre de Elyon sin que sus ojos se humedecieran—. En este rato libre subí al pegaso de Gavril y di una vuelta por los cielos de Beros. A ella le hubiera encantado.

Ahora Emil tenía un nudo en la garganta. No confiaba en que su voz pudiera salir sin quebrarse. Este último año había sido difícil para todos. Él no sólo había perdido a Elyon, sino también a su madre. Y, a pesar de que sentía que la tristeza lo perseguía para clavar sus garras en su corazón, nunca se había permitido caer. No pudo encerrarse a llorar, no pudo pedir que lo dejaran en paz con su dolor. No pudo, porque un rey no puede sumirse en su miseria y olvidar a su nación.

Por eso no había sanado. Porque ni siquiera había permitido que la herida sangrara.

—Todavía no pierdo la esperanza de que encontremos a Vela, ¿sabes? —dijo Mila entonces.

En eso, Gianna se asomó por la puerta.

—Aquí están, ¿vienen o qué? —preguntó, pero al ver las expresiones en ambos rostros, la suya se descompuso—. ¿Pasa algo?

—No, no —se apresuró a decir Mila y caminó hacia Gianna—. Vamos ya.

Emil las siguió.

La comida estuvo deliciosa, y aunque Marietta Lloyd los había mirado con reprobación cuando regresaron a la mansión, Gianna no parecía arrepentida. Ahora ambos lucían de nuevo sus respectivas coronas y sus mejores caras, pues se encontraban en la ciudad, caminando en uno de los mercados para conocer de cerca a los habitantes de Beros. Una cuadrilla de la Guardia Real los seguía de cerca; Gavril lideraba, pues lo habían ascendido al puesto de capitán.

El senescal de Emil le había insistido en que usara su capa para el paseo, pero él se negó, pues era demasiado ostentosa y ya tenía suficiente con la corona. El resto de su atuendo iba más por el lado simple: llevaba botas largas, pantalones negros y un saco largo color rojo oscuro, con varios detalles en dorado y sin joyería.

Estuvieron largas horas admirando los puestos del lugar y charlando animadamente con los ciudadanos. Esta costumbre también la había originado la reina Virian, pues le parecía absurdo que, para escuchar la voz del pueblo, las personas tuvieran que ir hasta Eben y pedir una audiencia con los reyes en el trono. De esta forma podían escucharlos de primera mano y mirar con sus propios ojos las problemáticas de cada ciudad.

Era la primera vez que visitaba las calles de Beros pues, aunque ya le había tocado ir alguna vez junto a sus padres, siempre elegía quedarse dentro del lugar en el que estuvieran hospedándose. De hecho, si no fuera por Elyon, todavía tendría miedo de pasear por las calles como si nada. Aún preferiría encerrarse en la falsa seguridad que le brindaban unos simples muros. Se preguntaba, si aún fuera el Emil de antes, ¿habría eliminado esta costumbre de visitar una ciudad por año? Probablemente sí, porque el Emil de antes no se atrevía a poner un pie fuera de Eben.

Comenzaba a oscurecer cuando llegó la hora de finalizar el recorrido. La tradición era cerrarlo en el centro de la ciudad, en donde se preparaba una plataforma para que el rey o la reina dijera algunas palabras. Ya había un grupo de gente esperándolo, así que subió al pedestal en compañía de Gianna, Gavril y dos miembros más de la Guardia Real.

Emil comenzó a agradecer por toda la hospitalidad que la ciudad les había brindado a lo largo de su primer día y aclaró que la visita duraría aproximadamente seis o siete días más. En ese momento, una pequeña mano se alzó entre el público.

La había levantado una niña de unos diez años, de piel morena y grandes ojos marrones. La pequeña, al notar que tenía la atención del rey, no esperó a que le concedieran la palabra.

—Disculpe, su majestad. Mi papá me dijo que no era correcto preguntárselo, pero mi hermanito y yo tenemos mucho miedo —dijo, y entre todo el silencio, su aguda voz se escuchaba fuerte y clara—. ¿Usted nos puede explicar por qué hay días en los que el sol se tarda en salir?

Emil apretó la mandíbula, intentando no ponerse nervioso. Hablar en público nunca había sido una de sus actividades favoritas, pero la práctica lo había ayudado a desenvolverse con más naturalidad y liderazgo. El problema era que no estaba preparado para responder esa pregunta, porque no tenía la respuesta.

Zelos subió a la plataforma para intervenir.

—Lo siento, pero el rey no puede responder. No tiene control sobre lo que está ocurriendo. Cuando tengamos respuestas, se dará un comunicado oficial.

—No, está bien —exclamó Emil, dándole la cara a su gente—. Ya se está investigando la situación. De hecho, el príncipe Ezra es quien está encabezando la misión. Es un problema que la familia real se toma muy en serio y todo lo que descubramos lo sabrán ustedes también —informó y dio un paso al frente—. Por ahora les pido que continuemos guardando la calma.

—¡Cuidado!

Fue lo último que Emil escuchó antes de que Gavril lo embistiera con fuerza y, en cuanto su cuerpo tocó el suelo, una flecha de ballesta se clavó con certeza en el piso, justo a un lado de su cabeza. El joven rey palideció al darse cuenta de lo que acababa de ocurrir.

Otra vez.

Gavril se levantó y maldijo en voz alta antes de ordenar a la Guardia Real que rodearan el perímetro por tierra y por cielo.

Gianna se agachó a un lado de Emil y lo tomó del brazo para que se levantara, mientras le susurraba, con la voz llena de pánico, que tenían que salir de ahí. La gente alrededor se había vuelto loca, gritaba y corría por todos lados. Y, entre los gritos, el que más se podía distinguir era el siguiente:

—¡Han intentado asesinar al rey!

Capítulo 2
GIANNA

Gianna Solerian tomó un poco de agua con ambas manos para salpicarse el rostro, ocasionando que todo el maquillaje que llevaba comenzara a deshacerse en líneas finas. Estaba exhausta. La adrenalina del momento había pasado y ahora se sentía cansada hasta los huesos. Y todavía estaba aterrada.

Habían intentado asesinar a Emil y con esta ya era la tercera vez en tan sólo unos cuantos meses.

Sentía que todo se salía lentamente de control: el problema del sol, los intentos de asesinato y la presión de su madre, que aumentaba día a día. Gianna a veces pensaba que no tenía la fuerza necesaria para ser la reina consorte de la nación del sol, pero eso nunca lo diría en voz alta. No se atrevía, porque era lo que siempre había querido, ¿no?

Ya ni siquiera sabía cuáles eran sus sueños y cuáles eran los de su madre.

La puerta del cuarto de baño se abrió.

—¡Gianna, aquí estás! Zelos me contó del incidente de hoy y… —Pero la cara de Marietta Lloyd se tornó roja de furia al ver el estado de su hija—. ¿Y ese rostro sucio? ¿Y ese cabello alborotado? ¡Y tu vestido, por Helios, parece el de una sirvienta!

La mujer se acercó a su hija y la tomó de la cara, tratando de retirar en vano las manchas de maquillaje con su pulgar.

—¿Qué pensaría tu esposo si te viera así? A veces creo que quieres que se arrepienta de haberse casado contigo.

Gianna jamás permitiría que Emil, ni nadie, la viera así.

—Antes de salir pensaba retirar todo el maquillaje y peinarme de nuevo —respondió.

—Siéntate, te peino ahora mismo —dijo Marietta y tomó del brazo a Gianna para acercarla a un banco que se encontraba frente al gran espejo del lugar.

Las hábiles manos de la mujer comenzaron a trabajar en su cabello, deshaciendo las trenzas y masajeando su cráneo. A Gianna le gustaba pensar que esto era pasar tiempo de calidad con su madre, porque peinarla era de las pocas cosas que parecía hacer con cariño.

Ambas se quedaron calladas durante unos minutos; Gianna cerró los ojos para concentrarse en disfrutar el tacto de las manos de su madre. Pero el silencio no duró mucho, pues Marietta Lloyd había venido a buscarla por algo y no podía quedarse callada mucho tiempo. Hablar y dar su opinión sin tapujos era su especialidad. Eso era algo que Gianna le envidiaba.

—¿Cómo está tu esposo? —preguntó. Su madre nunca se refería a Emil con otra palabra.

—Un poco asustado, como todos. Está en una junta de emergencia con el Consejo.

—¿Y no crees que tu lugar es estar ahí, acompañándolo?

Gianna apretó los puños en la tela de su vestido. Su madre sabía del intento de asesinato, sabía que ella había estado justo a un lado de Emil en ese momento, ¿y ni siquiera se dignaba a preguntarle si se encontraba bien? Porque no, no estaba bien.

—Tuve que venir antes al tocador.

Tuvo que hacerlo para poder soltarse a llorar.

Ella ya no quería vivir con ese tipo de amenazas. Ya había tenido suficientes aventuras peligrosas que terminaron en desastre. Necesitaba una vida tranquila, pero el suceso de ese día le había recordado que no podía tenerla.

—Ya no vayas, se verá mal si llegas e interrumpes. —Las palabras sonaron como reprimenda, y para confirmarlo Marietta jaló del cabello de Gianna con más fuerza de la necesaria—. Hoy tendrás que reponérselo en la noche, a ver si por fin te dignas a utilizar tus encantos.

Gianna tuvo que hacer un gran esfuerzo para no fruncir el ceño.

No entendía por qué su madre insistía con eso. A pesar de que nunca habían hablado abiertamente del tema, Gianna estaba consciente de que Marietta sabía que Emil y ella jamás habían tenido sexo. Aun así, nunca desaprovechaba la oportunidad de hacer un comentario al respecto.

No, Gianna no se iba a dignar a utilizar sus encantos esa noche. Y si fuera por ella, ninguna noche cercana. El sexo nunca le había llamado la atención. En su vida había tenido dos parejas antes de casarse, y aunque llegó a querer a ambos chicos, jamás sintió atracción sexual por ellos. Ni por nadie.

Esto ya lo había platicado con Emil. A pesar de que no era muy abierta y le costaba hablar sobre cosas que consideraba demasiado personales, le pareció que era importante que él lo supiera. Se lo había contado una noche, cuando salió el tema del futuro heredero de la nación.

Porque algún día tendrían que darle un heredero o heredera a Alariel.

La sola idea la mortificaba. No porque no le interesara tener relaciones sexuales, ya que eso no significaba que no pudiera tenerlas o que sintiera aversión por estas. Su preocupación era que, a pesar de que estaban casados, entre ellos sólo había una amistad. Una que valoraba muchísimo y en la que no veía cabida para eso.

Lo que tenían a su favor era que ambos todavía eran sumamente jóvenes y nadie los presionaba. Claro, con excepción de su madre.

Y Gianna no era tonta, sabía que en un par de años seguramente todos comenzarían a preguntar por el heredero. O tal vez la presión se adelantaría con estos intentos de asesinato al rey. Esperaba que no. De momento, ella prefería ignorar el tema y fingir que todo estaría bien.

En eso sí era toda una experta.

—Listo, he terminado. Ahora ve a lavarte esa cara, que ni siquiera yo soporto verte así —dijo Marietta.

Gianna se limitó a asentir, luego se levantó para dirigirse al área de lavado y cerró la puerta para poner una barrera entre ella y su madre. El lugar olía a hibisco y la tina, del tamaño de un carruaje grande, estaba teñida de color rosa. Sonrió al darse cuenta de que el personal de la casa todavía recordaba cómo le gustaba tomar el baño. Había pensado solamente en remojarse el rostro, pero ahora tenía ganas de lavarse todo el cuerpo. Sin pensarlo demasiado, se retiró el vestido sucio y el resto de sus prendas, entró al agua y se sumergió hasta el cuello. No se atrevía a arruinar el recogido que le acababa de hacer su madre.

Con las manos tomó agua y comenzó a tallarse la cara con suavidad, tratando de relajarse.

Sólo estuvo con Marietta Lloyd unos minutos, pero estos la habían dejado más cansada que antes. Su madre era un ser que le robaba toda la energía con su sola presencia. Pero Gianna no podía escapar, por más que quisiera. Y sí quería, ¿verdad? Pero a la vez no lo podía siquiera concebir.

Sin su madre, ella no sería nadie.

Marietta Lloyd se lo había repetido toda la vida y Gianna le creía.

Dejó de frotarse el rostro para abrazarse y aspirar ese aroma que tanto la ayudaba a tranquilizarse. Ahora se preguntaba si lo correcto habría sido acompañar a Emil en la junta del Consejo. Tal vez sí, pero de verdad necesitaba un rato para ella misma, ¿eso la hacía egoísta?

La cabeza le daba vueltas, así que decidió cerrar los ojos un rato.

Gianna se sorprendió al darse cuenta de que, a pesar de que había tardado poco más de una hora en los baños, la reunión del Consejo todavía no llegaba a su fin. Una parte de ella quería recostarse para olvidarse del día y descansar, pero la parte más fuerte se preocupaba por Emil.

Se dirigió hacia el salón en donde tenía lugar la reunión que, según le habían informado, era la biblioteca de su padre. El general Lloyd no los acompañó a la visita a Beros, pues había tenido que atender asuntos importantes en la capital. En su lugar envió a sus mejores soldados y puso a cargo a Gavril.

La noche ya había caído por completo y los pasillos de la casa estaban en total oscuridad. Los solaris iluminadores todavía no encendían las luces, ¿se les habría hecho tarde? Apenas comenzaba a pensar que, si tuviera uno de los cristales de poder, ella misma podría iluminar su camino, pero se arrepintió al instante. Esos cristales eran un peligro y era mejor que se mantuvieran siempre bajo llave.

Sabía que habían cargado varios cofres repletos de cristales cuando salieron de la Isla de las Sombras, pero nadie le dijo dónde quedaron escondidos. Eso solamente lo sabían Emil, Gavril y Lord Zelos.

Al fin llegó a la biblioteca, cuya enorme puerta doble se encontraba cerrada. Alzó la mano para tocar, pero la invadió la duda en cuanto recordó las palabras de su madre. ¿Se vería muy mal si interrumpía? Probablemente sí. No quería dar una mala impresión.

Miró alrededor para asegurarse de que no hubiera nadie, aunque realmente no podía ver nada con tanta oscuridad. Decidió restarle importancia y acercó la oreja a la madera de la puerta, para intentar escuchar. Hablaban bastante alto, como si estuvieran alterados, como si acabaran de empezar una discusión.

—¡Esto no puede seguir repitiéndose, su majestad! —Esa voz parecía ser la de Lady Jaria—. Todavía no hemos descubierto quién está detrás de los atentados fallidos y, mientras esas personas no sean capturadas, usted no puede ir por la calle como si su vida no corriera peligro.

—Insisto, ¡son esos desgraciados del reino de la luna! —exclamó la voz de un hombre, probablemente Lord Anuar.

—Pero no podemos culparlos a la ligera. Durante todo este año no han hecho ningún movimiento contra Alariel —habló Mila.

A Gianna no le sorprendía que ella también estuviera ahí.

—Esa nueva reina no me da buena espina. En todo este tiempo no ha dado la cara, ¡ni siquiera por el Tratado! ¿Qué ese no es un movimiento en nuestra contra? El intercambio de recursos entre la nación del sol y el reino de la luna es elemental para la prosperidad de ambas partes, ¡nuestras reservas se acabarán tarde o temprano! —argumentó Anuar; su voz se elevaba más y más con cada palabra.

—Y todavía hay muchos rencores porque el rey Emil es el culpable de la muerte del rey Dain. Creo que Lord Anuar está en lo correcto al pensar en un posible complot por parte de Ilardya —agregó Lady Jaria.

—Oh, basta. Eso ya se discutió con los Viejos Sabios de Ilardya. Los dos territorios queremos paz y estamos a mano. No hay que olvidar que el rey Dain ocasionó el derrumbe en el que pereció la reina Virian. Además de que la tuvo encerrada por meses —intervino Lady Minerva—. Y de todos modos, esta reunión no es para discutir la actual suspensión del intercambio de recursos. Les recuerdo que tenemos un tema de suma importancia que tratar.

—Yo nunca dejé de hablar del tema y ya dije lo que pienso al respecto, ¡esa paz que dicen querer es falsa! ¡Los ilardianos y su reina nos quieren ver en la ruina! —contestó Anuar sin dar tregua—. Suspender el intercambio de recursos fue sólo el inicio, ¿qué sigue? ¿Comenzar una guerra? ¿Orquestar el asesinato del rey de Alariel?

En eso, varias luces inundaron el pasillo al mismo tiempo y revelaron a una mujer solaris, probablemente la encargada de encender esa área de la mansión. Cuando la recién llegada vio a Gianna pegada a la puerta, soltó un grito de sorpresa, pero se tapó la boca de inmediato.

—¡Su majestad! ¡Lo siento! No esperaba ver a nadie y me asustó —exclamó, haciendo repetidas reverencias con la cabeza.

Gianna quería correr de la escena del crimen, porque a juzgar por el silencio que se había hecho en la biblioteca, todos habían escuchado ese grito.

Fue Lord Zelos quien abrió la puerta.

—Su majestad, ¿se le ofrece algo? —preguntó el hombre, alzando una ceja.

Gianna recobró la compostura al instante, se paró derecha y lo miró fijamente. Zelos no la había visto con la oreja en la puerta, así que podía fingir que acababa de llegar.

—Apenas iba a tocar. Quiero entrar a la reunión —dijo sin más.

—Eso no será necesario, ya vamos a terminar.

Entonces apareció Emil por detrás de Zelos. Lucía bastante cansado, su pelo castaño oscuro estaba más alborotado que de costumbre y debajo de sus ojos miel había unas ojeras que Gianna podría jurar que antes no estaban.

—Gianna puede pasar si así lo desea —aclaró Emil.

Zelos suspiró ruidosamente.

—Que así sea. Adelante, su majestad —dijo, haciéndose a un lado y extendiendo el brazo para dejarla pasar.

Cuando Gianna entró lo primero que hizo fue analizar la situación. Había ocho personas dentro de la biblioteca, cuatro de ellas eran miembros del Consejo Real; también estaban Gavril, Mila, Emil y Derien, su senescal. Solamente Lady Minerva y Lord Anuar se encontraban sentados ante la gran mesa de madera al centro del lugar; los demás estaban de pie, notablemente tensos. Gavril era el único recargado en una de las estanterías, con los brazos cruzados.

Pensó en acercarse a su hermano, pero al final decidió seguir a Emil y quedarse de pie, a su lado.

—¿En qué estábamos? —preguntó el joven rey, juntando las manos tras la espalda.

—Discutíamos que alguien ha intentado asesinarlo por tercera vez y que esto puede tratarse de un complot, su majestad —señaló Lady Jaria.

—Pues no tenemos al culpable y sólo le estamos dando vueltas a lo mismo. No podemos actuar contra el reino de la luna por unas simples sospechas —respondió Emil—. Tenemos que seguir investigando; también hay que considerar lo que dijo Mila al inicio de la reunión: podría tratarse de los rebeldes de Lestra. Han estado saqueando pueblos y causando alboroto con más frecuencia.

—¿Pero qué motivos podrían tener para ir directamente contra usted? —preguntó Lord Anuar, exasperado.

Gianna estaba segura de que él quería que las sospechas volvieran al reino de la luna.

—Motivos podría haber miles —replicó Zelos, poniendo ambas manos sobre la mesa—. El rey tiene razón, no podemos culpar a nadie basándonos en especulaciones.

Lady Jaria resopló.

—¿Y qué hay de la seguridad? Ya se le han asignado el triple de guardias cada vez que sale y eso ha probado no ser suficiente. Cuando volvamos a Eben habrá que hacer una votación con los demás miembros del Consejo, yo creo que el rey no debe alejarse del castillo mientras esto no se resuelva —espetó.

—De ninguna manera —dijo Emil de forma contundente—. No me voy a esconder. Si la nación piensa que su rey tiene miedo, comenzarán a entrar en pánico.

—Pero, su majestad...

—No. Eso no está a discusión —sentenció.

A Gianna no dejaba de sorprenderle lo diferente que era el rey Emil del príncipe Emil. Antes, en las juntas del Consejo, él solía bajar la cabeza y hablar con titubeos, sin nada de seguridad en sí mismo. Nunca iba a olvidar la reunión en la que intentaron convencer a Zelos de que los ayudara a buscar a la reina Virian. El príncipe Emil había salido derrotado de ahí.

Pero ahora, frente a sus ojos, estaba el rey Emil Solerian.

La reunión terminó unos minutos después de aquello. Al parecer no habían llegado a ninguna conclusión. Claramente sospechaban del reino de la luna o de los rebeldes de Lestra. Incluso, la primera vez que ocurrió, se había discutido la posibilidad de que se tratase de algún alariense, de algún ciudadano de la nación del sol. Pero no habían podido atrapar a nadie en todos estos meses y Gianna entendía la preocupación del Consejo. Ya tenían suficientes problemas con la situación del extraño comportamiento del sol.

Emil y Gianna caminaban de vuelta a la habitación principal, dispuestos a dormir de una buena vez. Ninguno de los dos había cenado, y cuando Derien se los recordó, ambos le dijeron que no tenían apetito. Y era cierto. Lo único que ella quería era que este día terminara.

Llegaron a la habitación y, al entrar, ambos se quedaron de pie a unos pasos de la puerta, estáticos.

—Puedo dormir en uno de los sillones, tú usa la cama —dijo Emil.

Gianna no había pensado en eso. Era cierto, les habían dado esta habitación para que la compartieran. En Eben, el rey y la reina tenían sus propios aposentos, cosa que ella agradecía infinitamente. Sólo había dormido en la misma cama que Emil en la noche de bodas; en la que ambos se abrazaron y se dejaron llevar por el sueño al instante. Esa noche la tristeza había sido más grande que ellos. Recordaba perfectamente cómo se sentía su corazón roto.

—No te preocupes, la cama es lo suficientemente grande para ambos —respondió, tratando de restarle importancia.

Emil la miró por unos instantes, como si quisiera asegurarse de que estuviera hablando en serio. Gianna asintió y le dedicó una sonrisa.

—Los sillones en Beros son muy duros e incómodos, casi como piedras, ¿sabías? —bromeó, aunque no tenía ganas.

—¿Todos? —Emil le siguió el juego.

—Cada uno de ellos.

—Entonces tendré que optar por la cama.

—Bien pensado.

Dicho esto, Gianna entró al vestidor de la habitación para quitarse el vestido y ponerse una de sus túnicas de seda. Era poca ropa y sentía algo de pudor, pero lo suprimió. Estaban casados, después de todo. Se miró en el espejo para observar el peinado que acababa de hacerle su madre. Era bastante complicado, pero, sin duda, lucía hermoso. Se retiró uno de los prendedores que lo sostenían y un mechón cayó, deshaciendo la perfección de antes. Gianna no tardó en retirarse los demás para soltarse el cabello.

Cuando salió del vestidor, Emil ya se encontraba con su propia túnica y se había recostado en la cama, sin meterse entre las sábanas. Gianna caminó hacia allá y lo imitó, acostándose a su lado, no muy cerca. Al momento en el que su cabeza tocó la almohada, sintió dicha pura.

Se quedaron en silencio unos minutos, pero Gianna no podía conciliar el sueño. Tenía demasiadas cosas en la cabeza y la principal era una punzante preocupación por Emil. Si lo que había sucedido ese día la había aterrado, no podía siquiera imaginar cómo se sentía él.

—¿Estás bien? —preguntó, girándose para mirarlo.

Emil tardó un poco en responder y, antes de hacerlo, también volteó hacia ella.

Ahora que lo tenía tan cerca, podía ver que lucía totalmente demacrado. La luz de la luna se filtraba por el balcón y hacía que la piel del joven rey luciera pálida, una gran diferencia respecto a la manera en que solía verse siempre, como si hubiera sido besada por el sol.

—Sí, eso creo —respondió con sequedad—. Estoy un poco asustado, pero no quiero preocupar a nadie. Y estoy frustrado. Siento que están ocurriendo cosas que no puedo controlar y no sé qué hacer.

—No hay mucho que hacer. Tú mismo lo has dicho: no puedes controlar nada de esto.

—Pero un rey debería ser capaz de arreglar los problemas de su nación.

—Y lo harás. Ya lo verás, con el tiempo encontraremos soluciones —dijo Gianna para tratar de animarlo, aunque no creyera por completo en sus palabras. Ella también tenía miedo y se sentía perdida al no saber qué hacer.

—Eso si no me matan antes.

—¡Emil! —exclamó horrorizada y tomó la mano de su esposo—. No digas eso. Ni siquiera lo pienses. No podemos perderte.

Y no hablaba solamente por la nación que se quedaría sin su rey. Gianna no soportaría perder a otro de sus amigos.

Todavía no lograba superar la muerte de Elyon. Trataba de no dejar que la tristeza la consumiera a diario y con el tiempo había aprendido a hacerlo. Dolía menos, pero seguía doliendo muchísimo. Nunca iba a olvidar los primeros meses, habían sido los peores. Los días más oscuros y desoladores de su vida.

No. No podía perder a nadie más. Su mente no era capaz de imaginarlo. Su corazón no era capaz de soportarlo.

—Tienes razón, no debo hablar así —respondió Emil y después soltó un suspiro lleno de pesar—. Es sólo que hoy estuvo tan cerca...

Demasiado. Pero Gianna no iba a decir eso. En estos momentos quisiera tener la habilidad de Mila para encontrar las palabras adecuadas que lo calmaran, pero como sólo era ella, lo único que se le ocurrió decir fue lo obvio.

—Tranquilo. Hay que procurar tener más cuidado.

Después de más o menos un minuto de silencio, Emil volvió a hablar.

—Me quedé pensando en la idea de Lady Jaria. Tal vez quedarme en el castillo sería lo más prudente. —Hizo una pausa, como si no quisiera decir lo que estaba por salir de su boca—. Pero no me atrevo, siento que si lo hago, voy a volver a ser el niño cobarde de antes. Siento que, si me encierro en Eben, no voy a querer salir nunca más. Y no puedo volver a eso, no puedo.

Gianna de verdad desearía que Mila estuviera ahí.

—Tranquilo —repitió, pero eso no era lo que realmente quería decir—. Eso no va a pasar, todos te hemos visto convertirte en la persona que eres ahora, y esa persona no se dejaría vencer por un simple muro. Nunca has sido un cobarde, Emil, eres de las personas más valientes que conozco y cada día me lo vuelves a demostrar.

Emil la miró fijamente por unos segundos.

—Gracias, Gi —respondió; su voz estaba llena de sinceridad.

Al ver que sus palabras surtieron efecto y calmaron a Emil por lo menos un poco, ella permitió que todo el peso de su cansancio le cayera encima, y con ello, mucho sueño. Sus ojos comenzaron a cerrarse lentamente.

—Deberíamos dormir, creo que mañana nos espera un día largo —dijo, arrastrando la voz.

Era tal su agotamiento, que ya ni siquiera pudo mantenerse despierta para escuchar la respuesta de Emil. Se dejó llevar por sus sueños y en ellos podía ver al sol. Estaba grande, espléndido, irradiando luz. Pero esta poco a poco se fue apagando y cuando la gran estrella dejó de brillar, cayó al abismo, explotando en una masa de polvo. Luego sólo hubo oscuridad.

Despertó alterada a mitad de la noche y se dio cuenta de que todavía tomaba la mano de Emil, quien se encontraba completamente dormido.

Suavemente retiró su mano de la de él y se la llevó al pecho para acurrucarse, pero cada vez que cerraba los ojos, recordaba la oscuridad de sus sueños. Tan real y tan fría.

Esa noche, Gianna no pudo volver a dormir.

Capítulo 3
EZRA

Era de noche y la ciudad estaba más viva que nunca. El príncipe Ezra Solerian acababa de llegar a Pivoine después de un largo viaje montado en Aquila, su pegaso. Se había despedido de la criatura antes de entrar a la ciudad, pues en Ilardya no había pegasos. Aquila sabía volver a casa.

Cuando cruzó el puente que daba a la entrada se encontró con la persona que Bastian había descrito en la carta que le envió hacía algunos días. Ezra todavía no tenía idea de cómo se la había hecho llegar. La comunicación entre habitantes de Alariel e Ilardya era complicada, al grado de que el concepto de enviar cartas entre territorios no existía. En su nota, el ilardiano le había pedido que no preguntara.

Ezra ni siquiera se sorprendió; si alguien podía lograr tal cosa, era Bastian.

La persona frente a él era una ilardiana de complexión robusta y enormes ojos grises llamada Nair, con una perforación en el labio y siete en la oreja izquierda; sus arillos se podían ver porque tenía esa parte de la cabeza rasurada y su largo cabello blanco caía hacia el lado derecho del rostro. La había reconocido al instante no sólo por su aspecto, sino porque a su lado se encontraba Oru, el lobo compañero de Bastian.

El animal, al ver a Ezra, corrió hacia él y frotó la cabeza contra su pecho de forma cariñosa. Si un año antes alguien le hubiera dicho que estas criaturas tan feroces podían llegar a ser tan empalagosas, lo habría dudado. El mayor le acarició la cabeza al lobo; le daba gusto verlo después de tanto tiempo. Habían pasado tres meses desde la noche en que Bastian y Oru partieron de Eben para investigar lo que le ocurría al sol.

Nair llevó a Ezra al que sería su escondite y hogar provisional, que era donde Bastian se quedaba cuando tenía expediciones en Pivoine. La chica no había hablado mucho durante el camino, sólo le dijo que se cubriera bien el rostro con la capucha. También había mascullado que únicamente hacía esto porque le debía una a Bastian. Era una mujer que andaba con seguridad y paso firme, y al estar acompañado de ella, ninguna persona los miró siquiera.

Cuando lo dejó en el lugar acordado, le dijo lo siguiente:

—Infórmale a Sebastian que si vuelve a pedirme un favor tan arriesgado, lo buscaré hasta el fin del mundo para apuñalarlo sin piedad y después de eso derramaré su sangre en la entrada del Bosque de las Ánimas.

Sin darle tiempo de contestar, simplemente dio media vuelta y se fue.

Bastian le había advertido que Nair a veces decía cosas un poco sádicas a modo de broma. Lo que no le había explicado era que soltaba tales bromas con una cara de total seriedad. Ezra incluso dudó por unos segundos si la chica hablaría en serio. ¿Así era el sentido del humor de los ilardianos? De todos modos, no era que él entendiera mucho sobre humor...

Se quitó la capucha y esperó. El tiempo transcurrió lento y aburrido. Oru era una buena compañía, pero Ezra estaba ansioso.

Dos horas después de que llegó al punto de encuentro, Bastian todavía no aparecía. No podía decir que estaba preocupado por él, aunque tal vez lo estuviera un poco. Confiaba en que el chico supiera moverse en su propia ciudad y en que no le pasaría nada, pero también sabía que le encantaba buscar problemas.

Además, su inquietud no era sólo esa pizca de preocupación. Realmente tenía ganas de verlo.

Tres meses era el mayor tiempo que habían pasado separados desde que se reencontraron en la costa de Valias hacía ya más de un año. Después de la batalla en la Isla de las Sombras, el lunaris había vivido un par de semanas en el castillo de Eben, pero tan pronto recobró sus fuerzas, comenzó a salir. Las expediciones de Bastian eran bastante frecuentes. Era un espíritu libre y no podía quedarse quieto en un solo lugar, mucho menos en uno con muros como lo era Eben. Pero siempre volvía. Siempre.

Ezra se encontraba sentado en el suelo, recargado contra la pared; sus párpados comenzaban a sentirse pesados y sabía que era porque a esa hora ya solía estar durmiendo. Tardaría un poco en acostumbrarse al horario nocturno de Ilardya, pero no le molestaba en lo absoluto; siempre había sentido fascinación por la cultura y las costumbres del reino de la luna. El problema era que justo ahora tenía sueño, y como no tenía idea de cuánto más tardaría Bastian, dejó que sus ojos ganaran la batalla y comenzaran a cerrarse.

Sus planes de tomar una pequeña siesta fueron truncados de inmediato por el hocico peludo de Oru. Ezra abrió los ojos y acarició el lomo blanco del animal que, al haber cumplido su objetivo de despertarlo, volvió a recostarse. Al parecer, el lobo no le iba a permitir dormir hasta que su amo volviera. Aunque Bas ya le había aclarado que no era el amo de Oru, sino su amigo, su igual.

Decidió levantarse del piso para no quedarse dormido.

Se dirigió hacia la única ventana de la estancia y vio que la ciudad seguía ocupada a pesar de que ya no tardaba en salir el sol; podía escuchar barullo y ver a uno que otro ilardiano pasar. Le gustaba estar de regreso en Pivoine; era una ciudad muy bella y distinta a cualquiera de Alariel, con sus miles de casas y edificios apilados, todos conectados por escaleras. De hecho, lo único que a Ezra no le gustaba era que no podía salir a las calles y pasear como si fuera un ilardiano común, pues sus rasgos físicos gritaban a los cuatro vientos que no pertenecía ahí. Claro, saldría con capucha, pero no era lo mismo y no le agradaba usarla, ya que sentía que sus movimientos se entorpecían con tanta tela suelta.

Debía acostumbrarse, pues le esperaban varios días en los que tendría que llevarla puesta. El Consejo Real le había otorgado el permiso de ir con la condición de que ningún ilardiano lo viera. Eso y que volviera con respuestas.

Le habían concedido esta misión con la esperanza de que descubriera qué pasaba con el sol, ya que en Alariel no se había encontrado nada que pudiera explicar su comportamiento irregular. Bastian también era parte de la misión, pero al Consejo le gustaba actuar como si el chico no existiera. Hacían una declaración silenciosa ignorando a Bastian cada vez que volvía al castillo, pero podría ser peor; Ezra estaba seguro de que no le permitirían estar ahí de no ser porque Emil siempre lo recibía como invitado personal.

Le gustaría que el resto de Alariel dejara atrás sus prejuicios. Y si no querían hacerlo por simple humanidad, por lo menos podrían sopesar las ventajas que traería llevar una relación cordial con el reino vecino. Por ejemplo, él tenía un lugar seguro donde descansar, no precisamente por Bastian, sino por Rhea de Amadis, la lunaris capitana del *Victoria,* que los había ayudado a salir con vida de la Isla de las Sombras. Esta era su casa, pero, en ese momento, ella se encontraba con su tripulación en los mares. Ezra tenía entendido que habían ido a Amnia a entregar mercancía.

El espacio era pequeño y no muy acogedor. Ezra imaginaba que era porque la capitana casi nunca pasaba por ahí, y aunque Bastian lo utilizaba para dormir cada vez que iba a Pivoine, estaba seguro de que apenas pasaba tiempo en el lugar. Básicamente era un cuarto casi vacío con un diván bastante viejo que olía a humedad, una caldera de aspecto ostentoso y antiguo, un cuarto de baño y un dormitorio. El piso era de piedra simple y las paredes estaban pintadas de blanco. Pero no se quejaba, realmente agradecía que Rhea le permitiera quedarse.

En ese momento, las orejas de Oru se irguieron y, en lo que pareció menos de un segundo, se levantó y corrió hacia la puerta del lugar. Ezra se giró y miró en esa dirección. Si el lobo había reaccionado así, era porque Bastian estaba por llegar.

Ignoró deliberadamente el martilleo incesante de su corazón al acercarse a la puerta.

Para Ezra era muy difícil expresar sus sentimientos; de hecho, no era nada bueno haciéndolo. Había extrañado a Bastian durante esos tres meses, pero sabía que no iba a ser capaz de decírselo. Además, había subestimado las ganas que tenía de verlo, pues cuando la puerta comenzó a abrirse, estas se multiplicaron de golpe.

Y de pronto ya lo tenía frente a él. A ese ilardiano de ojos más plateados que la luna.

—Tardaste mucho —fue lo primero que salió de la boca de Ezra.

Bastian soltó su típica sonrisa cargada de arrogancia y encanto.

—Yo también me alegro de verte. —Fue su respuesta.

Entró a la casa y acarició la cabeza de Oru, que, sobre sus cuatro patas, estaba casi de su tamaño. Bastian le seguía haciendo mimos al lobo, pero no había retirado su mirada de la de Ezra.

Era curioso: por lo general, ambos se sentían muy cómodos en compañía del otro, pero justo ahora había *algo* en el aire. Algo que Ezra no sabía descifrar. Una especie de tensión que era casi palpable y que se hacía más potente mientras más miraba a Bastian. Su larga cabellera blanca estaba recogida, pero bastante despeinada y... mojada. En sus ojos había un brillo travieso que Ezra ya conocía muy bien.

—¿Los problemas te encontraron o tú los buscaste? —preguntó cuando recuperó su voz.

—Digamos que fue una noche... divertida. —Bastian caminó hacia el dormitorio y se dejó caer sobre la cama, mirando hacia arriba.

Ezra lo siguió.

—Bas...

El lunaris chasqueó la lengua y con ayuda de sus codos se alzó para poder mirar a Ezra a los ojos.

—Es que unos lunaris acuáticos me vieron cerca del castillo y decidieron atacarme con un poco de agua. —Se encogió de hombros—. Así que yo contraataqué, debo aclarar que en defensa propia, con algunas bolsas de estiércol que estaban cerca del muelle.

Ezra alzó una ceja y no pudo evitar la pequeña sonrisa que se formó en su rostro. Aunque estaba seguro de que no parecía una sonrisa, era más bien una mueca torcida. Le costaba mucho sonreír; su madre solía decirle que lo hiciera con más soltura.

Ahora podía imaginar a Bastian alzando pesadas bolsas de estiércol con telequinesia y lanzándolas sin piedad contra esos pobres lunaris que se cruzaron en su camino. Pero no tenían tiempo para hablar de esos detalles, debían ir a lo importante.

—En tu carta me dijiste que habías descubierto algo, ¿tiene que ver con el castillo?

—No exactamente. Ni siquiera he podido entrar, se ha triplicado la seguridad —respondió, y después agregó—: He intentado comunicarme con mi contacto interno, pero no he sabido nada de él.

—¿Le habrá pasado algo?

Bastian frunció el ceño.

—No, ya me habría enterado. Alistar está bien —dijo sin más—. Tendré que volver después.

—Iré contigo.

—Adelante, será más divertido si te ven.

Ezra se resistió a poner los ojos en blanco y caminó hacia la cama para sentarse a un lado de Bastian. El chico también se sentó.

—Y... ¿qué buscamos en el castillo?

—Sólo quiero noticias sobre la reina. No sé nada de ella, nadie fuera del castillo la ha visto.

—¿Estás... preocupado? —Ezra se atrevió a preguntar.

Después de todo, eran hermanos. Aunque sabía que al ilardiano no le gustaba hablar de su familia ni de sus orígenes.

—¿Por Lyra? —bufó, negando con la cabeza—. Preocupado por la humanidad, tal vez. Me da mala espina que esté tan aislada, eso es todo.

Había pesadez en su voz. Como si estuviera llena de suspiros que no dejaba salir.

—Pero dejemos de lado el castillo, tengo que actualizarte sobre mi investigación —se apresuró a decir, antes de que Ezra pudiera responderle—. Cada vez estoy más seguro de que los seguidores de Avalon saben lo que está pasando con el sol. No he podido progresar mucho, aunque he encontrado varios edificios de la secta en la ciudad.

—¿Secta?

—Oh, así me gusta llamar a su culto de fanáticos, miedo me dan —explicó con simpleza—. Te escribí porque me dijiste que no te dejara fuera si descubría algo importante, y creo que estoy en ese camino. Cada vez hay más símbolos de sangre pintados en los rincones de Pivoine, todos con la misma forma.

Una luna menguante dentro de un sol, el símbolo de Avalon. Bastian ya le había contado que desde hacía tiempo comenzaron a aparecer.

—¿Ya pudiste interrogar a algún fanático?

—Sí, aunque no me dicen nada útil, son muy leales. Pero algo saben —aseguró—. Desde que la tumba se abrió están más activos que nunca, reclutando personas y organizando reuniones.

—Entonces ¿es cierto que Avalon regresó? ¿Alguien la ha visto? —preguntó Ezra.

El chico negó con la cabeza.

—Unos pocos juran que han sido privilegiados con su presencia, pero nadie ha podido probarlo —respondió con cierto fastidio impregnado en su voz—. Lo que es definitivo es que algo está pasando en esa secta.

Ezra no sabía qué pensar. Después de todo lo vivido en la Isla de las Sombras, estaba casi seguro de que Avalon sí había existido y no era solamente la villana de un cuento para niños. Pero eso era muy distinto a creer que había resucitado o vuelto de alguna forma.

—En fin, mañana será otro día para intentar buscar respuestas —dijo Bastian, retirándose las botas con los pies—. Con suerte nos toparemos con algún fanático reclutador en el camino. Aunque, ahora que lo pienso, eso sería mala suerte, no te imaginas lo intensos que son.

Ezra no había pasado por alto el recelo en la voz de Bastian cada vez que se expresaba sobre los fanáticos de Avalon.

—¿Han intentado reclutarte?

El chico se estremeció de forma exagerada.

—Ni lo manden las estrellas —respondió, haciendo una mueca extraña—. Es sólo que... digamos que no son mis personas favoritas.

Y como Bastian parecía no querer elaborar y Ezra no era el tipo de persona que se metía en los asuntos privados de los demás, no preguntó más.

—Tal vez alguno sí esté dispuesto a responder nuestras preguntas —ofreció Ezra.

Bastian soltó una risotada incrédula.

—Llevo todo este tiempo intentándolo, pero nadie que no pertenezca al culto va a sacarles información.

—Podríamos infiltrarnos —bromeó, aunque ahora que lo había dicho en voz alta, la idea no sonaba tan mal.

Pero Bastian lo miró como si hubiera enloquecido.

—¡Preferiría morir sin descubrir nada! —respondió dramáticamente y puso una mano en su pecho.

—Claro, al paso que vas, seguro así será.

Bastian abrió la boca, sorprendido.

—Príncipe Ezra, ¿acaso estás siendo sarcástico?

—Aprendí del mejor —hizo una pausa—. Y ya te he dicho que no me llames así.

La mueca de sorpresa de Bastian fue reemplazada por una sonrisa. El corazón de Ezra se aceleró.

—Aunque no nos hayamos visto en meses, creo que te has juntado mucho conmigo. Se te está pegando mi gran sentido del humor —dijo el ilardiano.

—Que Helios me salve —respondió Ezra poniendo, ahora sí, los ojos en blanco.

Eso ocasionó que Bastian le diera un almohadazo en la cara. Ezra sacudió la cabeza, secretamente feliz de estar reunido con él y de que todo pareciera estar normal entre ellos. Esa tensión inicial había sido un desliz sin importancia.

Se levantó de la cama para dirigirse al diván de la estancia, dispuesto a dormir. Podría quedarse horas charlando con Bastian; por Helios, podría quedarse horas *mirando* a Bastian; pero en serio tenía que descansar si quería ser útil la noche siguiente.

—Ez, ¿adónde vas? —preguntó el chico, aún sonriendo.

—A dormir —respondió, apuntando hacia afuera.

Ahora fue el turno de Bastian de poner los ojos en blanco.

—No seas ridículo, la cama es suficientemente grande para los dos —dijo, situándose del lado derecho para dar unas cuantas palmadas al izquierdo. Realmente sobraba mucho espacio.

Ezra estuvo a punto de decir que no, pero no pudo.

Caminó hacia la cama y se sacó las botas. Bastian ya no dijo nada, simplemente se soltó el cabello y se recostó sin molestarse en meterse entre las sábanas. Ezra, por el contrario, sí lo hizo y le dio la espalda al lunaris.

Pasaron los minutos con suma lentitud; el único sonido que se escuchaba era la respiración relajada de Bastian. Sonaba como la de alguien profundamente dormido. Ezra miró hacia el techo, frustrado por no poder conciliar el sueño, lo cual era ilógico, pues antes incluso había estado a punto de quedarse dormido en el suelo.

Lo peor del caso es que conocía perfectamente la razón por la que le estaba costando trabajo dormir. Miró al chico a su lado y se frotó los ojos con pesadez. Por lo general, no le importaba compartir cama con alguien; estaba acostumbrado a dormir junto a otras personas, pues en las misiones de la Guardia Real siempre tenían que amontonarse. Quería entrar en ese canal de pensamiento y restarle importancia al hecho de que esta vez era Bastian quien dormía junto a él. Pero no podía.

No podía porque sus sentimientos por Bastian amenazaban con explotar ahí mismo.

Lo que sentía por él era como fuego. Había comenzado con una chispa provocada por una sonrisa, pero ahora era una flama. Una flama que había dejado crecer y que lo quemaba por dentro y que luchaba por volverse un incendio.

Desde la fatídica noche en la que se conocieron, el ilardiano había despertado algo en él. En ese entonces el sentimiento fue débil, tan sólo un indicio. Pero luego se reencontraron en la costa de Valias y Ezra recordaba perfectamente que, en cuanto lo volvió a ver, su corazón dio un vuelco. Pero no fue hasta que lo empezó a conocer, hasta que empezó a convivir con él día con día, cuando ese sentimiento empezó a crecer. Cada vez más.

Ahora, un año después, sentía fuego puro; abrasador y potente.

Pero no había hecho nada al respecto. Y no era sólo porque Bastian salía de Eben con frecuencia y duraban semanas sin verse, sino también porque desde el día en que volvieron de la Isla de las Sombras, Ezra había tenido mucho que arreglar en Alariel, mucho que hacer en el castillo. Su deber era apoyar a su hermano y, en estos tiempos difíciles, en lo que menos podía pensar era en asuntos tan fútiles.

De todos modos, Ezra estaba acostumbrado a poner sus deseos al último. La vida le había enseñado a mano dura que, al ser el hijo bastardo de la reina, así debía ser.

Miró una última vez a Bastian antes de voltearse de nuevo para darle la espalda. La tenue luz del sol matutino comenzaba a filtrarse por la pequeña ventana del dormitorio.

Ya estaba amaneciendo y, ese día, el sol había salido a la hora de siempre.

Capítulo 4
EMIL

Siempre la veía en sus sueños.

Sólo por eso sabía que estaba soñando. Ahí estaba Elyon, sonriendo mientras parecía danzar en medio de un lago. El agua le llegaba hasta las rodillas y su vestido blanco estaba completamente mojado. Vela, su pegaso, también se encontraba ahí, volando a su alrededor.

Emil la veía a lo lejos y esta vez ni siquiera intentó hablarle, pues ya sabía que ella no lo iba a escuchar.

Las aguas del lago de pronto se tornaron violentas, como si fuesen las olas del mar en medio de una tormenta; Elyon comenzó a ahogarse. Emil sabía que eso no era real, y aun así no pudo evitar lanzarse para tratar de salvarla. Siempre lo intentaba, pero nunca lo lograba. Corrió y, de un clavado, entró a un agua tan helada que le caló hasta los huesos. No podía ver, no podía respirar, pero debía llegar a ella.

Cuando al fin tuvo a Elyon en sus brazos, nadó con dificultad hacia la superficie y la llevó a tierra. Se arrodilló a su lado y la vio más pálida que nunca. Ya no tenía pulso. El rostro de Emil se descompuso; con una mano temblorosa, retiró el pelo mojado de ese rostro que tanto extrañaba.

Entonces el sueño se transformó.

—No —su voz salió entrecortada, como si lo estuvieran estrangulando.

Ahora se encontraba en un lugar lleno de arena y frente a él estaba el cadáver putrefacto de Elyon. Desfigurado y grisáceo.

El aire abandonó sus pulmones. El sueño volvió a cambiar; ahora todo a su alrededor era negro. Una lágrima se deslizó por su mejilla y, al levantar la mano para secarla, abrió los ojos y despertó.

Emil se encontraba en la cama de la mansión de Beros, mirando hacia el techo. Sus pestañas estaban mojadas, como si hubiera llorado. Posó el dorso de las manos sobre sus ojos y, cuando intentó tomar aire para respirar hondo, se dio cuenta de que no podía. Se sentó de inmediato y nuevamente trató de inhalar, pero le era físicamente imposible. Lo intentó de nuevo y de nuevo y de nuevo, pero fue inútil. Comenzó a hiperventilar; el pánico se disparó en sus adentros, incontrolable y desmedido.

Puso ambas manos sobre su garganta, como si eso le fuera a ayudar a dejar entrar el aire. Estaba dando bocanada tras bocanada, casi todas en vano. Se estaba ahogando y su corazón palpitaba completamente acelerado.

Cerró los ojos y se abrazó, tratando de calmarse. Tenía que concentrarse en sus respiraciones para que volvieran a la normalidad y, aunque ahora incluso temblaba, cerró la boca e intentó respirar lentamente por la nariz. Una vez que lo logró, su cuerpo se relajó un poco y se quedó unos minutos más en esa posición, intentando recuperarse.

Se dejó caer en la almohada cuando sintió que recuperó el control de sí mismo. Había sufrido otro ataque de pánico. No era la primera vez; desde los eventos ocurridos en la Isla de las Sombras, estos lo habían acechado en las noches. No ocurrían siempre, pero sí más veces de las que le gustaría admitir.

En ese momento recordó que había dormido junto a Gianna, pero en la cama sólo se encontraba él. Se preguntaba dónde podría estar, pero a la vez se sentía aliviado, puesto que nadie sabía de estos ataques y no quería que se enteraran. Ya les daba a los demás suficientes preocupaciones.

Ahora que estaba más calmado y sólo un poco aturdido, miró hacia el balcón, cuyas cortinas estaban completamente descorridas. A juzgar por el aspecto del cielo, era todavía de madrugada. No tenía fuerzas para pararse a buscar su reloj. Y volver a dormir no estaba entre sus opciones, ya que algo le decía que volvería a soñar con Elyon. La soñaba muy seguido; muchas veces eran pesadillas. Esas eran las peores. Y se sentía dividido. Por un lado, quería dejar de soñar con ella de una vez, pues eso hacía que su ausencia doliera más. Pero si dejaba de soñarla, no volvería a verla.

Sus sueños eran el único lugar en donde se reunían.

Y cuando los sueños no se volvían pesadillas, ella sonreía y estaba siempre con su pegaso. Vela desapareció la noche en la que asesinaron a Elyon. Nadie la había vuelto a ver, aunque su nombre se encontraba anotado en el registro de pegasos que perecieron en la guerra de la Isla de las Sombras. Emil no se había podido perdonar por no haber procurado a Vela.

A Elyon le hubiera gustado que cuidaran de su pegaso si ella no estaba, y ni eso había podido hacer. Vela se había ido.

Noches como esta hacían que recordara cosas que preferiría enterrar. Como los primeros meses. Habían sido duros, días en los que luchaba constantemente contra una depresión que amenazaba con consumirlo desde adentro. Quiso dejarse hundir en la miseria, pero cuando le pusieron la corona de Alariel sobre la cabeza, encerró su tormento bajo llave. Sólo que la pesadilla de hoy le había recordado un momento muy oscuro en su vida.

Cuando vio el cadáver de Elyon y perdió toda la esperanza.

Y es que Emil, siendo quien era, en un inicio no descartó la posibilidad de que estuviera viva, pues habían salido de la isla sin encontrar su cuerpo. Él mismo había querido regresar a ese lugar para buscar con sus propias manos, pero no lo había hecho porque ya no podía ponerse primero a él. Primero era la nación, que en esos momentos se encontraba desconsolada y desconcertada.

Pero Emil no dejó las cosas así. Había presionado a Zelos para que cumpliera su promesa de enviar cuadrillas de la Guardia Real, encabezadas por el general Lloyd, a recuperar los cuerpos sepultados en las ruinas. Habían tardado días y por el derrumbe muchos estaban irreconocibles. Su peor pesadilla se hizo realidad cuando le reportaron que habían encontrado el de Elyon. No tuvieron dudas porque el propio padre de la chica, Melion Valensey, había reconocido el cuerpo.

Trajeron de vuelta a todos los que pudieron, envueltos en tela blanca, y se había hecho una ceremonia de despedida en Valias, donde los incineraron. Emil había asistido y sus amigos también. A pesar de que todo el mundo le aconsejó que no viera el cadáver, el joven rey sabía que no iba a encontrar tranquilidad si no lo comprobaba con sus propios ojos.

Ezra lo acompañó hacia donde se encontraban los fallecidos, y cuando Emil retiró la tela de aquel cuerpo, las rodillas le fallaron y cayó al suelo, llorando a rienda suelta mientras el mayor frotaba su espalda para intentar consolarlo. Ese cadáver que tenía frente a él ya no tenía nada de Elyon. Su rostro se veía totalmente desfigurado y su cabello claro tenía sangre seca incrustada. Incluso su piel pálida había adquirido un tono grisáceo, como el de las cenizas.

Lo recordaba bien. Era una imagen que nunca podría sacarse de la cabeza, se había quedado impregnada y ahora hasta venía a cazarlo en sus pesadillas. Recordaba también que había querido gritarles a todos que esa no podía ser Elyon, que estaban equivocados. Pero no lo había hecho, porque eso era apegarse a un peligroso tipo de esperanza.

El único cuerpo que llevaron de regreso a Eben fue el de su madre, la reina Virian, pues debían incinerarlo y depositar las cenizas en donde se encontraban las de la familia real.

—También la extraño, ¿sabes? A pesar de todo... —dijo en voz muy bajita, dirigiendo la mirada hacia la luna.

Apretó los labios y cerró los ojos. Ya no quería pensar en eso ni en nada, pero sabía que le resultaría imposible dormir. Siempre que la Isla de las Sombras volvía a su mente, una inquietud alarmante lo invadía. Para Emil era un lugar de perdición, y le alegraba que hubiera desaparecido de la faz de Fenrai. Porque eso había pasado.

Un mes después de que recuperaron los cuerpos, la Guardia Real había sido enviada en una misión. Debían revisar con calma toda la isla para asegurarse de que los cristales estuvieran totalmente sepultados y, de paso, de que no ocurriera alguna actividad extraña en el lugar.

Pero no la encontraron.

Llegaron al mismo lugar de siempre y la isla no apareció. Siguieron las instrucciones por varias noches más y la isla no apareció. Estuvieron buscándola, sin éxito, durante semanas. Ahora, cada tres meses, se enviaba un barco a buscarla, pero era como si la isla se hubiera esfumado.

¿Por qué? No tenía idea. Tampoco sabía si había desaparecido para siempre, pero, de todo corazón, esperaba que así fuera. Fenrai era un mejor lugar sin la Isla de las Sombras.

No supo cuánto tiempo se quedó recostado, dejando que sus pensamientos lo invadieran. Debió de haber sido bastante, porque de pronto se percató de que los rayos del sol entraban por el ventanal del balcón. Eso, por lo menos, le sacó un suspiro de alivio.

El día de hoy el sol había salido a su hora regular.

Fue entonces cuando Gianna entró a la habitación. Ya estaba completamente vestida para el día y había optado por un atuendo color verde que combinaba con sus ojos. Cuando vio a Emil despierto pareció sorprenderse, pero luego notó su cara y su expresión se tornó preocupada.

—¿Qué sucedió? —le preguntó.

—No pude dormir —respondió él con simpleza. No iba a inquietarla con sus tormentos personales, mucho menos a hablarle de la crisis que sufrió al despertar.

—Yo tampoco dormí muy bien. Ayer tuvimos un mal día, es comprensible —dijo, caminando hacia él—. Pero el sol ya salió y Mila dice que esa es una buena señal, que hoy será mejor.

—Y Mila siempre tiene la razón.

—Exactamente.

Lo cierto es que ni siquiera Mila hubiera podido predecir lo que sucedería esa tarde.

Emil se encontraba con Gavril; ambos entrenaban en una zona cercana a la mansión, bastante desértica y rocosa, completamente rodeada de montañas. Había soldados de la Guardia Real por todos lados, pero se mantenían alejados.

El sol brillaba sobre ambos. Gavril se había retirado la parte superior de su atuendo y su cuerpo estaba bañado en sudor. Emil, por otro lado, se encontraba completamente vestido, había optado por unos pantalones negros ligeramente abombados y una camisa holgada color blanco.

Su amigo juntó las manos para crear un orbe enorme de fuego que arrojó hacia él sin piedad. El rey lo eludió girando en el suelo y, al levantarse, prendió su puño en llamas y se lanzó hacia Gavril, quien lo esquivó haciéndose a un lado. Pero Emil no le dio tregua, pues encendió su otro puño y empezó a disparar hacia su oponente, quien evadía los orbes y parecía que se divertía. Emil sentía como si estuvieran sincronizados.

De pronto, Gavril se agachó y extendió el pie para hacer que Emil tropezara; este cayó al mismo tiempo que sus llamas se extinguían. Pero ese no era problema cuando el sol estaba en su máximo esplendor en los cielos, pues tomaba su poder directamente de él. Así lo hizo y la batalla continuó.

Le gustaba entrenar así con Gavril; su amigo era de los únicos que no tenían cuidado con él sólo porque era el rey de Alariel.

Antes, Emil evitaba entrenar con otras personas, ya que le aterraba la idea de perder el control de sus poderes y dañar al otro. Pero después de los eventos ocurridos en la Isla de las Sombras, se sentía más que nunca en sincronía con su fuego. Y cuando recordaba cómo había asesinado al rey Dain, con esas enormes bestias hechas de llamas, no sentía miedo. Más bien sentía unas ganas enormes de explorar los límites de su poder.

Algo había cambiado en él esa noche, pero no podía descifrar qué.

Una esfera de fuego venía hacia él, por lo que Emil alzó las manos para crear un enorme muro de llamas como escudo. Cuando el fuego de Gavril chocó contra este, se combinaron. Apenas pensaba en el siguiente ataque cuando Derien, su senescal, apareció en escena, corriendo y alzando las manos de forma exagerada.

—¡Su majestad, Lord Gavril!

Ambos extinguieron su fuego y esperaron a que Derien llegara con ellos. El chico era bajito, de piel morena y cabello negro muy corto; tenía veintitrés años, la misma edad que Ezra. A Emil le agradaba, aunque estaba seguro de que sólo le habían dado ese puesto porque era el hijo de Lady Minerva, una reconocida solaris y miembro del Consejo Real.

—¿Sucede algo? —preguntó Emil. Derien lucía abatido, pero en sus ojos parecía haber un atisbo de emoción.

El senescal tuvo que poner ambas manos sobre las rodillas para recuperar el aire perdido.

—S-sí. La Guardia Real ha capturado a la persona que ayer disparó la flecha.

Emil se sorprendió cuando le comunicaron que la persona responsable del atentado intentó escabullirse a la mansión Lloyd. Un par de miembros de la Guardia Real la descubrieron en los establos y la detuvieron ahí mismo. Ahora la tenían atada a una de las columnas, en espera de órdenes.

Emil y Gavril llegaron corriendo y lo primero que notó el joven rey fue que la persona que había intentado asesinarlo no era más que una niña. Se veía unos dos años más pequeña que él; sus ojos cafés lo observaban con un odio que él no lograba comprender.

La analizó un poco más antes de avanzar hacia ella. Llevaba una vestimenta bastante simple: pantalones cortos color marrón y una especie de camisón gris, el cual le quedaba tan grande, que parecía estar detenido solamente por la cuerda que le rodeaba la cintura. Su piel era blanca, pero bastante tostada; su pelo rojizo estaba trenzado y no llevaba zapatos. Definitivamente, lo más desconcertante era su mirada.

A un lado de ella se encontraban varios miembros de la Guardia Real y uno había confiscado la ballesta. Fue entonces cuando Emil se permitió observar el resto del establo, o, más bien, a las personas que se encontraban ahí. Estaba su tío Zelos, también Lord Anuar, Mila, Gianna y Marietta Lloyd.

—Su majestad, la hemos interrogado, pero no quiere ceder —informó Lord Anuar.

—Déjenme ir o se van a arrepentir —habló la chica. Su voz no denotaba miedo, más bien era firme y clara.

—Qué niña tan insolente —dijo Marietta Lloyd, notablemente alterada—. No la quiero en mi propiedad, sáquenla y llévenla adonde debe estar, ¡en prisión!

Emil caminó hacia la chica y tuvo que aguantar el impulso de agacharse para estar a su nivel. Ella estaba sentada en el piso.

—¿Cómo están tan seguros de que ella fue quien intentó asesinar al rey? —esta vez habló Gavril, también se había acercado y estaba de pie, justo a un lado de Emil.

—Confiscamos su ballesta y las flechas. Su diseño es exactamente el mismo que el de la flecha de ayer —respondió su tío Zelos, indicando con la mano la ballesta que sostenía uno de los guardias—. Además de que se escondía aquí; seguramente pensaba volver a atacar pronto.

Emil quería preguntarle sus razones, no entendía nada. ¿Por qué esta chica querría asesinarlo?

—Niña, confiesa de una vez, ¿quién te envió? —preguntó Lord Anuar.

—No me van a hacer hablar.

—Eso ya lo veremos —respondió Gavril, y su mano se prendió en fuego.

Emil abrió los ojos de par en par, desconociendo a su amigo por unos instantes.

—¡Gav! —exclamó Mila, caminando hacia ellos—. Basta, nosotros no somos así.

—Yo no diría eso. Creo que Lord Gavril sabe lo que va a suceder si la mocosa decide quedarse callada —dijo Lord Anuar, sonriendo de una forma que ocasionó que el estómago de Emil se revolviera.

Al parecer, esa horrible sonrisa había causado el mismo efecto en Gavril, pues al instante extinguió su llama.

—Y luego dicen que los salvajes somos nosotros —masculló la niña con más desdén que nunca.

Todos se quedaron callados, sopesando esa revelación. Al decir eso, la chica había confesado indirectamente que era una rebelde de Lestra, y las sospechas que ya habían tenido durante meses acababan de quedar confirmadas.

Lestra era un continente que no pertenecía oficialmente a Fenrai y ahí no eran leales ni a la Corona de Alariel ni a la de Ilardya. Sus primeros habitantes, hacía cientos de años, habían sido exiliados del reino de la luna y de la nación del sol, y de ahí habían nacido generaciones y generaciones de rebeldes.

La mayoría de los habitantes de Alariel los llamaban salvajes, pues les parecía una abominación que se mezclaran tan descaradamente alarienses con ilardianos. Incluso se rumoraba que Lestra era un continente sin poderes, pues como los poderes de sol y la magia de luna eran incompatibles, con los años había desaparecido cualquier pizca de estos.

Pero esa era una creencia muy inocente, ya que había muchos delincuentes que escapaban de Alariel o Ilardya y buscaban refugio en Lestra, y estos bien podían ser solaris o lunaris.

—Esto no está progresando y no podemos tenerla aquí, es peligrosa —habló Zelos, manteniendo la expresión firme de siempre—. Hay que llevarla a prisión y ahí veremos qué hacer con ella.

—¡Quiero ver que lo intenten! —bramó la niña.

Y, en ese momento, una de las paredes de madera del establo explotó en mil pedazos, como si algo grande la hubiera roto de un golpe. Los trozos de pared salieron volando violentamente y todos los presentes se lanzaron al suelo. Un grito desgarrador salió de la garganta de Marietta Lloyd y Emil alzó la cabeza para darse cuenta de que un enorme pedazo de madera se había encajado de forma grotesca en el hombro de la mujer.

—¡Madre! —gritó Gianna, corriendo a su lado—. ¡Tengo que llevarla al sanatorio!

Fue entonces cuando se desató el verdadero caos; cinco personas, que parecían ser rebeldes, entraron al establo disparando flechas en todas direcciones. Gavril llegó hasta donde se encontraba Emil y puso su cuerpo encima del suyo, para protegerlo. Su tío Zelos gritaba órdenes a los demás miembros de la Guardia Real, quienes ya se estaban moviendo con sus espadas bañadas en fuego para detener a los intrusos.

Mila ayudaba a Gianna a poner de pie a Marietta para sacarla de ahí. Lord Anuar ya había escapado de la escena y no se veía por ningún lado.

—¡Tenemos que pelear! —exclamó Emil tratando de quitarse a su amigo de encima, pero era mucho más grande y fuerte que él.

—No —espetó Gavril, contundente—. Ellos están aquí para asesinarte, no lo voy a permitir.

—¡Saquen al rey de aquí! —se escuchó la voz de Zelos entre todo el alboroto.

Tres soldados corrieron hacia él y sólo entonces Gavril se movió. Lo ayudaron a levantarse y con sus cuerpos crearon una barrera para protegerlo de las flechas, que cada vez eran menos.

Emil notó que uno de los rebeldes estaba soltando a varios pegasos del establo, seguramente para usarlos como medio de escape. Y lo último que vio antes de que lo sacaran de ahí fue a un hombre viejo que se acercaba a la niña prisionera y cortaba las cuerdas que la ataban, liberándola.

Una vez liberada, la chica corrió hacia uno de los pegasos y subió a él, luego gritó a sus compañeros que debían irse. Los rebeldes comenzaron a correr hacia los pegasos, con excepción del viejo. Ese hombre se había quedado parado cerca de la columna y observaba a Emil. El viejo era corpulento y tenía quemada la mitad del rostro.

Ya estaban fuera del establo, pero Emil alcanzó a alzar la cabeza para verlo directamente a los ojos. Cuando sus miradas chocaron, sintió que le fallaban las piernas.

—No... —soltó, y en su mente sólo repetía: «No, no, no».

Estaba seguro de que habría caído al suelo si Gavril no lo hubiera sostenido del brazo.

Fue entonces cuando el rebelde giró para subir al pegaso en el que estaba la niña. Y escaparon.

Todos se encontraban en el pequeño sanatorio de la mansión mientras los solaris con afinidad a la sanación corrían por el lugar, revisando a los heridos. Por suerte, nadie había perdido la vida en el ataque sorpresivo; uno de los rebeldes cayó, pero los sacaron de ahí en los pegasos que robaron. Se habían llevado cuatro, todos pertenecientes a la Guardia Real.

Gianna estaba sentada en una de las camas, con ambas manos sobre la herida de su madre, quien yacía dormida. Marietta iba a estar bien, su hija había actuado rápido y la herida estaba casi cerrada; sólo tendría que utilizar vendajes durante algunos días.

Emil dejaba que un viejo solaris sanador lo revisara, pero no estaba poniendo atención al proceso, pues sus pensamientos estaban hechos un tornado. Lo que había sucedido ese día no era poca cosa. Los rebeldes habían actuado sin temor a revelarse. Ahora la

Corona sabía que los intentos de asesinato venían, indudablemente, por parte de Lestra. Pero ¿por qué? ¿Alguna especie de venganza por exilio? No, tenía que haber algo más.

Ya llevaban muchos años haciendo destrozos y cometiendo crímenes, pero jamás se habían acercado a la familia real. ¿Y si esto tenía que ver directamente con él?

El rostro de ese hombre viejo apareció en su cabeza.

—Necesito ver a Gavril —habló y se puso de pie.

El repentino movimiento tomó por sorpresa al sanador que lo estaba revisando.

—Su majestad, podemos mandar a buscar a Lord Gavril. Usted debería quedarse un rato aquí, tiene que descansar.

No, tenía que ver a Gavril.

—Estoy bien, muchas gracias.

No esperó a que intentaran detenerlo, simplemente salió del sanatorio y comenzó a preguntar a todo el que se cruzara en el camino si habían visto a su amigo. Cada vez andaba más rápido y con más desesperación. Tenía que sacar esa inquietud de su pecho antes de que lo volviera loco.

Por fin, uno de los cocineros le dijo que seguía en los establos, por lo que Emil se dirigió hacia allá.

—Su majestad, ¡no puede estar aquí! Es peligroso —exclamó una mujer de la Guardia Real, quien al parecer había sido asignada para vigilar el área del ataque.

—Estoy buscando a Lord Gavril —dijo sin más y sin detenerse.

La mujer lo siguió; Emil pudo ver que Gavril conversaba con otros miembros de la Guardia Real. Su semblante era serio. Cuando estuvo más cerca del grupo, escuchó que hablaban de una persecución. Habían seguido a los rebeldes para intentar capturarlos, pero ellos habían volado en distintas direcciones, así que lograron escapar. Lynx, el pegaso de su amigo, se encontraba a un lado de él.

Los soldados escucharon las pisadas del recién llegado y, cuando lo vieron, todos se irguieron e hicieron una pequeña reverencia con la cabeza, que Emil devolvió de forma más sutil.

Miró a Gavril a los ojos y no tuvo que decir nada para que él entendiera que lo necesitaba. Su amigo se despidió del grupo y caminó hacia él. Ambos se alejaron en silencio de los establos y se dirigieron a la biblioteca. Dentro de la mansión los guardias estaban alerta y en movimiento, pues debían cerciorarse de que ningún rebelde estuviera escondido.

Una vez en su destino, Emil cerró la puerta. Ahora estaban solos.

—¿Qué sucede? —preguntó Gavril, su rostro todavía mostraba atisbos de enojo por el escape de los rebeldes, pero en sus ojos había preocupación.

Esa pregunta desató algo en Emil, y tuvo que hacer un gran esfuerzo por no gritar las siguientes palabras.

—Es él —dijo con rapidez, de forma casi inaudible—. Es él, Gavril. Es él.

Por más que lo repetía en voz alta, todavía se negaba a creerlo, pero estaba seguro. Cuando sus ojos chocaron con los de ese viejo, sintió un terror que hacía muchos años no experimentaba. Y ahora los recuerdos caían de golpe, como si quisieran noquearlo sin piedad.

—Emil, cálmate —la voz de Gavril era tranquila y firme.

Sujetó a Emil de los brazos para detenerlo. El joven rey no se había dado cuenta de que había comenzado a caminar en círculos.

—Explícame —dijo su amigo.

—Uno de los rebeldes... lo vi... yo... —Tuvo que cerrar los ojos y respirar hondo. Estaba frenético.

Cada recuerdo era como un azote. El mercado de Zunn, el atardecer, la moneda real, los brazos que lo alzaron del suelo. Sus gritos y los de Gavril. Y luego el fuego, rojo y devastador.

No cabía duda.

—Estuvo aquí. El hombre que intentó secuestrarme el día del incendio.

El día del Amanecer Rojo de Zunn.

Capítulo 5
GIANNA

Gianna se encontraba sentada en su habitación de la infancia. O más bien, la habitación de su vida; ahí había pasado los días desde que era pequeña hasta que se casó. El lugar le traía muchos recuerdos, algunos buenos, otros malos… todos cargados de una sensación de encierro. Siempre pensó que algún día saldría de ahí y al fin podría sentirse libre, pero ahora llevaba más de un año fuera… y no había encontrado esa libertad.

Seguía en una jaula.

Sonrió con amargura, pues sabía que no iba a hacer nada al respecto. Sentía que pertenecía a esa jaula de oro, y si llegaba a salirse, estaría completamente perdida. Sin rumbo. No sabría qué hacer con su vida.

No, no iba a salir.

Al mirar a su alrededor se llenó de nostalgia. En la habitación predominaban los tonos rosas y dorados. La verdad, no le gustaba mucho el color rosado, pero Marietta Lloyd había elegido casi toda la decoración. La pieza central de la habitación era su cama de cuatro postes y de doble altura, con un techo y cortinas de tela que caían alrededor. También había un enorme tapete hecho en la ciudad de Demyr que le había traído su padre hacía unos diez años. Tenía un gabinete medicinal que, más bien, era un gran mueble con mucho espacio de almacenamiento; ahí guardaba hierbas y cosas que le servían para la sanación.

Pero su objeto favorito era la casa de muñecas que era tan grande y magnífica como un palacio. Recordaba las horas que pasaba jugando ahí de pequeña, cuando la casa todavía tenía más altura que ella. Su madre no le permitía jugar más que una hora al día, así que todas las noches la pequeña Gianna se levantaba a escondidas para seguir jugando. Hacía muchos años que no tocaba esa casa.

Se puso de pie y se dio suaves golpecitos en las mejillas para espabilarse. Tenía que dejar su escondite y volver al sanatorio para revisar a su madre. Ya no estaba preocupada, había podido cerrar la herida con sus poderes, pero quería darle un último vistazo antes de irse a dormir. Ya era tarde y moría de cansancio.

Salió de la habitación y no tardó demasiado en llegar al sanatorio, que estaba vacío, solamente quedaba Marietta. Tanto Gianna como los demás solaris sanadores le habían dicho que podía dormir en su propia habitación, pero su madre no quería ni moverse, alegando que todavía no se sentía bien.

—Gianna, ¿dónde estabas? —farfulló la mujer en cuanto la vio—. Otra vez me duele el hombro, ¿cómo eres capaz de dejarme sola en este estado?

Gianna apretó los labios para abstenerse de responder. Su madre no estaba en mal estado, sólo exageraba, pero ella no pensaba contradecirla. No se atrevía a hacerlo. Nunca le decía que no a Marietta Lloyd.

—Lo siento, necesitaba un poco de paz —respondió y apresuró el paso a la cama de su madre.

Una vez ahí, retiró el vendaje para echarle un vistazo a la herida. Había cerrado completamente y no mostraba señales de infección, tal vez sólo le quedaría una pequeña cicatriz.

—¿Duele mucho? —preguntó, presionando la herida con suma suavidad.

—Un poco. Aunque debo admitir que hoy me sorprendiste, no sabía que tus poderes habían mejorado tanto —dijo la mujer.

Los ojos de Gianna se abrieron de par en par ante tal declaración. Marietta Lloyd nunca le hacía cumplidos. Nunca tenía nada positivo que decir sobre ella. Podía contar con una sola mano las ocasiones en las que le había expresado su aprobación.

Y se odiaba un poquito por desear tanto esa aprobación. Se odiaba porque con ese simple cumplido tan seco, su corazón rebosaba de alegría.

Amaba a Marietta Lloyd y estaba consciente de que esa tal vez sería su perdición.

—Gracias —respondió, tratando de no mostrar lo complacida que se sentía.

—¿Sabes dónde está tu hermano? No ha venido a visitarme el muy malagradecido. —La voz de Marietta sonaba más fastidiada que afligida.

No le sorprendía que su mellizo no hubiera pasado por ahí. La relación de Gianna y su madre era complicada, pero la de Gavril y su madre era nula, casi inexistente. Se trataban con cordialidad, como si fueran simples conocidos. Marietta nunca había aprobado la naturaleza rebelde de su hijo, y como él jamás cambió, eso los fue alejando. Luego se distanciaron más cuando su padre se llevó a Gavril a vivir con él a Eben.

—No lo he visto, ¿debería ir a buscarlo?

Marietta sacudió la mano, como indicando que no era necesario.

—Vete ya, necesito descansar —declaró la mujer—. Además, tu lugar está con tu esposo.

—Sí, madre.

Esa era la frase que más repetía cuando estaba con ella.

Salió del sanatorio y cerró la puerta con cuidado de no hacer ruido. Cuando volteó, se percató de que Gavril estaba recargado a un lado de la puerta, cruzado de brazos. Estaba mirando a Gianna.

—¿Cuánto tiempo llevas ahí?

—El suficiente.

—¿Escuchaste todo? —preguntó Gianna, tomándolo del brazo para alejarse un poco y poner distancia entre ellos y Marietta—. Mamá no lo decía en serio; no eres un malagradecido.

Gavril se encogió de hombros.

—Sé muy bien lo que piensa de mí, ¿por qué la defiendes?

—¡Es nuestra madre! —intentaba hablar bajito, pero su tono salió alterado—. Y creo que deberías entrar a verla.

—¿Para aguantar sus reproches? No lo creo. Te estaba esperando a ti.

Gianna sacudió la cabeza con cierto fastidio y lo soltó del brazo, luego comenzó a caminar. Gavril simplemente la siguió y ambos entraron a la cocina, que a esas horas de la noche estaba desierta. Ella tomó asiento en el comedor y miró a su hermano.

—Bien, ¿para qué me esperabas?

Antes de hablar, Gavril también tomó asiento, subió ambos pies a la mesa y puso las manos detrás de la cabeza. Gianna lo miró con reproche, pero prefirió no decirle nada.

—Quería asegurarme de que estuvieras bien.

La postura y el tono de voz de Gavril indicaban que estaba relajado, pero Gianna conocía a su mellizo y sabía que él no soltaría esas palabras si no estuviera realmente preocupado.

—Estoy bien —fue la respuesta de la chica, aunque claramente no lo estaba. No quería preocupar a los demás con sus problemas personales cuando había cosas tan graves ocurriendo en la nación.

—Siempre has sido buena ocultando todo de ti y manteniendo las apariencias, pero soy tu hermano y veo a través de esa mierda.

Eso la ofendió un poco y no estaba segura del porqué. Se abrazó a sí misma de forma defensiva.

—Bueno, ese no es asunto tuyo.

Gavril puso los ojos en blanco.

—¿Por qué no te dejas ayudar?

—¡Porque no necesito ayuda! —exclamó, más alterada de lo que pensaba que estaba. Algo muy dentro de ella la impulsó a decir lo siguiente—: Porque nadie puede ayudarme.

—Gian, este último año ha sido difícil para todos y cada día que pasa te noto más miserable. —Esa última palabra sonaba algo extrema, pero no se alejaba tanto de la realidad—. Sé que nunca hablamos de estas cosas, no como antes, pero quiero saber qué está pasando por tu cabeza.

Gianna sintió como si le apretaran el pecho. Gavril había usado el apodo con el que la llamaba cuando ambos eran pequeños y casi inseparables; hace años que no lo escuchaba. Además de familia, siempre habían sido buenos amigos, aunque era cierto que el tiempo y la distancia habían hecho que su relación decayera un poco, y era aún más cierto que hacía años que no tenían una conversación sincera entre hermanos.

A pesar de eso, ella estaba segura de que su hermano siempre estaría ahí para ella. Estaba segura de que siempre la protegería. Se lo había demostrado con acciones que hablaban más que las palabras; aunque, de vez en cuando, estas también eran necesarias.

Gianna decidió quitarse la máscara.

—Me siento perdida. No sé qué estoy haciendo y no sé qué quiero —comenzó a hablar, primero tentativamente—. Siempre pensé que esto era lo que deseaba, ser la reina de Alariel. Pensé que podía llegar a enamorarme de Emil, por Helios, durante el Proceso incluso llegué a pensar que comenzaba a sentir algo por él, pero tal vez sólo quería convencerme de ello porque me daba terror no ser la candidata perfecta.

Gavril sólo la miraba, escuchando atento. Ella continuó:

—Y creo que Emil es infeliz, ¿sabes? Ya no sonríe como antes y las pocas veces que lo hace siempre es con tristeza. —Sus ojos se humedecieron—. Y... y creo que yo tampoco soy feliz. A veces quisiera intentar vivir como un matrimonio verdadero para ver si la situación mejora, pero simplemente no siento eso por él y él no siente eso por mí.

Se tapó los ojos con las manos y recargó los codos en las rodillas. Soltar todo eso la drenaba emocionalmente.

—Y luego está el hecho de que soy la reina y no sirvo para nada.

—Eso no es verdad —dijo Gavril con una sinceridad aplastante.

Gianna alzó la vista.

—¡No puedo ayudar en nada! El sol no está saliendo. Han intentado asesinar a Emil en repetidas ocasiones, no hay un heredero, ¿y yo qué estoy haciendo al respecto? Nada —exclamó, alzando la voz—. Y luego está mi madre. Es demasiada presión; constantemente siento como si fuera a explotar, pero no lo demuestro. Si no soy la reina perfecta que ella siempre imaginó, tengo miedo de lo que pueda llegar a hacerme.

—Eres su favorita, no te va a hacer nada.

—Soy su juguete favorito, quizás —dijo con extrema tristeza, ya hasta sonaba apagada.

Gianna no se atrevía a admitir en voz alta lo mucho que su madre la aterraba. Gavril ya había dejado la casa cuando Marietta comenzó a castigarla si no se comportaba como la damisela perfecta. La encerraba en un cuarto oscuro, sin ventanas, y...

Su mente bloqueó esos recuerdos al instante.

—Olvídate de ella. Eres la reina, hasta podrías expulsarla del castillo si así lo deseas —dijo Gavril.

—No puedo. Es mi madre y la quiero —respondió, derrotada—. Además, sin ella no sabría qué hacer.

—Eso es ridículo, Gianna.

Ella alzó una mano.

—Basta, sé que quieres protegerme, pero no entiendes nuestra relación.

—Bien, entonces no voy a opinar sobre tu relación con mamá —concedió, y al fin bajó los pies de la mesa—. Pero debes empezar a poner tus deseos por encima de los de los demás, porque si no, vas a perderte por completo.

—Mis deseos —dijo en tono sarcástico, soltando una risotada—. No sé qué deseo.

Gavril chasqueó la lengua.

—Entonces tal vez debas empezar por ahí.

Esas palabras resonaron en ella, en lo más profundo de su ser. Siempre se preocupaba por lo que los demás pensaran de ella, y vivía intentando complacer a todos. Vivía intentando cumplir las expectativas de los demás. Y sabía que eso era lo que iba acabando con ella día con día, pero ¿cómo cambiarlo? No sabía existir de otro modo.

La cabeza comenzó a dolerle.

—Ahora es tu turno —dijo Gianna, buscando desviar la atención—. ¿Estás bien? Hoy te encontrabas muy alterado.

—Se nos escaparon los rebeldes; digamos que no ha sido el mejor día —respondió con una nota de sarcasmo.

—No, desde antes de eso, cuando tenían capturada a la chica. La amenazaste con tu fuego como si estuvieras dispuesto a torturarla si no hablaba.

Gavril se quedó callado por lo que pareció una eternidad.

—Tal vez lo estaba.

—Gav, no puedes estar hablando en serio. Tú no eres así.

—Yo no *era* así —la corrigió. Y podía escuchar en su voz que estaba conteniéndose. Intentando no reflejar la ira que sentía—. Pero estoy harto de vivir luchando por el bien mayor. Eso hicimos hace un año y mira cómo resultó. Lo tengo muy claro, voy a proteger a los míos a toda costa. El resto del mundo puede irse a la mierda mientras las personas que me importan estén bien.

Gianna lo miraba, atónita.

El verde en los ojos de su hermano parecía haberse oscurecido, como si ese claro despejado se hubiera convertido en un bosque durante una noche sin estrellas. Uno de esos en los que era difícil encontrar una salida, pues todo estaba oscuro, casi negro. Y, por más que los veía, no podía descifrar qué monstruos se escondían entre los árboles. Eso la asustó.

—Esa chica no habría dudado en asesinar a Emil. —Su hermano volvió a hablar después de que ella se quedara callada—. Yo he decidido que tampoco voy a dudar.

Eso hizo que inevitablemente recordara las palabras que Bastian les había dicho hacía ya mucho tiempo: «¿No matarías para salvar tu vida o la de tus seres queridos?».

Ahora, aquí, frente a ella, se encontraba su hermano menor, una de las personas que más quería en este mundo, y se le rompía el corazón al ver lo que la vida le había hecho. A él y a todos sus amigos. Ya no existían esos niños inocentes de antes. Todos habían sido dañados por la oscuridad y por la cruel realidad, y ya no había marcha atrás.

Gianna se preguntaba si algún día volverían a ser felices.

Aunque había pasado un día desde el escape de los rebeldes, el ambiente en la casa Lloyd seguía tenso. Gianna trataba de enfocarse en sus asuntos, pero esa vibra tan pesada era imposible de ignorar. Por lo menos, la noche anterior había podido dormir y, además, el sol de nuevo había salido a la hora regular.

Acababa de desayunar junto a su madre, quien pidió que le llevaran la comida a la cama, y ahora mismo se encontraba buscando a Emil. El día anterior, cuando Gianna llegó a la habitación que compartían, él ya estaba dormido. Y hoy al despertar ya se había ido.

Se topó con Derien en los pasillos, quien le indicó que había visto a Emil entrar a la biblioteca junto con Mila y Lord Zelos, por lo que ahora ese era su destino. Llegó y tocó la puerta, pero nadie respondió. Se quedó pensativa por unos segundos, pues no quería interrumpir, pero ya había pasado por esto antes y no pensaba repetirlo. Era la reina y podía entrar adonde quisiera.

Abrió la puerta lentamente y se asomó antes de pasar. En un principio no vio a nadie, pero pronto se dio cuenta de que Emil y Mila estaban cerca de uno de los ventanales, mirando hacia afuera. Hablaban de algo en voz baja; Gianna no podía escuchar qué decían.

No veía a Lord Zelos por ninguna parte, así que se acercó a sus amigos, ya más tranquila. El ruido de sus zapatos contra el piso llamó la atención de ambos, y giraron un poco el rostro para ver quién había llegado. Mila le sonrió.

—¿Acabas de despertar? —preguntó.

—¿Eh? ¿Por qué lo dices? ¿Me veo muy mal? —exclamó, mirando su vestido mientras con las manos trataba de alisar las posibles arrugas de la falda.

Mila alzó ambas manos.

—No, Gi. Luces perfecta, como siempre —se apresuró a decir—. Es sólo que no te vi en el desayuno.

Oh.

—Hoy lo tomé con mi madre —respondió, dejando el vestido en paz.

—¿Cómo se encuentra? —preguntó Emil—. Ayer te estuve esperando para preguntarte, pero me venció el sueño.

—Está muy bien, ya puede salir de la cama, pero prefiere seguir descansando —y sin más rodeos, preguntó—: ¿De qué estaban hablando?

Una mueca de descontento se formó en el rostro del joven rey.

—Mi tío Zelos piensa que lo mejor es acortar nuestra estadía en Beros. Quiere que regresemos a Eben hoy mismo —dijo, cruzándose de brazos—. En un principio me negué, porque todavía no cumplo ni con la mitad de las cosas que debo hacer aquí, pero...

—Yo estoy intentando convencerlo de que nos vayamos —completó Mila al ver que Emil pausaba su discurso—. Hasta ahora, en Eben no ha ocurrido ningún ataque, es el lugar más seguro para estar.

—Pero entonces, ¿qué? Si regresamos, el Consejo se las va a ingeniar para mantenerme encerrado en el castillo, tal como lo sugirió Lady Jaria.

—No pueden hacer eso a menos que haya una votación contigo presente, y la mayoría de los miembros te escuchan —dijo Mila—. Confía en tu tío, te acaba de decir que no van a confinarte, sólo quieren mantenerte seguro.

—Ya no es tan seguro, ¿o sí? Ahora tienen pegasos.

Oh, por Helios. Emil tenía razón, ahora los rebeldes tenían pegasos y podían subir en cualquier momento.

—La guardia triplicará la seguridad del muro. Emil, sabes perfectamente que desde Eben nosotros tenemos la ventaja.

—Pero…

Mila puso una mano sobre el hombro del rey.

—Ya sé lo que vas a decir, que eres el rey y debes poner a la nación primero —dijo, y luego le dio un apretón en el hombro—. Pero los asuntos de Beros no son de vida o muerte, pueden esperar un poco más. Sería un golpe duro para Alariel si te perdemos a ti también. La situación es muy precaria en estos momentos.

Emil lucía pensativo, y dirigió sus ojos color miel a los de Gianna.

—Gi, ¿tú qué piensas que debemos hacer?

No le sorprendía que Emil pidiera su opinión. Claro, eran amigos, pero, además, desde que se habían casado, él procuraba consultarle todas las decisiones que afectaran a Alariel. O por lo menos la gran mayoría.

Pero ¿qué pensaba? Sin duda, quedarse en Beros era peligroso. Los rebeldes ya se habían manifestado dos veces en el corto tiempo que llevaban ahí. Era cierto que todavía no atendían todos los asuntos que supuestamente realizarían durante su estadía, pero con el caos había sido imposible seguir una agenda.

Además, ya se había llevado dos grandes sustos y no estaba en condiciones de enfrentar un tercero.

—Creo que tu seguridad debe ir primero. Y ayer hubo varios heridos, entonces… —Quería completar la frase, pero le daba miedo que la fuera a hacer quedar mal.

—Gi tiene razón. Los que estamos a tu alrededor también corremos peligro —completó Mila, quien entendió lo que Gianna había intentado decir y lo comunicó sin problema alguno. Y no había quedado mal.

Eso sí movió a Emil. Gianna podía notarlo en cómo había cambiado su postura; de pronto, estaba más rígido.

—Además, esto será temporal, ¿verdad, Mi? —se apresuró a agregar—. La Guardia Real ya tiene un objetivo; sólo es cuestión de tiempo para que los atrapen.

—Exactamente —concedió Mila.

—Oh, ustedes ganan. Regresemos a Eben —soltó Emil, negando con la cabeza.

Mila alzó una mano en dirección a Gianna. Ella chocó la suya con la de su amiga.

Emil las miró fijamente, entrecerrando los ojos.

—Odio cuando se juntan para hacerme perder —se quejó en tono de broma.

Eso ocasionó que Mila soltara una pequeña carcajada, lo que le sacó a Gianna una sonrisa. Entonces, regresarían a Eben. Le sorprendió un poco lo feliz que la hizo esa afirmación. Beros tenía la historia de su vida impregnada en las paredes, pero ya no era su hogar. Volver había hecho que se diera cuenta.

Ahora se preguntaba si Eben era su hogar.

No lo sabía. Tal vez no tenía uno.

Capítulo 6
EZRA

La luna estaba en lo más alto del cielo nocturno. Había mucha gente en las calles de Pivoine, por lo que Ezra se aseguró, una vez más, de que su capucha estuviera cubriéndole bien la cabeza. En ese momento se encontraba con Bastian y se dirigían al punto de encuentro acordado.

Ese mismo día, cuando recién empezaba a anochecer, Nair había aparecido en la casa de Rhea con un mensaje para Bastian. Al parecer, su contacto del castillo al fin se había dignado a reservar un tiempo para verlo y los había citado en un barco cerca del muelle del lugar. Para Ezra era importante que se centraran en la investigación del sol, pero también le importaba que Bastian estuviera bien, y todo este asunto de su hermana lo tenía bastante intranquilo. Así que esa sería la prioridad, por lo menos esa noche.

En cuanto llegaron a un área del muelle completamente desolada, se toparon con el barco descrito en el mensaje. Desde afuera se veía viejo y abandonado. Estaba bastante más alejado de los demás navíos a su alrededor, y se encontraba atado a tierra por una cuerda tan desgastada, que podría romperse en cualquier momento.

Cuando al fin se acercaron lo suficiente, Ezra notó que no había ningún alma a bordo, pero a Bastian pareció no importarle y, de un salto, entró al barco. El mayor lo imitó y lo siguió hasta la baranda en silencio. Era un navío bastante pequeño, había un único mástil con una vela cuadrada que tenía agujeros, un timón en la popa y una cabina con las ventanas rotas. Un toque curioso era que contaba con un tablón, de esos utilizados en los barcos piratas para ejecuciones.

Ezra aprovechó para mirar al horizonte y apreciar la maravilla que era el Castillo de la Luna. Este se encontraba en el lado oriente de la ciudad y desembocaba en el océano. De hecho, parecía que la mayor parte de su estructura estaba construida sobre el mar. Las historias decían que varios lunaris con afinidad al agua la habían apartado cuando lo construyeron, hacía ya cientos de años.

La entrada del castillo se encontraba en tierra; un puente conectaba dicha entrada con la parte principal de la construcción, en el océano. Era una vista enorme y majestuosa. El castillo tenía muros blancos y torres altas, con varios arcos adornando la estructura. A lo lejos parecía un lugar de cuentos, un lugar de paz y tranquilidad. Pero lo cierto era que, desde que la reina Lyra asumió el trono, se había vuelto una fortaleza, desolada e incierta. Todo el perímetro en tierra estaba custodiado por guardias y nadie podía cruzar el puente sin permiso. Además, el área rodeada de mar estaba repleta de barcos guardianes, con cañones listos para disparar.

Le brindaba tranquilidad que estuvieran suficientemente lejos, en un punto bastante oscuro y poco visible para los que no pusieran atención.

Esperaba que nadie lo estuviera haciendo.

—Llegó.

La voz de Bastian lo sacó de sus pensamientos justo antes de que escuchara el impacto de un salto detrás de ellos. El chico que acababa de llegar parecía más o menos de su edad. Tenía el cabello rubio y largo, y en su rostro destacaba una cicatriz cerca del ojo derecho. Su atuendo era bastante simple para los estándares de los ilardianos, quienes solían llevar lazos y nudos en toda su ropa, pero Ezra notó que portaba los colores oficiales de la Corona de Ilardya: azul y plateado.

—Su alteza —fueron las palabras del recién llegado cuando estuvo suficientemente cerca de ellos. Pero no sonaban serias, más bien iban llenas de socarronería.

—Vuelve a llamarme así y verás una daga muy cerca de tu otro ojo —respondió Bastian arisco, aunque Ezra pudo notar un tono juguetón escondido bajo la amenaza.

El sujeto alzó ambas cejas.

—¿Sigues jugando al príncipe encubierto? —preguntó, mirándolo con curiosidad y algo de calidez—. Aquí no hay nadie; no hay de qué preocuparse.

Bastian puso los ojos en blanco.

—No es eso. No quiero tener nada que ver con la familia real.

—Y, sin embargo, tienes todo que ver.

—Basta —siseó.

Ezra apenas empezaba a entender hasta qué punto Bastian odiaba a su familia. El chico nunca quería hablar sobre ellos, pero él podía notar cómo su semblante se ensombrecía cada vez que los nombraban o los recordaba. Incluso cerraba los puños con fuerza, perdía toda calidez y destilaba frío.

—¿Y quién es nuestro invitado? —preguntó, alzando la cabeza en dirección a Ezra, como si apenas estuviera percatándose de su presencia. Aunque él sabía que lo había visto desde que puso un pie en el barco.

—Ah, olvidé las presentaciones. Ez, él es Alistar, trabaja en la biblioteca del castillo junto con sus padres —dijo Bastian, apuntando al bibliotecario—. Alistar, él es Ezra, ya te había hablado de él.

Alistar miró a Ezra detenidamente y él le devolvió el gesto, sin flaquear. Al tenerlo más cerca, pudo notar que sus ojos eran imposiblemente negros, casi del mismo color que la pupila, y la cicatriz que marcaba su piel estaba tan cerca de su ojo derecho, que este aparentaba estar permanentemente entrecerrado. Un aire de misterio lo rodeaba, a simple vista parecía una persona que sabía muchas cosas y ocultaba muchos secretos.

Por su parte, el hombre también parecía estarlo analizando; Ezra ni se inmutó, si el ilardiano quería verlo, que así fuera.

—Vaya, así que este es Ezra —dijo Alistar después de un rato, dirigiéndose sólo a Bastian—. Tengo información confidencial y no sé si puedo confiar en un forastero.

Ante esto, Bastian levantó la barbilla, como retándolo.

—Yo le confiaría mi vida, así que eso tendrá que ser suficiente para ti.

Ezra miró al chico a su lado. Bastian no tenía idea de lo que eso acababa de ocasionar en él. Era absurdo cómo ese ilardiano podía afectarlo tanto con apenas unas palabras.

Por su parte, Alistar simplemente suspiró.

—Bien, que sea como tú quieras —aceptó, negando levemente con la cabeza, como si ya estuviera acostumbrado a esa actitud por parte de Bastian. Luego volvió a mirar a Ezra—: ¿Y tú no vas a hablar?

—Hablaré cuando tenga algo que decir —respondió con toda la simpleza que pudo.

Bastian dio un paso hacia el recién llegado.

—Alistar, llevo varios días esperándote en el lugar de siempre y no he sabido nada de ti hasta que hoy apareció Nair con tu mensaje —dijo el chico con impaciencia—. ¿Me vas a decir qué está pasando?

El aludido chasqueó la lengua.

—He estado ocupado revisando los archivos que me pediste. En la parte antigua de la biblioteca encontré algunas cosas interesantes, pero todavía necesito tiempo para que las piezas tengan sentido —explicó, recargándose en la baranda—. Te envié el mensaje con Nair porque me enteré de algo que me pareció, por decirlo de alguna manera, interesante.

Bastian no dijo nada, simplemente asintió para indicarle que continuara.

—Sabes bien que yo no salgo mucho de la biblioteca y durante el día me voy directo a mi dormitorio. No me gusta deambular por el castillo, pero hace algunos días la reina solicitó uno de los pergaminos sobre la historia de la familia Yuenai, y cuando fui a entregárselo, los guardias me impidieron el paso hacia el ala real.

—¿Por qué? No tiene sentido que no te dejaran pasar, si fue mi propia hermana quien lo solicitó.

—Ahí es donde se pone interesante. Me quitaron el pergamino y una mujer a la que jamás había visto lo tomó y se retiró —informó Alistar—. Esa noche fui a la cocina a preguntar y me dijeron que la reina no permite que nadie entre al ala real, sólo aquella chica y unos cuantos guardias.

Ezra pudo ver que Bastian parecía sorprendido con esa revelación.

—¿Cuál es el nombre de esa mujer?

—Deneb. Eso es lo que me dijeron.

—No tengo idea de quién es.

Definitivamente era información muy interesante. Si Bastian no conocía a la tal Deneb, lo más probable era que hubiera empezado a trabajar para la reina después de que él abandonara por completo el castillo. Si es que trabajaba para ella. Había miles de posibilidades.

—¿Y mi hermana? ¿Sale del ala real? —inquirió Bastian.

—A veces va a la biblioteca; los sirvientes me dijeron que no es común verla en otras áreas del castillo —respondió el ilardiano mayor—. Los Viejos Sabios le han aconsejado que salga a Pivoine y se muestre como la reina que es, pero Lyra los ignora. Ellos son los que se han encargado de todos los asuntos del reino desde que tu hermana asumió el trono.

Ezra sabía algo de eso, los Viejos Sabios de Ilardya equivalían al Consejo Real de Alariel.

—¿Piensa quedarse encerrada de por vida? ¿Está consciente de que es la reina de Ilardya? —espetó Bastian, sus ojos plateados parecían contener metal derretido por fuego ardiente. Negó con la cabeza fuertemente—. Algo está sucediendo ahí dentro, Alistar. Ella está tramando algo.

—Ciertamente, me parece extraño que quiera leer sobre los orígenes de la familia real. Es una historia que todo ilardiano conoce. Cuando me regresen el pergamino voy a releerlo, tal vez ahí haya alguna pista —respondió Alistar. No dudó ni un segundo de la acusación de Bastian.

—Eso no es suficiente, necesito entrar al castillo.

Ante eso, la mirada de Alistar se tornó sombría. Severa.

—Si Lyra te ve, no se va a apiadar de ti. —Su voz sonaba como una tormenta de nieve avecinándose—. Además, es imposible que logres escabullirte como antes lo hacías. El lugar entero está rodeado.

—Por eso me vas a ayudar.

—No. No vas a arriesgar tu vida de forma tan insensata. Espera mis respuestas, yo investigaré desde adentro.

Las mejillas de Bastian habían tomado un color carmesí y su mandíbula estaba apretada.

—¡No puedes tomar esas decisiones por mí!

Alistar no tuvo tiempo para responder, pues, en ese momento, una ola azotó el barco y lo sacudió con fuerza. Ezra tomó la baranda para no caerse. Esa no había sido una ola natural; la marea estaba alta, pero no violenta. Fue entonces cuando vio uno de los barcos de la Guardia Lunar aparecer a escasos metros de ellos. Se había manifestado de la nada, hacía un segundo no estaba. Dos cosas eran seguras: a bordo había lunaris acuáticos e ilusionistas.

—Maldición —masculló Bastian.

—¿Quién anda ahí? ¡Identifíquese! —la voz de una mujer gritó desde el otro barco.

—Yo me encargo —dijo Alistar, dándoles la espalda a Ezra y a Bastian—. Váyanse. Si los atrapan, hasta aquí llegó su investigación.

Bastian tomó la mano de Ezra.

—Espero que sepas nadar.

La adrenalina de estar a punto de ser descubierto se sintió como un cañón que despertó todos los sentidos de Ezra. Adoraba esa sensación.

Sin más, los dos corrieron hacia el tablón del barco y, sin detenerse, saltaron al mar. Ezra se zambulló con los ojos y la boca cerrada, pero aun así pudo sentir el agua salada de golpe. Y estaba helada, pero eso no los iba a detener. No había soltado la mano de Bastian, así que los dos nadaron hacia la superficie y tomaron una gran bocanada de aire.

Esperaba que no los persiguieran. Tendría que confiar en Alistar.

Al fin se soltaron y comenzaron a nadar para alejarse lo más posible de aquellos guardias. Ezra agradecía su condición física y el hecho de que no estuviera cansado, pues encima del peso de su ropa en el agua, la huida no resultaba tan sencilla a causa de la marea. Bastian iba a una corta distancia tras él.

Nadaron durante unos minutos hasta el extremo del muelle. Ezra se dirigió hacia este y tomó uno de los postes que lo sostenían para descansar; la capucha ya no le cubría la cabeza, estaba completamente empapada y pegada a su cuerpo. Bastian llegó unos segundos después y se tomó del mismo poste; respiraba con dificultad.

—¿Estás bien? —preguntó Ezra.

Bastian tardó un poco en responder, tratando de recuperar el aire.

—Perfecto, como siempre —dijo con ligereza, aunque su voz denotaba abatimiento.

—Menos mal que no pusieron la marea en nuestra contra.

Los poderes de los lunaris acuáticos eran un peligro en los mares.

—Ni siquiera intentaron perseguirnos, de ser así, nos habrían atrapado. Seguro Alistar les inventó algo creíble —señaló Bastian, mirando hacia arriba—. Ayúdame a subir.

No esperó a que le respondiera, se soltó del poste y nadó detrás de Ezra para colocar las manos en sus hombros. Él entendió lo que pensaba hacer y se hundió un poco en el agua para que Bastian pudiera trepar por su espalda. Una vez que el ilardiano se puso de pie en sus hombros, volvió a la superficie.

Bastian alzó las manos para alcanzar el borde del muelle; Ezra se apoyó del poste para impulsarse hacia arriba y así ayudarlo a subir. Dejó de sentir su peso y lo miró: se alzaba con agilidad y gracia, como si no le costara.

Luego el ilardiano se sentó en el borde del muelle.

—Ahora es tu turno —le dijo.

Ezra pudo sentir la magia de Bastian rodeando su cuerpo. Era envolvente y sorprendentemente cálida, incluso notaba un cosquilleo que lo recorría de pies a cabeza. Y, de pronto, estaba flotando. Subió y subió y subió hasta quedar frente al chico.

Bastian seguía sentado en el muelle y Ezra estaba al nivel de sus ojos, como si volara. El aire olía a sal y la brisa se sentía como una canción. La luz de la luna se reflejaba en los ojos plateados del chico, dándoles un brillo sin igual. Le estaba regalando su clásica sonrisa traviesa y arrogante. Si el agua del mar no lo había dejado sin aire, esto sí que lo había hecho.

En ese momento, Bastian lucía como si la mismísima luna lo hubiera creado.

—De nada —dijo.

Con telequinesia guio el cuerpo de Ezra al muelle y suavemente lo depositó a su lado.

—No tenías que hacerlo, creo que hubiera podido trepar —fue lo primero que atinó a decir. Recordaba muy bien cuando Bastian había salvado a Emil de caer en las ruinas. Cómo había quedado exhausto y sin reserva.

Bastian chasqueó la lengua.

—La luna sigue en el cielo, con su energía directa fue sencillo. Además, es luna llena, nuestra magia es más poderosa en noches como esta —respondió y luego su sonrisa se hizo más grande—. Pero, oye, esto no lo puede hacer cualquier lunaris, ¡no sin cristales! Estás al lado de uno de los mejores.

—No tengo la menor duda.

—Oh... lo decía de broma, mi ego no es tan grande.

Ante eso, Ezra alzó una ceja y le dedicó una mirada llena de incredulidad.

—¡Bueno, bueno! —Bastian alzó las manos—. Me conoces bien. Lo mejor será que ambos aceptemos mi grandeza.

Sin poder evitarlo, una leve sonrisa escapó de los labios de Ezra.

—Cuatro —dijo el ilardiano.

¿Eh?

—¿Cuatro qué?

—¿Creerás que estoy loco si te digo que llevo la cuenta de las veces que te he sacado una sonrisa? —confesó Bastian, sin dejar de mirarlo—. Con esta, van cuatro.

Esta sí que era una total revelación para Ezra. No tenía idea de cómo reaccionar.

—Yo... —intentó hablar. Tuvo que aclarar su garganta—. Podría intentar sonreír más.

—Las sonrisas no deben ser premeditadas, tienen que salir del alma. Y sé que las tuyas no se las regalas a cualquiera; por eso se sienten como un tesoro —respondió, desviando la mirada. Sus pies colgaban en el aire y empezó a moverlos en un vaivén.

¿Era su imaginación o Bastian estaba apenado? Esa sí que era una rareza.

Por Helios.

—Bastian.

—¿Sabes a quién jamás he visto sonreír? A Lyra. —El chico se apresuró a decir, cambiando el tema, como si no estuviera preparado para escuchar las palabras de Ezra, fueran las que fueran—. No creo que sea capaz de hacerlo.

Y como Ezra ni siquiera estaba seguro de qué decir, decidió aprovechar que Bastian había sacado el tema de su hermana, ya que, por lo general, eran terrenos prohibidos.

—¿Por qué crees eso?

Bastian se encogió de hombros, como si la plática no tuviera importancia.

—Cuando era niño, pensaba que era por culpa de mis padres. Yo tampoco sonreía mucho en aquellos años... —dijo, había agua escurriendo por su rostro a causa del pelo mojado—. Ella me lleva ocho años y cuando yo era muy pequeño la enviaron a una especie de internado. Mamá no la quería en el castillo.

—Eso... no tenía idea.

El ilardiano esbozó una sonrisa triste. De esas que te estrujan el corazón.

—Somos la ilustre familia Yuenai. Mis padres se aseguraron de que nadie se enterara —hablaba con melancolía y con tintes de desprecio—. Cuando al fin regresó... llegó cambiada. O eso solía decir mamá, yo no conocí a la Lyra anterior. Pero esta que llegó del internado... solía aterrarme, ¿sabes? Sólo se comunicaba con nosotros a través de sus ilusiones y, eran tan reales, que nuestra madre empezó a enloquecer.

La reina Adria Yuenai había fallecido hacía algunos años, cinco, si recordaba bien. Las causas de su muerte nunca estuvieron claras, por lo menos no en Alariel. Se rumoraba que se había quitado la vida. Ezra no se atrevía a preguntarle a Bastian.

—¿La echas de menos? —decidió preguntar. Quería conocer más al chico, a este lunaris que en tan poco tiempo se había vuelto una de las personas más importantes para él.

—A veces —fue la respuesta de Bastian. Se quedó callado durante unos segundos y luego agregó—. Desde que ella murió, me he sentido como un huérfano. Y ahora que el rey Dain murió, supongo que lo soy.

Aunque intentó decirlo en su típico tono sarcástico, no le funcionó. Ezra no era el mejor con las palabras; tampoco le gustaba hablar de sí mismo, pero quería que Bastian supiera que no estaba solo.

—Ya somos dos —dijo entonces, alzando la mirada hacia la luna llena, que desde ahí lucía tan inmensa, que la noche parecía hecha sólo para ella—. Emil y yo perdimos a nuestra madre en esa isla, pero por lo menos él tiene a Arthas, su padre. Yo nunca he sabido nada del mío.

Pudo sentir los ojos de Bastian sobre él, pero decidió no voltear.

—Tal vez esté vivo, ¿nunca has pensado en buscarlo?

Ezra suspiró.

—Cuando era niño, era lo que más quería. Solía hacerle muchas preguntas a mi madre, pero ella me respondía con evasivas. Me dijo que algún día me daría todas las respuestas que necesitara... pero eso ya no va a ocurrir.

—Ez, tenemos toda una vida por delante; nunca es tarde para buscar respuestas —dijo Bastian—. Cuando las cosas vuelvan a la normalidad, hay que ir a buscarlo.

Juntos.

No lo había dicho, pero estaba implícito.

La verdad era que Ezra ya no estaba seguro de querer encontrar a ese hombre. Si bien siempre había sentido esa necesidad de saber quién era su padre biológico, a estas alturas, tal vez no le haría bien descubrirlo. Le había tomado años estar a gusto con su identidad. Era Ezra Solerian, hijo de Virian y hermano de Emil. Y era un príncipe bastardo, un príncipe sin poderes. Pero se había ganado su lugar en Eben, en Alariel. Ahí estaba su familia y no necesitaba otra.

Pero aun así...

Aun así.

—Creo que podríamos hacerlo —respondió, y ahora sí le devolvió la mirada a Bastian.

Él tenía el ceño fruncido.

—El agua salada nos hizo mal, nunca habíamos tenido una conversación tan... personal. No sé si me agrada esta sensación.

A Ezra sí le agradaba, por lo menos con Bastian. Aunque era cierto que el ambiente se había tornado pesado. Por ese día, ya era suficiente. Necesitaban aligerar la conversación.

—Así que me confiarías tu vida, ¿pero no tus pensamientos? —El intento de broma de Ezra había salido sin premeditación, simplemente soltó las palabras y ya. Pero el efecto fue contraproducente, pues ahora sus mejillas estaban ardiendo. Por eso nunca hacía bromas, no eran su fuerte.

Bastian no reaccionó al instante, seguía pensativo. De hecho, ahora que lo miraba, pudo notar que algo lo inquietaba. Sus dedos jugueteaban entre ellos y su postura era rígida.

—Eso lo dije muy en serio. Te confiaría mi vida, pero... —calló por unos segundos, desviando la mirada.

El silencio se hizo presente de una forma aplastante. Ahora lo que gobernaba era el sonido del mar. Era fuerte y suave a la vez, de una forma llena de contrastes. Inquietante y bello. Misterioso y claro. Aterrador y, sobre todo... cautivador. Era como una melodía capaz de hipnotizarlo y ahogarlo. Ezra sentía que si Bastian no hablaba pronto, el sonido del mar iba a hacerle precisamente eso último.

—Bastian, ¿qué sucede?

—Pasa que en estos momentos eres la persona en quien más confío y no he sido del todo sincero contigo —soltó, rascándose la cabeza.

Sus ojos plateados al fin volvieron a posarse en los suyos.

Y, aunque Ezra sospechaba que lo que Bastian estaba a punto de decir no iba a gustarle, tenía que saberlo. Necesitaba saberlo.

—Dime.

—Hay una razón por la cual he sido tan insistente con saber qué trama mi hermana. Con entrar al castillo —soltó y ya no pudo detenerse—. Es por eso que te escribí. Creo que Lyra sabe perfectamente por qué el sol se está comportando de forma extraña. Incluso... tal vez tenga algo que ver.

—Pero... ¿cómo? —No lo esperaba y eso sólo lo confundía más—. Estabas tan seguro de que encontraríamos respuestas con los fanáticos de Avalon. A menos... a menos de que Lyra sea uno de ellos.

Aunque las palabras salieron de su boca, la sola noción le supo como si se hubiera tragado algo espeso y difícil de digerir.

Bastian soltó una risotada sin ganas.

—Si tan sólo fuera eso...

—¿Qué quieres decir?

La expresión de Bastian era sombría.

—Lyra es la líder del culto de Avalon.

Capítulo 7
EMIL

El regreso a la ciudad flotante ocurrió sin percances. La Guardia Real había estado sumamente alerta, ya que la amenaza de los rebeldes de Lestra estaba más fuerte que nunca. La noticia de que habían atacado dos veces en Beros se había esparcido rápidamente por todo Alariel y la nación estaba alterada.

Emil quiso hacer una parada en Zunn para dar un discurso que pudiera sembrar calma en las personas, pero el Consejo se lo prohibió rotundamente, debido al resultado de su última aparición pública. Incluso Gavril se había puesto del lado de Zelos; lo habían discutido en el camino de regreso. Estaban solos, pues Gianna y Mila se habían ido en el carruaje de Marietta Lloyd.

«La nación necesita ver con sus propios ojos que los rebeldes no han logrado su cometido», había argumentado el rey.

«Deja de pensar en ellos antes que en ti», respondió su amigo. «Si apareces públicamente, vas a ser un blanco fácil».

Pero ¿acaso eso no era lo que un rey hacía? ¿Pensar en su pueblo antes que nada? Antes, incluso, que en él mismo. Había vivido así desde que comenzó con su reinado.

«Lo sé, lo sé», respondió, odiando sentirse derrotado. Sabía que podía dar la orden y tendrían que obedecerla, pero también sabía que ser un buen rey implicaba escuchar al Consejo Real. «Sólo me gustaría poder darles la certeza de que estoy bien. Decirles que no tienen que preocuparse por esto».

Lo del sol ya era preocupación suficiente.

«¿Y realmente estás bien?», preguntó Gavril, mirándolo a los ojos. «Emil, cuando descubriste que ese viejo fue el que intentó secuestrarte el día del incendio, casi te da un ataque de nervios. No puedes transmitir calma si tú no la sientes».

Emil había querido refutar esa declaración, pero Gavril le había cerrado la boca con la verdad. Después de aquello, el resto del camino transcurrió en silencio y llegaron a Eben al atardecer. Le habían ofrecido la cena justo al entrar al palacio, pero él sólo podía pensar en dejar salir todo lo que lo consumía, por lo que subió a su pegaso, Saeta, y se dirigió al área de entrenamiento al aire libre de la academia.

Algunas cosas nunca cambiaban. Aún iba a ese lugar casi a diario, para entrenar.

El alcance de su poder aún era desconocido para Emil. Lo que hizo en las ruinas le dejó una cicatriz en el alma, una que lo marcó tanto como la que le dejó el Atardecer Rojo de Zunn. Recordaba cómo su fuego simplemente se había apoderado de él y, alimentado por los cristales, había carbonizado a más de una persona. Esa noche se había dejado consumir por sus llamas y se había sentido *bien.*

Lo único que le aterraba era el hecho de que no se arrepentía de haber asesinado al rey Dain, ¿eso qué decía de él?

Emil bajó de Saeta, empezó a correr y encendió los brazos en fuego. El sol todavía estaba en el cielo, así que no le importaba exagerar. Siguió corriendo a toda velocidad por el campo, con ambos brazos encendidos, sin dar tregua. Se detuvo después de unos minutos, lleno de sudor, y cerró los ojos para concentrar ese fuego en sus extremidades.

Abrió los ojos y soltó un grito desde lo más profundo de la garganta. Ese grito fue como una orden para que las llamas se expandieran y le cubrieran todo el cuerpo.

Eso era algo que sí había cambiado.

Antes, a causa del incendio, Emil entrenaba para dominar sus poderes, para que estos no volvieran a salirse de control. Ahora, después de la Isla de las Sombras, entrenaba para llegar a los límites y conocer su alcance.

Nunca había escuchado de un solaris que cubriera su cuerpo entero en fuego. Él llevaba practicándolo ya unos cuantos meses.

El fuego incineraba su ropa, pero no lo quemaba a él. Se mantuvo así durante unos segundos, luego intentó invocar una barrera de fuego, pero apenas logró sacar un pequeño suspiro de llamas.

Dejó que el fuego de su cuerpo se extinguiera y fue hacia Saeta. El joven rey siempre tenía preparado un cambio de ropa en la bolsa de la silla de montar del pegaso, pues ya había acabado con varias de sus prendas.

Acarició la melena de Saeta cuando terminó de vestirse. Se sentía frustrado, pues, antes de irse a Beros, había logrado invocar una barrera de fuego decente al mismo tiempo que él estaba envuelto en fuego. Esta vez no lo había logrado.

«¿Y si usaras los cristales?».

—No —respondió en voz alta.

Otra vez esa pequeña voz que a veces decidía aparecer para atormentarlo en los días de entrenamiento. Emil sabía perfectamente que, con los cristales, podría hacer eso y mucho más, pero no iba a usarlos jamás. Estos estaban bajo llave en un lugar en donde no les llegaba luz solar ni energía lunar, para que no pudieran recargarse.

Esos cristales habían sido su ruina y esperaba que todo rastro de ellos desapareciera junto con esa isla.

Se alejó de Saeta y de una de sus manos salió un orbe de fuego que fue transformándose en un torbellino mientras giraba su muñeca. Ya no podía quemar su ropa, pues no traía otra muda.

—Su majestad.

Al escuchar que lo llamaban, dejó que las llamas se extinguieran. Un soldado venía hacia él.

—Sabes que nadie debe estar presente durante mi entrenamiento. —Era el único momento del día en el que pedía privacidad total.

—Lo sé, su majestad, pero su padre lo está buscando —respondió el recién llegado—. Está preocupado por usted.

Emil supo que el entrenamiento del día, a pesar de haber comenzado hacía apenas unos minutos, había llegado a su fin.

—Iré enseguida.

Cuando Emil bajó de Saeta, en la entrada del castillo, le informaron que Arthas se encontraba en los aposentos privados de la reina Virian. El joven rey entregó las riendas del pegaso a uno de los guardias y se dirigió hacia donde le habían indicado. No le sorprendía que su padre estuviera ahí; desde que la reina murió, pasaba gran parte de sus días en esa habitación o en el lago de Eben.

La muerte de la madre de Emil había afectado a toda la nación de Alariel. Él tampoco se había acostumbrado por completo a estar sin ella. Su ausencia se sentía como si día a día despertara sin una extremidad; no tenía que mirar para asegurarse, simplemente sabía que ya no estaba. Y como una extremidad, le hacía falta... pero poco a poco estaba aprendiendo a vivir así.

Todavía la extrañaba y la necesitaba, pero lo ocurrido en las ruinas había cambiado algo elemental en su relación con ella.

A veces imaginaba que la reina Virian había llevado una máscara y que él jamás había conocido a la persona detrás de esta; porque la había llevado puesta hasta el final. Y esa traición fue como si su madre lo hubiera arrojado de cabeza contra los muros que entre los dos habían construido.

Porque Emil siempre había vivido rodeado de muros, no solamente los que envolvían la ciudad flotante, sino los de la protección de su madre.

La había perdonado, pero jamás iba a olvidar.

Llegó a la habitación de su madre y tocó la puerta, la voz de Arthas se escuchaba amortiguada por el muro.

—¿Emil?

—Sí, soy yo.

En cuanto su padre abrió la puerta, lo tomó del rostro con ambas manos y lo examinó.

—¿Estás bien? Me enteré del ataque de los rebeldes. Hijo, si algo te llegara a pasar a ti también...

—No te preocupes, no me pasó nada —se apresuró a decir Emil—. ¿Tú estás bien?

Le parecía importante hacer esa pregunta, pues si bien era verdad que nadie se había recuperado por completo de la muerte de la reina Virian, era Arthas Solerian el que más resentía su ausencia. Había adelgazado mucho y también había envejecido repentinamente, y no sólo en lo físico, sino que sus movimientos eran más lentos y su semblante siempre lucía cansado. Su cabello estaba lleno de canas, y su rostro, de líneas de expresión.

La imagen que Emil solía tener de su padre era la de un hombre lleno de vida, con los ojos color miel cargados de comprensión y un brillo especial. Pero esa imagen se estaba desvaneciendo y una nueva y más opaca tomaba su lugar.

—Lo estoy... yo... —respondió su padre, entrando a la habitación para tomar asiento en la enorme cama—. Ya sabes, lo de siempre.

Emil caminó hacia él y se sentó a su lado.

—Hubieras venido con nosotros a Beros, nos hiciste falta —dijo el joven rey.

—Oh, me hubiera gustado, ya será en otra ocasión —replicó Arthas, aunque parecía haber respondido sólo por decir algo, no porque realmente lo sintiera—. De todos modos, eso tendrá que esperar, no creo que sea prudente que ningún miembro de la familia salga de Eben bajo la amenaza de ataque.

—Sí, eso dicen todos... —Emil soltó un suspiro sin ganas y luego miró a su padre a los ojos—. ¿Crees que mamá se hubiera quedado encerrada sin hacer nada?

Arthas no respondió de inmediato.

—No. Si los ataques hubieran sido contra ella, no —respondió con total sinceridad—. Pero sí creo que, si ella estuviera aquí, estaría de acuerdo con todos los demás. Tu vida siempre le importó más que la suya.

De eso no tenía duda. De no ser por su madre, el derrumbe lo habría aplastado a él también. A pesar de todo, ella lo había salvado.

—Hijo...

—¿Sí?

—Prométeme que no harás ninguna tontería —dijo Arthas, tomando la mano de Emil—. Pase lo que pase, no vas a actuar con imprudencia. Ya has puesto tu vida en riesgo suficientes veces.

¿Era su imaginación o la mano de su padre temblaba? ¿Y a qué se refería exactamente con «pase lo que pase»?

—Papá, ¿sucede algo? Estás muy pálido.

—No. Por lo menos, todavía no. Yo... —No completó lo que iba a decir. Soltó a Emil y se levantó de la cama para hincarse frente a él—. Debes prometérmelo, Emil.

¿Todavía no?

—Lo voy a intentar, pero...

El rey Arthas se talló los ojos con ambas manos. Luego se puso de pie y, antes de salir de la habitación de Virian, dijo unas últimas palabras.

—Pase lo que pase.

Dicho esto, dejó a un confundido Emil sentado en la gran cama de la reina. El joven rey quería ir detrás de su padre para pedirle explicaciones, pues no había entendido muy bien el intercambio que acababan de tener. Con el paso de cada mes, lo notaba más y más nervioso. Y no sólo él, incluso el Consejo Real ya no lo esperaba para las reuniones y Derien le había comentado que escuchó a Lord Anuar decir que Arthas se estaba volviendo un viejo lunático.

Miró su reloj de bolsillo, pues, de hecho, ya era hora de una reunión con el Consejo.

El tema a discutir era el de los rebeldes de Lestra. Zelos contó a detalle los acontecimientos de la ciudad de Beros y se empezaron a plantear estrategias para la protección del rey y de la nación de Alariel. En esta ocasión había casa llena; más personas de lo habitual rodeaban la mesa, pues no sólo el Consejo estaba ahí, sino todos los que habían ido al viaje.

—Creo que acortar la visita fue lo más prudente. Nunca habían ocurrido dos ataques tan cerca uno del otro. Con estos van cuatro. Es alarmante —dijo Lady Seneba, mirando sus propios apuntes.

—Ya tenemos identificados los rostros de varios rebeldes. En estos momentos los están dibujando; mañana mismo comenzaremos a enviar papeles por toda la nación. Vamos a redoblar esfuerzos para capturarlos —aseguró Zelos.

—Su líder es el viejo de la cara quemada. Cuando los perseguimos, noté que todos respondían a sus órdenes —intervino Gavril cruzado de brazos como siempre—. Me parece de vital importancia que la búsqueda se enfoque en él.

El general Lloyd chasqueó la lengua.

—Un líder no es nadie sin su gente; es importante que capturemos a cualquier rebelde que se nos cruce.

Emil sabía que Gavril quería enfocar los esfuerzos en ese viejo porque era quien había intentado secuestrarlo cuando ocurrió el Atardecer Rojo de Zunn, pero no podía decirlo frente a todos. Aun después de tantos años, los únicos que sabían de ese incidente eran Ezra, Gavril y él. Y Elyon, ella también supo.

—Sea como sea, estamos todos de acuerdo en que el rey debe permanecer en Eben mientras esto ocurra, ¿no es así? —inquirió Lady Jaria, su semblante era áspero.

Todos asintieron sin poner ninguna objeción.

—Espero que no tenga oposición, su majestad —agregó Lord Anuar, alzando ambas cejas mientras miraba a Emil.

—No estoy contento con la decisión, pero sé que es lo más responsable —se limitó a decir.

Hubo un silencio de unos cuantos segundos.

—Bien, ya que se están implementando medidas para proteger la Corona de Alariel por fuera, creo que es importante implementarlas también desde adentro —habló Marietta Lloyd, ya totalmente recuperada.

—Tú no eres miembro del Consejo, mujer —dijo el general Lloyd, mirándola con auténtico fastidio.

—Tú tampoco y eso nunca te ha detenido para dar tu opinión —respondió ella sin darle importancia—. Yo creo que es tiempo de asegurar un heredero a la Corona, en caso de que algo trágico suceda. Por Helios, esperemos que no sea así, pero es fundamental que el rey y la reina pongan todos sus esfuerzos en traer al mundo al futuro de la nación.

Emil miró a Marietta, atónito. Jamás esperó que fuera a llevar ese tema al Consejo Real.

—Madre, eso es algo privado entre Emil y yo... —dijo Gianna, su voz sonaba baja.

—Tonterías, nos concierne a todos.

Lady Jaria se aclaró la garganta.

—Bueno, Lady Marietta tiene razón —secundó, y luego posó los ojos en Emil—. Y disculpe el atrevimiento, su majestad, pero... ¿ya lo están considerando?

Emil estaba callado, sin saber qué contestar. Esto lo había tomado desprevenido. Es decir, siempre supo que llegaría el día en el que esta conversación ocurriría, pero ni Gianna ni él estaban listos. No aún.

—Oh, por Helios, no creo que sea hora de discutir eso —habló Lord Tiberius, quien casi nunca tomaba la palabra—. Estoy seguro de que el rey y la reina están conscientes de sus responsabilidades, ahora más que nunca, pero este no es un tema apropiado para hablar en una mesa de Consejo.

—Lo es cuando la Corona corre peligro —se defendió Marietta.

—Gracias por preocuparse, Lady Marietta. Gianna y yo lo tendremos en cuenta —dijo Emil, esforzándose por sonar seguro—. Sin embargo, opino lo mismo que Lord Tiberius: ese es un tema para otra ocasión. Todavía nos quedan muchas cosas por discutir hoy, como el asunto del sol, la comunicación con Ilardya y la disminución de los impuestos. ¿Cómo vamos con todo eso?

Con esas palabras, el Consejo volvió a su papel de siempre.

—Sabemos que el príncipe Ezra ya está en Ilardya investigando, en compañía del lunaris —dijo Lord Mael. Nadie llamaba a Bastian por su nombre—. También sabemos que la comunicación entre los territorios es complicada, así que tendremos que esperar a que vuelva para tener noticias sobre los descubrimientos que haga por allá.

—No tendríamos que esperar si lo hubiéramos enviado en una misión oficial, con el permiso de los Viejos Sabios —soltó Lady Seneba, quien siempre prefería hacer lo correcto—. De esa forma, la correspondencia no sería un problema.

—Ah, claro, seguramente los Viejos Sabios habrían reaccionado bien a nuestras sospechas —exclamó Lord Anuar con tono sarcástico—. ¡Por supuesto que no habrían aprobado la investigación! Menos porque es obvio que lo del sol es obra suya. Sólo hay que descubrir cómo lo están haciendo y detenerlos.

Lady Minerva puso los ojos en blanco.

—Tú siempre piensas que Ilardya tiene la culpa de todo, Anuar. ¿No te cansas?

—¡Lo pienso porque esto solamente puede ser obra de ellos! Considérelo, la nueva reina seguro está enojada por el asesinato de su padre. Hasta ahora sólo se anuló el intercambio de recursos, pero yo no les creo ese cuento de que no hay rencores, ¡algo están haciendo con el sol! Si quieren guerra...

—No habrá guerra, Lord Anuar —lo interrumpió Emil, continuando con un tono más severo—. ¿No fue suficiente con lo que ocurrió en la isla? Ningún territorio está preparado para algo de tal magnitud. Además, la nueva reina no ha dado indicios de querer guerra. Eso era lo que quería su padre, no ella.

—Pero también es un problema no saber qué es lo que quiere ella —dijo Lord Zelos, y luego miró a Seneba—: ¿Tienes el reporte?

Lady Seneba era la encargada principal de la comunicación oficial con la Corona de la luna.

—Los Viejos Sabios no han respondido en varias semanas, pero todo parece estar igual con la situación de los recursos, todavía no restablecen el intercambio —informó, sonando algo abatida—. Lo último que me hicieron saber fue lo que ya había reportado, que la reina Lyra sigue en reclusión en el castillo.

—No hay que perder la comunicación con ellos; no permita que desaparezcan por tanto tiempo —le dijo Emil a la mujer—. Si la reina sigue escondida, los Viejos Sabios tienen que responder por ella.

Lady Seneba asintió y procedió a escribir algo en sus notas.

Emil no tenía idea de cómo iba a reaccionar si algún día Lyra decidía dar la cara. Era la única persona que odiaba en todo el mundo. La odiaba con una pasión peligrosa, que había estado apagada a causa de no tener detonante. Lo único que sabía era que no iba a llevar a la nación a una guerra iniciada por odio hacia una sola persona. No importaba que fuera la reina.

—Ahora, en el tema de los impuestos. He estado en reuniones con los tesoreros y su petición resulta algo complicada, su majestad. Su madre ya había disminuido los impuestos; si lo volvemos a hacer, podría perjudicar las riquezas de la Corona —dijo Lord Tiberius.

Emil apretó la mandíbula. Este era un tema en el que no iba a ceder.

—¿Y no tenemos suficiente? Cuando salí de Eben pude ver pobreza como nunca imaginé, no me parece correcto que los trabajadores de bajos recursos tengan que dar parte de su dinero —respondió—. Tal vez podamos disminuir los de las zonas marginadas y aumentar los de las casas con mayor poder adquisitivo.

—Eso podría hacer enojar a muchas familias poderosas —advirtió Zelos—. Y lo que menos necesitamos en este momento es una guerra civil.

Y así continuó la reunión del Consejo durante varias horas. Poco a poco, las personas que no pertenecían en la mesa fueron abandonando la sala para atender sus propios quehaceres.

Cuando al fin terminaron, Emil estaba exhausto, por lo que se dirigió a sus aposentos privados con la intención de lanzarse hacia el abrazo del sueño.

Al abrir la puerta, vio que Gavril se encontraba ahí, en el balcón. Llevaba puesto el uniforme de la Guardia Real. Este consistía de una cota de malla cubierta por una media capa roja, sostenida por un broche en forma de sol. La parte de abajo era más simple y dinámica: pantalones negros y botas.

Caminó hacia allá y se puso a su lado, sin mirarlo. La luna se veía enorme en el cielo nocturno.

—Espero que no te moleste que me vaya a dormir ahora mismo —dijo Emil—. Pero puedes quedarte, ya lo sabes.

—Te estaba esperando para decirte que mañana partiré con la Guardia Real para buscar a ese grupo de rebeldes —soltó Gavril.

Eso hizo que Emil volteara a verlo. Sintió indicios de pánico recorrer sus venas, pero los suprimió. Quería pedirle que no fuera, que no se arriesgara, pero no lo iba a hacer. Conocía las responsabilidades de Gavril; además, sabía que su amigo no iba a descansar hasta detenerlos.

—¿Cuánto va a durar la misión? —decidió preguntar.

—Unos cuantos días, intentaremos extenderla hasta capturarlos —respondió Gavril, y luego suspiró—. Papá debe terminar algunos asuntos pendientes en Eben, pero después prometió que nos alcanzaría. Está bastante molesto por no haber estado durante el ataque de Beros.

—Sólo... tengan cuidado. Puede ser peligroso.

—Créeme, él está consciente del peligro. Hoy lo escuché intentando convencer a Lord Zelos de que le revelara la ubicación de los cristales para llevar algunos por si ocurre una emergencia.

Emil abrió los ojos de par en par y todas las alertas en su cuerpo se encendieron.

—No se lo dijo, ¿verdad? Esos cristales no pueden volver a ver la luz —exclamó, intentando mantener la calma.

—No —aseguró, y luego negó con la cabeza—. ¿Quién iba a imaginarlo? Zelos obedeciendo cada orden que le das. Te ganaste su respeto y lealtad, Emil. No va a desobedecerte.

Emil suspiró, aliviado.

—Sin embargo, fue un movimiento inteligente de parte del general Lloyd el intentar convencer a Zelos. A pesar de que sabe que tú conoces la ubicación de los cristales, no te lo preguntó a ti.

—No creo que se atreva a preguntármelo —respondió Gavril—. Entiendo que buscara a quien tenía alguna probabilidad de decírselo.

Emil sonrió levemente. Hacía ya un año, cuando escondieron los cristales, él había pensado en ir sólo con Gavril, pues mientras menos personas supieran su ubicación, mejor. Pero Zelos era quien los había estado resguardando, por lo que también tuvieron que incluirlo. Ahí habían jurado nunca revelar su ubicación. Le daba gusto saber que su tío cumplía su palabra. De Gavril nunca había dudado, pero Zelos siempre le había parecido un hombre difícil de descifrar.

—Espero que el general Lloyd no se lo haya tomado personal. Lo mejor es hacer como si esos cristales no existieran.

—Eso no, Emil —dijo Gavril, con dureza en la voz—. Es bueno saber que los tenemos ahí, por si algún día los necesitamos.

—Gav...

—No estoy diciendo que debamos usarlos. Me refiero a que no debemos eliminar ninguna opción que pueda auxiliarnos si las cosas se ponen más peligrosas.

Emil frunció el ceño.

—No vamos a dejar que se pongan más peligrosas.

—Eres el rey, Emil, pero ni siquiera eso te da el poder de controlarlo todo.

Emil apretó los dientes. Sabía que no podía controlarlo todo, mucho menos el peligro que los acechaba, pero tenía que confiar en el Consejo y en la Guardia Real. En su gente. Tenía que confiar en que las cosas no empeorarían.

Se pasó una mano por el cabello.

—No voy a discutir lo de los cristales —dijo con pesadez, sabiendo que no podía rebatir las palabras anteriores de Gavril.

—Esto no se trata de los cristales, se trata de tu seguridad y la de la nación.

—Pues habrá que mantener la seguridad sin recurrir a eso —exclamó Emil, más tajante de lo que hubiera querido.

—Está bien, tranquilo. Sabes que se hará lo que tú digas —aseguró Gavril.

La postura de Emil se relajó.

—Lo sé. Sólo me preocupó un poco que el general Lloyd estuviera preguntando —respondió mientras soltaba un suspiro.

—Y a mí me preocupas tú.

Ante esas palabras, el joven rey giró el cuerpo para quedar frente a Gavril. Sus ojos verdes lucían casi negros bajo el manto nocturno.

—Eso también lo sé, pero estoy bien.

—No lo estás. Nadie lo estaría en tu posición. ¡Ya van cuatro intentos de asesinato! —bramó Gavril, azotando ambas manos en la baranda del balcón—. Y eso no es lo peor, no ahora que sabemos que el imbécil que intentó secuestrarte está detrás de esto.

Emil tragó saliva y tuvo que apretar los puños para evitar que su cuerpo comenzara a temblar. Cada vez que la imagen de ese hombre volvía a su mente, todo su ser empezaba a romperse. Hacía lo posible para que sus pensamientos se mantuvieran alejados de él, pero la verdad era que su sombra siempre estaba presente, escondida, aguardando el momento para impactar.

—En Eben estaré seguro —atinó a decir; se negaba a mostrar sus miedos—. Ya no te preocupes. Insisto, estoy...

—No —su amigo lo interrumpió—. No quiero volver a escucharte decir eso. Ya va siendo hora de que dejes de fingir que todo está bien, Emil.

Las palabras de Gavril le tocaron una fibra sensible. No estaba preparado para aceptarlas. No estaba preparado para admitir que no estaba bien.

—¿Qué estás diciendo? —fue lo único que pudo articular.

—Que te conozco más que a nadie en el mundo y sé que estás aterrado, pero estás empeñado en hacer como si todo estuviera bajo control.

Emil negó con la cabeza.

—Sé que las cosas no están bien, pero yo tengo que estarlo. De nada sirve llorar y preocupar a los demás. Debo ser fuerte por la nación.

Gavril cerró los ojos y bajó la cabeza. Tuvo que respirar profundo antes de continuar.

—Es lo que siempre dices: la nación esto y la nación aquello. Pero no te olvides de ti, ¿de acuerdo? —dijo, y comenzó a caminar hacia la puerta de la habitación—. Nos vemos en algunos días.

Emil asintió y unas inmensas ganas de abrazarse lo invadieron, pues Gavril tenía razón. Todo lo que estaba pasando lo abrumaba y lo asustaba, pero no podía permitirse esas debilidades. No se iba a permitir volver a ser ese niño asustadizo de antes. El príncipe se había convertido en rey y tenía que estar a la altura.

Se quedó solo en el cuarto, pero no se movió del balcón.

—Estoy agotado… —dijo, no para él, sino para la luna.

Miró al cielo.

—Espero que las cosas estén mejor allá arriba. Como puedes ver, aquí todo es un caos…

No obtuvo respuesta, como siempre, pero le reconfortaba hablarle a la luna. Sentía que hablaba con Elyon. Sabía que era ridículo pensar que ella lo escuchaba, tan ridículo como la noción de que ella estaba allá arriba. En la nación del sol, se creía que cuando una persona dejaba este mundo, se reunía con Helios en el sol.

Pero Emil pensaba que Elyon se había ido a la luna.

Y por eso le hablaba en las noches en las que sentía que la necesitaba. A veces, se quedaba horas en el balcón, charlando con la luna. Si alguien lo viera, pensaría que estaba loco, pero a él no le importaba. Su corazón se sentía menos vacío cuando lo hacía, y le gustaba imaginar que Elyon sonreía y lo escuchaba atentamente desde aquel magnífico astro.

Esa noche le preguntó una y otra vez qué era lo que debía hacer. El peso de todo lo que estaba ocurriendo comenzaba a causar estragos en él. No veía salida, pero no se iba a rendir.

Cerró los ojos y ni así pudo contener la lágrima que bajó por una de sus mejillas. Curioso, hasta ahora se daba cuenta de que había aguantado las ganas de llorar durante todo el día.

Se secó la mejilla. No había cabida para el llanto.

Capítulo 8
GIANNA

Marietta Lloyd había arrastrado a Gianna hasta su habitación después de la reunión del Consejo. La había tomado del brazo con tal fuerza que estaba segura de que quedarían marcas en su piel. Ella no había bajado la cabeza en todo el trayecto, pero por dentro luchaba para no ponerse a llorar.

Cuando entraron al cuarto y su madre cerró la puerta, al fin soltó su brazo, pero fue para tomarla de la barbilla con brusquedad. Estaba casi enterrándole las uñas.

Los ojos negros de Marietta parecían carbón en llamas.

—No vuelvas a desafiarme enfrente del Consejo, ¡ni de nadie!

Gianna podía sentir las lágrimas en las comisuras de los ojos.

—Lo siento, no fue mi intención. Es que no me sentía cómoda hablando de mis asuntos privados frente a todos… —se limitó a decir. Su voz se estaba quebrando.

Marietta, ahora sí, la soltó, pero lo hizo con un dejo de agresividad.

—Estoy cansándome de tus excusas. Como esposa y como mujer es tu responsabilidad darle un heredero al trono.

—Sí, madre.

—Esta vez no me voy a conformar con palabras, necesito acciones —exclamó la mujer, negando con la cabeza. Miraba a Gianna con disgusto—. Esta misma noche vas a ir con tu esposo y espero que sepas lo que tienes que hacer.

Gianna bajó la cabeza. No sabía qué decir. No quería pelear con su madre, pero tampoco podía obedecerla. No en esto. Sabía que lo mejor era seguirle la corriente y asentir, pero no quería volver a poner los deseos de Marietta Lloyd por encima de todo y de todos.

¿Por encima de lo que ella misma quería? Sí. Ya estaba acostumbrada.

¿Por encima de sus amigos? Siempre lo había hecho. Siempre la había puesto por encima de cualquier persona. Pero ellos eran quienes más cariño le daban y los que siempre estaban ahí para ella.

Gianna tenía que comenzar a hacer lo mismo.

—¿Te quedaste muda? —soltó Marietta, sentada en el diván que estaba en medio de la habitación. Se miraba las uñas con desinterés.

—Emil no está enamorado de mí.

Ni yo de él.

Eso hizo que Marietta alzara la vista.

—¿Y crees que no lo sé? —dijo, soltando una risotada burlona bastante cruel—. Por Helios, Gianna, no estoy ciega. ¿Qué tiene que ver eso con el tema que estamos discutiendo?

Gianna apretó su falda con los puños, pero no bajó la cabeza.

—Es que... no puedo forzarlo a tener relaciones conmigo. —Odiaba hablar de eso, especialmente con su madre.

—No seas ridícula, es tu esposo. Es lo que las parejas hacen —respondió después de poner los ojos en blanco.

«Claro, ¿como papá y tú?». Gianna se sorprendió a sí misma al darse cuenta de lo que acababa de cruzar por su cabeza. Ella jamás desafiaría a su madre de esa forma, ¡ni siquiera con el pensamiento! Pero era cierto, Febos y Marietta Lloyd sólo habían tenido relaciones para concebirlos a Gavril y a ella. Su matrimonio había sido arreglado y no se soportaban.

Suspiró. No iba a poder convencer a su madre con eso, así que tendría que probar con otra cosa.

—Lo sé, lo sé. Pero yo... tampoco me siento lista —soltó entonces, y las mejillas comenzaron a arderle. Definitivamente odiaba hablar del tema.

Marietta se puso de pie y caminó hacia ella; Gianna tuvo que hacer uso de toda su fuerza de voluntad para no retroceder.

—¿Te estás escuchando? Si la nación se entera de que nunca han tenido relaciones, van a empezar a hablar. ¡Y tú vas a ser la burla de todos por no haber podido seducir a tu esposo! —exclamó la mujer, quien comenzaba a alterarse de nuevo.

—¿Por qué te preocupa más lo que piensen los demás que lo que yo siento? —se atrevió a preguntar. Su voz salió entrecortada y muy baja. Por un segundo pensó que su madre ni siquiera la había escuchado.

La mujer la tomó de los brazos.

—Gianna, eres lo que más me importa en este mundo. Todo lo que hago es por tu bien —le dijo, mirándola a los ojos—. Lo sabes, ¿verdad?

—A veces lo dudo.

Juró que sólo había pensado esa respuesta, pero la bofetada que le dio su madre fue la prueba de que la dijo en voz alta. El sentimiento le ganó y comenzó a llorar. No por el dolor, sino por toda la impotencia que sentía.

—¡Eres una insolente! —gritó Marietta, todavía con la mano alzada—. De no ser por mí, ni siquiera serías la reina de Alariel en estos momentos, ¡lo he dado todo por ti! ¡No tienes idea de los sacrificios que he hecho!

¿Lo peor de todo? Le dolía haber lastimado a su madre con sus palabras.

—Lo siento, madre, ¡lo siento! —chilló, realmente arrepentida. No quería comenzar a hipar, pero no podía dejar de llorar—. No quise decir eso.

—Deja de lloriquear ahora mismo y lávate esa cara. Esta noche vas a ir a los aposentos del rey y vas a hacer lo que te pedí —respondió secamente Marietta—. No quiero excusas, ¿me entendiste?

Gianna, ahora sí, bajó la cabeza.

—Sí, madre.

Salió casi corriendo de la habitación de su madre al tiempo que intentaba secarse las lágrimas con las manos. Apresuró el paso hacia su cuarto, aún con la cabeza gacha. Algunos guardias que la veían pasar le preguntaban por su estado, pero ella no podía responderles, no confiaba en su voz. Cuando al fin llegó a su destino, entró directo al cuarto de baño para salpicarse agua en la cara.

Se miró al espejo, estaba hecha un desastre. Lo único que quería era caer rendida en su cama y dormir. Pero no podía, tenía que obedecer a su madre. Como siempre lo hacía.

Sólo que primero tenía que calmarse, pues hasta sus rodillas se sentían débiles. Volvió a tomar agua para remojarse el rostro a la vez que trataba de controlar la respiración. Tenía los ojos rojos e hinchados, no podía ir con Emil luciendo así o iba a preocuparlo.

Se recargó en la pared y se dejó caer con lentitud hasta el piso, hundiendo el rostro entre sus brazos. Odiaba sentirse tan débil, odiaba llorar. Tenía que reponerse y hacer lo que le correspondía. Siempre había sido buena cumpliendo con las expectativas de los demás. Toda la vida se había esforzado en hacer lo que debía y esta vez no sería la excepción.

Esta noche iría con Emil.

—Amara —llamó a una de las damas de compañía en turno, no sin antes ponerse de pie.

No iba a dejar que la vieran mal.

—¿Sí, su majestad?

—Prepárame el baño y deja listo mi camisón para dormir, el rojo.

La mujer asintió y no tardó mucho en preparar el baño tal como a Gianna le gustaba. Una vez que su cuerpo hizo contacto con el agua caliente, pudo sentir cómo la tensión disminuía. No planeaba perder demasiado tiempo en eso, pero sabía que la ayudaría a relajarse y a no pensar.

No quería pensar demasiado en lo que estaba por hacer.

Y aunque no fue su intención, se quedó en el baño hasta que el agua se enfrió por completo. Ni su cuerpo ni su corazón estaban con ella en ese momento, pero ya había tomado una decisión. No, eso era mentira. Era su madre quien la había tomado por ella.

Daba igual.

Se puso de pie y volvió a llamar a Amara para que la asistiera. Se posó frente al espejo de cuerpo completo de su habitación y en todo momento mantuvo la vista hacia el frente. La dama de compañía la ayudó a vestirse; Gianna nunca se había sentido tan fuera de su cuerpo. Su reflejo mostraba a una reina hermosa, pero ausente. El camisón de seda dejaba los hombros descubiertos y llegaba hasta el suelo, acariciando cada curva de su figura.

—Puedes retirarte por hoy, no voy a dormir en mis aposentos —dijo Gianna.

Cuando Amara se fue, Gianna respiró profundo y se soltó el cabello, el cual había dejado recogido durante el baño para no mojarlo. Lo traía más largo que nunca, le llegaba a media cintura. Se miró durante unos segundos más en el espejo y al fin se dio la vuelta, dispuesta a salir de la habitación.

La de Emil no estaba muy lejos de la suya, pues la familia real contaba con un ala privada donde dormían todos los miembros. Caminó con decisión hasta la puerta del joven rey; a esa hora había dos guardias vigilando. Se sorprendieron un poco al verla, pero se recuperaron rápido y ambos hicieron una ligera reverencia.

—¿Quiere que la anunciemos, su majestad? —preguntó uno de ellos.

—No, el rey ya me espera.

Era mentira, pero no tenía ganas de ser anunciada. Quería acabar con esto de una vez por todas.

La antesala de la habitación de Emil estaba oscura y en silencio. No caminó hasta que sus ojos se acostumbraron un poco a la oscuridad y, cuando lo hizo, se aseguró de que sus pisadas fueran suaves. Si el joven rey dormía, no quería despertarlo; más bien lo tomaría como una señal: dejaría para después lo de esta noche.

La puerta doble que daba hacia el dormitorio de Emil estaba entreabierta y Gianna aprovechó para asomarse antes de entrar. Lo primero que notó fue que el lugar no estaba completamente oscuro. Las cortinas que daban al enorme balcón se encontraban descorridas y la luz de la luna iluminaba todo de forma tenue e incluso mística.

Emil no estaba recostado en la cama. Se encontraba sentado en el suelo mirando hacia arriba, hacia la noche. No. Hacia la luna.

Entonces lo escuchó hablar, o más bien, susurrar. Era como si le estuviera hablando a la luna en voz muy bajita. Gianna no podía distinguir lo que decía, pero su tono era melancólico. Triste. De pronto, se sintió como una intrusa. Como si estuviera presenciando algo que no estaba destinado a ser visto por alguien.

Su pie derecho dio un paso involuntario hacia atrás, pero luego permaneció inmóvil en su sitio. Emil estaba despierto y ella tenía una misión. No se atrevería a mirar a su madre a los ojos si no lo intentaba siquiera.

Alzó la mano y tocó la puerta con delicadeza una vez.

—¿Quién anda ahí? —preguntó Emil, y una llama salió de su mano, alumbrando la habitación.

—Soy yo —respondió Gianna y después entró.

Cuando el joven rey vio de quién se trataba, su semblante se relajó. Gianna se sintió algo culpable por no haber dejado que la anunciaran, era obvio que Emil iba a alarmarse. Por Helios, habían intentado asesinarlo cuatro veces, ¿cómo podía ser tan inconsciente?

Su madre le había nublado el pensamiento.

—¿Sucede algo, Gi? —preguntó, sin apagar la flama.

—Sí, pero no es nada malo. Es sólo...

¿Y ahora qué se suponía que debía hacer? No tenía idea de cómo funcionaban esas cosas. Se acercó despacio hasta la cama de Emil, justo por donde él estaba.

Cuando Gianna se sentó en la cama, él se acercó y la imitó para quedar a su lado. No se deshizo de la flama, sino que la colocó en una de las velas que descansaban en el buró. No había dejado de mirarla, en sus ojos sólo había inquietud. Estaba preocupado.

—En serio, no ha pasado nada —le aseguró.

Pero Emil no lucía muy convencido. Se acercó un poco más a ella. Ambos se encontraban sentados en el borde del colchón.

—¿No puedes dormir? —preguntó Emil.

—No lo he intentado, yo... estaba con mi madre —le explicó. Tenía los puños cerrados sobre las piernas y ahí dirigió la mirada—. Estuvimos hablando sobre el tema del heredero.

—Oh.

Gianna alzó la cabeza y lo miró. A su esposo.

—Sé que ya hemos hablado de esto, pero ahora es distinto, hay más presión. No debería de ser de la incumbencia de los demás, pero en nuestro caso... es nuestra responsabilidad, ¿no? —dijo, algo nerviosa. Sus ojos querían mirar a cualquier otro lado, pero los mantuvo en Emil.

El joven rey suspiró.

—Sí, tiene que haber un heredero o heredera para la nación —respondió, rascándose la cabeza—. Pero tampoco pueden presionarnos así. Sé que los tiempos son peligrosos, pero yo no voy a salir de Eben y cada día aumenta el número de solaris encargados de nuestra protección. Este es un lugar seguro, entonces tenemos tiempo para hacer las cosas a nuestro modo.

Gianna apretó los labios antes de hablar.

—¿Y cuál es *nuestro modo*?

—No lo sé, es algo que tendremos que descubrir juntos. No te preocupes por eso, Gi. No tienes que hacer nada que no quieras.

Era hora.

—Pero... sí quiero.

La mentira salió de su boca con más facilidad de la que la pensó.

Y pudo notar que, para Emil, fue como si le hubiera lanzado un balde de agua fría. Se quedó inmóvil durante unos segundos.

—¿Emil?

Tardó todavía un poco más en responder.

—¿A qué... te refieres?

—A que sí quiero hacerlo. Quiero intentarlo.

Lo había dejado sin habla. Emil la miraba como si no comprendiera sus palabras. Pero las entendía y era precisamente por eso que había reaccionado así.

—Yo... no sé qué decir —contestó al fin, casi balbuceando.

—No tienes que decir nada.

Sin más, Gianna acortó la distancia que había entre ellos para besarlo, y todo el cuerpo de Emil se tensó por la sorpresa. Nunca lo había besado en la boca. Cuando estaban en público, en muy pocas ocasiones se había atrevido a darle un corto beso en la mejilla, para mantener las apariencias.

Pero ahora lo estaba besando, labios contra labios, y el joven rey no respondía, aunque tampoco se había apartado; Gianna tomó eso como señal para abalanzarse sobre él. Emil no cayó por completo en la cama, con un codo se apoyó un poco y subió la otra mano, tentativamente, a la cintura de Gianna. Y al fin correspondió al beso.

Pero Gianna podía sentirlo, Emil lo estaba haciendo por ella. No porque él quisiera.

Y lo peor de todo era que ella tampoco quería.

Aquello no estaba bien.

—Gianna, espera, ¿estás llorando? —Emil se separó para poder verle la cara.

Ella no se había dado cuenta, pero efectivamente, su rostro estaba bañado en lágrimas. No podía hablar, así que dejó caer su rostro en el pecho de Emil y, esta vez, el joven rey sí se dejó caer hacia atrás y la rodeó con sus brazos, mientras ella daba rienda suelta a su llanto.

Lloró por sentirse como una simple marioneta controlada por su madre. Lloró por el peso tan grande de esta responsabilidad. Lloró porque no podía creer que casi había forzado a Emil. Y también porque casi se había forzado a ella.

Las lágrimas fluyeron por lo que parecieron horas y en ningún momento Emil se movió o habló. La mantuvo en sus brazos y permitió que ella se desahogara sobre él.

—Lo siento —dijo Gianna en un hilo de voz, cuando al fin la recuperó.

—No te disculpes. Sólo... necesito saber qué está pasando —fue su respuesta. Su voz era suave.

Gianna alzó el rostro y miró a su esposo. Él la veía con toda la intensidad de sus ojos color miel, que ahora lucían casi dorados. Y en ese momento reafirmó que amaba a Emil Solerian, pero no del modo que toda la nación esperaba. Siempre lo había sabido: él era su mejor amigo y tenía una parte de su corazón, pero jamás lo podría ver de otra forma. Durante el Proceso lo había intentado y no pudo. Ahora había querido forzarlo y todo terminó en lágrimas.

Cerró los ojos y se dejó caer hacia un lado, para quedar recostada en la cama.

—Sólo quiero ser la reina que todos esperan... —se atrevió a confesar, sin abrir los ojos—. Si no puedo darle un heredero a la nación, ¿qué van a decir?

—Estabas temblando, Gianna —dijo Emil—. Cuando me besaste, estabas temblando. Sé que tenemos una responsabilidad importante, pero nadie puede presionarte.

Se talló los ojos antes de abrirlos y giró el rostro para mirar a Emil.

—Quisiera que tus palabras fueran ciertas.

Gianna era pesimista por naturaleza; aunque las palabras de Emil la tranquilizaban un poco, sabía que las cosas no eran tan simples. Y estaba segura de que el joven rey también estaba consciente de ello.

—Lo son. Créeme, sé que no tenemos elección y que algún día tendrá que pasar, pero somos muy jóvenes. Además, no es un buen momento para traer un heredero al mundo. La nación no está en su mejor época. ¿Y quién dice que los rebeldes no irían también por el bebé? No quiero que un hijo mío corra esa clase de peligro —dijo Emil, mirándola fijamente.

Gianna no había siquiera pensado en eso. Pero era cierto... un bebé en las circunstancias actuales no era lo ideal. Su propia vida podría estar en riesgo. Eso la llevó a la conclusión de que ni siquiera estaba lista para ser madre. En ningún momento pasó por su mente lo que conllevaría traer un heredero a Alariel, ¡un hijo! Sólo había pensado en los deseos de su madre y en su deber como reina.

—Tienes razón —respondió al fin, sonando derrotada.

—Aquí lo importante es que no permitas que te obliguen a hacer algo que no quieres. Me habías dicho que...

—No quiero hacerlo porque estos no somos tú y yo —lo interrumpió y negó con la cabeza—. No creas que reaccioné tan mal por lo que te conté hace tiempo; no quiero tener relaciones, pero tampoco es algo que me vaya a hacer llorar. Es sólo que... no me interesa.

Emil asintió.

—Lo entiendo.

—Siento haberte preocupado.

—Gianna, debes dejar de disculparte por todo —dijo Emil, su voz era suave, como una brisa—. Especialmente por eso. Nunca voy a dejar de preocuparme por ti; mucho menos si te veo en ese estado.

—Te preocupas demasiado por mí, pero ¿qué hay de ti? No soy la única que no quiere hacer esto.

Ahora fue el turno de Emil de cerrar los ojos. Se pasó una mano por el cabello antes de contestar.

—El momento llegará cuando tú y yo lo decidamos —dijo, tomando la mano de Gianna para darle un apretón—. Y estaremos listos. No sucederá si uno de nosotros no lo está.

Una vez más, Gianna deseaba con todo su ser que las palabras del joven rey fueran una verdad absoluta, pero no era así. Este era el Emil idealista hablando, el que hacía más de un año había intentado detener el Proceso. El hombre que tenía a su lado había cambiado mucho en todo este tiempo, había crecido y había aprendido; ya no era un niño escondiéndose en los muros de su gran castillo.

Pero había algo que seguía igual y eso era su corazón.

A Gianna le gustaban los ideales de ese corazón de fuego. Quería creérselos, quería contagiarse de esa flama. Pero ella no era así. Ella pensaba demasiado. Ella sabía que, al final, tendrían que hacerlo. Sabía que Emil haría todo por su nación y si la nación se veía en peligro de quedarse sin heredero, él iba a asegurarse de que no fuera así.

Habría un heredero o heredera, sólo era cuestión de tiempo.

Por ahora ya no quería hablar de eso. No tenía más energía; además, la vergüenza de lo que acababa de hacer comenzaba a invadirla. ¡Se le había lanzado a Emil! Jamás en su vida se imaginó haciendo algo así y el pobre de su amigo seguro la había pasado muy mal.

—Sé que me acabas de pedir que no me disculpe, pero esto es importante. En verdad, siento mucho lo que acaba de pasar, Emil. No estuvo bien —dijo, soltando su mano para apoyarse en el colchón y sentarse—. A veces mi mamá se mete demasiado en mi cabeza... Yo...

—Tranquila. Estamos bien —respondió rápidamente él y también se sentó.

En eso, un sonido se escuchó a lo lejos. Alguien tocó la puerta.

—Emil, Gianna, soy yo —era la voz de Mila.

—Adelante —dijo Emil.

Gianna alzó la cabeza para mirar a la recién llegada. Mila entró a la habitación; llevaba puesta la ropa de diario, todavía con pantalones y botas.

—Los guardias estaban hablando de que te vieron muy alterada, Gi. Me dijeron que estabas aquí —dijo Mila, acercándose a ellos. Se quedó de pie y los miró a ambos—. ¿Todo bien?

Emil miró curioso a Gianna, como si él también quisiera saber esa respuesta.

—Eso creo, sí —se apresuró a responder. Empezaba a darse cuenta de que últimamente, en el grupo de amigos, todos se hacían esa pregunta con frecuencia—. Digamos que tuve una crisis, pero Emil me ayudó.

—¿Seguros? —Los ojos azules de Mila se posaron en Emil, esperando su respuesta.

—Sí, no te preocupes.

—De hecho, yo ya me iba a mi habitación —añadió Gianna, poniéndose de pie—. ¿Me acompañas, Mi?

Mila los miró detenidamente. Primero a Gianna y después a Emil; luego asintió.

—Claro —dijo, y le dedicó una última mirada al joven rey—. Nos vemos mañana, Emil. Asegúrate de descansar bien, ¿sí?

Emil esbozó una leve sonrisa que no le llegó a los ojos.

—Sí. Ustedes también.

—Buenas noches —dijo Gianna antes de comenzar a caminar hacia la puerta.

No estaba segura del porqué, pero tenía la urgencia de salir de ahí. Tal vez Emil le había dicho que estaban bien, pero ella necesitaba una noche para reponerse de lo que acababa de hacer. De pronto, la simple idea de mirarlo a los ojos la hacía sentir que moría de vergüenza. Mila había llegado como su salvadora.

Una vez que ambas salieron de los aposentos del rey, Gianna tomó la mano de Mila.

—¿Puedes dormir en mi habitación hoy? —le dijo.

Mila le sonrió y después le dio un apretón de mano.

—Vamos.

Llegaron al cuarto de Gianna y ambas se recostaron en la cama. Mila ya se había quitado la ropa de día para quedar solamente en camisón. Ambas miraban hacia arriba y, aunque sus cuerpos no se tocaban, estaban bastante juntas. Sabía que Mila esperaba que ella dijera algo. Ninguna intentaba dormir.

Gianna respiró hondo. Tenía que sacarlo.

—Hoy besé a Emil —confesó.

Pudo escuchar el suspiro de sorpresa de su amiga.

—Fui a su habitación dispuesta a todo. De sólo pensar que casi forcé las cosas así, yo… —continuó, las palabras fluían como agua de río—. Pero no pasó nada; al final me puse a llorar como histérica.

—Oh, Gi... —La mano de Mila se posó sobre la suya, pero mantuvo la mirada en el techo, cosa que Gianna agradeció—. Supongo que tu madre tuvo algo que ver en eso, ¿cierto? Se veía bastante molesta en la reunión del Consejo.

Gianna volvió a sentir el ardor en la mejilla y recordó la bofetada que Marietta Lloyd le propinó.

—Me dijo que era mi responsabilidad como esposa y como mujer traer un heredero. Y tiene razón. Emil y yo sólo estamos postergando lo inevitable.

—Traer hijos al mundo no es nuestra responsabilidad, es nuestra decisión —sentenció Mila—. Eso debes tenerlo muy claro. Ni como mujer ni como esposa. En tu caso es distinto porque eres la reina y eso conlleva obligaciones; pero aun así, tienes el poder de decidir el momento.

Las palabras de Mila encendieron algo dentro de Gianna. Sentía que quería tomar las riendas de su vida para no volver a permitir que decidieran por ella. Pero cuando empezaba a imaginar esa posibilidad, la sombra de su madre aparecía en su cabeza, gigante y aplastándolo todo, incluso su voluntad.

—Pero ya entiendo por qué luces tan pálida. En la habitación de Emil no les creí ni por un segundo que estuvieran bien —continuó su amiga y ahora sí giró el rostro para verla—. Puedes llorar si quieres, Gi. Voy a estar contigo.

Gianna negó con la cabeza.

—No, ya no quiero pensar en eso. Sólo quiero tu compañía y charlar de otra cosa hasta que nos quedemos dormidas.

—Bien, hablemos de otra cosa, entonces.

—Cuéntame de Rhea, ¿te ha vuelto a escribir? —le preguntó, girando el rostro para mirarla bien.

Tal vez Mila no se daba cuenta, pero siempre que alguien mencionaba a la capitana del *Victoria*, una gran sonrisa aparecía en su rostro. Era contagiosa.

—Sí, hace algunos días un barco ilardiano pasó por el puerto de Zunn; ahí le dejaron una carta suya a una amiga mía de la Guardia Real —contestó Mila—. Rhea tiene sus contactos y yo tengo los míos.

Con lo complicada que era la comunicación entre territorios, a Gianna le sorprendía todas las veces que Rhea se había salido con la suya. Y más cuando todavía no se restablecía el intercambio de recursos. Ya no era común ver barcos ilardianos en el puerto de Zunn. Sólo iban y venían navíos con correspondencia de parte de los Viejos Sabios o del Consejo Real.

Definitivamente, la capitana del *Victoria* era una fuerza imparable.

—¿Sigue insistiéndote para que te escapes con ella y tengan aventuras en los mares de Fenrai?

Mila rio.

—No con esas palabras, pero sí. Le gustaría que viajáramos juntas.

—¿Y a ti?

—Ya te lo he dicho, en estos momentos no es posible. Tengo muchas cosas que hacer aquí.

Eso no respondía la pregunta. Y Gianna sabía que con *muchas cosas* se refería a ellos. A sus amigos. Mila no los dejaría solos. No si sentía que la necesitaban. Y la verdad era que sí la necesitaban. Odiaba su lado egoísta, no quería que Mila se fuera. No tenía idea de qué haría sin ella. Pero también quería que su amiga fuera feliz, y ese sentimiento gobernaba sobre cualquier otro.

—Vas a ver que un día podrán continuar lo que dejaron pendiente —dijo Gianna con toda sinceridad.

—No dejamos nada pendiente. Solamente nos llevamos muy bien, ambas quisiéramos conocernos mejor.

Se quedaron unos segundos en silencio.

—A ella le gustas mucho. Se nota —soltó Gianna.

—A mí también me gusta. —Mila no lo pensó antes de responder.

—¿Eso ya se lo dijiste en tus cartas?

La pregunta ocasionó que las mejillas de Mila se tiñeran de rosa.

—¡No! Si algún día se lo digo, va a ser en persona.

—Ese día llegará, Mi. Mereces ser feliz.

—Tú también lo mereces, Gianna.

Gianna sonrió con tristeza. Tal vez lo merecía, pero dudaba que pudiera llegar a serlo.

Capítulo 9
EZRA

Había pasado sólo una noche desde la revelación. A Ezra todavía se le dificultaba concebir lo que Bastian le había confesado. Que Lyra fuera la líder del culto de Avalon lo cambiaba todo. Si antes pensaba que los fanáticos ya eran una fuerza poderosa, con la reina de Ilardya tan involucrada, no podía ni imaginar el alcance de lo que fuera que estuvieran tramando. Sus dudas sólo se habían intensificado... ¿realmente eran ellos los culpables del comportamiento extraño del sol? ¿Avalon estaba de regreso? ¿Cuál era el objetivo del culto?

Ahora mismo se encontraba en uno de los puntos marcados con sangre, observando el símbolo de Avalon, la infame media luna dentro de un sol. Estaba marcado en el molino de viento más grande de Pivoine, el cual se ubicaba un poco retirado del centro de la ciudad, pero no muy lejos de la casa de Rhea. Bastian se encontraba a su lado, ambos llevaban capucha.

Conforme iban pasando los minutos, llegaban más y más ilardianos. Era un punto bastante conocido, ya que justo en el molino, cada tercera noche, llegaba un fanático de Avalon para reunir nuevos reclutas. Ezra contaba a cada persona que iba llegando, justo ahora había once, sin incluirlos a ellos dos.

Bastian ya había estado en el gran molino, su investigación inicial lo había traído hasta ahí, pero no había podido obtener información, pues los fanáticos no compartían nada fuera del culto.

Ya bien entrada la noche, un ilardiano encapuchado apareció, literalmente, de la nada. Ezra estaba seguro de que sólo era un lunaris ilusionista. Lo que llamó su atención, sin embargo, fue la vestimenta del recién llegado. Era un atuendo blanco por completo y consistía de una túnica que llegaba hasta el suelo. En la cabeza llevaba una capucha que le cubría también el cuello y su rostro estaba cubierto por un largo tapabocas. Lo único que contrastaba era un medallón en su pecho, dorado y redondo, grabado con el símbolo de Avalon.

—¡Mis estimados hijos de la luna! —exclamó el hombre. Por su voz, se notaba que era de avanzada edad, aunque eso no le impedía enunciar cada palabra con orgullo—. Hoy están de suerte, pues no es una noche como las demás. Hoy, una lunaris de los altos mandos ha accedido a predicar la palabra de Avalon. La reunión empezará pronto, síganme.

¿De los altos mandos? Eso picó la curiosidad de Ezra de inmediato, pero cuando dio un paso para seguir al hombre, Bastian lo tomó del brazo para detenerlo.

—Ni pienses que vamos a ir —susurró el chico.

—Claro que vamos a ir, es una buena oportunidad para investigar —respondió Ezra, pero no se soltó de Bastian.

—No van a decirnos nada, sólo van a querer llenarnos la cabeza de estupideces. Créeme, ya lo he escuchado todo.

El grupo de ilardianos ya se estaba alejando, subían por unas escaleras que se encontraban a la derecha.

—¿Has asistido a una reunión así?

—No, pero...

Pero nada. Bastian no continuó con lo que estaba diciendo.

—Bas, sé que esto puede ser muy personal para ti. No tienes que soportarlo, no tienes que ir —dijo Ezra, apretando suavemente la mano de Bastian para retirarla de su brazo—. Pero yo no me puedo quedar sin hacer nada, tengo que ir.

Bastian bajó la cabeza y, después de unos segundos, suspiró.

—¿Y crees que te voy a dejar solo con ese grupo de lunáticos?

—Puedo defenderme.

—Lo sé. Pero, Ez, no sabemos cuántos de ellos son lunaris. Todavía hay luna llena en el cielo —dijo Bastian, clavando sus ojos plateados en los de él—. Así que vamos ya, o los perderemos de vista.

Caminaron por varias calles de Pivoine, subieron escaleras e incluso saltaron de techo en techo, hasta que al fin llegaron a lo que parecía una vivienda común y corriente; un poco más grande que el promedio, pero fuera de eso, no tenía nada sobresaliente. Ni siquiera estaba pintado el símbolo de Avalon en las paredes.

Por eso, Ezra no se esperaba lo que vio al entrar. La planta principal era un espacio abierto; numerosas antorchas estaban empotradas en la pared y, al ser esa la única fuente de iluminación, el lugar tenía un aspecto algo lúgubre. Del techo colgaban varias mantas, algunas con el símbolo de Avalon y otras con frases en un idioma que no conocía. Parecía que todo lo habían preparado para la noche de hoy. Se podía ver un podio al final del cuarto; detrás de él había cortinas de un intenso color azul y, alrededor de todo el cuarto, más de cien sillas para el público. Todas estaban ocupadas; de hecho, los recién llegados tuvieron que quedarse de pie.

Había mucho ruido; todos hablaban en voz baja y sólo unos cuantos llevaban lo que parecía ser el uniforme de la secta: la túnica blanca, la capucha y el tapabocas. Ninguno de ellos estaba sentado, pues se encontraban rondando en cada rincón, vigilando.

Entraron unas cuantas personas más y uno de los uniformados cerró la puerta bajo llave.

—Oh, por todas las estrellas —susurró Bastian.

—¡Les pido silencio! —El mismo viejo que los había reclutado ahora se encontraba frente al podio, alzando ambos brazos—. Privilegiados son ustedes que esta noche se encuentran con nosotros, pues la palabra de Avalon es la única que puede salvarnos. Y hoy una de nuestras alfas se ha ofrecido a iluminarlos, ¡y no es cualquier alfa!

Todos los presentes aplaudieron, emocionados; incluso Ezra lo hizo suavemente. Bastian permaneció cruzado de brazos.

—Les presento a *mader* Deneb, ¡el oráculo de Avalon!

¿Deneb? ¿Qué ese no era el nombre de...?

Ezra giró el rostro para mirar a Bastian. El ilardiano simplemente asintió.

En ese momento, una mujer alta salió por detrás de las cortinas. Ella no llevaba tapabocas, pero sí el mismo uniforme. Su rostro se veía estirado por su peinado, su cabello estaba recogido y oculto bajo la capucha, pero se podía ver que era de un tono rojo vibrante, un tono poco común en Ilardya. Desde atrás no se distinguía el color de sus ojos, pero parecían ser tan negros como la mismísima noche.

Esa mujer era el oráculo de Avalon... y posiblemente la única persona que mantenía contacto directo con Lyra.

—*Benedae mader Avalon* —fueron las primeras palabras de Deneb.

De nuevo, ese idioma que no conocía.

Todo el público repitió la frase.

—Bienvenidos y bienvenidas sean, futuros hermanos y hermanas. Si se encuentran aquí esta noche, es porque están interesados en unirse a nosotros —dijo la mujer; su voz se proyectaba muy bien en todo el cuarto—. Las reuniones de reclutamiento suelen hacerse de forma más clandestina, pero hoy es una ocasión especial. Hoy voy a hablarles de lo que he visto y, una vez que me escuchen, no les quedará ninguna duda. El único camino hacia la divinidad es el camino de Avalon.

A Ezra le impresionó la fuerza de las palabras de esa mujer. Los presentes estaban anonadados, sin poder retirar los ojos de ella. Incluso él se sentía inclinado a escucharla.

—Cuando llegue el momento vamos a contar la verdadera historia, esa que fue enterrada hace un milenio, ¡el mundo entero va a saberlo! Por ahora, sólo unos pocos afortunados tienen el privilegio de conocerla, pero cuando caiga la noche de la Luna Roja, todo se sabrá —continuó Deneb—. ¡Y eso es lo que he visto! La Luna Roja se aproxima y Avalon va a abrirles los ojos a todos esos ignorantes que la pintan como un monstruo.

Murmullos de consternación comenzaron a escucharse en la sala. Deneb alzó una mano y todos callaron.

—Pero *mader* Avalon es piadosa y va a bendecir con magia lunar a cada miembro del *sectae* —dijo, juntando ambas manos sobre el pecho—. ¡Con ella no habrá ningún eslabón débil! Con ella la magia estará al alcance de todos los hijos de la luna, sin importar si no nacieron con ella.

Ezra pudo notar que había varios ilardianos asintiendo repetidamente. Y él, que había nacido sin poderes y nunca los había tenido, podía entender lo atractivo de la oferta, pero... lo que Deneb decía sonaba irreal.

—Están de suerte esta noche, futuros hermanos, pues voy a hacer una demostración. —Deneb bajó del podio y se acercó al público—. Necesito un voluntario que no sea lunaris, sino un ilardiano sin magia y que añore poseerla.

Más de la mitad de los presentes alzó la mano, por lo que se desató un poco de caos. Todos gritaban y gritaban, ansiosos por ser elegidos. Deneb juntó las manos detrás de la espalda y caminó entre ellos. Al poco tiempo eligió a una chica rubia, de unos veinte años.

—¿Cuál es tu nombre, hermana? —preguntó Deneb, extendiéndole la mano para que la siguiera al podio.

—M-Moira —respondió ella, subiendo.

—Moira, ¿puedes jurar ante todos los presentes que no posees ningún tipo de magia lunar?

—Lo juro. Yo... —Moira hizo una pausa y alzó el rostro tímidamente, mirando hacia el público—. Siempre he soñado con ser una lunaris psíquica y tener telequinesia, pero mis padres son ilardianos comunes y corrientes, ni siquiera tuve la posibilidad de heredar la magia.

Todos estaban muy atentos.

—Esta noche tu sueño se hará realidad —respondió Deneb y de nuevo alzó la mano. Esta vez tenía un pequeño trozo de cristal entre los dedos—. Este cristal ha sido bañado por la esencia de Avalon, fue sacado de su propia tumba y cualquiera que lo posea será capaz de hacer magia.

—Mierda —susurró Bastian—. Debí imaginármelo.

Bastian expresó justo lo que Ezra estaba pensando, ¡tenían cristales! Y los utilizaban para engañar a las personas y reclutarlas. Pero ¿cuántos tendrían? Oh, por Helios, esto era más serio de lo que creyó. Nunca fue tan ingenuo para pensar que no volvería a ver esos cristales, pero no se imaginó que los estuvieran usando para esto.

Deneb procedió a explicarle a Moira cómo usarlo, le pidió que se concentrara y que pensara en lo que quería lograr. Se quitó el medallón que llevaba en la vestimenta y lo extendió hacia la chica, invitándola a que usara telequinesia para moverlo. Después de eso le dio el cristal, que ella tomó entre sus manos temblorosas.

Tardó unos cuantos minutos, en los cuales Deneb le susurraba indicaciones gentilmente. Que tenía que imaginar que lo hacía para poder lograrlo. Que tenía que poner toda su fe en el cristal y en Avalon. Fue entonces cuando la medalla sobre la mano de Moira comenzó a moverse; se elevó un poco y el oráculo la soltó.

El medallón estaba flotando.

La audiencia comenzó a aplaudir, todos parecían incrédulos y emocionados; eso hizo que Moira perdiera la concentración y dejara caer el objeto, pero Deneb lo atrapó con agilidad. La mujer llevaba una sonrisa de satisfacción en el rostro y la chica a su lado tenía lágrimas en los ojos, de esas que brillan porque reflejan una explosión de felicidad.

Entonces Deneb extendió la mano y un poco de la luz en los ojos de Moira se apagó al saber que no podía quedarse con el cristal. Por cómo lo sostenía con ambas manos, ocultándolo de la visión de los demás, Ezra dudó que lo fuera a soltar. Pero después de unos segundos, lo depositó en la mano de Deneb.

—Ya no necesitan más pruebas, únanse a nosotros y podrán alcanzar esta clase de divinidad —exclamó Deneb, poniendo una de las manos en el hombro de Moira—. Muy pronto, Avalon se presentará ante todos, pues la Luna Roja se avecina. El sol se tornará en tinieblas y llegará la noche del nuevo comienzo.

Ezra sintió escalofríos ante aquellas palabras. Todo lo que salía de la boca de Deneb le parecía una locura, totalmente descabellado y sin sentido; pero eso último… «el sol se tornará en tinieblas», eso *tenía* que estar relacionado con lo que estaba sucediendo en la actualidad con el sol. Necesitaba averiguar más.

—Sé que la noche de hoy ha sido inquietante, futuros hermanos —dijo el oráculo. Moira ya se encontraba nuevamente en su lugar—. Y sé que tienen muchas dudas. Todo será aclarado a su tiempo cuando se unan a nosotros. Durante los siguientes tres días y noches, a toda hora en nuestros puntos clave, habrá reclutadores esperando a aquel que esté listo para hacer el pacto de sangre.

Si antes el público ya había estado receptivo, ahora estaban extasiados.

—Doy por concluida la reunión de hoy. *¡Benedae mader Avalon!*

—*¡Benedae mader Avalon!*—todos corearon.

Volvieron a casa de Rhea dispuestos a dormir, pues pronto amanecería. Ambos habían permanecido callados durante el camino de regreso, ensimismados en sus pensamientos. Ezra no había dejado de repetir una y otra vez las palabras de esa mujer en su mente. Y los rostros de los presentes... llenos de hambre y fascinación; incluso en algunos pudo ver veneración. No tenía duda alguna, la gran mayoría de los que habían estado en la reunión esa noche iban a unirse a la secta.

Bastian acarició la melena blanca de Oru al llegar, se sacó las botas de una patada y las mandó a volar. Ezra nunca lo había visto tan agitado. El ilardiano trataba de no mostrarlo, pero podía verlo en la forma en que se movía y en el semblante de su rostro. Bastian siempre caminaba con un aire relajado y lleno de confianza, y su rostro solía tener una expresión perpetua de «sé algo que tú no», pero hoy estaba apagado. No irradiaba la luz habitual.

—¿Necesitas hablar? —se atrevió a preguntarle.

El chico no le respondió, simplemente se dejó caer boca abajo en su lado de la cama, cual bulto.

Ezra se acercó y se sentó en el lado contrario, mirándolo.

—¿Y bien?

—Odié estar ahí —la voz de Bastian sonaba amortiguada—. Me recordó mi vida en el castillo, con las ilusiones de mi hermana.

—¿Usaba sus ilusiones para hablarte de Avalon?

Bastian golpeó la cabeza contra el colchón y, finalmente, giró el cuerpo. Ahora miraba al techo.

—Las usaba para todo, pero en especial para eso —respondió, su voz era como un susurro entre los árboles de un bosque silencioso—. Estaban por todo en castillo, hablando *laeki*, una lengua muerta que se utilizaba en Ilardya. Se ideó para que el emperador Helios y su nación no pudieran entendernos... pero con los años se fue olvidando.

Bastian cerró los ojos y suspiró antes de continuar.

—Las ilusiones de mi hermana son muy reales. Incluso... a veces me daba la impresión de que podían hacerme daño. Solían arrinconarme en el palacio, repitiendo esa frase inmunda de la reunión de hoy —dijo, negando suavemente con la cabeza—. El rey Dain... mi padre... él le seguía la corriente, pero sólo le interesaban los cristales. La secta tiene miles de ellos en su poder.

—¿Entonces hay más? —Ezra había tenido la absurda esperanza de que el de hoy hubiera sido un caso aislado.

—Sí, Lyra fue la que los trajo al castillo, a las manos de mi padre. —Entonces Bastian abrió los ojos; en lo plateado había un cielo nublado—. Fue él quien intentó reclutarme. Un día, cuando todo el personal dormía, varios guardias entraron a mi habitación y me sacaron a la fuerza. Me llevaron ante mi padre y ahí estaba mi hermana, pero ella no dijo nada, sólo me miraba. Él dio la orden de que me hicieran un corte en el brazo con una daga; necesitaban mi sangre para la iniciación o algo así.

—Por Helios...

—Sí, exacto —Bastian masculló—. Lyra proyectó una ilusión de su sombra y detuvo al guardia con la daga. Dijo que no podían reclutarme a la fuerza, que debía hacerlo voluntariamente. Y que estaba segura de que un día sería así. Yo les grité y los insulté mientras los guardias me sostenían; intenté soltarme, intenté pelear... pero recuerdo que estaba aterrado.

Con justa razón. Ezra no podía creer lo que Bastian había vivido a manos de su propia familia. Y apenas empezaba a comprender hasta qué nivel llegaba la locura dentro del culto.

—Bas...

—No me mires con esos ojos —le reclamó—. Pasó hace tiempo. Me distancié y estoy bien.

—Pero son cosas que no se olvidan. Ahora sé lo difícil que ha sido para ti todo esto, la noche de hoy debió ser...

—¿Lo peor de la vida? Ya lo creo —lo interrumpió, y luego chasqueó la lengua—. No, en serio, estoy bien.

Pero se notaba que no era así.

—Y... ¿no hay nadie que esté intentando frenarlos? Es decir... al culto —preguntó Ezra.

—La familia real controla a cada guardia y soldado de la ciudad, y, para desgracia de todos, la cabeza del culto es también la de la familia real —respondió Bastian, derrotado—. Además, ellos mismos dicen que no están haciendo nada ilegal, el problema es que nadie sabe qué están haciendo exactamente.

—Tenemos que descubrirlo.

Bastian simplemente se giró, acurrucándose. Su cabellera plateada le cubría el rostro.

—Lo haremos. Con la ayuda de Alistar vamos a llegar al fondo de todo esto —dijo tajante, como queriéndole poner fin a la plática—. Muero de sueño, hoy fue una noche pesada.

—Sí, hay que dormir...

Ezra se recostó sobre la almohada, mirando hacia el techo y pensando en los acontecimientos ocurridos esa noche. Tal vez, como Bastian decía, Alistar podría ayudarlos, pero él sabía que sería mucho más efectivo ir directo al centro: a la secta. También sabía que Bastian se negaría rotundamente y, por último, sabía que no iba a estar en paz consigo mismo si no hacía algo.

Siempre pensaba mucho antes de hablar, pero eso jamás le había funcionado al actuar. Ezra hacía lo que el instinto y el corazón le dictaban, aunque fuera poco racional.

Como lo que estaba por hacer cuando el sol saliera.

Lo había decidido incluso antes de irse de la reunión, tenía que ir e infiltrarse como miembro del culto.

Después de varios minutos, pudo escuchar la respiración acompasada de Bastian; con ello se aseguró de que ya estaba profundamente dormido. Aguardó un rato más en espera del sol para evitar ilardianos en las calles. No debía olvidar que no pertenecía a ellos y que eso se notaba a leguas.

Pasó poco más de una hora y Ezra comenzó a preocuparse, pues el sol no salía. No dejaba de mirar el único reloj que había en casa de Rhea, uno bastante ostentoso, colgado en la pared. A esa hora, sus rayos ya deberían estar filtrándose por la ventana. Pero nada. Estaba totalmente oscuro.

Eso sólo encendió más sus ganas de investigar a fondo y de primera mano.

Se levantó de la cama con sumo cuidado, tratando de no despertar a Bastian. Tomó sus botas del piso y caminó hasta la puerta principal sin ponérselas. Luego agarró su confiable capucha y se la puso. Oru estaba recostado en el salón y lo miraba con curiosidad, ladeando un poco la cabeza. Ezra sólo esperaba que el lobo no despertara a Bastian.

—Volveré pronto —le susurró.

El lobo simplemente parpadeó.

Ezra abrió la puerta y salió de la casa; en ese momento se puso las botas. Iría al mismo punto clave donde Bastian y él habían esperado en la noche. No estaba muy lejos y no tenía ganas de investigar otra locación. Sentía prisa, como si una manada de lobos lo estuviera persiguiendo.

No tardó mucho en llegar al punto marcado con sangre. Ahí esperaban cuatro ilardianos miembros de la secta. Todos llevaban el uniforme que ya conocía. No podía definir muy bien las facciones de cada uno, ya que la mayor parte de sus rostros estaba cubierta, pero sí podía ver sus ojos, una variedad de plata y negro. En estos no había pizca de calidez.

Tenía un mal presentimiento, pero estaba decidido.

—He venido a unirme a ustedes.

Soltó las palabras y supo que ya no había vuelta atrás.

Capítulo 10
EMIL

Era temprano, pero era uno de esos días en los que el sol no había salido a la hora habitual y la luna brillaba en el cielo, cual criatura celestial.

Tal vez deberían llamarse noches largas.

Desde que despertó, había mirado su reloj de mano un centenar de veces. Eso sólo aumentaba su inquietud. Se talló los ojos con ambas manos y se miró al espejo. Ya estaba vestido y listo para enfrentar lo que fuera que le deparara ese día. No era que su ropa sirviera como escudo, pero sí como máscara. Trataba de no pensar mucho en la última discusión con Gavril. El problema era que, si dejaba de pensar en eso, su mente viajaba a lo ocurrido con Gianna.

Desvió la mirada del espejo cuando escuchó que tocaban la puerta.

—Soy Derien, su majestad, ¿puedo pasar?

—Sí —respondió, caminando hacia la antesala.

Derien ya se encontraba ahí, con las manos unidas en la espalda.

—¿Ocurre algo? Si mal no recuerdo, las actividades de hoy comenzarán hasta dentro de una hora —inquirió el joven rey.

—Recuerda bien, su majestad —respondió el senescal—. Pero vengo con un mensaje de su padre, quiere verlo en el Lago Helios.

¿A esta hora?

Era cierto que su padre pasaba mucho tiempo en el lago desde que la reina Virian había fallecido, pero, por lo general, pedía que lo dejaran solo y que nadie lo molestara. Jamás había requerido la presencia de Emil en ese lugar.

—Iré enseguida —informó.

El senescal asintió.

—Pediré que preparen a Saeta.

En cuestión de minutos, Emil ya se encontraba montado en su pegaso, dirigiéndose al Lago Helios. La ciudad flotante contaba solamente con un lago, el cual era enorme y majestuoso, y desembocaba en varias zonas del lugar. Al ser el único, por lo general lo llamaban simplemente el lago de Eben.

El Lago Helios era de uso exclusivo para la familia real y sus invitados; también era muy utilizado para realizar actividades recreativas y, de vez en cuando, competencias oficiales de natación o de remo. Emil había pasado gran parte de su infancia ahí, jugando y nadando con sus mejores amigos. El lugar siempre le traía buenos recuerdos, aunque ahora fueran agridulces.

Lo divisó desde los cielos, con sus múltiples cascadas bañando la piedra y el verde de la ciudad. Sus aguas eran más cristalinas que las de cualquier océano que hubiera visto, y el sol lo mantenía a una temperatura perfecta. Pero hoy no había sol.

Saeta comenzó a descender y Emil pudo ver a su padre sentado en una orilla, con los pies dentro del agua. No miraba hacia el cielo ni tampoco hacia el agua. Tenía la cabeza gacha.

Emil sintió que su corazón se arrugaba ante la escena. Últimamente veía a Arthas más ausente y nervioso. Más solitario. Además de que su última conversación había sido algo extraña. Quería ser un buen hijo y pasar más tiempo con él, pero su padre no se lo permitía, siempre alegaba que necesitaba espacio, y que, con el tiempo, él sería quien volvería.

Sólo podía esperar que eso fuera cierto.

El pegaso aterrizó y Emil se bajó de un salto. Caminó hacia su padre y se quitó las botas para imitarlo y meter los pies en el lago. Sintió un ligero espasmo cuando el agua fría hizo contacto con su piel.

—Hasta el lago necesita del sol —fue lo primero que dijo Arthas.

La boca de Emil era una línea recta.

—Todos lo necesitamos —respondió.

Y se hizo el silencio. Se quedaron callados durante unos minutos, luego Emil comenzó a mover las piernas en un lento vaivén, para distraerse. No quería presionar a su padre, pero sabía que lo había llamado por algo. Alzó el rostro para mirar a la luna y refugiarse en lo que aquel astro le hacía sentir. Tal vez Elyon los estaba viendo, en ese momento, desde arriba.

—¿Recuerdas lo que me prometiste la otra vez? —habló Arthas, sin mirarlo.

Emil asintió.

—Lo recuerdo. —Aunque realmente no había prometido nada, sólo había dicho que lo intentaría, pero no quería mortificar a su padre.

—Dijiste que, pasara lo que pasara, no actuarías con imprudencia.

Las piernas del joven dejaron de moverse en el agua.

—¡No he hecho nada! —Sintió la necesidad de defenderse, pues su padre le hablaba en tono acusador.

—Lo sé, hijo, pero...

¿Pero qué?

—Papá, ¿qué pasa? —preguntó, poniendo la mano sobre el hombro de Arthas—. Llevas días queriendo decirme algo. Es esto, ¿cierto?

El padre de Emil soltó un suspiro que cargaba con mil pesares.

—No sé ni cómo empezar...

¿Qué era tan importante que lo tenía así de nervioso?

—Podrías hacerlo por el principio —sugirió cuando notó que su padre había vuelto a callar.

La cabeza de Arthas seguía gacha y sus manos yacían inmóviles y unidas sobre sus piernas. Emil podía ver que las apretaba con fuerza. Su padre estaba notablemente tenso y el joven rey comenzó a sentirse igual. Incluso había empezado a juguetear con su anillo para liberar esa pesadez. Esa acción siempre le había traído tranquilidad, aunque fuera ilusoria.

—Es una historia que no tengo clara ni completa, sólo tengo mi versión... —Arthas habló al fin, después de unos minutos. Fue entonces cuando alzó la cabeza y miró fijamente a su hijo—. Y unas cartas.

Cartas.

No era que Emil se hubiera imaginado qué tenía a su padre así, pero si lo hubiera hecho, estaba seguro de que jamás habría pensado en... cartas. ¿Cartas de quién? ¿Cartas para quién?

—¿Y esas cartas...? —dijo, para animarlo a continuar.

El padre del joven rey abrió su saco y metió la mano para sacar tres sobres, dos de ellos aún con sello.

Emil sintió como si le hubieran sacado el aire de un golpe. Porque conocía ese sello. Rojo, con un medio sol atravesado por la inicial del apellido real y, a un lado, la inicial de un nombre. Era...

—Son de tu madre. Ella las escribió.

El sello personal de Virian Solerian.

Si el agua del lago ya se sentía fría, ahora estaba helada. Todo el interior de Emil se estaba congelando y él hacía lo posible por no temblar. Miles de preguntas invadían su cabeza. Quería gritarlas todas y a la vez tenía miedo de siquiera hablar.

—¿Cómo...? —fue lo único que pudo articular.

No había movido un solo músculo.

—Esa noche en la isla, la última noche de Virian... —contestó su padre, su voz era rasposa y débil—. No pudimos despedirnos, pero creo que ella lo sabía. Sabía que tal vez no saldría con vida de ahí. Me dijo que, si ella no volvía, fuera al este del Lago Helios y buscara debajo de la roca de la que te habías caído cuando eras pequeño, ¿la recuerdas? Yo no lo hacía, pero tu madre sí.

Emil todavía no salía de su estupor y tardó un poco en razonar las palabras de su padre. Alzó la mirada en dirección a aquella roca. No era difícil de encontrar, pues en el lago solamente había dos sobresalientes que, de hecho, estaban juntas. Una enorme, en donde incluso podían sentarse las personas, y otra más pequeña. Él se había caído de la pequeña.

Cuando era tan sólo un niño de tres años, esa pequeña le había parecido gigante. Pero ahora, viéndola con otros ojos, se daba cuenta de que era una piedra normal, si acaso mediana.

Y no recordaba con claridad ese momento, pues era uno de sus recuerdos más antiguos. Estaba borroso: había estado jugando a las peleas con Ezra y, en un intento por saltarle encima, se subió a esa roca y se cayó, raspándose las rodillas. Recordaba también el llanto y cómo su madre había corrido hacia él para cargarlo en sus brazos. Había dejado de llorar en ese instante porque se sentía seguro en aquel abrazo.

—No vine al lago justo cuando volvimos de la isla. Creo que en un inicio estaba en negación, y sinceramente, no tenía la energía mental para hacer lo que tu madre me había pedido. Fue hasta unos dos meses después cuando decidí bajar y me dirigí a aquellas rocas. Nunca pensé que pudieran levantarse, ni siquiera la pequeña, ¿no te parece que ambas están muy enterradas en la tierra?

Su padre estaba hablando con rodeos, ni siquiera esperaba respuesta por parte de Emil.

—Pero la roca pequeña ya había sido levantada anteriormente. Por ella. Y cuando yo hice lo mismo, me llevé una gran decepción al ver que no había nada debajo, pero mi cuerpo reaccionó antes que mi cabeza, y en cosa de un segundo ya me había agachado a cavar con ambas manos. Cavé profundo, hasta que mis dedos se toparon con algo sólido, y entonces desenterré un cofre. Ni siquiera tenía llave... y cuando lo abrí, estaban estas tres cartas.

En ese momento, Arthas alzó la mano en la que tenía las cartas y la extendió hacia Emil.

Su propia mano se alzó involuntariamente, temblorosa, para tomar lo que su padre le ofreció. Tenía miedo de que, al tocar aquellas cartas, simplemente desaparecieran. Como su madre. Lo peor de todo era que Emil se había resignado y estaba consciente de que no volvería a verla ni a escucharla, pero estas cartas provocaban que lo invadiera esa peligrosa sensación de esperanza de la que siempre intentaba alejarse.

Por Helios, ¡ni siquiera sabía qué estaba escrito en ellas!

Cuando la mano de Emil al fin hizo contacto con las cartas, tuvo que cerrar los ojos durante algunos segundos. Todavía no podía creer que esto estuviera pasando. Cartas de su madre. Cartas de las que nadie sabía. Abrió los ojos y observó a detalle los sobres; se dio cuenta de que cada uno de ellos estaba dirigido a una persona diferente. Había uno para Arthas, uno para Ezra... y uno para él.

—Sólo leíste la tuya —dijo el joven rey, y su voz salió tan bajita, que tuvo que repetir lo que acababa de decir.

La única carta que tenía el sello roto era la que estaba dirigida a su padre. La de Ezra y la de él estaban intactas.

—Oh, la he leído una y otra vez, hasta la puedo recitar de memoria —respondió Arthas, con una sonrisa triste—. Las otras dos cartas no están dirigidas a mí, no son para que mis ojos las lean.

Emil dejó dos de los sobres en su regazo y tomó el que tenía su nombre escrito con la caligrafía de su madre.

—¿Por qué me la estás dando ahora? —preguntó Emil. No era un reproche, era una duda genuina—. Llevas meses con estas cartas en tus manos... ¿por qué hasta ahora?

—Porque estoy seguro de que tu carta también estará llena de revelaciones y tenía miedo de cómo pudieras reaccionar. Todavía tengo miedo. Ya te lo dije, Emil. No quiero perderte a ti también, no podría soportarlo —dijo el hombre, tomando a su hijo del brazo—. Pero... tampoco podía privarte de las palabras de tu madre para siempre. Esta carta es lo último que dejó para ti, y todos los días, desde que desenterré ese cofre, me he estado debatiendo entre dártela o seguir esperando.

Emil no se apartó de su padre. Ni siquiera se movió. Tal vez, si no siguiera completamente abrumado, se habría molestado con él por haberle escondido algo tan importante durante tanto tiempo. Pero no podía encontrar ni un atisbo de enojo en su corazón. Él mismo había visto a su padre esos últimos meses. Siempre abatido, siempre distante. Guardar este secreto le había afectado sobremanera.

—Y decidiste dármela —dijo, sin poder apartar los ojos de la carta.

—Con todo lo que está ocurriendo, creo que esa carta ya no puede esperar. —La mano de Arthas subió hasta el hombro de Emil—. Ahora sólo me arrepiento de no habérsela dado antes a Ezra. No tengo idea de cuándo volverá de su misión en Ilardya...

¿Cómo reaccionaría su hermano al enterarse de la existencia de esa carta? También se cuestionaba si su madre había respondido en ella las preguntas que Ezra tanto le había hecho cuando era más pequeño; sobre sus orígenes, su padre, su historia...

Pero esa carta tendría que permanecer sin leer durante algún tiempo más.

—Estoy seguro de que volverá pronto... —contestó Emil sólo por decir algo. La verdad era que Ezra no había dado señales de cuándo volvería, pero esperaba que no tardara mucho.

—¿Podrías guardarla? Creo que será mejor que tú se la des. Ezra siempre está más relajado contigo —le pidió su padre.

Emil asintió. Era cierto lo que Arthas decía, ya que a pesar de que mantenía una buena relación con Ezra, nunca habían sido especialmente cercanos. Y no era porque su padre no lo hubiera intentado, no. A pesar de que sólo era su padrastro, Arthas siempre había tratado a Ezra como si fuera su propio hijo, pero él mantenía cierta distancia. Como con todo el mundo. Se podían contar con una mano las personas con las que Ezra bajaba la guardia: su madre, Emil, y ahora Bastian.

—Gracias —respondió Arthas—. Y te quiero pedir perdón por haber tardado tanto.

El joven rey asintió nuevamente y su padre lo atrajo hacia él con la mano que ya tenía en su hombro.

Arthas lo rodeó con ambos brazos y Emil se dejó envolver. Se quedaron así durante algunos minutos, en silencio. Minutos en los que el chico deseó detener el tiempo para permanecer así. Ya no tenía a su madre, pero su padre estaba con él. Y sentía gratitud por eso.

Volvió a mirar la carta que aún sostenía en sus manos y sintió una nueva ola de gratitud.

Cuando pensó que ya no quedaba nada de su madre, la vida le daba un último regalo. Unas últimas palabras. Tal vez una despedida.

—¿Sabes cuándo las escribió? —La pregunta salió de su boca sin que él la pensara, simplemente escapó.

Alzó la cabeza, buscando los ojos de su padre, y él rompió el abrazo para poder mirar a su hijo.

—No tienen fecha, pero todo indica que fueron escritas unos días antes de su desaparición.

Emil ya lo suponía. Intentaba armar un rompecabezas imposible, pues faltaban muchas piezas. Tal vez las encontraría en aquella carta. Aquella que ahora quemaba en sus manos, pidiendo a gritos ser leída. Tenía miedo de lo que podría encontrarse en esas líneas, pero también se moría de ganas por escuchar a su madre una vez más. Todavía no olvidaba su voz, y estaba seguro de que cuando leyera sus palabras escritas en papel, su eco resonaría con fuerza.

No sabía si estaba listo, lo que sí sabía era que tenía que escucharla.

Emil se encerró en su habitación para leer la carta que su madre le había escrito. Llevaba algunos minutos sentado al borde de la cama, con el sobre en las manos. Sentía que el contenido de esa carta era capaz de revolucionar todo su mundo.

Tuvo que tomar aire para armarse de valor y romper el sello. Sacó el contenido del sobre y se sorprendió al ver tres hojas llenas de la caligrafía de su madre. Posó una de sus manos temblorosas sobre las letras y acarició el papel, tratando de imaginarse a la reina Virian mientras escribía sin parar.

Y cuando al fin posó sus ojos en la primera línea, la voz de su madre le inundó la cabeza.

> Mi valiente Emil:
>
> Si estás leyendo esto, es porque ya no estoy contigo.
>
> Quisiera usar este pedazo de papel para brindarte paz, pero hay tantas cosas que debo contarte. Cosas que he estado manteniendo en secreto con la intención de proteger Alariel. De protegerte a ti. Con la intención de heredarte una nación fuerte e invencible. Lamentablemente, si tienes en tus manos esta carta, es porque no lo logré. Lo siento, hijo. De verdad lo siento.
>
> Fenrai es un mundo vasto y lleno de misterios. Algunos tan antiguos como el mismísimo Helios. Algunos tan siniestros que es mejor dejar enterrados para siempre. Pero, a veces, nos cuesta entenderlo. Supongo que ese fue el inicio del fin.
>
> Espero que tengas tiempo, porque estoy a punto de contarte cómo empezó todo esto.
>
> Te voy a contar por qué tuve que irme de casa.

Emil hizo una pausa, pues un nudo se le formó en la garganta. Esto era demasiado, no sólo por el hecho de que estaba leyendo las palabras de su madre, su despedida, sino porque en estas líneas ella admitía que se había ido. Que cuando todos pensaban que había sido secuestrada, la verdad era que ella se había ido. Los había abandonado sin decir nada.

El joven rey no era tonto, él ya lo sabía. Desde aquella noche en la que ocurrió la traición en la isla, él supo que su madre se había ido por decisión propia en busca de los cristales, y fue a raíz de eso que el rey Dain la capturó. Leer la confirmación le dolía.

Volvió a posar los ojos en el papel y comenzó a leer la historia. La explicación.

En palabras de su madre, todo había empezado cuando el general Lloyd dio la orden de ejecutar a un espía ilardiano que se había escabullido en el castillo. Emil pensó que aquello era muy drástico, pues, por lo general, cuando un espía de la luna era capturado en tierras del sol, se le sometía a un juicio para saber si sería prisionero en Alariel o si se le permitiría volver a Ilardya bajo libertad condicional.

Su madre había pensado lo mismo que él, pues en su carta explicaba que denegó dicha orden de ejecución. El general Lloyd había insistido; a él le parecía que este espía era más peligroso que los demás, ya que lo habían capturado justo en Eben, y se requería de gran habilidad para burlar los muros. Entre los dos acordaron no hacer público el caso del nuevo prisionero, más que nada para no alarmar a nadie. Si los ciudadanos se enteraban de que ni siquiera Eben estaba exento de espías de Ilardya, los rumores sobre las capacidades de la Guardia Real no se harían esperar.

Aun así, su madre no aceptó la orden de ejecución, más bien pidió una audiencia con el prisionero.

> Era un hombre barbudo y con la tez tan clara como la de cualquier ilardiano. Estaba encerrado en una celda del tercer piso de los calabozos y no paraba de gritar que el fin de Alariel se acercaba.
>
> Esas palabras no sonaban como amenaza, sino como promesa. Le dije que le perdonaría la vida si hablaba y me decía qué estaba haciendo en Eben. Él me dijo que me lo contaría si nos dejaban solos.

Y cuando se quedaron solos, el hombre intentó atacar a su madre. Con fuego. Ella logró esquivar las llamas, pero no podía creer lo que ocurría frente a sus ojos: un ilardiano con poderes de sol. Las manos de Emil se tensaron y arrugaron un poco los papeles que sostenía. Ya estaba entendiendo hacia dónde iba esta historia.

Después de su intento de ataque, el hombre se acercó a los barrotes de la celda, gritando otra vez. Ahora advertía que él no era el único ilardiano con magia de fuego. Como su madre aún no salía de su estado de asombro, él aprovechó para tomarla de la cabeza y estrellarla contra los barrotes. El ruido hizo que el general Lloyd volviera corriendo y, al ver la sangre en la frente de la reina, abrió la celda y noqueó al prisionero.

Fue entonces cuando su madre lo vio. El cristal.

Cuando el ilardiano cayó al suelo, de su mano salió disparado un diminuto cristal. El general estaba tan enfadado y enfocado en el hombre, que ni siquiera lo notó. Pero ella sí, y se agachó para recoger el cristal y guardarlo. Jamás le dijo a nadie.

El prisionero fue ejecutado por el mismo general Lloyd unos días después, en privado, pero su madre fue a verlo antes de que la sentencia se llevara a cabo. Quería saber por qué estaba en Eben, y más importante, ¿qué era ese cristal?

> Sus pocas revelaciones no tenían sentido. No paraba de gritar cosas sobre Avalon y una noche eterna. Las gritaba con vehemencia y seguridad, pero en sus ojos se veían indicios de locura. El ilardiano realmente creía lo que decía.
>
> Todo eso sólo logró despertar más inquietudes dentro de mí. Sabía que no podía quedarme sin hacer nada.
>
> Hijo, presiento que el rey Dain tiene grandes cantidades de esos cristales a su disposición. Todavía no conozco el alcance que poseen, pero sé que son peligrosos. Y poderosos. Son capaces de brindarle fuego a los ilardianos y de amplificar mis propios poderes. Pienso descubrir qué más pueden hacer.
>
> Esa es la razón por la que decidí irme.

Emil cerró los ojos. Los cristales, esos malditos cristales. Su madre los había dejado sin decir nada para ir en busca de aquello que terminó con su vida. Él ya ni siquiera sentía enojo, lo que reinaba en su interior era dolor. Ya se había resignado a nunca tener una explicación de la desaparición de su madre, ya había hecho las paces con ello. Y ahora que la tenía, sentimientos que ya había logrado sepultar estaban resurgiendo, quitándose la tierra de encima, implacables.

Y la carta continuaba:

> Debes saber que siempre estuvo en mis planes volver y contarte todo cuando lo tuviera más claro. Me duele mucho imaginar que estás leyendo esto, porque significa que no pude regresar. Y me acabo de percatar que eso también significa que ya eres el rey de Alariel.
>
> Hijo mío, ¿sabes lo orgullosa que siempre he estado de ti? Ahora mismo soy capaz de imaginarte siendo el rey de nuestra amada nación y sólo puedo sonreír. Es una sonrisa de felicidad... pero también es agridulce.
>
> Todavía eres muy joven para llevar el peso de la corona en tu cabeza, y te pido perdón por obligarte a cargarlo tan pronto. Me da terror pensar que no pude detener al rey Dain y que ahora te va a tocar a ti enfrentarte a todo esto que sigue siendo un misterio para mí. Uno que hubiera sido mejor dejar enterrado para siempre.
>
> Son tiempos difíciles para llevar la corona, así que tienes que ser valiente, Emil. La última vez que nos vimos te lo dije, porque sabía que estaba a punto de irme. Sabía que venían días oscuros en los que ni siquiera el sol sería capaz de alumbrarnos.
>
> Esta carta la escribo a un par de días de mi partida. Quisiera que tuviera más respuestas para ti, pero ni yo misma las tengo. No todavía.
>
> Ahora tengo que despedirme. Me hubiera gustado que las cosas fueran diferentes, pero la vida a veces tiene otros planes. De lo que más me arrepiento es de que no podré verte crecer y convertirte en el rey que siempre ha estado dentro de ti. Porque debes saber que jamás he dudado de ti. Estoy segura de que vas a ser de los grandes, de los que hacen historia. Tienes un corazón puro y lleno de fuego. Úsalo para liderar a nuestra nación. Vive y reina con todo tu corazón, pero no te olvides de ti.
>
> No te olvides de ti.
>
> Te quiero, de aquí hasta el sol.

Emil no se percató de las lágrimas hasta que una cayó en la carta y la mojó. Intentó secarse los ojos con el antebrazo, pero fue inútil, ahora no podía parar de llorar. Era como si las lágrimas que se había estado aguantando desde hacía días vinieran todas de golpe.

Leer esa carta había sido como un abrazo de su madre. Había sido como un bálsamo que no sabía que necesitaba. Y pensó que leerla admitiendo que se había ido lo haría enojar, pero no sentía nada parecido a la ira, sólo sentía la ausencia, aplastante y contundente, como los primeros días.

Así que dejó que las lágrimas fluyeran mientras leía la carta otra vez. No sabía si lo que hacía era masoquismo, pero no le importaba. Extrañaba a su madre y sus palabras eran como un tesoro recién descubierto.

Estaba leyéndola por tercera vez, cuando algo llamó su atención. Un detalle que al inicio dejó pasar, pues no estaba pensando en nada que no fuera su madre. Posó el dedo índice sobre la línea que decía: «Sus pocas revelaciones no tenían sentido. No paraba de gritar cosas sobre Avalon y una noche eterna».

Una noche eterna.

¿Acaso ese ilardiano se refería a lo que estaba sucediendo ahora? El pulso de Emil se aceleró. Necesitaba saber qué era exactamente lo que había gritado ese prisionero, pero ¿cómo? Las únicas dos personas que podían responderle habían muerto. A no ser que…

Se puso de pie, metió la carta de su madre en el cajón de su mesa de noche y no se detuvo hasta salir de su habitación y quedar frente a los guardias.

—Necesito ver al general Lloyd —dijo con más urgencia de la que hubiera querido.

—Su majestad, creo que el general preparó todo para partir el día de hoy —respondió uno de ellos—. Irá a una misión para capturar a los rebeldes.

Emil sintió una punzada en el estómago.

—Tengo que verlo antes de que se vaya —anunció, y comenzó a caminar con decisión—. Encuéntrenlo y díganle que vaya ahora mismo a la biblioteca.

Emil estaba sentado en uno de los grandes sillones de la biblioteca, jugueteando ausentemente con su anillo mientras veía hacia los ventanales. Ya pasaba del mediodía y no había señal alguna del sol. La ansiedad y la preocupación lo devoraban por dentro mientras su mente funcionaba a mil por hora.

—¿Quería verme, su majestad?

Al escuchar la voz del general Lloyd, el joven rey se enderezó en el sillón y asintió, indicándole con el brazo que se sentara junto a él. El hombre llevaba puesta su armadura; seguramente recibió el mensaje cuando estaba a punto de irse.

—General Lloyd, lo que le voy a pedir podrá sonar extraño.

El hombre alzó una ceja.

—¿De qué se trata?

—Quisiera que me dijera todo sobre el espía ilardiano que ejecutó hace tiempo, antes de que mi madre desapareciera —soltó, mirando al general a los ojos.

El general Lloyd se quedó callado por unos segundos. Emil pensó que estaba decidiendo qué contarle y qué no, pero luego notó en la expresión de su rostro que solamente estaba confundido. Muy confundido.

—Ya ni siquiera lo recordaba. Y... pensé que solamente la reina y yo sabíamos de ese espía... —dijo el general, rascándose la cabeza—. Disculpe que lo cuestione, su majestad, pero ¿a qué se debe su inquietud por saber de él? Ya no puede hacernos daño.

Emil negó con la cabeza.

—No es por eso, sé que usted se quedaba cerca cuando mi madre le pedía que la dejara sola con él.

—Por supuesto, siempre estaba a una puerta de distancia —aseguró, alzando el pecho.

—Entonces... pudo escuchar sus conversaciones —inquirió, tratando de no reflejar todas sus ansias.

El general Lloyd volvió a rascarse la cabeza.

—No realmente, sólo escuchaba sus gritos sin sentido —respondió, mirando a Emil con extrañeza—. El hombre era un lunático.

Y esta vez, Emil no pudo evitar inclinarse hacia el general. Sentía que se acercaba, ¿a qué? No estaba seguro, pero necesitaba llegar al fondo de esto. Algo le decía que era importante.

—¿Recuerda qué gritaba? Necesito que me lo diga todo, mientras más exacto, mejor —ordenó el joven rey, sin perder el contacto visual.

Si el general antes estaba confundido, ahora lucía desconcertado. Emil podía ver en sus ojos que no entendía hacia dónde iba este interrogatorio. Y estaba seguro de que, si él no fuera el rey de Alariel, el hombre ya le habría dicho que no tenía tiempo para juegos.

Pero esto no era un juego.

—Como ya le dije, su majestad, el tipo estaba loco, gritaba desvaríos. Estaba obsesionado con Avalon, ¡el pobre realmente pensaba que era real! —Eso último lo había dicho con un toque cómico e indignado a la vez, como si no pudiera creer la idiotez de aquel prisionero—. Repetía todo el tiempo que la princesa de la luna traería a Avalon de vuelta, y que, cuando eso ocurriera, llegaría la noche eterna y sería el fin de Alariel. Puras patrañas así.

Emil se paró del sillón.

—¿Patrañas, general? ¿Qué no se da cuenta? —exclamó, extendiendo los brazos hacia la ventana—. ¡Ni siquiera ha salido el sol el día de hoy!

El general Lloyd ahora lucía atónito. Le dedicó una mirada fugaz al ventanal y después volvió a posar los ojos en Emil.

—Su majestad, ¿no estará insinuando que usted también cree en esos cuentos para niños? Avalon no es la amenaza en la que debemos concentrarnos, ¡ni siquiera es real!

—No podemos estar seguros de eso, ¿o sí? —respondió, comenzando a exasperarse—. ¿No le parece extraño que las supuestas locuras de ese prisionero se estén volviendo realidad? Yo no veo eso de la noche eterna muy lejano.

El general alzó las manos en modo conciliador.

—Yo no soy quién para cuestionarlo, rey Emil. No dudo que Ilardya tenga algo que ver con lo que le está ocurriendo al sol, pero ya estoy bastante mayor para creer que la culpa es de una villana de leyenda.

—Bien, entonces tenemos que enfocarnos en alguien cuya existencia no podemos negar —dijo Emil, formulando un plan en su cabeza—. El prisionero también mencionó a la princesa de la luna. Esa es la actual reina, Lyra. —Febos Lloyd asintió con cautela—. Sé que Ezra y Bastian se encuentran en Ilardya investigando el caso, pero ellos no pueden hacer algo que yo sí.

En ese momento el general Lloyd se percató de lo que Emil estaba pensando, y negó con la cabeza.

—Su majestad, no...

Emil alzó la mano y el hombre calló.

—Voy a solicitar una audiencia directa con la reina Lyra —informó, más decidido que nunca—. Y si ella no piensa salir de su castillo, que así sea.

En su cabeza todo era un torbellino. Sus pensamientos se arremolinaban y no podía ordenarlos. Pensaba en el Consejo, que seguramente se opondría. Pensaba en el riesgo que implicaba salir de Eben. Pensaba en su padre, a quien le había prometido que no haría ninguna locura. Pensaba en su madre, todo el tiempo en su madre. Pero, sobre todo, pensaba llegar al fondo de esto.

Estaba decidido, iría a Ilardya.

Capítulo 11

GIANNA

En el castillo de Eben todo era caos.

Por eso Gianna yacía escondida en los jardines.

Emil acababa de anunciar ante el Consejo sus planes de ir a Pivoine con el fin de tener una audiencia con la reina Lyra. ¿La opinión de Gianna? Nadie se la había preguntado. Es más, ni siquiera había podido ver al joven rey ese día, que más bien parecía una noche eterna.

Pero no había tenido que ver a Emil para enterarse de aquella noticia, pues era de lo único que hablaban los soldados y los sirvientes.

Gianna intentaba no ponerse nerviosa. Es decir, primero habría que solicitar la audiencia con la reina Lyra y luego ella tendría que aceptar. En el caso poco probable de que eso ocurriera, entonces sí se permitiría preocuparse.

En las clases de Historia le habían hablado de ese tipo de protocolos. No era muy común que las familias reales de Alariel e Ilardya se visitaran. Por lo general, sólo se solicitaban audiencias cara a cara en caso de que fuera sumamente necesario. Siempre se intentaba dialogar por medio del Consejo Real de Alariel y los Viejos Sabios de Ilardya.

Si la reina Lyra decía que sí, ¿Gianna estaba obligada a ir con Emil? La idea no le emocionaba en lo más mínimo. Sólo tenía malos recuerdos de aquel reino. Pero sabía que tenía que ir. Tenía que ir no solamente porque era la reina de Alariel, sino porque Emil era su mejor amigo y no podía dejarlo solo en esto. Aun así...

—No sé, no sé, no sé —susurró para sí misma, sacudiendo la cabeza repetidamente.

Tomó una larga bocanada de aire y, para dejar de pensar en eso, decidió enfocar sus preocupaciones en otra cosa. Específicamente en algo que había estado evitando desde que despertó. En su madre. Desde temprano, Marietta Lloyd la había mandado llamar, pero Gianna devolvió a la dama de su madre con un mensaje que ella misma escribió a mano y que simplemente decía: «Estoy ocupada, te veo en cuanto pueda. Besos».

Y lo había postergado por horas y horas, pero presentía que si lo retrasaba más, su madre iría a buscarla personalmente. Prefería evitar aquel panorama, ya que, si Marietta Lloyd la buscaba, significaría que se había agotado su paciencia y era probable que estuviera furiosa.

Miró en dirección al castillo y se dispuso a entrar, pero tanto su cuerpo como su mente parecían estar en negación total.

Gianna nunca había sido buena con ninguna clase de confrontación.

Caminó a paso lento por el jardín, esperando tomar un poco de valor con cada paso. Pero estaba sucediendo lo contrario, ahora lo único que quería era dormir para ya no pensar.

—Tal vez pueda prepararme algo... —dijo, tratando de recordar qué hierbas tenía entre sus herramientas de sanación.

Apretó los puños. No, no serviría de nada escapar momentáneamente de las garras de su madre. Mientras más pronto hablara con ella, mejor. Debía elegir bien sus palabras para intentar hacerla entender. La noche anterior le había abierto aún más los ojos y sentía que tenía más puntos para convencerla de dejar de lado el asunto del heredero. Al menos por un rato.

Se dispuso a dar media vuelta para entrar al castillo, pero un ruido estridente la detuvo. Se escuchó como si algo se hubiera estrellado contra una pared. Algo de vidrio y que ahora seguramente yacía roto en el suelo. Gianna alzó el rostro, buscando el lugar exacto de donde había provenido aquel impacto.

Había sido de una de las habitaciones del segundo piso. Dio unos cuantos pasos hacia adelante y luego se quedó inmóvil y en silencio, para ver si así escuchaba algo más.

Pasaron unos segundos y así fue. La voz de una mujer empezaba a elevarse. Gianna no podía distinguir lo que decía, pero sí la reconocía. Reconocería aquella voz donde fuera, pues era la que la perseguía hasta en sus pesadillas. Era su madre.

Corrió hacia el punto en donde sabía que estaba la habitación de Marietta Lloyd y volvió a mirar hacia arriba. El ventanal principal yacía abierto, pero Gianna, desde abajo en los jardines, no podía ver quiénes estaban en la habitación. Lo que sabía era que tenía que haber alguien ahí con su madre. Alguien que la había hecho enojar.

De nuevo, la voz de su madre inundó el ambiente. Gianna trató de concentrarse en su sentido del oído para lograr distinguir qué decía, pero no alcazaba a escuchar desde donde estaba. Apenas estaba considerando darse por vencida y volver al castillo, cuando escuchó otra voz. Era grave, pero, sin duda, de una mujer. Y sonaba alterada. No logró reconocerla.

Un mal presentimiento la invadió. Ahora sentía que *tenía* que escuchar la conversación de allá arriba, pero ¿cómo? *Piensa, Gianna, piensa.* Se talló los ojos y luego los abrió. En el cielo nocturno, la luna le sonrió. O eso parecía, porque instantáneamente le recordó a Elyon.

A su gran amiga, que probablemente ya habría conjurado algún plan para lograr su cometido: *la misión,* como seguro ella la hubiera llamado. Podía imaginarla, sonriente y emocionada, pensando en todas las posibilidades. La extrañaba con todo su ser. Pero el que Elyon hubiera aparecido en su cabeza le hizo ver la situación desde otro ángulo. En vez de preguntarse qué haría ella, ahora la cuestión era: ¿qué haría Elyon?

Gianna examinó sus alrededores y la respuesta estaba ahí, justo frente a ella. Había una enredadera que subía no sólo hasta la ventana de su madre, sino que rodeaba los muros del castillo. Demonios, ¿qué bicho le había picado? Por supuesto que no había posibilidad alguna de que ella, la reina de Alariel, trepara utilizando la vegetación de Eben para espiar a su madre.

Eso no era apropiado. No era de señoritas.

—A la mierda, voy a hacerlo —se sorprendió diciendo.

Oh, por Helios. Jamás había dicho algo así en voz alta y le sorprendía lo mucho que le había gustado. No por cómo sonaba saliendo de su boca, sino por lo que la había hecho sentir.

No lo pensó más, caminó con paso decidido hacia la enredadera y, antes de hacer algo, la palpó con ambas manos, para asegurarse de que fuera resistente. Incluso intentó arrancar una liana del muro, sin éxito. Bien, eso debería ser suficiente. Respiró hondo, se quitó el armador de la falda con algo de dificultad y lo dejó a un lado. No lograría subir con esa cosa tan voluminosa entorpeciéndole el paso. Luego tomó los largos pedazos de tela de su vestido, los subió y les hizo un nudo a la altura de la cintura. Ahora la tela de la falda le llegaba arriba de las rodillas; después procedió a dejar los zapatos de tacón.

Estaba lista para trepar.

Tomó con cautela una de las lianas, subió el primer pie y, cuando vio que no había ocurrido nada malo, continuó subiendo. Su condición física no era mala, pues no había dejado de entrenar semana tras semana, ante la insistencia de Mila. En este momento agradecía que su madre no le hubiera prohibido dichas sesiones de entrenamiento, aunque tampoco las aprobara por completo.

No temía a las alturas, pero no pensaba tentar al destino mirando hacia abajo. Iba a la mitad del camino cuando una parte de la falda se atoró con una liana. Gianna apretó los dientes y, sujetándose bien, bajó un brazo para intentar liberar el pedazo de tela. Este no cedía, así que lo jaló con fuerza, ocasionando que se rompiera. Oh, maldición, ese vestido era de sus favoritos.

Decidió ignorar las superficialidades y continuó con su travesía; mientras más arriba llegaba, más orgullosa se sentía. Además, el plan resultó victorioso, porque ni siquiera estaba a la altura de la habitación de su madre y ya podía escuchar ambas voces con más claridad.

—¿Y crees que así te vas a ganar tu pago? —exclamó Marietta—. Eso no me sirve, tienes que volver con algo útil.

—¡No es justo! Es lo único que pude averiguar. Además, si me descubren, todo lo que he logrado habrá sido en vano —respondió la voz desconocida.

Gianna seguía subiendo, el ventanal estaba a un escaso metro de ella.

—Sin mí no habrías logrado nada; no lo olvides —dijo la madre de Gianna.

Hubo una pausa.

—Por supuesto que no.

Esa última respuesta no pudo escucharla bien, pues la otra persona había bajado considerablemente el volumen de su voz, pero eso fue lo que Gianna creyó oír cuando al fin estuvo a la altura del ventanal. La enredadera subía por el lado derecho de este, tan cerca que, si estiraba un poco el cuello y decidía asomarse, podría ver hacia dentro.

Pero no se atrevía. No era tan osada.

—Largo de aquí, Fayla. —La voz de Marietta estaba cargada de fastidio—. Y recuerda, eres invisible.

—Adiós, Lady Marietta.

—Querrás decir *hasta luego*.

¿Qué? ¿Ya se iba? Una sensación de derrota invadió a Gianna, ¡no podía creer que había trepado como mono salvaje para nada! Se había tardado mucho, si hubiera sido más rápida, seguro habría escuchado algo más útil.

Pero no pudo seguir lamentándose internamente, pues escuchó pasos acercándose al ventanal. Oh, no. ¿Acaso la tal Fayla iba a salir por la ventana? El pánico llegó como un rayo, impactando en todo su cuerpo. Tenía que esconderse, pero ¿dónde? No había escapatoria. No podía bajar tan rápido y, definitivamente, no iba a saltar.

La única alternativa viable era seguir subiendo. Comenzó a trepar lo más rápido que sus brazos y piernas se lo permitían, pero avanzaba con torpeza, presa del miedo. Lo peor de todo era que no tenía miedo de la desconocida, no. Lo que le daba pavor era pensar en qué sucedería si su madre la descubría. Un simple castigo no bastaría.

Fue en ese momento cuando la vio.

Bajó la cabeza sin poder evitarlo al escuchar un movimiento cerca de la ventana; sus ojos no pudieron despegarse de la figura que, de un salto, había salido de ahí para colgarse de la enredadera. Ni siquiera a un metro de distancia de Gianna.

Y, como no podía ser de otra manera, la mujer alzó el rostro y sus ojos se posaron directamente en los de Gianna. Sus ojos grises y rasgados. Ambas se miraron durante unos segundos, sorprendidas, y ninguna emitió un solo sonido. Y de pronto ella, Fayla, simplemente desapareció. Invisible. No... una ilusión. Porque no era solamente una ilardiana, era una lunaris ilusionista.

Sintió una punzada en lo más profundo de su estómago.

¿Qué hacía su madre con una lunaris?

En ese momento se rompió la liana con la que se estaba sosteniendo; Gianna soltó un grito agudo por el susto, pero no duró mucho, pues logró sujetarse de otra. Suspiró, lo mejor sería que se fuera pronto.

—¿Qué fue ese ruido? Fayla, ¿sigues ahí?

La voz de su madre, seguida por unos pasos acercándose a la ventana, realmente alarmó a Gianna. Su cuerpo reaccionó antes que su mente y escaló lo más que pudo para ocultarse del campo de visión de la mujer. Marietta sólo se asomó un poco. Primero miró hacia el lado derecho, luego hacia el izquierdo y, por último, hacia abajo. Jamás volteó hacia arriba, simplemente chasqueó la lengua y cerró la ventana.

Gianna se quedó inmóvil unos minutos más, mientras se le pasaba el susto. Ahora no podía dejar de pensar en lo que su madre le hubiera hecho de haberla descubierto. ¿La encerraría por días enteros, como cuando era niña? ¿O le bastaría con otra bofetada? Pero... ya no podía encerrarla, ¿o sí? No, porque las circunstancias eran distintas. Ahora ella era la reina de Alariel.

Comenzó a bajar de la enredadera despacio, concentrándose en no hacer mucho ruido. Al pasar por el pedazo de tela de su vestido, lo tomó. No pensaba dejar ninguna prueba de que estuvo ahí, eso sería un error de novatos. Aunque, siendo totalmente honesta, se sentía como una novata.

Cuando sus pies descalzos tocaron el suelo, cerró los ojos, aliviada.

¿Ahora qué procedía? Es decir, todavía tenía que ver a su madre, que la había llamado desde temprano. Tal vez lo mejor sería ir con ella, ver si había algo sospechoso en sus aposentos y, si podía, despistadamente tocar el tema de la ilardiana. Podría decirle que creyó escuchar a alguien discutiendo con ella en la habitación, o algo así. Había altas probabilidades de que Marietta no le dijera nada o de que Gianna ni siquiera lograra tocar el tema, pero, de todos modos, tenía que ir.

Y tenía que hacerlo pronto. Nunca la había dejado esperando tanto tiempo.

Se puso los zapatos y el armador de la falda, y volvió al castillo. Antes de ver a su madre tuvo que pasar a su habitación para pedirle a Amara que la ayudara a ponerse otro vestido y, en el proceso, le pidió que intentara enmendar el que había roto. También le dijo que, si no lo lograba, lo quemara. Ese vestido tendría que desaparecer.

Se miró al espejo y se arregló un poco el recogido del cabello antes de emprender la marcha hacia su tan poco ansiado destino. El tacón de sus zapatos retumbaba mientras caminaba por los pasillos del castillo, y cuando estuvo frente a la puerta de los aposentos de Marietta, hizo una pausa. No sabía qué le esperaba ahí dentro. Se repitió mentalmente todo lo que iba a decirle sobre el tema del heredero. Hablaría con gracia, como a su madre le gustaba, y con seguridad, como tenía que ser.

Tocó la puerta.

—¿Quién es? —preguntó la mujer.

—Gianna —respondió ella en voz queda.

Cuando su madre abrió la puerta, Gianna tragó saliva. Efectivamente, lucía furiosa.

—¿Qué es esta falta de respeto? Te llamé hace horas, ¿crees que puedo atenderte cuando te plazca? —exclamó, haciéndose a un lado para dejarla pasar.

Gianna dudó por un momento, pero decidió entrar a la habitación. Marietta cerró la puerta y, sin decir nada, caminó hacia su enorme cama. La menor aprovechó para observar con atención la habitación. Todo parecía estar en su lugar, todo... menos un florero. La pieza estaba tirada en el suelo, rota en pedazos. Esa área del piso estaba mojada, repleta de vidrio y flores a medio morir. Efectivamente parecía que había sido lanzado contra la pared, y con fuerza.

Marietta notó lo que su hija observaba.

—Oh, quería cambiarlo de lugar y se me cayó. Ya llamé a la servidumbre, pero no han venido a limpiar el desastre —dijo enseguida, restándole importancia—. Ven, siéntate conmigo.

Gianna sabía que eso era mentira, pero prefirió no decir nada por el momento. Sabía que primero tenían que hablar del tema de interés de su madre. Oh, por Helios, ya se estaba poniendo nerviosa. Caminó hacia la cama y se sentó a su lado con la cabeza gacha a modo de disculpa.

—Lamento haber tardado tanto. No volverá a pasar.

Pero era como si Marietta Lloyd no la hubiera escuchado. Un brillo extraño ya había aparecido en sus ojos.

—¿Hiciste lo que te pedí?

Sin rodeos. La pregunta que Gianna había intentado evadir. Y, a pesar de que ya había ensayado mentalmente su respuesta, en ese momento se le atoraba en la garganta. No quería mentirle a su madre, pero le daba terror la reacción que pudiera tener si le contaba sobre su intento fallido. Gran parte de ella quería tomar la salida fácil y darle por su lado, pero la otra parte le pedía a gritos que la enfrentara. Que le dijera que no era su dueña. Que las cosas entre ellas tenían que empezar a cambiar. Eso era lo que en realidad quería decirle.

Pero... ¿podría hacerlo? En su cabeza no parecía tan difícil. Sin embargo, teniendo a Marietta Lloyd enfrente, le parecía imposible.

—Tu cara me lo dice todo, no lo hiciste, ¿verdad? —habló Marietta, el tono de su voz era de decepción pura.

Las facciones de Gianna se descompusieron.

—No... es decir... yo —comenzó a balbucear.

—Te dije que no quería excusas, Gianna Solerian —exclamó, negando con la cabeza—. ¿Qué no entiendes que esto no es por mí? ¡Es tu deber traer a ese heredero al mundo!

—Emil y yo lo hablamos, y decidimos que vamos a esperar —respondió al fin, y tomó la ruta del bebé—. Ahora mismo la nación no es segura para un bebé.

Marietta puso los ojos en blanco.

—Veo que preparaste una nueva excusa. ¿No te cansas, Gianna? —dijo; sus palabras cortaban cual cuchillo—. El bebé es lo de menos, ¿no te da vergüenza que todos sepan que no has cumplido como mujer?

Gianna se mordió el labio inferior. Las palabras de su madre le calaron, pero principalmente la humillaron. ¿Cómo era que siempre lograba hacerla sentir así? Fracasada, como si no hiciera nada bien. Pero no podía quedarse callada.

—N-no es una excusa, madre —empezó, algo insegura, pero luego alzó el rostro—. Es una vida, y sería la vida de mi hijo. Emil y yo tenemos que resolver todo lo que está ocurriendo antes de traer un heredero al mundo.

Ante eso, Marietta soltó una risotada cargada de incredulidad.

—¿Emil y *tú*? ¿Y qué se supone que vas a resolver tú? Gianna, solamente debes preocuparte por verte bonita y cumplir con tu deber como esposa.

Eso, en vez de provocarle más humillación, hizo que la sangre de Gianna hirviera. Se estaba cansando de que su madre esperara que fuera un simple adorno. Pero en parte era culpa de ella misma, por habérselo permitido durante toda su vida. ¿Sería muy tarde para que las cosas cambiaran? En su interior, su verdadera voz estaba luchando por salir. Esa que había estado escondida durante mucho tiempo. Podía sentirla trepando por su garganta, añorando el momento en el que le permitiera hablar.

—Debo cumplir como reina también —respondió, y no pudo creer lo que su traicionera voz soltó después—: Por eso voy a acompañar a Emil a su audiencia con la Corona de Ilardya.

Le sorprendía la seguridad con la que había soltado esas palabras. Incluso le costaba creer que las había dicho. Porque era una decisión que no sabía que ya había tomado, pues una hora antes todavía dudaba. No quería ir, pero ahora lo sabía, iba a ir.

—¡Estás loca! —bramó Marietta, su cara burlona se había ido para dar paso a una más roja, más contorsionada—. Sí escuché que tu esposo planea ir a Ilardya para quién sabe qué, ¡pero esa es cosa suya! Tú no tienes nada que hacer allá, él es el rey.

—Y yo soy la reina —respondió Gianna.

Marietta la miró extrañada, como si no la reconociera.

—Recuerda tu lugar, Gianna. No serías reina de no ser por mí.

También estaba cansándose de que todo el tiempo le repitiera aquello. Porque no era cierto. Ambas sabían muy bien que, si Gianna era la reina de Alariel, era porque Elyon ya no estaba. Las dos sabían perfectamente que Emil se habría casado con Elyon si las cosas hubieran salido bien. Gianna se había convertido en la reina de la nación del sol por una mala jugada del destino, no por su madre.

—Madre... sé que tú me has apoyado siempre, pero eso no es verdad —se atrevió a decir sin elevar la voz, porque no quería alterarla más.

Marietta se levantó de la cama como resorte.

—Ah, ¿conque eso no es verdad? —exclamó, dándole la espalda—. ¿Qué te está ocurriendo, Gianna? ¿Estás pasando por una fase de rebeldía tardía o algo así? Yo no te eduqué de esta forma. ¡Yo no lo he dado todo por ti para que me pagues llamándome mentirosa!

—N-no quise insinuar eso. Estoy consciente de que fuiste quien más me ayudó durante el Proceso y lo agradezco como no tienes una idea. Pero ni tú ni yo hubiéramos bastado si Elyon siguiera con vida.

Ante la mención de su amiga, Marietta pareció estremecer.

Se quedó de espaldas unos segundos y, cuando se giró para darle la cara a Gianna, en sus ojos no había nada. Parecían un hoyo negro. Un abismo.

—Gianna, de verdad no tienes ni una maldita idea de las cosas que he hecho por ti —dijo, su voz era casi un susurro, pero no como una caricia, sino como unas garras, filosas y dispuestas a hacer daño—. Y ahora me provocas mencionando a esa mocosa.

—No la llames así —exclamó al instante, firme, aun con el miedo que estaba comenzando a sentir.

Siempre le había temido a Marietta Lloyd, pero esta sensación era distinta. Era más fuerte, más sofocante, más peligrosa.

—Y de nuevo me contestas con autoridad —soltó la mujer. Todavía estaba lejos de Gianna, pero la aplastaba con la mirada—. Quieres usar tu posición de reina para desafiarme, pero te lo voy a decir una vez más, no tendrías esa posición de no ser por mí. Si supieras, si tan sólo supieras...

Eso último no le sonó bien. ¿Acaso había algo que *realmente* no sabía? Siempre pensó que su madre se atribuía el que ella fuera reina sólo porque sí. Porque así era ella. Porque le gustaba pensar que Gianna no sería nada ni nadie sin ella. Gianna también solía pensarlo con frecuencia.

Pero, por primera vez, sus palabras sonaron diferentes.

—¿Hay... algo de lo que no esté enterada? —preguntó, temiendo lo peor.

¿Y si su madre literalmente había obligado a Emil a casarse con Gianna? ¿Y si había arreglado el matrimonio con Zelos y los miembros del Consejo para no dejarle escapatoria a su amigo?

Marietta comenzó a caminar hacia ella a paso lento. Como león acechando a su presa.

—Pensé que nunca tendría que decirte esto, pero es hora de que sepas lo que soy capaz de hacer por ti. Porque eres mi hija y te amo —respondió, y cuando estuvo a escasos centímetros de Gianna, la tomó de la barbilla—. Claro que sabía que el estúpido de Emil iba a elegir a la insípida de tu amiga. No soy tonta, se notaba a leguas. Elyon era el único impedimento entre nosotras y la Corona. Era un estorbo.

Y luego soltó la mordida de fiera. Una que le arrancó el corazón del pecho.

—Por eso me deshice de ella.

Gianna apartó la mano de su madre de un golpe, se levantó de la cama y se alejó unos cuantos pasos.

No daba crédito a lo que escuchaba.

—¿De qué estás hablando? Elyon... Lyra la asesinó en la isla.

Marietta tuvo el descaro de sonreír.

—¿Y por qué crees que Lyra estaba en esa isla?

Todo comenzó a darle vueltas, tuvo que tomarse de uno de los postes de la cama para sostenerse.

—Madre, ¿qué hiciste? —exclamó y luego alzó más la voz—. ¿Qué fue lo que hiciste?

—Soy una mujer de muchos recursos, simplemente los utilicé —respondió, encogiéndose de hombros—. Cuando me dijiste que la chiquilla esa tenía magia de luna, supe que era un peligro no sólo para nuestro futuro, sino para todo Fenrai. Una abominación total.

—No... —la voz de Gianna salió estrangulada.

Imágenes de la noche en la que le contó a su madre sobre los poderes lunares de Elyon le estaban llegando como ráfaga. Gianna había visto a Emil y a Elyon en el agua, en la casa del lago. En un inicio pensó que estaba presenciando una escapada romántica, pero luego Elyon miró a la luna y el agua comenzó a danzar a su alrededor. Recordaba muy bien la sensación al ver aquel espectáculo a lo lejos: inquietud. Seguida por confusión, ¿cómo era que su amiga, siendo solaris, podía llamar al agua?

Luego asesinaron a todos los guardias que los habían acompañado y tuvieron que regresar a Eben para pedir refuerzos en el Consejo Real. Zelos se rehusó. Esa misma noche, su madre la llamó a sus aposentos. La había cuestionado sin parar sobre el viaje.

«Espero que hayas progresado. Lo único que quiero que me digas es que ya tienes al príncipe Emil bajo tus encantos», le había dicho.

Y Gianna, incapaz de mentirle en un asunto de tal importancia, decidió confesarle que creía que Emil estaba enamorado de Elyon y que ella le correspondía.

«No creo que haya oportunidad para mí», Gianna había contestado.

Pero fueron las palabras erróneas, pues Marietta Lloyd se puso como loca. Esa fue la primera vez que le puso una mano encima, la primera vez que le dio una bofetada. Gianna había comenzado a llorar, no por el dolor, sino por la mirada de decepción de su madre.

«No vuelvas a decir eso. No vamos a dejar que esa niña nos quite lo que es nuestro. Tiene que haber algo que se pueda hacer».

Y ahí fue cuando Gianna cometió el que no sabía que sería el mayor error de su vida.

«Tal vez... haya algo».

Y se lo había dicho. Se lo había dicho porque lo único que quería era complacer a su madre. Pero también porque estaba aterrada. Si Gianna no lograba que Emil la eligiera, no podía ni imaginar lo que su madre le haría. La necesidad de aprobación, combinada con el miedo que sentía, fueron su perdición.

Gianna le había contado a Marietta que Elyon tenía magia de luna.

Las imágenes dejaron de azotarla y de pronto se encontraba nuevamente en el presente, sosteniéndose apenas con ayuda del poste de la cama. Sentía que le faltaba aire.

—Me dijiste que sólo se lo contarías a Zelos... para que la descalificara del Proceso —susurró Gianna, intentando mirar a su madre, aunque su cuerpo sintiera un rechazo instantáneo.

—Eso iba a hacer, pero luego lo pensé; nada nos garantizaba que la fuera a descalificar —contestó su madre—. Así que tan pronto saliste del cuarto, contacté a una rebelde para que la asesinara. Pero luego ustedes se escaparon a esa isla inmunda y mis planes se vieron truncados.

—Pero... ¿entonces esto qué tiene que ver con que Lyra estuviera en la isla? No logro entender...

Le dolía la cabeza. Trataba de unir las piezas de un rompecabezas que tenía incompleto.

—Resulta que la rebelde era una ilardiana exiliada. Cuando la contraté para que se encargara de tu amiga, le conté de su magia de luna —respondió. No parecía afectarle en lo más mínimo lo que le confesaba a su hija—. Como ustedes escaparon, ella decidió partir esa misma noche a Pivoine para informarle al rey Dain e intentar ganarse el perdón de la Corona. En una audiencia de emergencia le habló de Elyon y de que ella, junto al príncipe heredero de Alariel, habían partido a una isla que no estaba en el mapa.

Al fin las piezas comenzaron a unirse y la imagen que se estaba formando era la más horrenda de todas.

—El rey Dain no le dio importancia a lo de Elyon, pero sí a lo de la isla. Porque era su isla secreta, donde tenía encerrada a la reina Virian, así que en ese mismo instante partió para allá —continuó Marietta—. Pero ¿sabes quién sí mostró interés por tu amiga? La princesa Lyra. Y fue tanto su interés que decidió ir con su padre a la isla.

Así es como Lyra había llegado a la Isla de las Sombras.

Y no sólo eso, así era como el rey Dain había llegado con todo su ejército esa noche. Gianna siempre había pensado que eran demasiados lunaris los que los atacaron. Bastian les había dicho que había algunos barcos ilardianos vigilando cerca de la isla, pero habían llegado muchísimos... más de los que podía contar.

—¿Cómo pudiste...? —fue lo primero que salió de sus labios—. ¡Esa noche murieron cientos de personas! Y Elyon... ¡Elyon era mi mejor amiga y lo sabías!

Gianna se estaba dando cuenta de que realmente no conocía a la mujer que tenía enfrente.

A esa mujer que todo el tiempo le repetía lo mucho que había hecho por ella.

—Me estás fastidiando, Gianna, deja de exagerar y límpiate esa cara —respondió, poniéndose una mano sobre la frente—. Y no olvides que fuiste tú quien me informó que Elyon tenía magia de luna. Tú también fuiste parte de esto, solamente que fui yo quien decidió actuar.

—¡No! Yo no... yo no. —Trató de completar lo que iba a decir, pero no pudo.

Porque era cierto.

Y toda la culpa de sus acciones le estaba cayendo encima y la aplastaba. De pronto, el poste ya no fue suficiente para sostenerla, pues las piernas fallaron por completo y cayó al suelo de rodillas. Un grito desgarrador salió de su garganta y las lágrimas comenzaron a fluir a borbotones.

Su madre seguía hablando, pero Gianna ya no escuchaba. Ya no veía tampoco, todo era borroso. Era como si sus sentidos se estuvieran apagando uno a uno para protegerla del dolor, pero nada podía protegerla. Este dolor era como una espada atravesándole el pecho. Era su culpa que Elyon ya no estuviera aquí. Su culpa. Sentía asco por sí misma. Asco por ser tan débil y por su necesidad de siempre poner a su madre por encima de todos.

Estaba segura, jamás se iba a perdonar por lo que había hecho.

Creyó sentir las manos de su madre tomándola por los hombros, pero era una sensación lejana. Su sentido del tacto también la abandonaba. El rostro de Elyon apareció en su mente y fue como si la espada le hubiera dado otra estocada directo en los pulmones, porque ahora le estaba costando respirar. Intentó tomar bocanadas de aire, pero no funcionaba.

¿Así de asfixiante se sentía la culpa?

Gianna no era tan fuerte, no podía resistirla. Así que se dejó ir.

Todo se volvió negro.

Capítulo 12
EZRA

Ezra estaba haciendo fila.

Después de que dijo que quería unirse al culto de Avalon, los uniformados simplemente asintieron y uno de ellos lo guio dentro del molino de viento. Era un lugar espacioso y lleno de cajas, parecía una bodega. Y, sin duda, lo más inquietante era la cantidad de personas reunidas. Aspirantes a miembros. El lado positivo era que muchos llevaban capucha, justo como él. Seguramente porque no querían ser reconocidos.

Una preocupación menos.

Todos estaban en fila, esperando a que llegara su turno con la persona que se encontraba al frente; Ezra suponía que se trataba de algún alto mando. Se formó hasta atrás; había unas veinte personas delante suyo y, mientras esperaba, observó en silencio lo que ocurría al frente.

Primero, el alto mando intercambió algunas palabras con el aspirante, que era un chico de unos quince años. Ezra no podía escucharlas, pero era una conversación corta, parecía más bien un interrogatorio. Luego le vendaron los ojos al aspirante y dos miembros del culto lo sostuvieron. El alto mando soltó unas cuantas palabras más y sacó un cuchillo. Uno de los miembros alzó el brazo del chico para hacerle un corte.

Era lo que Bastian le contó. Lo que el rey Dain casi lo había obligado a hacer.

Cayó sangre al suelo hasta que soltaron al aspirante y le dieron la venda de sus ojos para que pudiera rodear su herida. Después, el alto mando le tocó la frente y dijo unas últimas palabras. Y entonces los dos miembros del culto se llevaron al chico a otro cuarto. ¿Qué habría ahí?

Suponía que pronto lo descubriría.

La fila avanzaba lentamente y, en el proceso, más y más aspirantes iban llegando. Ezra no quería admitirlo, pero se estaba poniendo nervioso. No le temía a la sangre ni mucho menos a las heridas, pero ¿qué significaría derramar su sangre aquí?

Miró por la única ventana que había, una en lo más alto del lugar, y pudo ver que el sol todavía no salía. Nunca había tardado tanto. Eso sólo hizo que su convicción aumentara. Tenía que hacerlo. Tenía que descubrir si los fanáticos de Avalon realmente estaban detrás de esto.

Después de lo que se sintió como una eternidad, por fin llegó su turno de pasar al frente.

—*Benedae mader Avalon.* —Fue lo primero que dijo el alto mando. Era un hombre barbudo.

—*Benedae mader Avalon...* —respondió Ezra, tratando de no reflejar duda en su tono de voz.

—Hermano, ¿en este momento estás aquí voluntariamente para formar parte del *Avalon Sectae*? —exclamó el hombre, extendiendo los brazos.

—Lo estoy.

—Que así sea entonces. Este será sólo un ritual para comprobar que estás dispuesto, y una vez que superes las pruebas, pasarás a la fase de iniciación.

Ezra comenzaba a sospechar que esto no sería tan rápido y sencillo.

Dos miembros se acercaron a él y le vendaron los ojos; quedó en total oscuridad. Ezra tampoco le tenía miedo a la oscuridad, pero le desconcertaba el aire que se respiraba a su alrededor: pesado. Todo en su cuerpo le gritaba que no debería estar ahí, pero no había vuelta atrás. Tenía que llegar al fondo de aquello.

Lo tomaron de los brazos y alzaron su muñeca izquierda. Ezra contuvo la respiración por unos segundos.

—No eres de la capital, ¿cierto? —susurró en tono amable la persona que sostenía su muñeca—. ¿Gila o Daza?

No tardó mucho en recordar que el color de piel de los ilardianos variaba un poco hacia el Mar Penumbra. La piel por allá adquiría un tono más bronceado, puesto que debían realizar muchas de sus labores de día, en los mares, expuestos al sol.

—Daza —respondió sin pensarlo demasiado, pues si titubeaba, podrían cuestionarlo aún más.

—¡Lo siento, beta Kanur! —la misma voz chilló.

Ezra sólo podía suponer que el alto mando le había dedicado una mirada de reprimenda, pues la chica reafirmó el agarre y alzó un poco más su muñeca.

Fue en ese momento en el que sintió el corte del cuchillo. Un corte limpio. Le quitaron la venda de los ojos y se la entregaron, Ezra instintivamente la puso sobre la herida, sin siquiera mirarla. Su sangre yacía en el suelo. Entonces observó al hombre frente a él, al beta Kanur, quien le tocó la frente con el dedo índice.

—Esta sangre derramada es la primera ofrenda que le harás a nuestra *mader* Avalon. El honor es tuyo.

No le dieron tiempo de reaccionar, pues rápidamente lo guiaron hacia la puerta al fondo. La abrieron, Ezra dio un paso al frente y, sin decirle nada, la cerraron.

La iluminación en ese lugar era diferente. El cuarto era amplio, aunque no tanto como el principal. Lo primero que buscó fueron posibles rutas de escape, por si llegaba a necesitarlas. Había dos ventanas, bastante grandes, situadas a unos tres metros del suelo. Luego miró las antorchas con fuego colocadas en las paredes. Y, por último, lo que tenía en frente.

Oh, maldición.

—Bienvenido al cuarto de preparación —dijo una mujer bastante mayor, quien le entregó una túnica blanca—. Por favor, despójese de su atuendo y póngase esto.

Frente a él se encontraba un grupo de unos nueve aspirantes que usaban batas blancas idénticas. Llegaban hasta el suelo y sus mangas eran largas, ¿el problema? No llevaban nada cubriendoles el rostro. Y no había forma de que Ezra pasara por un ilardiano, ni siquiera por uno de Daza. Su color de piel podría tener una explicación convincente, pero sus ojos no tenían la forma de los del reino de la luna, rasgados y afilados.

No había manera de que se saliera con la suya, estaban a punto de descubrirlo.

—Avanza, aspirante —ordenó la misma mujer.

Ezra caminó hacia donde se encontraba el chico que había entrado antes que él. Le estaba entregando su ropa a uno de los miembros de la secta. Una vez que lo hizo, se reunió con el grupo, que parecía estar esperando a alguien.

—Siguiente —exclamó el que había recolectado la ropa del chico a la vez que la lanzaba dentro de una cesta.

Ezra era el siguiente, así que se acercó al sujeto, pero no mucho. Era un hombre joven y bastante fornido, y llevaba el mismo uniforme que todos los miembros. No tenía nada de cabello.

Para ganar tiempo, se agachó y comenzó a desabrochar sus botas; sabía que en cuanto se quitara la capucha, iba a desatarse el caos. Miró de reojo hacia una de las ventanas.

—Date prisa, muchacho, no tenemos todo tu tiempo, hay muchos aspirantes y es un procedimiento largo —dijo el hombre con un tono de fastidio, como si ya estuviera harto de ser el encargado de la ropa.

Ezra no terminó de quitarse las botas y se levantó. Ya no había forma de retrasar lo inevitable, tenía que retirarse la capucha.

Y eso hizo.

Apenas se dio tiempo de ver el cambio de expresión en el rostro del ilardiano. Pasó de aburrimiento a confusión y luego a ira en cosa de segundos.

—Qué demonios... —bramó, todavía incrédulo.

Pero Ezra ya se estaba en movimiento, corrió hacia uno de los muros para tomar una de las antorchas y usarla como escudo mientras se dirigía hacia la ventana más cercana.

—¡Un intruso! ¡No es ilardiano!

Y el caos que había predicho se hizo realidad. Hubo gritos y algunos suspiros de sorpresa, pero ante todo, movimiento. Pisadas que iban detrás de él. Ezra corrió aún más rápido hacia la ventana pensando en qué podría utilizar para alcanzarla. Un salto no sería suficiente. Miró a su alrededor y vio una pequeña mesa repleta de batas dobladas. Eso tendría que bastar.

Cambió su rumbo y fue cuando el ilardiano fornido lo interceptó y le lanzó un golpe directo a la cara. Ezra trató de esquivarlo y recibió el impacto en la mejilla. Por un momento temió que su desventura en la taberna se repitiera, pero hasta ahora nadie utilizaba magia lunar para atacarlo o detenerlo.

El hombre se lanzó hacia él con el puño en alto. Ezra se agachó y le propinó un golpe en el estómago con el codo, aún sin dejar la antorcha. El hombre soltó un alarido de dolor y cayó de rodillas al suelo.

Entonces escuchó detrás suyo el grito de guerra de una ilardiana que se trepó a su espalda y le cubrió los ojos. Ezra se tiró hacia atrás para caer encima de ella y sacarle el aire. Una vez liberado, volvió a fijar la vista en la mesa, pero ahora tenía a todos los aspirantes rodeándolo. Sólo que nadie hacía nada. Todos lo veían con algo de miedo.

Fue en ese momento que recordó la razón principal por la que estaban ahí. No tenían poderes. Eran como él. Nacidos sin la bendición celestial del sol o de la luna.

No quería hacerles daño, pero tampoco iba a dejar que le impidieran escapar. Apenas iba a comenzar a correr con la antorcha frente a él para que le abrieran paso, cuando se la arrebataron con brusquedad.

Pero nadie estaba cerca de Ezra.

Se giró y vio a una mujer saliendo de una puerta de la que ni siquiera se había percatado. Cuando la puerta se cerró, notó que volvía a desaparecer. Estaba oculta en el mismo muro, bajo una ilusión.

La antorcha flotó hacia la mujer y ella la tomó con gracia. Telequinesia.

—Pero ¿qué tenemos aquí? —preguntó, y su voz sonaba casi como un ronroneo. Su cuerpo era delgado y delicado, y su cabello corto de un negro intenso.

—¡Beta Sorcha, este alariense intentaba infiltrarse!

—Vaya, qué situación tan más inoportuna. No puede haber deslices así en una ocasión tan importante —dijo, tratando de aparentar molestia, pero la realidad era que sólo lucía aburrida.

Ezra no pensaba quedarse mucho tiempo en la misma habitación que una lunaris psíquica. Estaba consciente de que ahora sería más difícil escapar, pero no iba a rendirse. Iba a pelear. Comenzó a correr hacia la recién llegada, pero su cuerpo se detuvo a medio camino.

Era como si estuviera paralizado. Como si fuera una estatua en medio de la habitación. Sólo podía parpadear y mover los ojos. Jamás había experimentado algo así. No era nada común que un lunaris psíquico pudiera ejercer su poder sobre el cuerpo humano. Por lo general, su magia se limitaba a objetos inertes.

Y entonces recordó las palabras que Bastian le había dicho no hace mucho: «Pero, oye, esto no lo puede hacer cualquier lunaris, ¡no sin cristales!».

Era eso, la secta tenía una cantidad indefinida de cristales.

—¿Adónde crees que vas? —La mujer le dedicó una sonrisa que le heló la sangre.

Ezra trató de moverse con todas sus fuerzas. Con todo el poder de su voluntad. Pero era inútil. No podía. ¿Cómo iba a salir de esta? La tal Sorcha parecía que al fin había empezado a divertirse y él sabía que no lo dejaría escapar. Tenía que pensar.

—¿Quién eres y por qué te has atrevido a venir aquí? —preguntó la mujer. No se había acercado a él. No se había movido siquiera.

—¡Soy como ustedes! Yo también nací sin poderes —soltó, esperando que eso funcionara—. Me enteré de que Avalon podía dármelos y vine hasta acá por eso. Como todos los que están aquí. No somos tan diferentes.

La mujer dejó salir una risotada cargada de incredulidad.

—¡No puedo creer tal descaro! *Mader* Avalon es un ser de luna —dijo, negando con la cabeza. Todavía sonreía—. La gente del sol no pertenece aquí. Así como no perteneció a su ejército hace un milenio. Los hijos de Helios eran sus enemigos y son los nuestros.

—Pero Avalon también podía usar los poderes de sol —respondió Ezra.

La sonrisa se borró del rostro de Sorcha.

—¿Sabes? Pensaba llevarte a interrogar, pero no me agradas —sentenció, y en su voz había algo que era tan frío, que quemaba. Luego simplemente se encogió de hombros—. Hasta nunca.

Una daga se alzó por detrás de ella. Ezra hizo un último intento por moverse; su cuerpo parecía gritar, pero no cedía. Ni siquiera un poco. ¿Entonces hasta aquí llegaba su viaje? Se negaba a creerlo, pero al mismo tiempo, sabía que no tenía escapatoria. No lcs iba a dar el gusto de acobardarse. Si iba a morir aquí, pensaba irse con valentía. Sus ojos azules se posaron en los de Sorcha para mirarla de frente.

La lunaris ladeó un poco la cabeza y el arma salió disparada hacia él a una velocidad impresionante.

Ezra no cerró los ojos.

Y fue por eso que pudo ver claramente cómo la daga se detuvo a un centímetro de su pecho, justo frente a su corazón. En un inicio pensó que había sido obra de la misma Sorcha, tal vez para divertirse un poco con él, pero al mirarla, se dio cuenta de que la mujer estaba tan confundida como él.

El arma cambió su dirección y fue disparada de regreso, justo hacia Sorcha. La lunaris se movió a tiempo y el filo sólo rozó su brazo. Su uniforme blanco se empezó a colorear del rojo de su sangre. Y su control sobre Ezra desapareció.

En ese momento, una figura de larga cabellera blanca saltó desde la ventana y arremetió directamente contra la beta con una alabarda. La mujer la esquivó sólo por poco, pero no pudo evitar ser derribada de una patada en el estómago.

Bastian.

El caos volvió a hacerse presente. Los aspirantes corrían hacia el muro para apartarse del peligro, y el hombre fornido ahora se dirigía hacia Bastian, quien estaba concentrado en Sorcha; la mujer lo había tomado del pie para hacerlo caer. Ezra no lo pensó y se lanzó con todo su cuerpo hacia el sujeto, lo tumbó al suelo y ahí lo noqueó estrellando su cabeza contra la piedra.

Sorcha ahora estaba de pie y no parecía una oponente fácil. No estaba usando telequinesia contra Bastian, sino más dagas, y su arsenal parecía no tener fin.

Tenían que salir de ahí antes de que llegaran refuerzos. Con todos los aspirantes acobardados, la mesa de ropa al fin estaba libre. Ezra corrió hacia ella y tiró las prendas con un solo movimiento, luego la llevó hacia la salida más cercana. Se subió al mueble, de un salto alcanzó el borde de la ventana y con los brazos se impulsó hacia arriba.

—¡Salgamos de aquí! —gritó, sin soltar el nombre de Bastian.

Bastian le dedicó una mirada de reojo y con su magia alzó la mesa y se la lanzó de lleno a Sorcha, quien la recibió directamente en la cara.

El ilardiano corrió hacia la ventana. Ezra se agachó y estiró el brazo para poder tomarlo de la mano. Con el impulso de su carrera, Bastian saltó y la alcanzó.

Ezra subió a Bastian y ni siquiera le dedicó una última mirada al lugar antes de dar un brinco hacia afuera y comenzar a correr. Todavía podía escuchar la conmoción tras él, pero sólo eso. No había pisadas, lo que indicaba que nadie los seguía. Eso no significaba que pudieran dejar de correr. Tenían que alejarse lo más que pudieran de ahí antes de considerar su huida como victoriosa.

Así que corrieron bajo la luz de la luna en lo que parecía ser una noche sin fin. El sol seguía sin dar señales de vida.

Ezra no dejó que esa inquietud lo parara. Fue hasta que notó que la velocidad de Bastian disminuía y que se apoyaba más de su lado izquierdo, cuando se frenó.

—Estás herido —le dijo.

Pero Bastian no se detuvo. Ni tampoco le contestó. Siguió su camino con evidente dificultad. Ezra no iba a dejar que se lastimara más, por lo que volvió a correr para plantarse frente a él.

—Bastian.

El ilardiano no lo miraba. Se hizo a un lado para rebasarlo por ahí, pero Ezra se movió para bloquearlo.

—Oye, ¿qué te pasa?

—¿Que qué me pasa? —exclamó el lunaris, sorprendiendo a Ezra con la cólera plasmada en su voz—. ¡Eres un idiota y casi te matan, eso me pasa!

De nuevo se hizo a un lado para esquivarlo y esta vez Ezra se lo permitió. Pero Bastian ya no corría, ahora caminaba muy rápido. El mayor lo siguió, unos cuantos pasos atrás.

—¿Adónde vamos? —Ezra decidió preguntar, después de un minuto de silencio.

—Tú puedes ir adonde quieras, ¿quieres volver con esos lunáticos? ¡Adelante! —respondió el ilardiano, acelerando el paso.

Ezra suspiró.

—Bastian, volvamos a casa de Rhea. Estás herido.

—Estoy furioso —replicó, y ahora sí se detuvo y giró para darle la cara a Ezra.

—Lo sé. Lamento haber hecho las cosas a tus espaldas, es sólo... —Hizo una pausa, apretando los puños—. No soy bueno quedándome de brazos cruzados y no quería arrastrarte a esto.

Los ojos plateados de Bastian brillaban con la intensidad de una espada recién pulida.

—No estoy enojado porque decidiste escabullirte sin decírmelo. No soy un hipócrita, toda mi vida he ocultado cosas y omitido detalles a mi conveniencia. No me molesta ni me sorprende cuando alguien más lo hace —exclamó, alzando el rostro—. Estoy enojado por lo que ya te dije. Eres un idiota y casi te matan, ¿qué no aprendiste aquella vez en la taberna?

Aparentemente no había aprendido, pero tampoco había olvidado. Su primer encuentro con Bastian había ocurrido ya hace tiempo, justo en Pivoine, cuando él se había separado de la Guardia Real para investigar sobre la desaparición de la reina Virian por su cuenta. Una ilardiana ebria había caído encima de él y al tratar de levantarse le tiró la capucha. Cuando la mujer lo vio, gritó como si hubiera visto un fantasma y todos se unieron al escándalo. La taberna estaba repleta de lunaris que comenzaron a atacarlo; Ezra no podía pelear contra todos.

En esa ocasión lo ayudó un lunaris de cabellera blanca que jamás había visto. Había roto las botellas de alcohol con telequinesia para distraerlos a todos y luego le había dicho que lo siguiera. Ezra no lo pensó mucho y decidió confiar en aquel extraño. Lo siguió por los callejones y, de pronto, el chico simplemente desapareció. Lo había guiado hacia las puertas del Castillo de la Luna.

Esa noche pensó que jamás lo volvería a ver, pero luego ese mismo ilardiano había aparecido en su hogar, en Eben.

—Es la segunda vez que me salvas la vida.

Bastian puso los ojos en blanco.

—Tienes que dejar de arriesgarte cuando estás en evidente desventaja. Ezra, eres fuerte, pero la magia lunar es engañosa y letal.

—No puedo. No pienso quedarme sin hacer nada —la respuesta salió de su boca al instante.

El ilardiano soltó un suspiro cargado de resignación.

—Sabía que ibas a decir eso.

Ezra entendía que el enojo de Bastian se debía a que estaba preocupado por él. Y en serio odiaba causarle problemas, pero no podía prometerle que se iba a alejar de estos. De todas formas, no era momento de discutir, pues tenían algo más importante que hacer.

—¿Podemos ir a casa? Necesitamos tratar tus heridas —dijo, mirando el costado derecho de Bastian.

El chico no lucía nada contento con esa petición, pero, por lo menos, su mirada ya se había suavizado un poco.

—Está bien.

En casa de Rhea todo era silencio. Oru se encontraba al pie de la cama, muy al pendiente de Bastian, mientras Ezra buscaba algo que sirviera para curarlo. El ilardiano llevaba tiempo utilizando ropa más simple que la que solía usar cuando recién lo conoció. Todavía había lazos, pero no eran tantos y los nudos eran menos complicados; por lo que en esta ocasión no había tardado en retirarse la parte de arriba de su atuendo.

Después de unos minutos, Ezra encontró unos vendajes almacenados en una caja y lo único que pudo hallar que sirviera como desinfectante fue una botella de alcohol.

Entró a la habitación y miró a Bastian, quien yacía sentado al borde de la cama. Sostenía un pedazo de tela sobre su herida para detener el sangrado. Tenía un corte no muy profundo en el estómago, del lado derecho.

—Sólo encontré esto —le dijo, alzando la botella de alcohol mientras avanzaba hacia él.

El ilardiano lo miró, luego chasqueó la lengua.

—¿Aquí no hay infusión de lavanda? —preguntó, sonriendo de medio lado.

A Ezra casi se le cae la botella de alcohol. Infusión de lavanda era lo que había utilizado para curar a Bastian aquella vez en el castillo de Eben. La primera vez que conversaron. La primera vez que vio esa sonrisa. Los detalles de ese día seguían muy presentes en su mente, pero jamás imaginó que también lo estuvieran en la del ilardiano.

—No pensé que te acordaras —dijo, hincándose frente a él para quedar al nivel de la herida.

—¿Cómo iba a olvidarlo? —respondió, y Ezra sintió como si su corazón sc saltara un latido—. No puedo creer que otra vez estemos en la misma situación. Voy a comenzar a pensar que las armas filosas sienten atracción por mí o algo así.

—Pues lo mejor será que te alejes de ellas.

—Oh, pero entonces ¿quién iría a salvarte cuando estés en apuros? —respondió juguetón.

Ezra resopló.

—Me alegra que se te haya pasado el enojo y ahora lo veas con humor —dijo, y puso la mano en el pedazo de tela cubierto de sangre que Bastian sostenía—. Voy a empezar, ¿bien?

—Sí, hazlo rápido.

Y así lo hizo. Bastian era un buen paciente. No se quejó en ningún momento, ni siquiera cuando vertió alcohol en su herida. Ezra lo vendó con cuidado, intentando concentrarse en el presente, aunque era difícil cuando la escena le resultaba tan familiar y tan cercana.

—Gracias. Creo que esa vez no te agradecí —dijo Bastian.

Al parecer, Ezra no era el único que estaba reviviendo esos recuerdos.

—No es necesario —respondió, justo cuando terminó de aplicar el vendaje.

Se quedó revisándolo durante unos segundos para asegurarse de que estuviera bien colocado y, cuando estuvo satisfecho, alzó el rostro. Bastian lo miraba; su cabello blanco se encontraba revuelto y caía frente a sus hombros. Ezra tuvo que utilizar toda su fuerza de voluntad para no alzar la mano y tomar un mechón entre sus dedos.

—Tu mejilla —dijo Bastian, acercando su rostro al de Ezra—. ¿Te duele?

Pero Ezra no pudo contestar, pues Bastian ya tenía la mano sobre su mejilla. Era el lugar en donde ese sujeto fornido lo había golpeado y, aunque suponía que estaba tomando una coloración violácea, no le dolía. Ni siquiera recordaba que tenía un moretón ahí. Es decir, hasta ahora.

El rostro de Bastian se encontraba a escasos centímetros del suyo. La mano de Bastian estaba posada como una caricia en su mejilla. La respiración de Bastian... ¿era su imaginación o la escuchaba entrecortada?

—Ezra.

La forma en la que el chico dijo su nombre casi lo derrumba. Los ojos plateados de Bastian lo miraban con una intensidad que nunca antes le habían dedicado. El aire se sentía pesado. Esa tensión casi palpable que cada vez era más recurrente entre ellos había vuelto, y esta vez su potencia era arrolladora.

Ezra se dio cuenta de que quería besar a Bastian.

Eso fue hasta que Oru dio un salto y salió corriendo del cuarto, justo antes de que alguien tocara la puerta principal. Bastian retiró la mano del rostro de Ezra y se puso de pie. El mayor lo imitó, ahora alerta. El ambiente tenso de antes había desaparecido.

—¿Esperamos a alguien? —preguntó Ezra.

—No —respondió el ilardiano, comenzando a caminar hacia el lobo—. Pero no creo que sean los locos de la secta. Oru siempre gruñe cuando algún extraño se acerca.

Entonces era alguien conocido. Por lo menos para Bastian y Oru.

—Sebastian, sé que estás ahí. ¿Me vas a abrir o voy a tener que romper la puerta? Si hago eso, no te va a gustar, usaré los pedazos de madera para sacarte los ojos y...

—¡Ya te oí! —interrumpió Bastian.

Su postura se había relajado al reconocer aquella voz.

—Es Nair —le informó a Ezra al mismo tiempo que abría la puerta.

Y así era. Justo frente a ellos se encontraba la ilardiana que había recibido a Ezra la noche que llegó a Pivoine. Con sus múltiples perforaciones y su llamativo corte de cabello. Aunque no habían hablado mucho y, a pesar de su extraño humor, a Ezra le agradaba. Tal vez *precisamente* porque no habían hablado mucho. No le gustaba cuando un desconocido intentaba sacarle plática.

La chica ni siquiera los saludó, simplemente se abrió paso a la casa. Bastian cerró la puerta.

—¿Tienes un nuevo mensaje de Alistar? —preguntó el chico.

—No vendría si no fuera así —respondió, cruzándose de brazos—. Oh, y esto de usarme de mensajera les va a costar caro, ya estoy pensando en distintas formas de pago.

Bastian ignoró eso último.

—Descubrió algo. —Las palabras del chico no sonaron a pregunta.

Ella asintió.

—Tienes que verlo en nuestro viejo escondite en cuanto salga el sol —dijo, y luego agregó—. Si es que sale. Él confía en que así será.

Ezra esperaba que Alistar estuviera en lo cierto. Nunca había demorado tanto en salir. Nunca habían tenido una noche tan larga.

—Supongo que te dijo qué fue lo que descubrió —inquirió el lunaris.

—No me dio los detalles, pero sí.

—¿Y bien? —Bastian podía intentar ocultarlo, pero había inquietud sepultada en su tono.

Nair suspiró. Posó la mirada gris en Ezra por un segundo, antes de devolverla hacia Bastian.

Jamás esperó sus siguientes palabras.

—Hay un pegaso encerrado en el castillo.

Parte 2
LA REINA

Había una vez una mujer que estaba
hecha de sombras y oscuridad.
Era la reina de la luna.
Y sus sombras gobernaban con ella.

Capítulo 13
BASTIAN

Ezra y Bastian se encontraban en una cueva a las afueras de la ciudad, muy a la orilla de la isla.

La cueva estaba en una playa que no era muy visitada por los habitantes de Pivoine, pues el mar siempre era agresivo por allí y las olas chocaban con fuerza contra las rocas, como si quisieran destruirlas. Incluso, para mantener a los niños alejados, se contaban historias de que las aguas del lugar estaban encantadas y llamaban a las personas para ahogarlas. Bastian nunca corroboró esa información, pues cuando iba a la cueva, ignoraba el mar.

Cuando iba, se encaminaba directamente a su escondite.

Era una cueva no muy grande, con una entrada difícil de localizar. Lo único que se observaba a simple vista era un montón de enormes rocas cubiertas de flora que, en conjunto, daban la impresión de ser un arrecife en la superficie. Sólo si alguien era valiente y se aventuraba en el estrecho espacio entre roca y roca, llegaba al lugar.

Por dentro era mágico. Las paredes de piedra brillaban como si estuvieran salpicadas de estrellas y en la cima había un hueco amplio por donde se podía mirar al cielo. Las noches que pasó tendido en la arena, contemplando la luna y las estrellas, eran incontables.

Bastian había descubierto ese lugar hacía algunos años. Su madre acababa de morir y él no aguantaba estar en el castillo con Lyra y con su padre. No era que le hicieran mucho caso, pero el simple hecho de compartir el espacio con ellos hacía que le dieran ganas de escaparse.

Desde que tenía memoria, le gustaba salirse del castillo a escondidas, pero nunca se alejaba demasiado. Había comenzado por el área de los cocineros, que no estaba en la estructura principal de la construcción. Ahí les robaba comida sin que se dieran cuenta (a pesar de que sabía bien que podía tomar lo que quisiera) para alimentar a los lobos. Así, cuando tenía apenas siete años, conoció a Nair.

Bastian recordaba el momento con claridad.

Un día se escabulló en la cocina y tomó un enorme y jugoso pedazo de carne cruda. Cuando estuvo a punto de salirse con la suya, una bota salió de la nada y golpeó su cabeza.

«¡Te atrapé, ladrón!», gritó una pequeña de cabello corto y gris. «Deja ese pedazo de carne o yo misma te sacaré las entrañas y las usaré como collar».

Bastian se sobaba la cabeza con una mano y, ante la amenaza de la chica, alzó una ceja.

«¿Quién eres tú?», preguntó sin soltar la mercancía recién robada.

«Yo debería preguntarte lo mismo, pero ¿sabes qué? No me interesa. Ahora, ¡devuelve esa carne!».

En ese momento, el pequeño Bastian se dio cuenta de que aquella extraña chica no tenía idea de que él era el príncipe de Ilardya. No lo había reconocido. Todos en el castillo sabían quién era, pero ella no. En su pecho, sintió algo parecido a la libertad.

«La carne es para los lobos, a esta hora tienen hambre», dijo Bastian.

«Los lobos siempre tienen hambre».

Eso era cierto.

«De todos modos se la quiero dar», respondió, encogiéndose de hombros.

«¡No lo permitiré! El jefe de cocina amenazó con despedir a mamá si seguía desapareciendo la comida, ¡ella no puede quedarse sin trabajo!», la cara de la niña había enrojecido y tenía en la mano su otra bota. «Así que, si en verdad piensas llevarte esa carne, ¡tendrás que pasar sobre mi cadáver!».

«Oye, eso es algo drástico...».

Pero las palabras de la chica habían surtido efecto. Bastian nunca se había detenido a pensar en las consecuencias de sus actos. Robaba la carne, sobre todo, por rebeldía, por hacer algo indigno de un príncipe. Porque él no quería ser un príncipe. No tenía idea de que estaba metiendo en problemas a otros.

Dejó la carne sobre la mesa y alzó ambas manos.

«Tú ganas, pero con una condición», dijo él, porque había algo en esa chica extraña que llamaba su atención. Algo que hizo que le agradara al instante. «¿Podemos ser... amigos?».

La pregunta salió apresuradamente. Bastian no tenía amigos, no realmente. En el castillo casi no había gente de su edad y a su madre no le gustaba que conviviera con la servidumbre. Pero, en teoría, esta chica era hija de la cocinera, ella no trabajaba en el castillo, así que no contaba como servidumbre, ¿o sí? De todas formas, no importaba. El espíritu rebelde de Bastian cada vez era más grande.

«No estoy interesada en convivir con ladrones de carne».

«¡No robaré más carne, lo prometo!», exclamó y luego preguntó: «¿Cómo te llamas?».

Al fin, la chica bajó el zapato.

«Nair».

Después de aquel acontecimiento se habían hecho amigos como lo hacen los niños pequeños: fácil, sin hacer demasiadas preguntas. Nair era mayor que él por dos años y se llevaron bien al instante. Siempre lo amenazaba de forma sádica y exagerada, pero así era ella. Tiempo después, cuando inevitablemente descubrió que era el príncipe, no importó. Su amistad no cambió en lo más mínimo.

Con Alistar había sido distinto. Él era cinco años mayor que Bastian. Aunque siempre se habían llevado bien, la amistad había florecido progresivamente. Se conocieron la noche en que Alistar llegó al castillo, acompañado de sus padres, que serían los nuevos bibliotecarios.

Al inicio, Alistar no le hacía demasiado caso a Bastian, pero él iba con frecuencia a la biblioteca para alejarse de su familia. Sin darse cuenta, de pronto ya eran amigos. No se lo había tenido que pedir como a Nair. Luego los había presentado y se formó una especie de trío. Bastian solía decir que eran la sociedad secreta del castillo.

Sin embargo, mientras más crecían, menos tiempo pasaban juntos. Bastian tenía once años cuando la madre de Nair fue despedida del castillo y su amiga tuvo que irse, aunque volvía una vez a la semana a dejar una carreta de pan. A los pocos meses, el padre de Alistar comenzó a perder la vista debido a su vejez y su hijo tuvo que reemplazarlo casi de tiempo completo en la biblioteca.

Un año después, Lyra volvió al castillo.

Fue cuando Bastian empezó a salir más lejos. De pequeño se conformaba con ir al área de los cocineros o de los guardias, luego comenzó a aventurarse a los muelles cercanos. Pero cuando su hermana regresó, surgió esa necesidad aplastante de alejarse. Comenzó a vagar por toda la ciudad, cada noche llegaba más y más lejos, hasta que una madrugada se topó con la cueva en la que estaba en ese momento.

Al inicio era su lugar secreto, sólo para él. Pero las noches podían llegar a ser solitarias, así que después de un tiempo le reveló la ubicación a Nair y a Alistar. Cuando podían, los tres se reunían allí. Esa cueva estaba llena de buenos recuerdos.

—Creo que está llegando.

La voz de Ezra lo sacó de sus pensamientos.

El mayor se encontraba en la entrada de la cueva, mirando hacia afuera. Bastian dudaba que pudiera ver algo con claridad debido a la cantidad de rocas, pero Ezra había insistido en hacer guardia. Por su parte, él llevaba tiempo dentro, sentado en la arena y recargado en la rocosa pared. Nair no los había acompañado.

—Sí, es él —aseguró Ezra.

—Al fin… —susurró Bastian. Se puso de pie para situarse a un lado del mayor.

No tardó en ver a su amigo. Alistar caminaba como si no fuera difícil abrirse paso entre las rocas: con la cabeza en alto y las manos en los bolsillos del saco negro que llevaba puesto. El viento soplaba fuerte aquella noche que ya había durado demasiado. El cabello rubio del hombre revoloteaba de forma incesante.

—Veo que vinieron los dos —fue lo primero que dijo Alistar.

Bastian puso los ojos en blanco y volvió hacia la cueva para que lo siguieran. A pesar de la pared estrellada y de la luna en el cielo, el lugar estaba bastante oscuro. Sólo contaba con tres pequeñas velas para iluminarlo. Él mismo las había llevado años atrás, al igual que la caja de madera en donde las guardaba. Nunca se le ocurrió llevar alguna fuente de luz más potente. A los ilardianos no se les dificultaba mucho ver en la oscuridad.

Cuando los tres llegaron al mismo punto, Bastian fue directo al grano.

—Nair me dijo que hay un pegaso en el castillo.

Alistar asintió.

A su lado, Ezra lucía tenso.

—Todo empezó como un rumor. Un soldado de alto rango estaba haciendo su ronda nocturna por el perímetro del castillo. Como ya les había dicho, nadie tiene permitido pasar al área de la familia real, ni siquiera por fuera. Pero esa noche, el hombre escuchó un ruido que le pareció extraño. Provenía de la playa privada de la reina —habló Alistar. No tenía voz de narrador, su tono era más bien el de alguien que ya quería terminar de contar algo—. Dijo que le pareció oír relinchar a un animal.

Bastian entendía que eso fuera extraño, puesto que en el castillo de la luna no había caballos. Es más, los caballos eran escasos en todo Ilardya. ¿Y los pegasos? Inexistentes.

—Debido a su rango, no tuvo que pedir permiso para revisar rápidamente la fuente de aquel ruido. Caminó un par de metros sin ver nada extraño, hasta que lo volvió a escuchar, esta vez más fuerte y claro. Apresuró el paso hasta que se topó de frente con la criatura. Según el soldado, era un pegaso blanco, algo desnutrido y con las alas gachas. Una de sus patas estaba sujeta con cadenas.

Bastian miró de reojo a Ezra, quien escuchaba con más atención que él.

—El soldado supuso que no debía estar viendo aquello, así que ni siquiera se aseguró de que fuera un pegaso real y no una ilusión. Sólo se fue —continuó Alistar, frunciendo el ceño—. Se lo platicó a sus compañeros de cuadrilla como un secreto, pero ellos empezaron a contárselo a otros y el rumor se esparció en el castillo.

—¿Y estás seguro de que no fue una ilusión? —preguntó Bastian.

—Si hubiera sido una ilusión, la reina Lyra no habría asesinado al soldado y a toda su cuadrilla en cuanto el rumor llegó a sus oídos. Lo hizo de forma pública en el área de la guardia. No dio explicaciones, simplemente los colgó —respondió Alistar—. La tal Deneb la acompañaba, ella fue la que habló. Dijo que eso le pasaría a cualquier persona que entrara a las áreas restringidas o a los que siguieran esparciendo el absurdo rumor.

Bastian no estaba sorprendido ante la reacción de Lyra. No podía decir que conocía a su hermana; pero si algo sabía de ella era que no tenía escrúpulos y que no era piadosa. Alistar tenía razón: si el pegaso hubiera sido tan sólo un simple rumor, Lyra lo hubiera ignorado.

—No sé lo que piensen ustedes, pero yo no creo que la reina haya reaccionado así sólo porque alguien entró a su playa privada —continuó Alistar, quien ya se había cruzado de brazos—. Por eso decidí contactarte. Realmente pienso que tiene un pegaso capturado. No sé si la información sea útil, pero en definitiva es inusual.

—Lo es, ¿para qué querría Lyra un pegaso? En todo este tiempo ni siquiera ha salido del castillo, no imagino que quiera volar.

Tal vez eso no tenía nada que ver con la investigación actual, pero sí era evidencia adicional de lo que ya sospechaba: su hermana estaba tramando algo.

—Ese pegaso… ¿El soldado no dio más detalles de cómo era?

Era lo primero que Ezra había dicho desde que Alistar llegó.

Su amigo simplemente se encogió de hombros.

—No, sólo lo que ya les mencioné.

Blanco, desnutrido y alas gachas.

—Entonces… lleva tiempo ahí —susurró Ezra, más para él mismo que para los demás. Luego miró a Bastian—. Creo… creo que podría tratarse de Vela.

Bastian alzó una ceja. En un inicio aquel nombre le pareció poco familiar, pero luego los recuerdos lo invadieron. Vela era el nombre del pegaso de aquella chica, Elyon. Recordaba vagamente que, cuando recién volvieron de la isla, los amigos de Emil habían mencionado que tenían que encontrarla. Al parecer, el pegaso había desaparecido justo la noche en que la chica fue asesinada.

Asesinada a manos de Lyra.

—¿Qué quieres hacer? —preguntó Bastian. Sus ojos estaban puestos en los de Ezra.

—Un pegaso no debe vivir encadenado —respondió él, serio y firme—. Si realmente es Vela, tenemos que liberarla.

Alistar chasqueó la lengua.

—Lamentablemente, no hay forma de saber si es ese pegaso en específico.

¿Que no había forma? Bastian tomó esas palabras como un reto personal.

—Creo que es hora de que entremos al castillo —dijo y alzó la barbilla, retando al bibliotecario.

Alistar negaba con la cabeza antes de que Bastian terminara la oración.

—De ninguna manera, ya te lo dije antes —respondió contundente. Su mirada severa se hizo presente. Cuando Bastian era más pequeño, esa expresión solía intimidarlo, pero con el paso de los años (y la compañía) perdió su efecto.

—Estás olvidando que no puedes darme órdenes —señaló Bastian. Odiaba usar su carta de realeza, pero a veces era necesaria. Además, siempre había vivido bajo el lema de que el fin justifica los medios.

—No seas un niñito, Bastian, sabes que es peligroso. ¿Vas a arriesgar tu vida? —Ante su propia pregunta, Alistar puso los ojos en blanco—. No respondas, te conozco. Pero debes pensar en que esta vez también estarías arriesgando la de Ezra.

Bastian frunció el ceño. Alistar jugaba sucio.

—Yo también quiero entrar al castillo —habló Ezra.

Claro, era Ezra siendo Ezra.

—Entonces ya está, vamos a entrar al castillo, Alistar, lo quieras o no —sentenció Bastian, cruzándose de brazos—. Ahora tú tienes que decidir si nos vas a ayudar o prefieres hacer como si esta conversación nunca hubiera ocurrido.

Alistar miró a Bastian como si quisiera perforarlo con el poder de sus ojos. El chico aceptó el duelo y le devolvió la mirada. Ambos se quedaron así durante casi un minuto, sin decir nada. El bibliotecario era muy bueno enmascarando sus emociones y fingía que nada le importaba, pero los años de camaradería habían causado estragos en esa fachada.

Bastian podía ver la preocupación en los ojos de su amigo. Era la única razón por la que no quería que entrara al castillo. También podía ver que, aunque preferiría desentenderse por completo de este problema, no lo haría. Alistar no le daría la espalda en una situación así.

Así que, cuando su amigo entrecerró los ojos, Bastian no pudo evitar esbozar una sonrisa victoriosa. Había ganado.

—Bien, voy a encontrar una forma de meterlos al castillo. Dame tres días y nos vemos aquí mismo. Si no vengo yo, enviaré a Nair —dijo, en su voz había pesadez—. Pero una vez dentro no cuenten conmigo.

—Entendido. Entonces, tres días.

Alistar había dejado la cueva poco después de aquella conversación. Bastian y Ezra se quedaron. Ambos estaban recostados en la arena, mirando hacia arriba, al hueco que daba paso a la noche oscura. Hasta ese momento, aquel era el día en el que el sol había tardado más en salir. Eso le preocupaba un poco y no podía siquiera empezar a imaginar lo mucho que les preocupaba a los habitantes de Alariel. A Ezra.

Aunque el mayor parecía estar más preocupado por otra cosa.

—¿En qué estás pensando? —le preguntó, sin voltear a verlo.

Las estrellas en el cielo tenían hipnotizado a Bastian.

—No puedo sacar de mi cabeza al pegaso que está encerrado en el castillo —respondió Ezra con voz suave—. Yo fui la última persona que prestó atención a Vela, justo antes de que Elyon fuera asesinada. Su pegaso revoloteaba en las ruinas tratando de bajar por ella. Vi cómo un lunaris le lanzó una piedra en el ojo. Se veía en muy mal estado, si no se lo trataron lo más probable es que lo haya perdido…

—Por lo menos eso nos servirá para reconocerla más rápido.

Bastian no solía cuidar sus palabras, a veces decía cosas muy poco sensibles. Por lo general no le importaba, pero todo era distinto si se trataba de Ezra. Al instante se arrepintió de haber soltado lo que acababa de decir, pero al mayor pareció no molestarle.

—Podría reconocerla de cualquier forma. Los pegasos son muy distintos entre sí.

Bastian frunció el ceño.

—Yo los veo a todos iguales —respondió con sinceridad—. Es decir, el de Emil es negro y resalta. El tuyo tiene una coloración más grisácea. Pero casi todos son blancos y a esos no podría distinguirlos.

—No sólo está el color. Todos los pegasos tienen distinto tamaño, melena, tipo de cuerpo, forma de los ojos... incluso la mirada de cada uno es diferente. Por ejemplo, la de Aquila es noble, pero la de Vela era más traviesa, siempre pensé que ese pegaso era una extensión directa de su dueña.

Ezra hablaba de aquellas criaturas con tanta pasión plasmada en su voz, que las estrellas perdieron su encanto en comparación. Los ojos de Bastian inevitablemente se posaron en él. El mayor seguía mirando hacia arriba. Sus ojos azules parecían brillar de la misma forma que el cielo.

—Me hubiera gustado salvar ese pegaso aquella noche, pero cuando escuché el grito de mi hermano y lo vi correr hacia Lyra, toda mi atención se centró en él. Tenía que llegar a Emil —le sorprendió un poco que Ezra hablara de eso. Se notaba que era un recuerdo difícil y doloroso—. Después de eso, nadie volvió a saber de Vela. Emil se culpa por haberla perdido, pero fui yo quien realmente tuvo la oportunidad y la dejó ir.

—Esa noche todo fue caos, Ez —respondió Bastian—. No puedes culparte.

Ezra suspiró.

—Lo sé. Es lo que siempre le repito a Emil —dijo Ezra e hizo una pausa antes de continuar—. De todos modos, sea o no sea Vela el pegaso que está en el castillo, debemos ir. Para liberarlo y para descubrir por qué tu hermana lo tiene.

—Eso es lo que más me inquieta. No puedo pensar en ninguna razón por la que Lyra tendría un pegaso encadenado en su playa privada.

—Tal vez, si nos da tiempo, podríamos buscar algo sobre la secta de Avalon. Si tu hermana es la líder y Deneb vive allí, lo más probable es que el castillo sea el escondite de muchos secretos.

Bastian soltó una risa involuntaria.

—Creo que nos tienes mucha fe —respondió y luego agregó—. Me gusta.

Ezra esbozó una pequeña sonrisa. Una mínima. Una que otra persona no habría notado. Una que no había forma de que Bastian pasara por alto.

Cerró los ojos y aguantó las ganas de soltar un intento de quejido proveniente de su garganta. Estaba harto de esta situación absurda. Había tenido varias parejas y con todas solía ser un coqueto descarado, pero con Ezra simplemente no podía ser así.

Era obvio que él también se sentía atraído por Bastian. Las cosas deberían de ser más sencillas. Desde que lo conoció le llamó la atención su físico y luego durante todo el tiempo en el que convivieron para llegar a la Isla de las Sombras pudo sentir una chispa, algo fuerte. En aquellos tiempos había intentado coquetearle sutilmente para tantear el terreno. Pero Ezra era denso.

¡Bastian incluso lo había intentado frente a Emil y todos sus amigos! Cuando el tarado de Gavril les había preguntado si eran amigos, él respondió: «Oh, si yo te contara». ¡Pero ni siquiera con eso logró una mínima reacción por parte de Ezra!

Claro, eso era cuando sólo había atracción (más de la que le gustaría admitir) y todo era más simple. No iba a negar que desde el inicio pudo sentir una conexión con Ezra que no había sentido con nadie. Tampoco iba a negar que jamás había depositado su confianza tan rápido en una persona. Mas si alguien en ese tiempo le hubiera dicho que Ezra se convertiría en una de las personas más importantes para él, se habría carcajeado, incrédulo.

Pero luego había visto esa sonrisa.

En aquel tiempo, hacía ya más de un año, Bastian jamás había visto sonreír a Ezra. A veces parecía que iba a hacerlo, pero era como si su cerebro tuviera bloqueada la acción.

Nunca iba a olvidar la primera vez que lo vio sonreír.

Fue cuando Bastian abrió los ojos después de haber estado inconsciente por días.

En la batalla de la Isla de las Sombras, su padre lo había dejado muy herido. De hecho, si Ezra no lo hubiera sacado del templo, Bastian no habría podido salir por su cuenta. Estaría muerto, sepultado en aquellas ruinas. Había tardado dos días enteros en recuperar el conocimiento.

Cuando abrió los ojos, lo primero que vio fue su sonrisa.

—Despertaste —le había dicho.

Bastian se juró que iba a asegurarse de que Ezra sonriera más seguido.

Eso no significaba que estuviera enamorado de él. No, porque Bastian Yuenai no se enamoraba de nadie. No podía permitírselo. La vida le había enseñado que tenía que proteger su corazón a toda costa y cada día luchaba por hacerlo.

¿El problema?

Su corazón no parecía querer ser protegido de Ezra.

Pero Bastian no se iba a dejar caer. Sabía que Ezra no era una simple atracción pasajera, era mucho más que eso. Era una persona por la que podría darlo todo, pero no su corazón. No su vulnerabilidad. Odiaba sentirse expuesto, y entregar su corazón implicaba precisamente eso. No le gustaba que lo vieran tal y como era. No le gustaba mostrar sus verdaderos sentimientos y con Ezra estos brotaban por sí solos.

Eso le aterraba un poco.

Así que se repetía, constantemente, que no estaba enamorado de Ezra. Una gran parte de él sabía que tal vez estaba en negación, pero prefería vivir así que expuesto, con el corazón abierto.

Eso lo remontaba a su situación actual y absurda: no era capaz de hacer algún avance con Ezra a pesar de que moría de ganas. Todo por miedo a que sus sentimientos por él escalaran. Porque sabía que, si algo empezaba entre ellos, ya no habría vuelta atrás. Y tenía que ser fuerte.

Pero Ezra no se lo ponía fácil. La atracción física aumentaba noche tras noche y también estaba la (más que obvia) tensión sexual. Bastian moría de ganas por dejarla salir.

Eso le hizo recordar la tragedia de ese día. Lo que Nair había interrumpido cuando llegó con el mensaje de Alistar. Bastian estaba seguro de que Ezra había estado a punto de besarlo.

Ahora sí, un quejido de frustración escapó de su garganta.

—¿Bas? ¿Estás bien?

Bastian abrió los ojos.

—Perfectamente —respondió sin ganas.

—Mira.

Ezra apuntó al cielo. Bastian siguió su mano con los ojos, hacia arriba. Por el hueco de la cueva se podía ver el amanecer. El cielo estaba tomando una tonalidad más clara, casi violácea, y los rayos del sol comenzaban a verse, apenas despertando. Una inesperada sensación de alivio lo invadió. Y se dio cuenta de que era la primera vez que había estado esperando al sol.

Al sol, que siempre llegaba a romper con la oscuridad.

De pronto, su tragedia personal le pareció una nimiedad. Esto que estaban presenciando era importante. Era el sol diciéndole al mundo que mantuviera la esperanza, que estaba luchando y que todavía no lo perdían. ¿Pero cuánto tiempo más iba a aguantar? Había sido la noche más larga que habían tenido hasta ahora y nada les aseguraba que no se volvería a repetir. O que no iba a empeorar.

Miró a Ezra.

Bastian era un ser de luna, pero hasta él necesitaba del sol.

Capítulo 14
EMIL

Habían pasado tres días desde que Emil tomó la decisión de ir a Ilardya para hablar cara a cara con la reina Lyra. El Consejo Real no estuvo de acuerdo en un inicio, pero cuando les explicó sus razones y entre todos discutieron medidas de seguridad, se llegó a un acuerdo. Así que ahí estaba, en un carruaje camino al reino de la luna.

A su lado se encontraba Mila, cosa que Emil agradecía infinitamente, pues en esta ocasión ella era la única del grupo de amigos que se había unido al viaje. Gavril seguía en la misión de capturar a los rebeldes de Lestra. El joven rey estaba seguro de que su amigo querría asesinarlo en cuanto se enterara de lo que estaba haciendo. Y tal vez Emil tenía un deseo de muerte porque él mismo le había escrito una carta informándoselo.

El joven rey podía imaginar a su amigo maldiciendo cuando al fin la leyera. Él mismo sabía que lo que estaba haciendo era peligroso y Gavril siempre se preocupaba demasiado. En la carta se disculpó y le prometió que tomaría precauciones.

También lo acompañaba el general Lloyd que, ante el cambio de planes, tuvo que reconsiderar sus prioridades. No iba a dejar solo al rey de Alariel.

Gianna no había ido.

Emil estaba muy preocupado por ella. Llevaba esos tres días pasados encerrada en su cuarto sin querer salir ni ver a nadie. Según ella estaba muy enferma y tenía que estar en reposo total para recuperarse. Él no estaba muy convencido. Gianna ni siquiera lo había mirado a los ojos cuando entró al cuarto a verla.

La imagen la tenía grabada en su mente. Las cortinas cerradas y la habitación en penumbra total. Gianna tapada hasta los hombros y hecha un ovillo, dándole la espalda. Y su voz, su voz había sonado quebrada y bajita. Ella le dijo que pronto se recuperaría, que no era nada grave, pero que en ese momento estaba indispuesta y no podía viajar.

Él lo entendía, pero algo le decía que el estado de Gianna no se debía a una enfermedad.

Emil casi deseaba que la cita con Ilardya pudiera posponerse para quedarse con Gianna y ayudarla a enfrentar lo que fuera que la tuviera así. Pero los Viejos Sabios habían sido muy claros: debían llegar al reino de la luna esa noche. Si no, no ocurriría el encuentro.

Si a lo que iban podía llamársele encuentro.

Echó la cabeza para atrás, recostándola en el asiento del carruaje. La reina Lyra no aceptó la audiencia directa con Emil, no dio razones, simplemente se negó. Los Viejos Sabios serían los que recibirían al joven rey y a su caravana. Ellos mismos llevarían a cabo los protocolos reales.

Habían prometido realizar un banquete de bienvenida y aseguraron que intentarían convencer a la reina de presentarse. Aunque también afirmaron que sería muy difícil y que probablemente no sucedería, pero que harían el intento.

Emil esperaba que por lo menos se dejara ver. No la abordaría con preguntas sobre el sol, sabía que probablemente no respondería o no diría la verdad. Sólo quería observarlos, a ella y al castillo. Ver si podía encontrar algo en ella o allí que le diera respuestas.

También tenía miedo. ¿Qué tal si lo único que podía ver al tenerla en frente era a una asesina? Ante aquel pensamiento apretó los puños. No. Emil estaba seguro de que podía controlarse, se lo repetía una y otra vez. Se repetía también que Lyra había asesinado a Elyon esa noche porque estaban en guerra. Así como él había asesinado al rey Dain.

De lo que también estaba seguro era de que, si aquella noche Emil hubiera tenido la oportunidad de matar a Lyra, lo habría hecho. En la Isla de las Sombras dejó que su fuego actuara por él. Había sido un fuego lleno de rabia, ira y dolor. Y aunque sabía que esa noche la habría matado por lo que le hizo a Elyon, no se consideraba un asesino.

Después de la Isla de las Sombras no quería más muerte. Mucho menos a manos de él.

Por eso se esforzaría para no ver a Lyra, la asesina. Emil Solerian era el rey de Alariel e iba a ver a Lyra, la reina de Ilardya.

La otra pregunta era: ¿el reino de Ilardya veía a Emil como a un asesino? Según el Consejo, los Viejos Sabios y ellos habían llegado al acuerdo de no dar detalles sobre lo ocurrido en la Isla de las Sombras a los ciudadanos. Los comunicados habían indicado que tanto la reina Virian como el rey Dain habían muerto en aquella guerra, pero no hubo detalles específicos. Le tranquilizaba saber que, a pesar de todo, Ilardya no buscaba guerra. Lyra no parecía querer seguir los pasos de su padre.

Pero algo ocultaba.

Emil estaba seguro de que ese viaje era importante y necesario. Incluso había llevado consigo la carta de su madre para que le diera fuerzas. Ni siquiera sabía por qué estaba tan apegado a esas hojas de papel si ya había memorizado cada palabra casi por completo.

—Estamos llegando al puerto —dijo Mila, que miraba hacia afuera por la ventana.

Sólo iban ellos dos en el carruaje.

—Todavía me cuesta creer que estamos haciendo esto —susurró Emil con aprensión—. Después de todo lo que pasó la última vez que estuvimos en Pivoine.

—Pero esta vez es completamente distinto. Seremos invitados, no infiltrados —respondió su amiga mientras despegaba la vista de la ventana para verlo a él.

—Sí, eso es lo que me tranquiliza.

No agregó nada más, aunque en su cabeza estuviera pensando en mil cosas. Se quedaron callados durante algunos minutos, hasta que Mila habló.

—Oye, ¿cómo se quedó tu papá? ¿Pudiste tranquilizarlo? —preguntó con un atisbo de consternación en la mirada.

Emil ni siquiera podía pensar en Arthas sin sentirse el peor hijo del mundo. Su padre le había pedido que no hiciera nada imprudente, que no pusiera su vida en riesgo, incluso antes de darle la carta de su madre se lo recalcó. ¿Y qué hacía él? ¡Justo eso!

Pero habían tomado todas las medidas de seguridad posibles. Además del general Lloyd, con él iban doce soldados de la Guardia Real, la mayoría de ellos solaris. Su tío Zelos también se encontraba en el grupo, acompañado de casi todo el Consejo. Habían considerado la posibilidad de llevar algunos pegasos, pero Pivoine no era una ciudad que tuviera adecuaciones para ellos, así que desistieron.

Emil esperaba no arrepentirse.

—Hoy estaba más calmado, sí. La noche en la que se lo conté reaccionó muy mal. Creo que se siente un poco traicionado, pero sé que sólo es porque está preocupado.

Mila asintió.

—Qué bueno que lo sabes. Eres lo único que le queda, Emil.

—Lo sé. No lo voy a dejar —respondió más seguro de lo que esperaba.

En ese momento el carruaje se detuvo. Emil se asomó por la ventana para comprobar que, efectivamente, habían llegado al puerto de Zunn, en donde descansaban incontables navíos de todos los tamaños. Buscó con la mirada al indicado, pero no lo encontró. Tendría que salir del carruaje para ampliar su campo de visión.

Miró a su amiga.

—¿Lista?

—¿Yo? —exclamó Mila, alzando una ceja—. ¿Por qué no habría de estarlo?

Emil conocía a Mila, sabía que detrás de esas preguntas había nerviosismo.

—No lo sé, Mi —respondió con sarcasmo—. ¿Tal vez porque estás a punto de ver a Rhea después de meses?

Mila se tapó el rostro con ambas manos para cubrir sus mejillas sonrojadas. Después de unos segundos, volvió a mirar a Emil.

—Bien, puede que esté algo nerviosa, pero también estoy más que lista —aceptó con una leve sonrisa—. Quiero verla.

Si algo bueno había salido de todo esto, era que volverían a ver a Rhea de Amadis, la capitana del *Victoria,* un barco con una tripulación exclusivamente femenina. Le causaba alegría que Mila fuera a reencontrarse con ella. Emil sabía que Rhea había invitado a su amiga a viajar por los mares y que ella se había negado por sus obligaciones en el castillo.

Pero la realidad era que Mila no tenía obligaciones en el castillo, no verdaderamente. Ya no era candidata al trono y todavía no era miembro formal de la Guardia Real, a pesar de que el general Lloyd le había hecho la invitación. Su amiga no se negó, pero tampoco aceptó. Lo estaba pensando. Por el momento, su puesto en el castillo no tenía nombre.

Si Mila había decidido quedarse, era por sus amigos. Porque sabía que la necesitaban... Y porque ella también necesitaba de ellos.

—Su majestad, ya revisamos el área y todo está en orden, ¿está listo para bajar? —la voz de un soldado se escuchó al otro lado de la puerta.

Emil miró a Mila, ella asintió.

—Sí, estamos listos —respondió.

La puerta se abrió. La luz del sol les pegó de lleno en el rostro.

Mila bajó primero y Emil la siguió. Puso un pie fuera del carruaje y sus ojos al instante buscaron el barco que los llevaría al puerto de Pivoine. No tardó mucho en encontrarlo.

A la izquierda del muelle, justo en la orilla, el *Victoria* descansaba, majestuoso y familiar. Al contemplarlo, una sensación cálida apareció en el pecho de Emil. Se acababa de dar cuenta de que Mila no era la única que quería ver a Rhea. Él también estaba deseoso de volver a ver a esa capitana de los mares a quien, contra todo pronóstico, podía llamar amiga.

El puerto había sido despejado casi en su totalidad para la llegada del rey, sólo unos cuantos marineros de puestos importantes se habían quedado. Lo saludaban con respeto, haciendo una pequeña reverencia con la cabeza. Emil se preguntaba si a ellos y a todas las demás personas de la nación les parecería extraño que el rey de Alariel fuera a utilizar como medio de transporte un barco ilardiano. Según el Consejo, era probable que pensaran que el navío había sido enviado por la mismísima reina Lyra para recogerlos.

La noticia había corrido como un rayo por Alariel. Todos sabían que, al fin, su rey iba a reunirse con la Corona de Ilardya. Emil hubiera preferido mantener el secreto, pero eso habría sido imposible, especialmente por la cantidad de gente que iría al viaje. El lado positivo era que, en su mayoría, la nación se lo había tomado bien. Estaban esperanzados, ya que era bien sabido que la reina Lyra no se había pronunciado, y entre tanta inquietud era un alivio percibir la posibilidad de que todo pudiera mejorar. En particular esperaban que se pudiera restablecer el intercambio de recursos. El Consejo Real iba principalmente para eso, ellos hablarían con los Viejos Sabios.

Emil esperaba que eso saliera bien, por lo menos, ya que ver a Lyra iba a ser poco probable. La nación no estaría tan esperanzada si supieran que la reina de la luna no solamente no había enviado al navío ilardiano, sino que ni siquiera ofreció un medio de transporte. Los Viejos Sabios sólo dijeron que los esperarían personalmente, al salir la luna, en el puerto de Pivoine.

—Ahí está —susurró Mila, más para ella que para oídos ajenos.

Emil alzó la vista y la vio. Rhea de Amadis bajaba de su barco flanqueada por Ali, su primer oficial. Por un momento, el joven rey no pudo despegar sus ojos de la capitana. Su sola presencia imponía, estaba seguro de que todos a su alrededor también la observaban.

Para la ocasión, Rhea había elegido usar el atuendo más llamativo que Emil le había visto hasta ese día. Llevaba un enorme sombrero negro, adornado con plumas de colores, además de unos aros dorados de gran tamaño que colgaban de sus orejas. Su vestimenta consistía en un saco a la cintura con un ceñido corsé que acentuaba sus curvas. Como cinturón traía varias telas amarradas que parecían flotar con cada paso que daba. Y, por último, pantalones y botas, unas que le llegaban hasta arriba de la rodilla.

Su cabello negro no estaba recogido, sino que volaba suelto y feroz, y lo que no había cambiado nada eran sus labios rojos que hacían un contraste impactante con su piel blanca.

Rhea caminaba hacia ellos a paso lento y confiado. La Guardia Real comenzó a hacer su formación alrededor de Emil. El joven rey dejó de ver a la capitana para mirar a Mila, que contemplaba a la recién llegada como si fuera el sol. Tocó su hombro con sutileza y, cuando tuvo la atención de su amiga, asintió. Ella entendió al instante.

Ambos caminaron unos cuantos pasos para encontrarse con Rhea y recibirla. Al quedar a un solo metro de distancia, la capitana fue la primera que habló.

—Saludos, su majestad —dijo con ambas manos en las caderas—. Es un placer encontrarnos después de tanto tiempo, ¡y vaya sorpresa! Creciste algunos centímetros, ¿no?

Emil no pudo evitar sonreír levemente. Le gustaba que Rhea no fuera tan formal, lo prefería mil veces. Incluso una parte de él deseaba que los pusiera a hacer los quehaceres en el *Victoria,* como la última vez que los llevó a bordo.

—Saludos, capitana —devolvió el saludo—. Estoy muy agradecido de que hayas accedido a llevarnos. Sobre todo porque esto ha sido muy precipitado.

La sonrisa de Rhea se hizo más grande.

—Todo sea por honrar las viejas costumbres —respondió, luego miró a Mila—. Además, no podía negarme considerando quién me lo pidió.

Su amiga sonrió y recorrió la distancia que faltaba para quedar de frente con la ilardiana, a tan solo unos cuantos centímetros. Alzó el rostro y la mano para estrechar la de Rhea. Ante eso, la capitana alzó una ceja.

—Oh, por favor… —dijo Rhea, y extendió ambos brazos.

Mila dudó, pero sólo por un segundo, luego acabó con la distancia que las separaba para abrazarla. El abrazo fue corto, pero a leguas se notaba que estaba lleno de sentimientos no hablados. Eran pocos los momentos en los que Emil sentía algo parecido a la felicidad, pero, sin duda, ese era uno de ellos.

Aunque ya no se abrazaban, ambas se encontraban hablando muy bajito entre ellas. Emil no podía escuchar lo que decían y tampoco iba a hacer el esfuerzo. Fuera lo que fuera, era algo privado entre Mila y Rhea. Desvió la mirada para observar a los presentes que fingían estar haciendo cualquier otra cosa o simplemente miraban hacia otro lado.

Emil suponía que se sentían incómodos. Era muy raro que un ilardiano y un alariense convivieran, así que era insólito que compartieran muestras de cariño. Era casi un tabú. El único lugar en donde las personas de ambos territorios convivían y se mezclaban entre sí era en Lestra, la tierra de los rebeldes.

No pudo evitar preguntarse si algún día se dejarían de lado todos esos prejuicios. Él también había crecido con la idea de que los ilardianos eran el enemigo y que no podía haber amistad con ellos, pero luego tuvo la oportunidad de conocer a algunos que le habían demostrado lo contrario. Eso lo hacía desear que las cosas fueran diferentes.

En ese momento, Zelos carraspeó la garganta.

—Creo que es suficiente de bienvenidas, es hora de empezar a movernos. La luna no tardará en salir.

El viaje al puerto de Pivoine estaba resultando bastante corto y sin complicaciones, especialmente porque todas las lunaris acuáticas a bordo del *Victoria* utilizaban su magia para controlar la marea y navegar de forma más rápida. Emil observaba su entorno en todo momento y pudo notar que algunos miraban el espectáculo con algo de fascinación mientras otros lucían completamente aterrados. O como en el caso de Lady Jaria, casi asqueados.

Él recordaba que, en sus primeros encuentros con magia lunar, también sintió miedo. Siempre le había parecido un misterio y eso creaba incertidumbre, pero gracias a Elyon había aprendido a apreciarla. A ver lo bella que podía llegar a ser.

Alzó su rostro hacia el cielo, la luna estaba por salir.

—Su majestad, ¿por qué no está en el camarote con esos grandes señores? —preguntó Rhea, refiriéndose al Consejo con algo de sarcasmo.

Venía caminando hacia él, con Mila a su lado.

—No tienes que llamarme así —respondió él, sonriendo sin ganas.

—¿Entonces cómo?

Emil se encogió de hombros.

—Sólo Emil.

Rhea se detuvo frente a él.

—Bien, sólo Emil —accedió—. Quería que supieras que envié a uno de mis contactos a mi casa, ella le dirá a tu hermano que estarás aquí durante algunos días.

—Te lo agradezco.

Realmente lo hacía. Emil no tenía forma alguna de comunicarse con Ezra, así que no le había podido decir que iría. Esperaba que se pudieran reunir, no sólo para discutir los descubrimientos que ambos habían hecho, sino también para asegurarse de que estaba bien. Su hermano era de las personas más fuertes que conocía, no dudaba que pudiera defenderse, pero al mismo tiempo era la persona más osada de todo Fenrai. Siempre actuaba por impulso y por instinto, y eso lo ponía en peligro.

—No tienes que agradecerlo. Te mantendré informado para la posible reunión, mi contacto tendrá una respuesta hoy mismo —contestó la capitana.

El joven rey asintió. Rhea, sin duda, tenía demasiados contactos. Según Mila eran una red de mujeres de todos los oficios que se apoyaban entre ellas. De hecho, así había sido como ambas mantenían la comunicación a pesar de la distancia.

En esta ocasión, Mila había escrito una carta tan pronto se enteró de que iban a ir a Pivoine; la pudo entregar en el barco oficial de mensajería entre reinos junto a la carta que el Consejo había elaborado para los Viejos Sabios. La diferencia fue que la carta para Rhea viajó de barco en barco, de marinera a marinera, hasta que alcanzó al *Victoria* cerca de la isla de Amnia, entre el Océano Medio y el Mar Penumbra.

Según Mila, entre los navíos se encontraban rápidamente al correr la voz de puerto en puerto, preguntando y respondiendo sobre las embarcaciones. Para Emil, todo ese sistema de comunicación era poco entendible, pero claramente eficaz, pues no sólo había llegado la carta a manos de Rhea en poco tiempo, sino que también había llegado la respuesta para ellos. Un simple: «Los veré allí».

—Iré al timón, estamos por llegar al puerto de Pivoine —dijo Rhea mientras se alejaba, no sin antes guiñarle un ojo a Mila.

Emil se preguntaba si la capitana siempre le coqueteaba tan descaradamente o si apenas lo estaba notando.

Llegaron a Pivoine justo cuando el sol se ocultaba. Desde aquella noche que duró más que nunca, Emil temía cada vez que el sol se iba y mil preguntas azotaban su cabeza. ¿A qué hora saldría al día siguiente? ¿Y si al fin llegaba el fatídico día en que simplemente no saliera? ¿Qué pasaría si eso llegase a ocurrir?

Estos últimos días había aparecido a la hora normal, pero su comportamiento era cada vez más irregular.

Emil bajó del barco flanqueado por el general Lloyd y Lord Zelos. Atrás de él iban Mila, Rhea y el resto de sus acompañantes. En el puerto de Pivoine ya los esperaban los Viejos Sabios, que realmente resultó ser un grupo de personas muy viejas, incluso algunas lucían ancestrales. Como si hubieran vivido más de cien años.

Eran tres mujeres y dos hombres. La que parecía ser la líder dio un paso al frente. Era una anciana bastante bajita, de cabello largo y gris que le llegaba hasta las rodillas. Tenía puesta una túnica azul con plateado, los colores de la Corona de Ilardya; su rostro reflejaba amabilidad.

—Bienvenido sea al reino de Ilardya, rey Emil Solerian —dijo. A pesar de que su voz era clara, también sonaba gastada por el tiempo.

—Gracias por recibirnos —respondió Emil mirándola a los ojos.

—Es un placer volver a verla, sabia Igatha —habló Zelos.

El joven rey conocía a su tío. Sabía que definitivamente no le parecía un placer volver a ver a la mujer. No tenía idea de cuándo se habían visto antes y no le agradaba que Zelos se lo hubiera omitido. Es decir, si se ponía a pensarlo, no era del todo extraño, pues el Consejo y los Viejos Sabios eran la vía de comunicación que había entre ambos territorios, pero aun así, su tío jamás había mencionado que los conociera en persona.

Emil hizo un esfuerzo consciente por mantener una expresión neutral; ya tenía bastante en la cabeza sin agregar el secretismo de su tío encima.

—Lo mismo digo, Lord Zelos —respondió la mujer, luego extendió los brazos y le dedicó una mirada fugaz a todos los presentes—. Es hora de partir hacia nuestro destino, rodearemos la ciudad por mar. La reina Lyra nos ha facilitado uno de los navíos de la Corona. Lo mejor para nuestros invitados.

—Ali y yo los acompañaremos a bordo —susurró Rhea a Mila, pero Emil pudo escuchar.

La anciana caminó hacia uno de los barcos, que era el más grande de todo el puerto. Desde lejos se podía distinguir la espaciosa cubierta con varios mástiles y velas, la más grande llevaba el sello de la familia real de Ilardya: una media luna en la parte inferior de un círculo. También había una superestructura, seguramente destinada a camarotes o habitaciones necesarias para una embarcación de tal tamaño. Emil notó que el navío estaba equipado con armamento.

Al subir al barco los recibió una mujer adulta, de tez blanca y cabello rojo vibrante recogido en una cola alta. Ese atributo se robaría toda la atención de no ser por los ojos, que eran los más negros que Emil había visto. No se distinguía la pupila del iris. Llevaba puesto un vestido blanco holgado, con mangas largas y de tela transparente. Su cintura estaba enmarcada con una cadena dorada.

—Su majestad, le doy la bienvenida en nombre de la reina Lyra. Mi nombre es Deneb y soy su intermediaria —dijo la mujer. Su tono indicaba amabilidad, pero había algo de tensión en sus palabras—. Cualquier cosa que necesite, no dude en pedírmela.

—Gracias —respondió con un asentimiento.

—Supongo que vienen cansados de su viaje, si necesitan descansar, los sirvientes los pueden acompañar a los camarotes. También tenemos un área para los soldados —informó y extendió su brazo hacia la superestructura—. De todos modos, el viaje no será muy largo, con la luna en el cielo llegaremos a la Mansión Este en cosa de minutos y ahí podrán refrescarse. No le molesta que un par de lunaris acuáticos utilicen su magia, ¿verdad?

Emil alzó ambas cejas.

—No me molesta para nada —se apresuró a responder. No quiso aclarar que ya estaba acostumbrándose a la magia lunar, pues el tono que Deneb había utilizado para esa última pregunta no lo hacía sentir en confianza. Además, algo de lo que dijo llamó su atención—. ¿Escuché bien? ¿Nos dirigimos a una mansión?

¿No iban a ir al castillo?

—¡Claro! Es una de las mansiones privadas de la familia Yuenai. La reina desea que estén cómodos, su majestad. Le aseguro que es un lugar magnífico.

—Disculpe, Lady Deneb, pero pensábamos que se nos iba a recibir en el castillo —intervino Zelos.

—Oh, no, no. La reina es una persona muy privada, así que les pido comprensión. No está acostumbrada a tener invitados en el castillo —respondió Deneb y esbozó una sonrisa. Era una sonrisa rígida—. Pero no se preocupen, aunque no dormirán allí, podrán conocer el lugar esta misma noche, en el banquete. ¡Hemos preparado un gran festín de bienvenida! Será una celebración para demostrar que los viejos rencores entre territorios murieron con los monarcas anteriores.

La mención sutil de la muerte de su madre no pasó desapercibida por Emil, pero prefirió no hacer comentarios al respecto. Tampoco estaba seguro de que esos rencores hubieran muerto del todo. No cuando el Tratado se había roto en la guerra de la Isla de las Sombras y no había vuelto a restablecerse por completo a pesar de los esfuerzos de la nación del sol. No cuando tal vez la mismísima Lyra estaba involucrada en el comportamiento del sol.

Pero Lyra no era Ilardya.

Lyra era su reina, no su gente.

A Lyra nunca iba a perdonarla, pero al reino de la luna no tenía nada que perdonarle.

—¿Me escuchó, su majestad? —preguntó Deneb.

Emil parpadeó varias veces. No se había dado cuenta de que la mujer seguía hablando.

—Lo siento, ¿podría repetir lo que dijo?

Deneb le dedicó una mirada que él no supo descifrar. Todavía sonreía, pero sus ojos negros reflejaban otra cosa.

—Por supuesto. Sólo dije que estoy segura de que este banquete pasará a la historia —respondió, y esa sonrisa se hizo más grande—. Después de todo, no siempre contamos con la presencia del rey de Alariel en Ilardya.

Emil no supo cómo interpretar esas palabras, pero algo le decía que, escondidas por ahí, había otras intenciones.

Capítulo 15
EZRA

Desde antes de que la luna saliera habían partido a la cueva de Bastian. Ya habían pasado los tres días que Alistar pidió para encontrar una forma de escabullirlos al castillo. Ezra estaba afuera, sentado en una de las rocas cercanas a la entrada. Las olas del mar rompían con fuerza en la piedra, salpicándolo; él encontraba aquel movimiento bastante relajante ¿o tal vez era el sonido de las olas? No tenía idea, pero entendía por qué a Bastian le gustaba pasar su tiempo ahí.

La luna de la noche era un cuarto menguante y estaba en su punto más alto. En la ciudad seguramente todo era ruido y actividad. Se preguntaba si Alistar tardaría mucho en llegar. Adentro de la cueva, Bastian parecía comenzar a desesperarse. Él tenía incluso más ganas de entrar al castillo que Ezra.

—¡Por qué no fui una lunaris acuática! —escuchó una voz que sonaba bastante molesta—. Estúpida agua, si pudiera sostenerte, te ahorcaría con mis propias manos.

Ezra no necesitó ver a la dueña de aquella voz, pues sólo conocía a una persona que hablara así. Claro, jamás esperó que también le hablara así al agua.

—¡Ah, pero si eres tú! —exclamó Nair cuando lo vio.

No caminaba entre las rocas, sino que saltaba por encima de ellas y estaba mojada. Eso explicaba sus amenazas. Llegó a la roca frente a la que él estaba y se hincó, saludándolo con la mano.

—Veo que no piensas irte pronto, así que lo mejor será que hagamos las paces —dijo Nair muy seria.

Ezra enarcó una ceja sin saber qué responder a eso. No tenía idea de que necesitara hacer las paces con Nair.

—¿Qué? ¿Pensabas que estábamos bien? —continuó la ilardiana—. Creo que el día que nos conocimos te dejé muy claro que no me agradabas. Por lo general soy bastante parlanchina y, como te odiaba, me esforcé por no dirigirte la palabra. Pero ya no te aborrezco, no te preocupes.

—Es... bueno saberlo —contestó todavía dudoso. Nunca había conocido a alguien así.

Nair asintió.

—¿Sebastian está adentro? —preguntó, pero no esperó a que Ezra le respondiera, simplemente saltó al suelo rocoso y caminó hasta la entrada de la cueva.

Ezra la siguió. En la cueva, Bastian se dirigía a la entrada. Seguramente había escuchado las voces de ambos. Nair comenzó a hablar antes de quedar frente a él.

—¿Están listos para infiltrarse en el castillo esta noche?

Los dos chicos hablaron al mismo tiempo.

—¿Hoy mismo? —exclamó Ezra.

—Nací listo —respondió Bastian.

—Alistar me envió porque yo voy a ser quien los ayude a entrar. Hoy debo entregar un pedido enorme de pan para el banquete; creo que puedo infiltrarlos fácilmente, los guardias de la entrada ya me conocen —les informó la chica.

—Me parece perfecto —dijo Bastian, asintiendo—. Pero ¿podrías empezar desde el principio? ¿De qué banquete hablas?

Ezra tenía esa y mil dudas más. Era todo muy repentino, no entendía por qué la reina Lyra había decidido dar un banquete en el castillo si llevaba recluida más de un año.

Nair suspiró como si le diera flojera explicarse.

—El banquete para recibir al rey de Alariel.

Si Ezra hubiera estado sosteniendo algo con las manos en ese momento, lo habría dejado caer. Parpadeó varias veces, dudaba si había escuchado bien. No podía ser, el rey de Alariel era su hermano, ¿qué tendría que hacer Emil en Pivoine? Nada. Se suponía que iba a estar en Beros un tiempo, no tenía sentido que se encontrara ahí.

—¿Emil está aquí? —preguntó Bastian dirigiéndose a Nair, pero miraba de reojo a Ezra.

—Si así se llama el rey de Alariel, entonces sí —respondió ella con simpleza, encogiéndose de hombros—. No hubo comunicado oficial para el reino, sólo los involucrados en el banquete estamos enterados, aunque obviamente se está esparciendo la noticia.

—Tiene sentido que no hayan avisado de forma general. Emil no es muy popular en Ilardya —dijo Bastian con una mano en la barbilla.

En eso tenía razón. Le había contado a Ezra que aunque el reino no sabía los detalles de la muerte del rey Dain, corrían rumores de que Emil lo había asesinado. Según Bastian, la gente no estaba molesta porque perdieron al rey, pues su padre no había sido un buen soberano, nunca se había ganado el cariño de Ilardya. Más bien estaban indignados por la gravedad del hecho en sí.

Porque el rey de Alariel había asesinado al rey de Ilardya.

—¿Crees que corra peligro aquí? —preguntó Ezra.

Bastian frunció el ceño.

—¿Por la gente de Ilardya? No. Mi padre nunca vio por ellos, así que ellos no harán nada por vengarlo —aseguró—. Pero... dentro del castillo, no lo sé. Lyra es...

No continuó. Ezra no supo si se quedó pensando en qué palabra usar o si sólo prefirió no completar su frase.

—No lo sé, al parecer todo fue organizado por esos viejos decrépitos —dijo Nair refiriéndose a los Viejos Sabios; luego chasqueó la lengua—. Dudo que tu hermana haga acto de presencia.

—¿Conoces la razón de la visita del rey? ¿Quiénes vinieron con él? —preguntó Ezra.

Ahora que sabía que Emil estaba en Ilardya, sus instintos de hermano mayor se habían disparado. Estaba preocupado por él, aunque lo más probable era que no estuviera solo. Se imaginaba que con él estaba todo el grupo de amigos: Gianna, Mila y Gavril, además de algunos miembros del Consejo y soldados de la Guardia Real. Si le habían organizado un banquete de bienvenida significaba no había llegado en secreto como la vez anterior, cosa que disminuía considerablemente el peligro.

—Oye, tranquilo, ¿por qué te importa tanto el rey del sol? —inquirió la chica, alzando las manos.

—Porque es mi hermano.

Nair lo miró con atención, pero luego se encogió de hombros.

—De todos modos no tengo las respuestas que buscas. A mí no me dicen nada, sólo soy la hija de la panadera. Claro, eso por ahora. Algún día abriré mi propio restaurante y seré la peor pesadilla de mis enemigos.

—Bueno, esas preguntas serán respondidas cuando entremos al castillo —dijo Bastian y puso una mano sobre el hombro de Ezra—. Así que, Nair, explícanos cómo vamos a entrar.

La sonrisa que la chica les dedicó parecía un mal augurio.

—Ha llegado mi momento de gloria, ¡la noche en la que al fin usaré mi magia para engañar a esos tarados de la entrada!

—Nair, no van a caer tan fácil. Están entrenados contra ilusionistas —advirtió Bastian cruzándose de brazos.

Nair simplemente rio.

—Déjamelo a mí. Nunca revisan mi carreta, además sabes que mis ilusiones son perfectas.

—Bueno, así que tú digas perfectas, pues...

—¡Cómo osas dudar de mí! Tendré qué cortarte la cabeza para defender mi honor.

Cuando Ezra sentía que ya estaba acostumbrado a la personalidad de Nair, soltaba frases como esa. Pero, extrañamente, confiaba en la chica. Tal vez era por su amistad con Bastian, pero sentía que era más por su aplastante honestidad. Esperaba que sus ilusiones fueran tan buenas como ella juraba, porque si no...

Ezra ni siquiera quería imaginarlo.

No perdieron tiempo y en menos de una hora ya se encontraban en la parte de atrás de la panadería en la que trabajaban Nair y su madre. Estaban solos, pues el poco personal se encontraba en la cocina o atendiendo a la clientela. La peculiar amiga de Bastian era la única encargada de transportar la mercancía.

La panadería era un lugar bastante pequeño, no habían entrado por el frente, pero la fachada indicaba que estaba bien cuidada. Era un negocio pintoresco con paredes pintadas de rosa, ventanas adornadas con flores de todos los colores y una gran puerta doble y blanca flanqueada por faroles con velas. Afuera había varias mesas para los clientes y todas estaban ocupadas. El lugar parecía bastante popular.

La parte de atrás no tenía nada de especial. Estaba al aire libre, rodeada por un muro de piedra, también rosa, llena de cajas selladas listas para ser entregadas. Estas no descansaban en el piso, sino en una alargada mesa de madera. Según Nair, todos los envíos se realizaban con el pan recién hecho. En esta ocasión todas esas cajas eran para el banquete del castillo.

—Entonces irán al fondo de la carreta y, frente a ustedes, todas estas cajas —les explicó mientras señalaba la carreta.

Era una simple carreta de madera sin techo, tenía una enorme manta que servía para cubrir la mercancía y, en este caso, a ellos. La carreta estaba amarrada a una mula gris que lucía bastante vieja y harta de la vida. Nair les había dicho que se llamaba Pan Dulce.

Era la primera vez que Ezra ponía especial atención a los métodos de transporte en Ilardya. Sabía que el animal del reino era el lobo; era del conocimiento popular que las personas con recursos o dinero los utilizaban para transportarse. Los lobos ilardianos eran tan grandes que se podían montar, como Oru, el compañero de Bastian. Pero ahora que lo pensaba, en la ciudad solía ver a las personas en mula o simplemente a pie. Lo cual tenía sentido dada la naturaleza de Pivoine: todo escaleras y pasillos estrechos.

—Esto parece demasiado simple. Tanto que creo que no va a funcionar —dijo Bastian, pero luego se encogió de hombros—. Oh, bueno, supongo que si nos descubren será más divertido.

Lo peor del caso era que Ezra sabía que Bastian realmente pensaba eso.

—Esperemos que no lo hagan, para poder escabullirnos y buscar en paz —habló él, acercándose a la carreta.

—Pues, bueno, ¿qué esperan? ¡Ayúdenme a subir las cajas! —exclamó Nair, que ya llevaba tres cajas apiladas en los brazos—. Sólo recuerden dejar espacio para ustedes.

Así lo hicieron. Los tres comenzaron a apilar las cajas en la carreta y Ezra contó más de veinte. ¿Cuántas personas irían al dichoso banquete?

Una vez que terminaron, Bastian y Ezra subieron de un salto a la parte del fondo. El espacio era estrecho y apenas cabían los dos, así que tuvieron que acomodarse uno frente al otro, con las piernas entrelazadas. Nair tomó la enorme manta y la dejó caer sobre la carreta, y así fue como el plan dio inicio de forma oficial.

—Ni se les ocurra hablar, ¿entendido? —dijo la chica—. Por más majestuosas que sean mis ilusiones, si abren la boca arruinarán todo.

Se suponía que Nair había utilizado sus ilusiones para que, en caso de que alguien levantara la manta, no los viera a ellos. También había distorsionado la forma en que caía la tela, para que al fondo luciera como si sólo hubiera cajas debajo.

Ezra se guiaba por su sentido del oído para saber qué ocurría. Por lo que pudo escuchar, Nair subió al asiento de la carreta y, con un movimiento a las cuerdas, le indicó a Pan Dulce que avanzara. Así fue como emprendieron la marcha hacia el Castillo de la Luna.

El camino se realizó rápido y sin dificultades. Ezra suponía que una de las razones por las que la panadería surtía al castillo era por lo cerca que estaba. Aunque, rodeado de esas cajas, no dudaba del buen sabor del producto, pues olía delicioso; incluso le estaba dando hambre.

En ese instante se detuvieron y Ezra escuchó voces a lo lejos. Cada vez que la carreta avanzaba un poco, se volvían más claras. Suponía que estaban en una especie de fila en la entrada principal del castillo. Pasaron unos cuantos minutos más hasta que escuchó las voces muy cerca.

—Nombre y asunto —dijo la voz de un hombre.

—Nair Wuelang, vengo a entregar el pedido que se realizó a la panadería —respondió la chica, luego alzó la parte de la manta más cercana a ella para que el guardia pudiera ver las cajas.

—¿Y qué contienen esas cajas?

—Uhm, ¿pan?

—No se haga la graciosa conmigo —exclamó el guardia con molestia.

—No lo estaba haciendo, sólo señalé lo obvio.

Ezra posó la mano sobre su frente, esperaba que la actitud de Nair no hiciera que los descubrieran.

—Lo siento, pero este banquete es muy importante y tenemos que revisar todo lo que va entrando —dijo el hombre—. ¿Cómo voy a saber si en verdad lleva pan?

—A ver, ¿usted es nuevo aquí? Vengo cada semana, todos los guardias me conocen —respondió Nair.

—Le voy a pedir que retire la manta, señorita.

—¡No voy a tolerar esta falta de respeto! —exclamó Nair.

Ezra no podía creer tanta audacia.

Estaba nervioso. Sabía que, en caso de que quitaran la manta, estarían protegidos a la vista por las ilusiones de Nair, ¿pero qué tal si se disponían a revisar cada una de las cajas? Bastian había dicho que los guardias estaban entrenados para burlar ilusiones. Le dedicó una mirada al ilardiano para saber si debía preocuparse, pero el chico se había tapado la boca para contener una carcajada. La situación le estaba divirtiendo. Oh, cada vez entendía más la amistad entre este par.

—Si no lo va a hacer, voy a tener que retirarla yo —dijo el guardia.

Ezra escuchó pasos de su lado de la carreta.

Justo cuando la manta se movió un poco, una nueva voz apareció.

—¿Puede esta fila moverse más rápido? El banquete está por comenzar y todavía faltan muchas entregas. —Era una mujer.

—Lo siento, general Zhual —se disculpó el hombre—. Esta chica luce sospechosa, iba a revisar su carreta.

Pudo sentir cuando Nair bajó de la carreta de un salto.

—Hola, general Zhual, hoy luce especialmente radiante —saludó la chica.

La general suspiró.

—Eres nuevo aquí, ¿verdad? Ella es Nair, lleva años entregando el pan cada semana. Por favor, haz esta fila avanzar.

—Eh, sí, general, ¡por supuesto! —se apresuró a decir el guardia—. ¡Siguiente!

Ezra escuchó que los pasos se alejaban, probablemente dirigiéndose a la siguiente carreta.

Por Helios, eso había estado cerca.

—Y tú ¿ahora andas de aduladora por ahí? —dijo la general con tono divertido—. Quiero que sepas que no te va para nada. Pasa de una vez.

—Si tuviera sentimientos, los habría herido —respondió Nair al tiempo que subía a la carreta.

—Lo bueno es que no los tienes.

Era evidente que, por lo menos, ambas se conocían desde hacía tiempo. Había confianza en ese intercambio.

La carreta comenzó a moverse. Ezra no podía creer que así, tan fácil, estuvieran dentro de los terrenos del castillo. En su mente había imaginado miles de formas para entrar, pero ninguna tan sencilla como esta. Volvió a mirar a Bastian, que, para su sorpresa, ya tenía los ojos clavados en los suyos; lo observaba con una expresión que cantaba victoria.

Después de algunos minutos, la carreta volvió a detenerse. Ezra sintió cuando Nair bajó. El lugar al que habían llegado era ruidoso, con mucho movimiento.

—Niña, ¡al fin llegaste! —exclamó la voz de un hombre—. Descarga el pan y déjalo en la cocina. Te asignaría ayuda, pero todo es un caos.

—Da igual, yo puedo sola —respondió Nair.

El hombre ya no respondió. La carreta siguió su camino. Nair no se había subido, así que Ezra supuso que simplemente estaba jalando las riendas de Pan Dulce para guiarla a la cocina. Cuando se detuvieron de nuevo, fue en un lugar mucho más silencioso. La ilardiana se situó cerca de ellos.

—No hay moros en la costa —susurró y dio dos golpecitos a la madera antes de alzar un poco la manta.

—¿Dónde estamos? —preguntó Bastian sin subir la cabeza.

—Fuera de la cocina, en la entrada de la bodega —respondió.

Eso pareció darle seguridad a Bastian, pues tomó la manta y la retiró por completo de ambos.

—Mantén la ilusión... por si acaso. Aunque no creo que nadie pase por aquí.

Nair puso los ojos en blanco.

—No soy estúpida, Sebastian.

Bastian saltó de la carreta y Ezra lo imitó. Los tres entraron a la bodega para no quedar tan expuestos, así hablarían con más tranquilidad. El lugar parecía un almacén de cosas de cocina, era bastante amplio, lleno de estantes con recipientes de especias, cajas, productos de limpieza, cazuelas y muchas cosas más.

—Bueno, ya entramos —dijo Bastian en voz baja—. Ahora, el objetivo es el ala de la familia real. Creo que podemos pasar desapercibidos si robamos el uniforme de algunos guardias o sirvientes.

—¿Nair no puede proyectar sus ilusiones para que los demás nos vean con alguno de esos uniformes? —preguntó Ezra.

—No, olvídalo, no pienso cuidarlos toda la noche —respondió ella de inmediato, cruzándose de brazos.

Bastian se dispuso a explicar.

—Para que sus ilusiones resulten efectivas, tendríamos que estar muy cerca de ella. La magia de un ilusionista funciona como un campo de fuerza, la mayoría sólo puede hacer que funcionen a unos dos o tres metros a la redonda —dijo, con la mirada puesta en Ezra—. Si un grupo se junta pueden combinar esfuerzos para jugar con objetos más grandes, como los barcos. Es muy común que los navíos ilardianos se oculten bajo ilusiones en la noche.

—Además, estaremos bajo techo. No voy a disponer de energía directa a menos que nos quedemos cerca de una ventana —añadió Nair.

—Entiendo —contestó Ezra.

Cada vez quedaba más fascinado con la magia lunar. Claro, funcionaba de forma similar a los poderes de sol. Así como los solaris tomaban la energía directa del sol y en las noches debían usar su reserva, los lunaris la tomaban de la luna y durante el día debían dosificarla. También aplicaba la misma regla de que no debían existir barreras físicas entre la persona y el astro. Aun así, sentía que ambos eran sumamente diferentes.

Los solaris tenían fuego, luz y sanación. Los lunaris agua, telequinesia e ilusiones. En Alariel solían temerle a la magia de luna, ya que no conocían sus límites o su verdadero alcance. Ezra se sentía privilegiado de poder observarla de primera mano y no a partir del ataque de un enemigo, sino de la explicación de sus amigos.

—Bueno, hay que conseguir nuestros disfraces —dijo Bastian tronando sus nudillos.

—Que sean de sirvientes, para que me ayuden a bajar el pan —sugirió Nair—. Los voy a cubrir para entrar a la cocina. Vamos.

Los tres salieron de la bodega y siguieron a Nair. A pesar de que la chica ya estaba utilizando su magia en ellos, Ezra podía verse y también a Bastian. Suponía que así funcionaba el asunto, no era que realmente los hiciera invisibles: todo era una ilusión.

Mientras más se acercaban a la cocina, más ruido comenzaba a escucharse, no sólo de voces, sino de cazuelas, fuego, pisadas y otras cosas. Además comenzaba a oler a comida. Una vez que entraron, Nair fue directo a preguntarle a uno de los cocineros por un lugar para dejar el pan entre tanto caos.

Ezra y Bastian permanecieron cerca de ella, precavidos para no toparse con nadie. Podía ver que el ilardiano buscaba posibles víctimas de robo. Todos parecían muy atareados y concentrados en sus actividades, así que supuso que sería difícil sacar a alguno para robar su uniforme. Conseguir dos parecía todavía más complicado.

Bastian posó una mano sobre su hombro y él lo miró. El chico apuntó a una cazuela llena de una especie de salsa color rojo, luego simplemente la mandó a volar con su telequinesia. Los ojos de Ezra se abrieron de par en par por lo inesperado de esa acción. El espeso líquido se había derramado por todo el suelo; era un desastre.

—¡No puedo creer tanta torpeza! —exclamó quien parecía ser la jefa de la cocina—. Los responsables de esa estación limpien ahora mismo. ¡Y necesito que por lo pronto otro cocinero se encargue de hacer más salsa!

Tres chicos bastante nerviosos corrieron hacia la salida de la cocina, dirigiéndose a la bodega por algún tipo de friegasuelos. Bastian hizo un ademán de que los siguieran. Nair, que estaba a un metro de ellos, asintió levemente. Salieron de la cocina y Ezra vio a los pobres cocineros entrar a la bodega, culpándose entre gritos el uno al otro.

—¡Hora de acorralarlos, qué emoción! —susurró Nair saltando de forma animada—. Además, jamás los había visto antes, seguramente sólo los contrataron para el evento, ¡podré atacarlos sin que me reconozcan! Sebastian, a veces tienes buenas ideas.

Bastian hizo una reverencia exagerada en broma.

—Oigan, pero evitemos la violencia, ¿está bien? —dijo Ezra como el mayor responsable que era.

Los dos ilardianos lo miraron como si estuviera completamente loco.

Ezra puso los ojos en blanco.

—Olvídenlo.

Caminaron hacia la bodega y vieron a los chicos agachados en el suelo en busca de los productos para limpiar aquel rojo desastre. Estaban amontonados y, desde lejos, Ezra supo inmediatamente que ninguno de esos uniformes le quedaría bien. Era demasiado alto y corpulento en comparación con los cocineros, que además parecían de la edad de Emil.

—Ilusiones fuera —dijo Nair.

Chasqueó los dedos de forma innecesaria, pero que agregaba al teatro que estaban a punto de armar.

Bastian cerró la puerta de forma ruidosa y definitiva con su magia. Los chicos saltaron de su sitio y giraron para ver qué acababa de ocurrir. Uno de ellos sólo lucía confundido, pero los otros dos estaban evidentemente asustados.

—¿Quiénes son ustedes? —exclamó uno.

—¡Tu peor pesadilla! —respondió Nair.

Ezra la miró, aguantando las ganas de darse una palmada en la cara. ¿Esta chica iba en serio? Eso era lo más ridículo que había escuchado.

—Sólo queremos sus uniformes, si nos los dan voluntariamente, no les haremos daño —dijo Bastian mientras se acercaba a ellos.

—¿Para qué quieren nuestros uniformes? —preguntó un cocinero.

—¡Idiota, son infiltrados! —le respondió otro de ellos que tenía cabello rubio y rizado—. ¡Tenemos que avisar a los guardias!

Ezra desenvainó su espada y dirigió la punta a la garganta del chico.

—O... tal vez no —la voz del rubio salió entrecortada.

—¡Bien, hombre, sabía que lo tenías en ti! —lo felicitó Nair; sonaba bastante complacida.

Bastian ya se encontraba revisando las cajas en uno de los estantes. De ahí sacó una cuerda gruesa y larga.

—Esto servirá —dijo, luego sonrió con los ojos fijos en los cocineros—. Pero antes van a tener que dormir un rato. Les prometo que lo haré rápido para que no sientan dolor.

Y detrás de él, varias cazuelas se levantaron con telequinesia.

Después de que Bastian dejara inconscientes a los cocineros, los despojaron de sus uniformes, luego los ataron y se aseguraron de tapar sus bocas con algunos trapos que se encontraron en la bodega. Y Ezra lo había predicho bien, ni siquiera la ropa del cocinero más alto le quedaba.

El atuendo consistía simplemente en una túnica azul que se suponía debía llegar arriba de las rodillas, un pantalón del mismo color y un lazo blanco como cinturón. También incluía una especie de bonete y, como toque final, guantes.

A Ezra la túnica apenas y le cubría hasta el trasero, los pantalones le quedaban demasiado ajustados y terminaban a la altura de la espinilla. Lo bueno era que con sus botas eso no se notaba. El atuendo tampoco favorecía a Bastian, que tenía un cuerpo largo y delgado. La ropa le quedaba muy holgada.

Nair ni se molestó en ponerse el uniforme, sólo se había divertido despojando al pobre chico.

—El personal del castillo está acostumbrado a verme, yo no tengo que esconderme —se excusó encogiéndose de hombros—. Mientras estén a la vista de todos usaré mis ilusiones para que les vean otra cara, pero tan pronto salgan de la cocina, estarán solos, ¿de acuerdo?

Ambos asintieron. Ezra estaba listo y no sentía miedo. Siempre había tenido un corazón aventurero: el peligro despertaba todos sus sentidos.

—Ahora voy a entrar con algunas cajas de pan mientras ustedes limpian el desastre que hizo Bastian —ordenó Nair—. Y bajen la cabeza, no quiero esforzarme mucho dentro del castillo. Como dije, no pienso cuidarlos.

Así, a la vista de todos, entraron a la cocina para limpiar la salsa que seguía en el suelo. No era la tarea más emocionante, pero debían hacerlo si no querían que los demás cocineros fueran a buscar a los que se supone la iban a limpiar. Después de unos minutos, el suelo estaba reluciente y Nair les indicó con un movimiento de cabeza que la siguieran. Se dirigieron hacia la carreta para ayudarla a dejar todas las cajas de pan en la cocina y, una vez que terminaron, era momento de escabullirse en los pasillos del castillo.

—En la cocina están como locos, nadie nos va a prestar atención —dijo Bastian—. Tomemos alguna bandeja de comida para llevarla al salón. Antes de ir al ala real quiero ver el banquete.

—Bien, entonces hasta aquí llegué yo. Sé que están perdiendo una pieza elemental de esta misión, pero no puedo arriesgar a mi madre. Muchos saben que soy su hija —Nair pasó su largo cabello detrás de la oreja—. Asegúrense de que no los atrapen, la única que puede torturarlos hasta la muerte soy yo.

Nair tenía razón en eso de que ella era parte importante de la misión. Sin ella ni siquiera estarían dentro de los terrenos del castillo. Nunca había pensado en lo útil que era tener un amigo que fuera lunaris ilusionista.

—Gracias por tu ayuda —le dijo Bastian.

—Oh, me debes una grande, Sebastian —respondió, luego sonrió de medio lado—. Nos vemos mañana a esta misma hora en el escondite, Alistar también intentará ir.

No miraron atrás, entraron a la cocina, ambos con la cabeza gacha, y se dirigieron hacia la mesa donde ya había charolas preparadas listas para ser llevadas al banquete. Tomaron una cada quien y, sin esperar a que alguien reaccionara, siguieron a una cocinera que salía de allí.

Bastian conocía cada rincón del castillo, por lo que Ezra simplemente se concentró en seguir sus pasos sin subir la cabeza. Tenía la ventaja de que su cabello largo le cubría gran parte del rostro, además el uniforme tapaba su cuerpo casi por completo. Por su parte, el ilardiano se recogió el cabello y lo metió en el bonete para no resultar tan familiar.

Aunque claro, si alguien decidía mirarlo con detenimiento, lo descubrirían al instante. Bastian era el príncipe fugitivo de la luna.

Se empezó a escuchar la melodía de una flauta y el barullo de la gente, así que Ezra supuso que estaban acercándose al salón. Así era, porque al poco tiempo se toparon con una enorme puerta doble abierta, con personas que entraban y salían en pareja o en grupo. Eran muchísimos ilardianos y todos vestían ropa de gala.

Ellos aprovecharon para entrar y dirigirse al fondo, al lugar donde estaban las mesas de comida. Dejaron allí las bandejas; Bastian tomó la mano de Ezra para guiarlo detrás de unas columnas. Fue ahí que Ezra pudo observar bien el lugar.

En el salón reinaban los azules de tonalidades variadas y, por supuesto, los plateados. El techo era abovedado, de este colgaban varios candiles majestuosos con sus cristales y sus velas. A Ezra le parecía curioso que el fuego fuera la fuente principal de iluminación para los ilardianos. Obviamente no lo obtenían de forma instantánea como en Alariel y, sin embargo, en la nación del sol no usaban fuego para iluminar, sino luz. Orbes y destellos de luz pura.

Las paredes del salón estaban adornadas con arcos que daban a balcones privados, la luz de la luna entraba resplandeciente por ahí. En la parte frontal del lugar, justo al centro, en vez de un arco había unas amplias escaleras que daban al segundo nivel y se abrían en forma de campana, y un tapete rico en azules descansaba en los escalones. El segundo piso estaba sostenido por gruesas columnas engalanadas con detalles plateados; este segundo nivel no era precisamente un piso, era más bien un gran balcón con baranda que rodeaba el perímetro del salón y dejaba ver hacia el nivel de abajo, el principal.

En una esquina del lugar una mujer tocaba la flauta con destreza, a su alrededor había algunas parejas que danzaban sin parar. Ezra nunca había visto esos movimientos, así que supuso que se trataba de algún baile típico de Ilardya.

No tardó en encontrar a quien buscaba.

Entre un mar de personas vistiendo colores ilardianos como azules, plateados, negros y violetas, resaltaba una persona. Un chico que, desde donde Ezra lo observaba, parecía un hombre. Aunque si lo pensaba, no sólo lo parecía. Su hermano se había convertido en un hombre justo frente a sus ojos, sin que él se diera cuenta. Siempre lo había visto como si fuera un niño. Porque Ezra era el mayor y su deber era cuidar de Emil, el menor.

Sin embargo, allí estaba su hermano, en medio del salón, recto y con la cabeza en alto. No se dejaba intimidar por las personas que le lanzaban miradas curiosas o incluso despectivas.

Ahí, en medio de un mar de ilardianos, se encontraba el rey de Alariel, Emil Solerian.

—¿Es mi imaginación o está más alto? —soltó Bastian en voz baja y luego alzó ambas cejas—. Ah, mira, la sabia Igatha camina hacia él.

—Cuando la sabia se aleje, ¿habrá forma de llamar la atención de Emil para que nos vea? —preguntó Ezra sin perder de vista a su hermano.

La anciana Igatha caminó hacia Emil y se acercó a él para decirle algo en secreto. Lo que fuera que le haya dicho, hizo que el joven rey reaccionara. Alzó la cabeza como impulsada por un resorte y dirigió su mirada a las escaleras. Ezra siguió la mirada de su hermano.

En la cima de la escalera se encontraba Deneb, el oráculo de Avalon. No llevaba el uniforme del *sectae*, sino un vestido negro de telas transparentes y vaporosas, acompañado de un corsé con un montón de listones plateados. Alzó su mano derecha y, con el dedo índice, indicó que la música cesara, lo que llamó la atención de los presentes.

—Mis estimados ciudadanos de Ilardya, ¿pueden brindarme su atención? —exclamó Deneb en voz alta.

Las personas que todavía no la habían visto, voltearon. Ahora tenía los ojos de todos sobre ella.

—Hoy es una noche especial, una noche que hará historia, pues estamos recibiendo en nuestra casa al rey de Alariel —dijo, extendiendo la mano en dirección hacia Emil. Los ilardianos le dedicaron una mirada de reojo antes de volver a centrarse en Deneb—. Sabemos que hace un año hubo una guerra que dejó cicatrices en nosotros, pero queremos que este banquete sea la muestra de que Ilardya está dispuesto a dejar atrás ese episodio.

Hubo algunos murmullos por parte de los presentes, pero Ezra no alcanzó a distinguir nada de lo que estaban diciendo.

—Como prueba de ello, por primera vez desde su coronación, la reina Lyra Yuenai se presentará ante nosotros —anunció; sus brazos volaron hacia arriba—. ¡Esta es la noche en la que los nuevos monarcas se encuentran!

Ezra no daba crédito a lo que escuchaba y, por lo que pudo ver en el rostro de Emil, él tampoco.

Las puertas del segundo piso se abrieron.

De ahí salió, a paso lento y firme, la reina Lyra.

—Mierda —escuchó a Bastian susurrar—. Tenemos que irnos de aquí. Ahora.

Capítulo 16
EMIL

Estaba sudando frío.

Frente a él, a metros de distancia y en el segundo nivel del salón, estaba Lyra Yuenai, la actual reina de Ilardya, la asesina de Elyon. Y lo miraba.

Emil pensaba que tenía grabada en la cabeza la imagen de la reina Lyra, pero esos recuerdos no le hacían justicia a la mujer que estaba frente a él: alta y de cuerpo alargado, de marco delicado con un rostro exquisito. Su pelo blanco lo llevaba con una trenza cayendo a un lado y en su frente lucía una tiara color plata. Sin duda, lo más inquietante seguían siendo sus ojos plateados. Esos sí eran tal cual los recordaba, llenos de algo parecido a brutalidad en descanso, a la espera.

Hizo uso de toda su fuerza de voluntad para no apretar los puños y mantener una expresión estoica. No permitiría que nadie notara lo mucho que le afectaba ver a esa mujer.

Desde que decidió ir a Ilardya se había preparado para un posible encuentro pero, aparentemente, no había tenido el tiempo suficiente. Fue un iluso al pensar que podría dominar sus sentimientos cuando la tuviera delante de él. Su corazón ardía en llamas, de esas que piden a gritos incinerar todo a su paso.

Pero iba a soportarlo, y más importante, iba a dominarlo.

Esa mujer le había quitado a su mejor amiga y primer amor. Lo había hecho pedazos cuando atravesó el cuerpo de Elyon con su espada. Si las circunstancias fueran otras, permitiría que su odio ganara. Pero tenía que ver por la paz entre Alariel e Ilardya, eso era más importante que cualquier sentimiento personal.

Tenía a la reina de la luna en frente. Estaba decidido a comportarse como el rey del sol.

Fue como si tomar esa decisión lo despertara de un estado de estupor en el que no sabía que había entrado. De pronto podía escuchar los murmullos de asombro de todos a su alrededor. No tuvo que mirar de reojo para saber que estaban tan sorprendidos como él.

La reina Lyra alzó una mano y se hizo silencio total. Comenzó a bajar las escaleras a paso lento pero decidido, como una fiera a punto de cazar a su presa. La ropa que llevaba era, por supuesto, azul con plateado. Un saco largo acentuaba su figura, bajo este se asomaban unos pantalones negros con lazos a los costados. El tacón de sus botas demandaba ser escuchado con cada escalón que bajaba.

En todo el trayecto no le quitó los ojos de encima a Emil y él tampoco a ella. Cuando terminó de bajar, caminó directo hacia él, seguida por Deneb. La sabia Igatha se había mantenido a un lado del joven rey.

A tan sólo un metro de distancia de él, Lyra se detuvo.

—La reina le da la bienvenida oficial a Ilardya, rey Emil —dijo Deneb.

A juzgar por la expresión de la reina, no era una bienvenida muy cálida.

—Gracias por recibirnos, reina Lyra —respondió él. Su voz sonó firme y fuerte.

La reina asintió de forma casi imperceptible.

—Como sabe, su majestad, no estaba planeado que la reina los atendiera personalmente, pero ha tomado la decisión de hacer presencia por lo menos unos minutos como muestra de paz —aclaró Deneb con una sonrisa. Luego miró a los músicos—. Continúen, por favor. Esta celebración apenas comienza. Pido a los invitados que sigan divirtiéndose. No hostiguen a los reyes.

La melodía de la flauta volvió a inundar la sala y los presentes recobraron el movimiento. No parecían querer despegar la vista de la escena que ocurría en medio del salón, pero sabían que no podían quedarse allí, mirando y escuchando. Así que la fiesta continuó alrededor de Emil y Lyra.

Zelos se acercó a él, situándose a su lado derecho, el lado opuesto al que estaba Igatha.

—Nos honra con su presencia, reina Lyra. Estamos muy agradecidos por su hospitalidad y por esta gran fiesta de bienvenida —saludó Lord Zelos sin hacer ninguna clase de reverencia—. Espero que esto signifique que también formará parte de las juntas que tenemos programadas durante nuestra visita. Eso sería de mucha utilidad.

—Lord Zelos, nuestra reina no suele atender esas reuniones. Para eso estamos nosotros —intervino la sabia Igatha.

Emil estaba de acuerdo con su tío. Tener a la reina Lyra en las reuniones que se habían pactado sería lo óptimo. Había muchos temas por tratar. El Consejo Real quería restablecer el intercambio de recursos cuanto antes. Y aunque Emil también iba a hacer hincapié en eso, no había olvidado la razón por la que decidió ir a Ilardya.

Para evitar una noche eterna.

No iba a culpar a Lyra por el comportamiento del sol, por supuesto que no. Se iba a abordar el tema con precaución, con preguntas en lugar de acusaciones: «¿Ustedes tienen alguna idea de por qué el sol está saliendo tarde?». «¿Saben qué lo ocasiona?».

—Lo entiendo, pero espero que lo considere, reina Lyra —respondió Zelos con diplomacia.

—Claro, lo tendrá en consideración —dijo Deneb.

Emil no entendía por qué Lyra no les respondía si la tenían en frente. Eso lo hizo darse cuenta de que jamás había escuchado a la reina hablar.

—Perdone mi atrevimiento, Lady Deneb, pero siento como si estuviera hablando con la reina con ayuda de intermediarios. Me gustaría que esta charla fuera más directa. Estoy seguro de que el rey Emil también lo preferiría.

Ante las palabras de Zelos, la sonrisa se borró del rostro de Deneb. La mujer le dedicó una mirada inquisitiva a la reina, ella simplemente asintió.

—La reina Lyra es muda, Lord Zelos —aclaró Deneb. No lo dijo con pesar, sino como mero dato informativo.

Emil esperaba que su rostro no lo hubiera traicionado. Hasta ese momento había guardado la compostura, pero esa revelación le causó un gran impacto.

—Pero si tanto quieren hablar con ella, no serán privados —continuó la mujer de cabello rojo.

En ese momento, una sombra tan definida que más bien parecía una silueta, salió del cuerpo de Lyra y se posicionó a su lado. Era casi el vivo reflejo de la reina, pero sin facciones. Sus manos eran alargadas y afiladas; las puntas de sus dedos se asemejaban a unas garras. Y, como si la sola visión no fuera lo suficientemente desconcertante, después habló.

—Rey Emil Solerian, hijo del sol —fueron las primeras palabras de la ilusión.

De Lyra.

Un escalofrío recorrió la espalda de Emil. Era la voz de una mujer, pero sonaba ancestral y sin vida. No sabía si así sería realmente la voz de Lyra o si era una voz propia de la sombra.

—Descuiden, sólo nosotros podemos ver esta ilusión —aclaró Deneb—. Digamos que no muchos conocen la forma favorita de la reina para comunicarse. Y será mejor que se mantenga así.

—Perdone si le falté al respeto, reina Lyra. No tenía idea —dijo Zelos, aunque no sonaba arrepentido, más bien, su voz salió algo entrecortada a causa de la impresión.

La reina ni siquiera lo miró. Sólo tenía ojos para Emil.

—¿Ahora es el hijo del sol quien no va a hablar? —preguntó la sombra.

La verdad era que Emil estaba sin palabras. Esa sombra era espeluznante, una ilusión demasiado real. Tanto que Emil imaginaba que si intentaba tocarla, lo lograría. No se suponía que las ilusiones pudieran tocarse, pero las de Lyra eran diferentes. Jamás iba a olvidar a la criatura hecha de sombras que había estrangulado a Elyon con sus garras.

—Creo que este no es el lugar más apropiado para hablar —respondió al fin, aún sin atreverse a despegar su vista de la mujer y su sombra.

La reina Lyra ladeó un poco la cabeza.

—Tienes razón, es una fiesta. Se supone que hay que divertirnos, ¿no? —dijo la sombra. Luego desapareció.

¿Eso significaba que ya no pensaba hablar para nada?

Emil tenía muchas cosas que discutir con Lyra, pero una parte de él agradecía que esa ilusión se hubiera ido.

—Su majestad, a los nobles de Ilardya les encantará verla personalmente —habló la sabia Igatha, dando un paso hacia Lyra—. Debemos aprovechar que ha decidido hacer una aparición pública.

Entonces Lyra dejó de mirar a Emil.

Los ojos de la reina se posaron en la anciana y simplemente asintió, a lo que Igatha aplaudió una sola vez, encantada. Comenzó a caminar hacia los invitados y Lyra la siguió. Al centro del salón sólo quedaron Deneb, Zelos y él.

—Bueno, la noche es joven en Ilardya, así que les aconsejo que se diviertan —dijo Deneb, mostrando nuevamente esa falsa sonrisa—. Con su permiso.

—Espere —exclamó Emil alzando una mano—. Quisiera hacer hincapié en que intentara convencer a la reina de acudir a las reuniones. Agradecemos que nos haya dado la bienvenida personalmente, pero creo que es vital que atienda los asuntos pendientes que tenemos entre territorios.

—Como dijo la sabia Igatha, para eso están los Viejos Sabios, su majestad —contestó—. La reina Lyra tiene otras ocupaciones que atender, no tiene tiempo para asistir a esas reuniones.

Emil alzó una ceja.

—Sí, no dudo que tenga muchas ocupaciones, pero las discusiones que conciernen al Tratado y a ambos territorios son importantes, ¿o me equivoco?

—Por supuesto. Pero aunque usted no lo crea, hay... prioridades.

Esa última palabra la había dicho con un tono distinto, como anhelante. Incluso ferviente.

—Lady Deneb, creo que en este momento la prioridad debe ser la que señala el rey Emil. Después de todo, vinimos hasta acá para discutir personalmente el Tratado y asegurarnos de mantener la paz entre Alariel e Ilardya —intervino Zelos.

—La paz se ha mantenido desde que los reyes anteriores murieron. Esa última guerra la ocasionaron ellos, fue lamentable —contestó Deneb—. La reina Lyra no está interesada en continuar con los deseos de su padre. Así que no se preocupen por eso.

—Por lo menos, ¿podría sugerírselo? —preguntó Emil, no quería desistir en eso—. Tal vez tenga tiempo uno de estos días.

Deneb asintió sin ganas.

—No prometo nada. Ahora sí debo irme —respondió—. Cuídese, su majestad. Igual usted, Lord Zelos.

La mujer se alejó y la tensión que había en el ambiente desapareció. Emil estaba reviviendo en su mente lo que acababa de ocurrir. No se suponía que la reina Lyra hiciera una aparición en el banquete, ¿qué había cambiado? Además, esta era la primera vez que aparecía ante sus súbditos desde su coronación, ¿no? Él estaba conmocionado, pero seguramente todos los presentes también lo estaban.

Miró alrededor. Pudo notar que la mayoría le dedicaba miradas furtivas a la reina, algunas cargadas de incertidumbre, otras de incredulidad, unas pocas de curiosidad. La reina Lyra era un misterio incluso para la gente de Ilardya.

—Extraño modo de despedirse —dijo Zelos.

Sí, Emil no había pasado por alto que Deneb les había dicho que se cuidaran. La pregunta era: ¿de qué?

—Todo esto resulta algo extraño —respondió Emil.

—¡Emil!

Mila venía caminando a paso rápido hacia él, sin Rhea. La capitana no los había acompañado al banquete, pues iba a aprovechar para ir a su casa y pactar un encuentro con Ezra y Bastian, ya que seguramente ellos tenían información útil.

Para la fiesta, Mila no había querido usar vestido. Alegó que venía en modo de guardia no oficial. Llevaba un atuendo parecido al de la Guardia Real, con una hombrera protegiendo su brazo dominante, pantalones abombados y botas.

—Los dejo. Necesito hablar con el resto del Consejo —dijo Zelos una vez que Mila llegó.

La chica tomó a Emil del brazo y lo apartó del centro del salón para llevarlo a uno de los balcones que estaban en el primer nivel. Ya estaban sirviendo la comida, así que casi todos estaban vacíos y no tardaron en encontrar uno.

Afuera el predominaba el olor a sal, pues todo el castillo estaba rodeado de mar. Era incluso como si el lugar estuviera *flotando* en el mar. Desde el balcón, la vista era impresionante. El océano los envolvía, vasto e infinito.

El castillo también era una inmensa maravilla digna de apreciarse, lleno de arcos y escaleras y columnas de piedra blanca. Una arquitectura similar a la de Pivoine y muy distinta a la de Eben. Debajo de los balcones parecía haber otro nivel exterior, una construcción de piedra llena de barandas, escaleras, caminos, farolas y bancas.

—Estabas muy pálido, tenía que sacarte de allí —dijo Mila, recargándose en la baranda del balcón.

—Quisiera poder controlar más mis reacciones —respondió, resoplando—. Espero que Lyra y Deneb no se hayan dado cuenta.

Mila tardó un poco en responder.

—No dejaba de mirarte —dijo bastante seria—. La reina. Y no me gustó cómo sus ojos parecían clavados en ti. Tiene unos ojos muy crueles, hay que tener cuidado con ella. Sabemos de lo que es capaz.

Cómo olvidarlo.

—¿Pudiste ver su sombra? —preguntó él, aunque ya sabía la respuesta.

—¿Cuál sombra?

—Usa sus ilusiones para comunicarse. Es muda —le informó.

—Oh, no tenía idea —respondió, alzando ambas cejas—. Hablé con algunos sirvientes y nadie me lo dijo. Creo que no la ven mucho por el castillo, seguro ni siquiera ellos lo saben. Me comentaron que por lo general se la pasa en el ala de la familia real y no deja que nadie entre.

Emil miró a su amiga.

—¿Cómo lograste que dijeran algo?

—No fue difícil, nadie parece tenerle mucho aprecio a la reina —dijo, encogiéndose de hombros—. Quería ver si averiguaba algo útil, pero eso fue lo único importante. ¿No te parece extraño que tenga prohibido el paso al área real? Me hace pensar que esconde algo.

—Algo que podría estar relacionado con el sol —completó Emil.

Mila asintió.

—Aunque tal vez sólo sea una persona muy privada. No podemos estar seguros.

Emil soltó un suspiro de cansancio. A esa hora la gente del sol ya estaba durmiendo, pero no era sólo eso.

—Esto va a ser más difícil de lo que creí —dijo, pasándose ambas manos por el cabello—. Necesito insistir en una audiencia personal con Lyra. Sé que no voy a poder interrogarla tan directamente, pero tal vez con preguntas evasivas que parezcan inocentes pueda obtener información.

En ese momento, un hombre que caminaba en el piso inferior captó la atención de Emil. Afuera del castillo no parecía haber una sola alma, por eso era imposible no verlo. Iba a paso rápido y cabizbajo. Aunque estaba algo lejos, su larga cabellera rubia le resultó familiar.

—Creo que he visto a ese hombre antes —Emil susurró.

La chica se situó a su lado.

—¿En serio? Parece que trabaja aquí, su ropa tiene los colores de la Corona ilardiana —dijo Mila—. Pero no es un Guardia Lunar, así no son sus uniformes.

Lo siguieron observando, estaba por salir de su campo de visión.

—Parece que se dirige a algún lugar —señaló la chica.

—¡Alistar, qué haces afuera! ¿No te invitaron a la fiesta?

Emil y Mila casi saltan al escuchar aquella fuerte voz. Era de un hombre que estaba a dos balcones de distancia.

El aludido alzó el rostro para poder mirar hacia el balcón.

—No fui requerido, Lord Wein —respondió en voz alta para que el hombre lo pudiera escuchar.

Emil tuvo que enfocar la vista para poder ver bien el rostro del tal Alistar. Estaba algo lejos, pero la iluminación proveniente de las farolas le proporcionaba buena luz. Apretó la baranda cuando vio la cicatriz cerca de su ojo derecho.

—Es una lástima, la comida está exquisita —exclamó el Lord.

—No lo dudo. Si me disculpa, debo volver a la biblioteca —respondió Alistar.

—Sí, yo volveré a la fiesta.

Lord Wein entró al castillo y Alistar siguió su camino.

—¿No te parece extraño que vaya a la biblioteca por fuera del castillo? —preguntó Mila en voz baja.

—Lo conozco —dijo Emil, sintiendo algo de adrenalina—. Ese hombre nos salvó a Elyon y a mí cuando vinimos por primera vez a Pivoine. Nos ayudó.

No había olvidado cuando la pandilla de marineros los persiguió por los techos de la ciudad. Sven había amenazado a Elyon con un cuchillo y un misterioso ilardiano usó la telequinesia para quitárselo. Luego los había guiado hacia los muelles en la entrada de la ciudad. Gracias a él lograron salir. Jamás pensó que lo volvería a ver, mucho menos dentro del castillo de Ilardya.

Además, ahora sabía su nombre: Alistar.

A pesar de que realmente no conocía a aquel lunaris, algo le decía que él podría ayudarlos. Después de todo, ya lo había hecho antes. Pero ¿y si realmente era fiel a la corona ilardiana? Esa y muchas dudas más azotaban su cabeza, pero su inquietud era más grande. No podía desperdiciar la oportunidad que el destino le había puesto en frente.

—Voy a seguirlo —dijo y trepó por la baranda, dispuesto a saltar.

La altura entre ese nivel y el de abajo no era mayor a dos metros, además había una farola de la que podía auxiliarse para bajar.

—¿Qué? ¿Estás hablando en serio? —exclamó Mila, imitando a Emil.

Obviamente, su amiga no pensaba dejarlo solo.

Emil saltó hacia la farola y la utilizó para deslizarse hacia abajo. Una vez que tocó el suelo, Mila lo siguió y llegó a su lado.

—Necesito saber a dónde va. Tal vez pueda ayudarnos, tal vez sepa algo.

—O tal vez nos meta en problemas graves.

Esa era una probabilidad.

—Intentemos que no nos vea. Durante nuestra estadía decidiré si lo abordamos o no, pero necesitamos saber en dónde encontrarlo —dijo Emil en voz baja—. Vamos.

—Bien, pero que sea rápido. Debemos volver antes de que alguien note tu ausencia, eres el invitado de honor.

Mila, como siempre, era la voz de la razón.

Si iban a hacer eso rápido, lo mejor era empezar. Así que comenzaron a moverse pegados a la pared del castillo para evitar ser vistos. La ventaja que tenían era que todos los invitados disfrutaban del banquete. Siguieron un minuto sin rastro de Alistar, pero luego lo avistaron a lo lejos. Se había detenido a hablar con un soldado que hacía guardia. Al parecer el soldado lo conocía, porque lo dejó seguir su camino.

Ahora el soldado se dirigía hacia donde ellos estaban, así que Mila tomó a Emil del brazo y corrió hacia los escalones que estaban a unos pasos, estos tenían una base tubular en la que se escondieron.

El guardia pasó de largo, aburrido. Tan pronto se alejó lo suficiente continuaron con su misión. Emil se sentía extraño, pues llevaba mucho tiempo sin hacer cosas a escondidas. Desde que había sido coronado como rey intentaba seguir las reglas y dar un buen ejemplo y no meterse en problemas. Esto era todo lo contrario, pero no iba a negar que la sensación le gustaba.

Alistar iba a unos cinco metros de distancia, estaba por doblar en una esquina del castillo.

Corrieron lo más sigilosamente que pudieron para no perderlo una vez que dio la vuelta, y antes de hacer lo mismo, asomaron la cabeza para analizar el panorama. Alistar seguía de espaldas, caminaba hacia unas escaleras que bajaban. Desde ahí se podía ver que daban a una playa. La playa privada de la familia real, a juzgar por los dos guardias plantados delante de dichas escaleras.

Alistar llegó hacia ellos y comenzaron a hablar. Obviamente, Emil y Mila no podían escuchar nada de lo que decían, pero fuera lo que fuera, los guardias asintieron y se despidieron con la mano, dirigiéndose a una de las puertas del castillo.

Después, Alistar bajó las escaleras.

—Sigamos —susurró Emil.

Se dirigieron a paso rápido hacia las escaleras y antes de bajar observaron la playa desde arriba. Era un espacio de ensueño, la arena parecía suave y las olas la bañaban en un tranquilo vaivén. Allí no había más iluminación que la luna y las estrellas, pero para el lugar, eso era más que suficiente. Emil se preguntaba si la familia real vivía justo en ese nivel del castillo, en las habitaciones que daban a la playa.

Si era así, ¿qué hacía Alistar en el área que, según los sirvientes, estaba prohibida?

—¿A dónde se fue? —preguntó al no ver a Alistar por ningún lado.

—Bajemos a revisar. Pero una vez que lo descubramos, hay que regresar —dijo Mila—. Ya llevamos mucho tiempo fuera de la fiesta.

Bajaron los escalones de piedra y, antes de pisar la playa, ambos se quitaron las botas. Los granos de arena eran tan diminutos, que apenas se sentían bajo los pies descalzos de Emil. Era una sensación placentera, le hubiera gustado quedarse más tiempo en el lugar si no tuviera que evitar ser descubierto.

Comenzaron a caminar en busca de Alistar, pero era como si el hombre se hubiera esfumado. No podía ser, ¿se habría metido a alguna de las habitaciones? Había varias puertas cerradas; ni eso era como en Eben, en donde las habitaciones solían tener balcones que daban a los jardines privados.

En eso, entre la oscuridad, muy a lo lejos, una luz parpadeó en la arena. Fue tan sólo por un instante, pero Emil podría jurar que la había visto. Se quedó mirando aquel punto por algunos segundos.

La luz no volvió a aparecer.

—¿Viste esa luz? —susurró.

Mila se encontraba de espaldas, caminando hacia otro lado.

—¿Dónde? —preguntó, girándose hacia Emil.

—Por allá —respondió, señalando el lugar donde la vio—. En la arena, juro haber visto un orbe de luz.

—¿Qué están haciendo aquí?

La voz de Alistar sonó detrás de ellos. El cuerpo de Emil se paralizó. Maldición, ¡los había descubierto! Mila lo tomó de la mano y le dio un apretón antes de girar su cuerpo para darle la cara al ilardiano. El joven rey se preguntaba si este lo reconocería, no como el rey de Alariel, sino como aquel chico a quien había ayudado hacía más de un año. Lentamente, se volteó para verlo a los ojos.

—Repito mi pregunta, ¿qué hace el rey de Alariel merodeando tan lejos del banquete en su honor?

—No queremos problemas —dijo Mila—. Sólo estábamos...

—Te seguimos —Emil la interrumpió, optando por decir la verdad. No sabía por qué, pero quería ganarse la confianza de Alistar—. Tú nos ayudaste a mi amiga y a mí en la ciudad, hace más de un año. Un ilardiano la estaba amenazando con un cuchillo.

Alistar alzó una ceja.

—La recuerdo a ella, pero tú estabas cubierto —respondió. Luego lo miró de arriba a abajo—. Ahora entiendo por qué.

Emil asintió, imaginaba a qué conclusiones estaba llegando el lunaris.

—Lo que no entiendo es por qué me siguieron —continuó Alistar—. A menos que hayas pensado que podría volver a ser de ayuda para algo. Si ese es el caso, no estoy interesado.

—Pero…

—Váyanse de aquí, es propiedad privada de la familia real —exclamó el lunaris.

—Nos iremos, pero si cambias de parecer, nos estamos hospedando en la Mansión Este —dijo Emil. No podía perder la oportunidad de tener un aliado dentro del castillo.

Alistar negó con la cabeza.

—Si en verdad quieres ayuda, toma mi consejo —dijo, cruzándose de brazos—. Sea lo que sea que estés haciendo, detente.

—No puedo —respondió Emil con firmeza.

—Entonces cuida tus pasos y agradece que sólo yo los vi aquí —su voz era una ventisca—. Porque nuestra reina no es piadosa.

Capítulo 17
BASTIAN

En cuanto Bastian vio a su hermana, la única idea coherente que cruzó su mente fue que tenían que alejarse de ahí. De ella.

No era que le tuviera miedo a Lyra, ya no; pero si podía evitarla, mejor. Además, no podía arriesgarse a que los viera dentro del castillo. No le importaba demasiado lo que pudiera hacerle a él, ya estaba acostumbrado y podía enfrentarla, ¿pero Ezra? Tal vez la reina lo utilizaría para castigar a Bastian. O tal vez elegiría asesinarlo simplemente por entrometerse en sus planes.

Varios sirvientes y soldados circulaban por los pasillos del lugar sin detenerse a mirarlos, todos tenían muchas ocupaciones que atender esa noche. Había sido una buena idea robar los uniformes de esos cocineros. De cualquier forma, caminaban cabizbajos para evitar cualquier incidente.

Como Bastian conocía de memoria el castillo, guiaba a Ezra hacia un área que sabía que no era visitada por muchos: el salón de canto de la reina Adria. De su madre.

No se encontraba en el ala de la familia real, sino en una de las áreas comunes del castillo, pues a su madre le gustaba organizar eventos allí. Cuando ella estaba con vida, el cuarto solía rebosar de gente y música. Pero desde que murió era todo lo contrario. Un lugar solitario y oscuro.

Bastian llevaba tiempo sin entrar.

—Por aquí —le susurró a Ezra.

El pasillo en el que caminaban llegó a su fin. Ahí estaba la puerta doble que daba al lugar. No había ni un alma cerca, como era de esperarse, así que Bastian abrió una de las puertas; ambos entraron y luego la cerraron.

Lo primero que hizo Ezra fue analizar el lugar, así que Bastian lo imitó. Estaba tal y como lo recordaba. Oscuro, con las cortinas mal cerradas. La luz de la luna se filtraba en pequeños rayos por las ventanas, eso le daba un aspecto lúgubre al salón. Era espacioso, con estanterías de doble altura adornando la pared, repletas de libros de música. Además había una chimenea al centro que llevaba años sin encenderse. Había tres salas separadas, la de en medio tenía los instrumentos favoritos de su madre llenos de polvo: un arpa plateada y un laúd.

—¿Qué es este lugar? —preguntó Ezra.

—El cuarto de canto de mi madre —respondió, adentrándose para sacudir el polvo del arpa—. Era su lugar favorito del castillo.

Ezra permanecía cerca de él.

—¿Le gustaba tocar el arpa?

—No, le gustaba cantar mientras yo tocaba el arpa —dijo, acariciando las cuerdas.

El sonido que se produjo le apretujó el estómago.

—No sabía que tocabas el arpa.

Bastian se encogió de hombros.

—Ya no lo hago —respondió con toda la simpleza que pudo—. Lo hacía por mi madre. Era una persona seria y estricta, pero cuando se trataba de música era cálida. Sonreía.

La música era una cosa que la reina Adria sólo llegó a compartir con Bastian. Sus padres no se llevaban mal, pero tampoco se querían. Ambos habían decidido casarse por conveniencia, porque Dain era el heredero a la Corona y Adria era la única hija de una de las familias más ricas de Ilardya.

—Me gustaría escucharte —dijo Ezra.

—Ni en sueños.

Ezra no insistió.

—¿Es seguro estar aquí? —preguntó.

—Nadie viene. No estoy seguro de que Lyra siquiera recuerde la existencia de este salón —respondió Bastian, dejándose caer en uno de los sillones—. Mi madre no compartía nada con ella, ambas se detestaban.

—¿Y eso?

—Ella siempre quiso tener un hijo varón. Batalló mucho para concebir a su primer bebé. Toda su vida resintió a Lyra por haber nacido mujer —no solía contar su historia familiar. Pero era Ezra y era el salón de su madre. Esa combinación lo hacía hablar—. Consiguió embarazarse ocho años después, fue de alto riesgo, pero así llegué yo. Luego envió a Lyra al internado. Mi hermana era la legítima heredera al trono y, sin embargo, mis padres decidieron criarme para el puesto.

Ezra se sentó a su lado.

—No voy a decir que mi madre era una mala persona, pero tampoco podría describirla como bondadosa o justa. Mi padre nunca estuvo interesado en ninguno de sus hijos; sólo veía por él mismo, así que ciertamente no le importaba el tema del heredero —continuó, mirándose las uñas—. El gran problema es que yo nunca he querido ser rey. Desde pequeño fui rebelde, hacía todo por demostrar que no era apto para serlo.

—Y luego Lyra regresó por el trono… —dijo Ezra.

—Sí, estuvo doce años fuera, en aquel internado. No sé quién fue ni cómo ocurrió, pero ahí la iniciaron en eso de Avalon —hizo una pausa—. Mi madre reaccionó muy mal cuando Lyra regresó; la trataba de lo peor. Pero ella no se dejó.

—¿Peleaban mucho?

—No. Lyra usaba sus ilusiones; estaban por todo el castillo y perseguían especialmente a mi madre. Poco a poco fueron acabando con su cordura… no lo pudo resistir.

Bastian tenía quince años cuando su madre se quitó la vida. Había sido una época muy oscura y odiaba hablar de aquello, pero en ese momento los recuerdos que lo invadían eran tan fuertes que tenía que dejarlos salir.

—Además, Lyra se ganó el apoyo de mi padre con los cristales. Creo que a mi hermana no le interesa Ilardya, ni tampoco declararle la guerra a Alariel, pero sabía que a mi padre sí, y los puso a su disposición —dijo eso último impregnado de coraje contenido—. Yo tardé un poco en descubrir la existencia de los cristales, pero en cuanto lo hice robé algunos y decidí buscar de dónde venían.

—Fue cuando nos encontramos en la costa de Valias, tenías varios.

Bastian asintió.

—Gracias por contarme esto, sé que no te gusta hablar de tu familia —dijo Ezra—. No tenías que hacerlo, lo aprecio mucho.

—Te equivocas. Ya te encuentras muy involucrado en esto. Estarías en desventaja si no posees toda la información posible —respondió Bastian—. Sentí que tenía que contártelo antes de entrar al ala familiar.

—¿Por eso decidiste traerme aquí?

Ante eso, Bastian soltó una carcajada.

—¿En verdad pensaste que entramos aquí sólo para recordar y platicar? —preguntó Bastian con sarcasmo—. Lo siento, Ez, pero por más que me guste la idea de estar en un cuarto oscuro contigo, no soy de los que se desvían en una misión.

La cara de Ezra era un poema.

Un poema que quería besar.

—Si nos traje aquí fue por algo —se aclaró la garganta y se levantó del sillón. Luego hizo un movimiento con la mano para que Ezra lo siguiera.

Cuando el mayor se puso de pie, Bastian se dirigió hacia donde estaba una de las estanterías, de la que comenzó a retirar algunos libros. Una vez que quitó los necesarios, encontró la manija que buscaba.

—Sólo mis padres y yo conocemos este pasaje —dijo, y después agregó—: Aunque supongo que ahora sólo tú y yo lo conocemos.

Tomó la manija y la jaló con fuerza; cuando la estantería se movió, una puerta fue revelada. La abrió y se adentró sólo un poco al siguiente cuarto, dejando espacio para que Ezra pasara. Luego regresó el librero a su posición con ayuda del asa que este tenía en su parte trasera.

—Decir que estoy impresionado es poco —anunció Ezra una vez que quedaron encerrados.

Bastian le dedicó una sonrisa de medio lado.

—Es el pasadizo secreto de mi madre, es un túnel subterráneo que conecta este salón con la que antes era su habitación —explicó mientras caminaba hacia las únicas escaleras que había en el lugar—. Lo mandó a construir cuando yo era pequeño. Oh, retiro lo dicho, quien lo haya construido también sabe de él.

—¿Lo construyeron por seguridad o algo así? —preguntó Ezra.

—No, mi madre sólo era excéntrica. Lo quería para no tener a los guardias o a los sirvientes detrás de ella. Le gustaba estar sola.

—Vaya, en el castillo de Eben no tenemos estas cosas.

—Obviamente este castillo es superior —respondió Bastian sin una pizca de sarcasmo—. Baja con cuidado, aquí no entra nada de luz. Olvidé traer una antorcha.

Para él no era muy difícil ver en la oscuridad. Si bien su visión no estaba al cien, podía distinguir el camino. Bajaron las escaleras con lentitud hasta que llegaron al túnel, que era un poco largo, pero no tenía pierde, pues no iba a ningún otro lado. Por lo menos, no que él supiera. De todos modos no iba a desaprovechar la oportunidad.

Buscó la mano de Ezra y la tomó.

—Está oscuro y sólo yo conozco el camino —explicó rápidamente.

Ezra no dijo nada, así que caminaron juntos por el largo pasillo frío y con olor a encerrado. ¿Cuántos años llevaría ya sin usarse? No recordaba cuándo fue la última vez que él lo utilizó. De niño le gustaba escapar del ala familiar utilizando el pasadizo. Ningún guardia sabía de él y le daba mucha satisfacción ver sus caras de confusión al no comprender cómo aparecía y desaparecía.

—Ya casi llegamos —dijo Bastian después de unos minutos, para escuchar otra cosa que no fueran los pasos de ambos.

—¿Crees que encontremos al pegaso?

—Eso espero. La habitación de mi madre tiene acceso directo a la playa privada. No creo que allí haya mucho lugar para esconder un caballo.

Cuando llegaron al que Bastian sabía que era el final del túnel, donde estaba la puerta con las escaleras para subir al cuarto de su madre, notó algo que lo dejó paralizado.

Ezra pudo sentirlo.

—¿Qué?

—El túnel... está modificado.

Mierda.

No podía ver muy bien, pero ellos estaban de pie frente a la puerta de su madre, donde se suponía que el túnel terminaba, pero no. El pasillo continuaba y se expandía en dos direcciones más.

¿En qué momento había ocurrido eso? Y más importante: ¿a dónde llevaban esos caminos?

—Creo que deberíamos revisar —dijo Ezra.

Definitivamente.

—Primero vamos a la playa a buscar al pegaso —respondió, no muy convencido—. Esto no me gusta nada, hace que el túnel no sea tan seguro como yo pensaba.

¿Lyra había mandado construir esos caminos? ¿O había sido su padre antes de morir?

—Mientras tu hermana esté en la fiesta, tenemos tiempo —aseguró Ezra—. No podemos perder la oportunidad de revisar qué hay al final de cada camino. Podríamos descubrir información valiosa.

—Lo sé. —Abrió la puerta que daba al cuarto de su madre.

Subieron las escaleras y Bastian tuvo que levantar la compuerta que estaba en el techo del túnel y en el piso de la habitación. La cubría un enorme tapete de piel de animal que a él nunca le había gustado.

Batalló un poco para levantar el tapete, pero una vez que lo logró, la compuerta se abrió por completo. Él salió primero y Ezra lo siguió. El cuarto de su madre estaba tal y como lo recordaba. Predominaban los tonos lilas y blancos, con una enorme cama al centro llena de almohadones de varios tamaños. Frente a la cama se encontraba un retrato de Bastian cuando era pequeño, abrazado de la reina. Ella no sonreía, ni él tampoco. Parecían una familia infeliz y, en cierto modo, lo fueron. Pero el cuadro no le causaba tristeza. No le causaba nada.

O eso se forzaba a pensar.

—Vamos, la puerta a la playa está por acá.

Caminaron hacia una puerta blanca que estaba cerrada con llave. Por suerte, Bastian sabía perfectamente que su madre la guardaba justo dentro del jarrón que se encontraba en la mesa de al lado. Sintió alivio cuando metió la mano y la encontró. En verdad era como si ni una sola alma se hubiera pasado por la habitación desde hacía tiempo. Todo estaba empolvado.

Abrió la puerta y al instante sintió la deliciosa brisa del mar en su rostro.

Esta vez Ezra salió primero y Bastian lo siguió. Ambos se detuvieron un momento a apreciar la vista, justo donde las olas se reunían con la arena. Sus botas se mojaron con agua salada, pero no le importó. El mar se veía negro y hermoso desde allí, la luna lo adornaba con su belleza mística.

Le hubiera gustado quedarse así y ahí un rato, pero no podían perder el tiempo.

Empezó a mirar hacia los alrededores para ver si notaba algo extraño, pero todo era arena y mar. Decidió que lo más coherente era dirigirse hacia la habitación de Lyra. Estaba un poco alejada de la de su madre, casi hasta el final de la playa. Ezra iba justo tras él.

Una vez que llegó, intentó abrir la puerta a pesar de que sabía que sería en vano. Era obvio que estaba cerrada. No podían entrar al cuarto de Lyra y no se veía un pegaso por ninguna parte.

—¿Qué sonido hacen los pegasos? —preguntó Bastian.

Ezra alzó una ceja.

—No voy a relinchar.

Bastian sonrió.

—Oh, vamos. Tal vez así el pegaso te escuche y se acerque —dijo mitad broma, mitad no.

Pero Ezra ya estaba negando con la cabeza.

—Los pegasos entienden si les hablas por su nombre —respondió, cruzándose de brazos—. Si se trata de Vela, nos va a entender.

Bastian miró a todos lados para cerciorarse de que no hubiera nadie cerca. Suponía que una gran ventaja de que su hermana tuviera prohibido el acceso a la playa, era que podían hacer un poco de ruido sin temor a ser escuchados.

—¡Vela! —exclamó, alto, pero tratando de modular su voz. No quería gritar.

Nada.

—¿Vela? —Ezra lo imitó.

Caminaron en la arena mientras llamaban al pegaso. Como nadie contestaba, a Bastian le empezaba a parecer algo ridícula la situación. Iba a volver a sugerirle a Ezra que relinchara, pero en eso se escuchó un golpe.

—Espera, ¿oíste eso? —preguntó Ezra, deteniéndose.

—Sí, fue como un golpe amortiguado.

—Vino… de la arena.

Ambos miraron al suelo.

—¿Vela? —repitió Ezra.

Esta vez la respuesta vino en forma de dos golpes más. Corrieron al punto exacto donde los escucharon, que fue justo por la pared de la habitación de Lyra. No perdieron el tiempo y se lanzaron a la arena para comenzar a retirarla con las manos, a prisa. No tardaron mucho en sentir una textura distinta, dura y fría. Era metal.

—Por Helios —susurró Ezra cuando una compuerta de metal quedó al descubierto—. ¿Tendrá a Vela encerrada ahí abajo? Tenemos que sacarla.

—¿Ya viste el tamaño de ese candado? —dijo Bastian tomándolo para tratar de moverlo, era pesado—. Voy a intentar romperlo.

Ezra se apartó un poco. Bastian se puso de pie y con telequinesia tiró lo más fuerte que pudo. El candado se movía hacia él y parecía querer arrancarse de las asas de la compuerta, pero no se rompía. Si la noche tuviera luna llena tal vez lo habría logrado.

—Necesitamos la llave —dijo con algo de fastidio.

—Que seguramente está en la habitación de Lyra.

O tal vez su hermana la tenía colgada en su cuello. Aunque lo que decía Ezra sí era probable.

—Tenemos que regresar al túnel. Algo me dice que uno de esos caminos da a la habitación de Lyra, o tal vez incluso al lugar debajo de esta compuerta.

Ezra asintió, pero antes de levantarse, tocó varias veces la compuerta de metal con el puño cerrado. Esta vez no obtuvieron un golpe como respuesta, sino un sonido chirriante, como si una silla estuviera siendo arrastrada en el suelo.

No necesitaron más confirmación.

—Regresemos.

Caminaron casi corriendo hacia la habitación de su madre para volver al túnel, pero antes de hacerlo, Bastian le indicó con la mano a Ezra que esperara. Abrió la puerta del pasillo que daba a las demás habitaciones del ala familiar, asomó la cabeza un poco para asegurarse de que no hubiera nadie; cuando se cercioró de aquello, tomó una de las antorchas del pasillo.

Se la mostró a Ezra con una sonrisa.

—Gran idea.

Movieron la alfombra de su madre para volver a acceder al túnel y, esta vez, cuando cerraron la compuerta, ya no estaban en total oscuridad. Bajaron las escaleras y se detuvieron justo donde estaba la bifurcación de caminos. Bastian batió la antorcha en ambas direcciones para alumbrar, pero no había nada que resaltara en ninguno de los pasillos.

—La habitación de mi hermana está a la izquierda, así que creo que debemos revisar ese lado primero —dijo Bastian.

Así lo hicieron. Se dirigieron hacia el pasillo izquierdo y comenzaron a caminar a paso lento, observando. Bastian todavía no salía del asombro y no sabía por qué le sorprendía tanto que el castillo hubiera cambiado durante su larga ausencia. Tenía sentido, pero por alguna razón le molestaba que Lyra supiera del túnel de su madre.

Llegaron al final de ese pasillo y se toparon con una puerta de madera. Esta parecía tener clavos de forja incrustados y una cerradura de hierro. Ezra se acercó para intentar abrirla, pero obviamente estaba cerrada con llave.

—Creo que esta sí puedo romperla —dijo Bastian, mirando la puerta de arriba abajo.

Ezra se apartó y Bastian le dio la antorcha para poner toda su concentración en la puerta. Como no había luz de luna directa, iba a tener que usar su reserva, así que debía hacerlo bien.

Cerró los ojos y visualizó el objeto inanimado en su mente, imaginando lo que quería lograr. Normalmente no tenía que pensar para utilizar su telequinesia, pero en situaciones que implicaban mucha fuerza física, debía acumularla antes de dar el golpe. Abrió los ojos y cerró el puño derecho. No lo necesitaba, pero hacer el movimiento ayudaba a su mente. Contó silenciosamente hasta tres, lanzó el puño al aire y liberó toda su magia de forma tan potente que se sintió como una filosa ráfaga de aire.

El fuego de la antorcha se extinguió y parte de la madera de la puerta explotó en mil pedazos. La cerradura salió disparada hacia el suelo e hizo un ruido infernal al arrastrarse contra la piedra.

Bastian sonrió victorioso.

—Increíble —susurró Ezra.

—Lo sé —concedió él.

Ambos caminaron hacia la puerta y, antes de empujarla, hicieron una pausa.

—¿Vela? —habló Ezra, asomando la cabeza.

Bastian abrió más la puerta para poder asomarse también. El lugar estaba totalmente oscuro.

—Con cuidado —dijo Bastian. No sabía por qué hablaba tan bajo, pero lo cierto era que no tenía idea de qué iban a encontrar ahí.

Se adentraron al lugar. El lunaris trató de asimilar lo que sus ojos estaban viendo. No podía distinguirlo con claridad, parecía ser una gran habitación subterránea. Al fondo había... una cama. En medio del lugar se encontraba una silla solitaria, ¿era la que habían escuchado siendo arrastrada minutos antes?

—¿Puedes ver algo? —susurró Ezra.

—No... es decir, sí. Parece que aquí vive alguien... pero no hay nadie.

—Qué extraño...

Ezra se adentró unos cuantos pasos más al cuarto y, en eso, Bastian sintió un inesperado empujón que casi lo tira al suelo. No fue muy fuerte, por lo que pudo mantenerse de pie. Una figura encapuchada lo había quitado del camino para salir corriendo del lugar, pero el lunaris reaccionó rápido y alcanzó a tomar tela de la capa, cosa que frenó momentáneamente a su atacante.

Este ni siquiera lo pensó, se despojó de la capa para continuar con su escape, pero para ese momento, Ezra ya había corrido hacia la figura, plantándosele en frente. Ninguno de los dos parecía poder ver, así que chocaron pecho con pecho.

Bastian se quedó con la capa en la mano y pudo distinguir que aquella figura delgada era de una mujer de baja estatura y cabello largo. Parecía una ilardiana. Ezra la sostenía de los hombros; el contraste de alturas era muy notorio. La chica intentaba soltarse, pero por más que forcejeaba, no podía.

—No te haremos daño, sólo tenemos algunas preguntas —dijo Ezra.

Al escuchar aquellas palabras, el forcejeo terminó por completo. La chica alzó la cabeza.

—¿Ezra? —preguntó en un hilo de voz.

Bastian arqueó una ceja, ¿esta chica conocía a Ezra?

Apenas iba a preguntar, pero notó que Ezra se había quedado totalmente paralizado al escuchar su nombre.

—No puede ser —exclamó Ezra.

Soltó a la chica y dio unos cuantos pasos hacia atrás.

No, no había sido por la mención de su nombre. Sonaba como si acabara de escuchar a un fantasma. Había reaccionado así porque reconoció la voz de esa chica.

Su voz también le parecía familiar a Bastian. Caminó hacia donde estaba Ezra para poder mirarla de frente y, cuando sus ojos se posaron en los de ella, vio dos enormes lunas asustadas. Unos grandes ojos que no tardó en reconocer y, al hacerlo, casi se queda sin aire.

Porque ahí, frente a ellos, efectivamente estaba un fantasma.

—Cómo… —fue lo único que salió de la boca de Bastian.

—¡No hay tiempo de explicaciones! Tenemos que ir por Vela y salir de aquí —dijo la chica con urgencia. Su voz sonaba rasposa y temblorosa.

—Elyon.

Ezra al fin dijo el nombre en voz alta.

Eso pareció hacer a la chica reaccionar, pues tragó aire de forma audible y comenzó a temblar, como si apenas se estuviera dando cuenta de lo que ocurría. De que la situación era real y de que ellos eran reales.

En la mente de Bastian cruzaban mil pensamientos por segundo y cada uno de ellos lo confundía más. ¿No se suponía que Elyon estaba muerta? Él mismo la vio caer antes de quedar inconsciente. Vio cómo su hermana la había atravesado con su espada. Por todas las estrellas, ¡su maldita hermana! ¿Por qué la tenía como prisionera en los túneles del castillo? ¿Por qué la escondía?

Si bien era cierto que en ese momento no había tiempo para explicaciones, Elyon tenía mucho que aclarar.

—Salgamos de aquí ahora mismo —dijo Bastian.

—No. Primero hay que ir por Vela, no la voy a dejar.

Bastian no podía distinguir del todo a la chica en la oscuridad del túnel, pero se veía mucho más delgada de lo que recordaba, además parecía tener varios rasguños en la piel. La ropa que traía era una simple bata que le llegaba arriba de las rodillas e iba descalza.

—¿Dónde está? —le preguntó Ezra, listo para la acción.

—No quiero ser el malo del cuento pero no tenemos tiempo para eso. Hay que irnos antes de que Lyra regrese.

En ese instante, la temperatura bajó de forma drástica. Fue como si un manto de frío los hubiera cubierto por completo. No pudo evitar el escalofrío que recorrió su espalda, porque conocía esa sensación.

De pronto aparecieron antorchas encendidas en las paredes del pasillo. Pudo ver que Elyon también estaba familiarizada con lo que estaba ocurriendo. En su rostro había una mezcla de terror y enojo. Sus ojos gritaban que ya era demasiado tarde.

Lyra apareció a lo lejos. Caminaba por el pasillo de forma lenta y contundente, el sonido del tacón de sus botas reverberaba en ecos por todo el túnel. En la mirada de su hermana sólo había muerte.

Bastian se acercó a Ezra y pegó su cuerpo al de él. Elyon no se había movido.

La reina de la luna se detuvo a menos de un metro de ellos. Cuando miró a Bastian, alzó las cejas. El lunaris quería lanzarse a ella para derribarla, pero sabía que estaba en desventaja, pues la reserva de su magia estaba muy baja. No podía pelear contra Lyra así. Tenía que utilizar de forma inteligente la poca telequinesia que le quedaba.

—¿Iban a algún lado?

La sombra de su hermana había aparecido de la nada. Los rodeaba a los tres, deslizándose alrededor de ellos como si flotara. Pasó una de sus garras por el rostro de Elyon, quien cerró los ojos. Luego la horrenda zarpa se posó en la barbilla de Bastian y esos oscuros momentos de su pasado volvieron de golpe. Las noches en que vivió escondiéndose de las ilusiones de Lyra. Esas que eran tan reales que podían tocarlo y atormentarlo.

—Somos tres contra una, no intentes detenernos —exclamó Bastian a sabiendas de que en esa situación no podían hacer mucho contra ella. Pero por ningún motivo iba a permitir que Lyra lo viera asustado.

Se había jurado a sí mismo que nunca más le daría ese placer.

—Creo que contaste mal, hermanito —dijo la asquerosa ilusión con su voz de serpiente.

La sombra de Lyra se multiplicó. Ahora había más de cincuenta ilusiones iguales con enormes garras que amenazaban acabar con ellos.

—Son tres contra mi ejército.

Fue lo último que dijo antes de que todas las sombras se abalanzaran hacia ellos.

Después de todo lo que has hecho por ella todavía quiere escapar.
¿Qué eso no la hace una malagradecida?
Una desgracia.

Es una desgracia que no pueda ver la grandeza de lo que le esperaría
si tan sólo lo aceptara.

Tal vez hubiera sido mejor que la asesinaras en la isla.
Que la espada no hubiera atravesado su hombro,
sino su corazón.

Una desgracia.

Capítulo 18
ELYON

A Elyon nunca le había gustado la oscuridad. No sólo la oscuridad literal, esa que llega cuando la noche cae y las criaturas que no desean ser vistas salen de su escondite. No sólo esa, porque no era la única. Había oscuridad en el mundo y en las personas. Ella siempre se consideró un ser de luz, sin embargo, sentía que esa horrible oscuridad quería convertirla. Por más que intentara correr, por más que intentara huir, la alcanzaba y la arrullaba entre sus garras.

La oscuridad era muy poderosa, ¿y la luz?

Elyon solía pensar que la luz siempre sería la vencedora. Pero la verdad era que la luz le había dado la espalda.

En cambio, la oscuridad se estaba enamorando de ella.

Estaba soñando y no podía despertar.

¿Cómo lo sabía? Porque eso ya lo había vivido antes y no podía ser que se estuviera repitiendo, ¿o sí? No estaba segura. Su mente le jugaba trucos sucios desde que vivía encerrada. Había comenzado a pensar que Lyra controlaba hasta sus sueños... y pesadillas.

En la pesadilla de hoy le dolía el hombro izquierdo. Era un dolor insoportable, ese que la hizo despertar aquel primer día.

Estaba reviviendo su primer día de encierro.

Elyon había despertado con un movimiento brusco, tomando una gran bocanada de aire, lo que ocasionó que el dolor aumentara. Sus manos se posaron de forma automática sobre la fuente de su tormento y se sorprendió al encontrarse con un vendaje limpio. Trató de incorporarse, pero se sentía débil y mareada.

Estaba muy confundida. Sola. En una habitación sin ventanas y sin luz y sin nada. No podía ver y no tenía idea de dónde estaba. Primero llamó a Emil, luego a Mila y luego a Gavril y luego a Gianna y nadie nadie

NADIE

le contestaba.

Se tomó la cabeza con ambas manos y respiró hondo. ¿Qué había pasado? Sus últimos recuerdos estaban borrosos. La isla, los cristales, sus poderes de sol y su magia de luna. Luego guerra. Sangre y gritos y desesperación. Y en ese remolino que eran sus recuerdos, apareció un ser flotante. Una mujer que parecía sacada de un cuento en el que era la reina de las nieves. Porque toda ella era blanca y fría. O tal vez era la reina de las noches. Porque se podía ver su corazón oscuro como si latiera fuera de su cuerpo.

Era la princesa Lyra de Ilardya y tenía un ejército de sombras.

Comenzó a toser cuando recordó la sensación de ser estrangulada. Frente a sus ojos se materializó la escena de la princesa caminando hacia ella, espada en mano. Una lágrima se deslizó por su mejilla cuando la espada le atravesó el cuerpo.

Luego había despertado ahí, en la habitación oscura.

Hasta que, de pronto, ya no estuvo oscura.

Una puerta se abrió y la luz invadió el lugar. Una mujer vestida de blanco había entrado, la miraba con una sonrisa. Era alta y de ojos negros y de cabello rojo. Alrededor de ella flotaban orbes de luz que se acomodaron por el cuarto para iluminarlo. La Elyon del sueño se preguntaba si la recién llegada era una solaris iluminadora. Pero la Elyon que sabía que estaba soñando ya conocía a esa mujer. Era Deneb, el oráculo de Avalon, una ilardiana sin magia cuyo único poder provenía de los cristales.

La Elyon del sueño no tenía fuerzas ni para hablar, así que aprovechó para observar bien su entorno. Era un cuarto simple, con una pequeña mesa de noche a un lado de la cama en la que estaba. Había una silla y una especie de ropero. La puerta por la que esa mujer acababa de entrar parecía ser la única salida, aunque había otra puerta en la habitación: estaba entreabierta y ahí se podía apreciar un cuarto de baño muy básico.

En la mesa de noche había un libro y un vaso de agua. Al ver el líquido, Elyon se dio cuenta de que estaba más sedienta que nunca. Lo tomó con torpeza y bebió el agua en tragos grandes. Cuando acabó, la mujer estaba más cerca de ella.

«Hasta que despertaste», fue lo primero que le dijo.

Elyon tuvo que aclararse la garganta para hablar.

«¿Dónde estoy?».

«Eso no es importante ahora. Debes recuperarte, tenemos grandes planes para ti».

«Necesito ver a mis amigos, ellos...».

La mujer le puso el dedo índice sobre la boca, acallándola.

«Olvídate de ellos», le dijo, luego bajó su mirada hacia el vendaje. «La reina va a estar muy complacida cuando le diga que has recobrado el conocimiento».

«¿La reina Virian?».

La mujer soltó una risotada mordaz.

«La reina Virian está muerta», reveló sin piedad. «Me refiero a nuestra líder, Lyra, la reina de Ilardya».

Elyon no pudo ahogar el suspiro de sorpresa que salió de su boca. ¿Qué había sucedido? ¿Y Emil? ¿Cómo estaba él? Esperaba que esa mujer estuviera mintiendo, pero algo le decía que no era así. Todavía no entendía qué estaba pasando. Todavía no tenía idea de dónde estaba. Pero temía que cuando obtuviera esas respuestas, no le iban a gustar.

Por eso no se podía quedar ahí.

Sin pensarlo, empujó a la mujer de cabello rojo y se puso de pie. O eso intentó, porque sus piernas estaban temblorosas e inservibles. También porque sintió cómo la herida en su hombro se abría. Tuvo que sujetarse de la silla para no caer al suelo a causa del dolor.

Y el dolor era *tan* fuerte y *tan* real, que la Elyon que sabía que estaba soñando lo usó para despertar.

Y abrió los ojos.

Al inicio, su visión estaba borrosa. Pero el cuerpo no le dolía y esa era buena señal. Bajó la mano hacia la herida del hombro y suspiró al sentir la cicatriz. Había despertado, había logrado salir de esa pesadilla. De ese recuerdo. Apenas intentaba acordarse de cuándo y cómo se había quedado dormida, cuando todo le llegó de golpe.

Ezra.

Se sentó en la cama de un salto. ¡Ezra había estado allí, también Bastian! Y ella había intentado escapar y luego y luego y luego

Lyra

había aparecido.

Soltó un grito lleno de frustración y se dispuso a levantarse de la cama, pero algo se lo impidió. Se retiró la delgada sábana que cubría su cuerpo y sintió como si le hubieran dado un golpe en el estómago al ver que su pie derecho estaba encadenado. Esa maldita mujer la había encadenado.

—Creí que estabas entendiéndolo al fin, pero veo que no es así.

Elyon cerró los ojos al reconocer la voz. Cuando los abrió, el cuarto estaba iluminado por decenas de orbes de luz azul. Lyra se encontraba recargada en la puerta de la entrada, cruzada de brazos. Su horrenda sombra estaba justo frente a Elyon, inmóvil y amenazante.

No soportaba sus ilusiones.

Estaba harta.

—¡Ya te lo repetí miles de veces! —gritó, apretando los puños—. ¡No soy Avalon y tampoco quiero tener nada que ver con ella!

Estaba desesperada y desolada.

La sombra no se movió. Fue Lyra quien se acercó a ella para tomarla con fuerza del cabello. Tiró de este hacia arriba para que Elyon quedara de frente con ella.

—Repite eso —dijo la sombra, situándose sobre la espalda de Lyra.

Elyon se aguantó el dolor.

—No. Soy. Avalon —dijo entre dientes.

Lyra la tomó de la cabeza y la estrelló contra el muro de piedra. Todo el mundo de Elyon dio vueltas. Un nuevo dolor apareció, punzante y severo. Se llevó las manos a la frente y estas se llenaron de sangre.

Lyra pasó un dedo por la herida de Elyon y luego lo miró por unos segundos, fascinada con el rojo líquido.

—¿En serio vamos a volver a esto? —preguntó la sombra, acariciando la cabeza de Elyon con sus garras—. Llevabas una buena racha comportándote. No quisiera que todo nuestro progreso se desperdiciara.

Las garras comenzaron a enterrarse en su cráneo y Elyon tuvo que ahogar el grito que amenazaba con salir de su garganta. Sentía como si le perforaran la cabeza.

—No te resistas, con lo que me gusta oírte gritar.

Elyon no le iba a dar el gusto.

Pero tampoco era estúpida.

—Voy a obedecerte. Me voy a esforzar más —dijo con resignación.

La sombra la soltó.

Lyra caminó hacia la puerta.

Elyon quería detenerla. Quería preguntarle por Ezra y por Bastian. Quería saber dónde estaban y si les había hecho daño. Pero sabía que, si mostraba tan sólo un poco de interés en ellos, Lyra lo utilizaría en su contra.

Así que se quedó callada.

—*Benedae mader Avalon* —la voz de la sombra resonó en todo el cuarto.

—*Benedae mader Avalon* —repitió Elyon, porque no tenía otra opción.

Lyra salió. Cerró la puerta y Elyon se quedó en total oscuridad.

Estaba perdiendo la esperanza.

No siempre era así.

Elyon no tenía idea de cuánto tiempo llevaba encerrada en esa inmunda habitación, pero tenía noches buenas y noches malas. Odiaba admitirlo, pero ya había formado una especie de rutina. Lyra y Deneb eran muy precisas con sus horarios y casi nunca ocurrían irregularidades. Siempre era despertar, comer, asearse, sesión con Deneb, comer, entrenamiento con Lyra, dormir. Entre esas actividades solía haber mucho tiempo muerto, en el que se ejercitaba o dejaba que los recuerdos la invadieran.

Lo que menos le gustaba de esa rutina era su creciente familiaridad, porque se negaba a aceptar su situación como algo permanente. Cada día soñaba con escapar.

Con recuperar su vida.

Aunque a veces dudaba que eso último pudiera ocurrir. Ya no era la misma de antes y jamás podría volver a serlo. Lyra se había encargado de matar a esa niña inocente y feliz que solía ser. Si bien en la isla no la mató de forma literal, sí había acabado con una parte vital de ella. A veces se sorprendía pensando cosas que antes jamás hubieran pasado por su mente.

Cosas oscuras, como el mundo y como las personas.

Estaba enojada, y para empeorar su humor, la pesadilla de hoy le estaba trayendo memorias de sus primeros días de encierro, cuando todavía no comprendía nada de lo que le estaba pasando. Al inicio solo veía a Deneb, que no le decía mucho, pero siempre la trataba con cuidado. Casi con veneración.

Ella le había contado lo que pasó, o por lo menos, una parte.

«No entiendo», había dicho Elyon, hacía tiempo. «Recuerdo que la espada de Lyra me atravesó el torso. Debería estar muerta».

«La reina Lyra es una maestra de las ilusiones. Lo que viste fue lo que vieron todos los presentes, pero no fue real».

Odiaba ese recuerdo.

Odiaba todos los recuerdos que había hecho en este lugar.

Cerró los ojos y volvió a tocar su hombro. Aunque ya no le dolía e incluso recuperó por completo la movilidad en ese brazo, se había hecho costumbre. Lyra nunca atravesó su cuerpo, la espada apuntó directo al hombro y todos vieron otra cosa. ¡Ella misma había *sentido* otra cosa! Sintió que moría.

Pero estaba viva.

—Esto no es vida —susurró con coraje contenido.

Tomó la cadena que aprisionaba su pie y tiró de ella, primero levemente y después con fuerza. Quería arrancarla de los barrotes de la cama, pero le sería imposible. Estos eran de hierro, estaba segura de que su pie se rompería antes que los barrotes o la cadena.

—Débil. Débil, débil, débil —se dijo a sí misma y dejó caer la cabeza en la almohada.

Además de eso, también era tonta. Una estúpida. El desplante de ese día le iba a costar muchísimo. Llevaba meses sin intentar escapar y sin levantarle la voz a Lyra. Deneb estaba orgullosa de su progreso, incluso le había permitido ver a Vela como premio por su buena conducta y cooperación. ¿Pero ahora? Habían descubierto su farsa. Ella misma se había dejado descubrir.

¡Pero no había podido evitarlo! Le presentaron la oportunidad en bandeja de plata y tuvo que intentarlo.

Toda esa noche había sido extraña, diferente, así que Elyon lo tomó como una señal.

Primero, durante la tarde, la reina había entrenado con ella antes de que saliera la luna. Eso ya era inusual. En una noche normal, Lyra abría la compuerta del techo para dejar pasar la luz de la luna, pero en esa ocasión, como había llegado más temprano, el sol apenas se estaba ocultando cuando la abrió.

Elyon sabía que no podía preguntar, así que asumió que la reina había llegado temprano porque tenía cosas que hacer más tarde. Cuando la luna apareció, practicaron telequinesia. Podía sentir cómo cada noche estaba más en sintonía con esta. Le gustaba su magia de luna. O tal vez lo que le gustaba era lo poderosa que la hacía sentir.

Después de que Lyra se fue, Elyon esperó por horas a Deneb, pero no apareció. Eso también era raro.

Fue cuando no le llevaron la comida que se atrevió a suponer que esa noche ya no habría visitas.

Así que decidió comprobar si había logrado su cometido.

Tenía miedo porque no sabía si iba a funcionar y porque se sentía muy alejada de su luz, pero aun así juntó las manos e invocó sus poderes de sol. Un orbe dorado brotó de sus palmas y Elyon ahogó un sollozo al verlo. A pesar de que la oscuridad la sedujera noche tras noche, extrañaba su luz con todo su ser. Desde que vivía en encierro, Lyra y Deneb se habían asegurado de que no viera ni un rayo de sol. Querían que aprendiera a dominar su magia de luna y que se olvidara de sus raíces.

Era la primera vez en mucho tiempo que conjuraba su luz. Le sorprendía que no había sido difícil de alcanzar, era como si la hubiera estado esperando, paciente. Elyon la había llamado y esta había respondido al instante. Y se sentía cálida y familiar y

como su hogar.

Mientras la observaba, podía sentir cómo su reserva se agotaba. Había alcanzado a absorber muy poca energía solar. Así que, para despedirse, porque sabía que no la iba a volver a ver en mucho tiempo, alzó los brazos y lanzó toda su luz hacia el techo. Esta explotó en miles de orbes que adornaron la habitación por unos segundos.

Luego desaparecieron, consumidas por la negrura.

Al poco tiempo empezó a escuchar ruidos. Ruidos y pisadas en el techo. Al inicio pensó que se trataba de Lyra, pero luego escuchó la voz distante de un hombre. No distinguía lo que gritaba, pero hasta esa noche no había escuchado otras voces que no fueran la de la sombra de la reina y la de Deneb. Así que Elyon tomó el libro de Avalon y comenzó a lanzarlo hacia la compuerta. No se había atrevido a gritar, por si sus captoras estaban cerca, pero sí lanzó el libro varias veces.

Detestaba ese libro y ni siquiera lo entendía, ¡estaba en otro idioma! Deneb solía leérselo una vez por semana. Estaba lleno de oraciones para una diosa llamada Orekya, quien, aparentemente, le había brindado sus poderes a Avalon. Elyon no conocía la historia completa, el oráculo le decía que todavía no estaba lista, ¿pero las oraciones? Esas ya podía recitarlas de memoria.

Dejó de escuchar las voces en el techo, pero a los pocos minutos el sonido de unos pasos inundó el pasillo. Cada vez se acercaban más. Elyon no lo pensó, tomó la capa que estaba en el ropero y se situó a un lado de la puerta, por si la abrían.

Y no sólo la abrieron, sino que hicieron explotar una parte.

¿Qué otra señal necesitaba? Cuando esos hombres entraron, ella se echó a correr.

Y el resto era historia.

Todavía no podía creer que Ezra y Bastian hubieran llegado hasta ella. Tenía tantas preguntas que hacerles; pero ni siquiera sabía a dónde se los habían llevado o si Lyra los estaba torturando. No los mataría, ¿o sí? Esperaba que no.

La experiencia le decía que la tortura era segura, pero ¿asesinarlos?

A ella no la había asesinado sólo porque pensaba que era la nueva Avalon (cosa que Elyon se negaba a creer), pero desconocía si Ezra y Bastian tendrían algún valor para Lyra.

Temía por ellos. ¿A dónde se los habría llevado? De sólo recordar todo lo que la reina le había hecho en los primeros meses, su cuerpo se estremecía y le dolía en las partes que habían sido maguIladas sin piedad. Cuando Elyon todavía se rehusaba a entrenar y a usar su magia de luna. Cuando se resistía a la oscuridad.

Eran meses en los que había estado deprimida, sin ganas, sin vida. Los primeros días pensaba que sus amigos llegarían a rescatarla en cualquier momento, pero conforme fue pasando el tiempo, se dio cuenta de que no sería así. Y quería resentirlos. Pero en el fondo sabía que pensaban que estaba muerta. Sabía que nadie imaginaba que era prisionera en el reino de la luna. Y cuando hizo paz con eso, decidió que ella misma iba a salvarse. Que iba a escapar costara lo que costara.

Pero Lyra era muy cuidadosa. Cuando entrenaban, abría la compuerta para que Elyon pudiera tomar la energía directamente de la luna, pero siempre llevaba un cristal consigo por si intentaba algo. No creía que pudiera ganarle a Lyra en batalla, no aún, pero con los cristales, ni siquiera había una posibilidad mínima. Luego se iba y cerraba la compuerta y, con esta, la fuente directa de magia.

Elyon se quedaba con una pequeña reserva que no servía para nada grandioso. Ya había intentado romper la puerta con telequinesia, con la silla, que ya era la tercera (porque las pobres sillas eran las que terminaban rotas), e incluso una vez con la cama. Ni siquiera pudo hacerla flotar por más de cinco segundos.

—Débil —se repitió.

Ese pensamiento la llenó de ganas de levantarse a ejercitar y fortalecer su cuerpo, pero esa noche no iba a poder por la maldita cadena. La tomó con ambas manos y comenzó a jalarla y a intentar sacar su pie, pero se estaba haciendo daño. El dolor ya no le importaba mucho, pero no podía arriesgarse a estropear su pie si pensaba escapar algún día.

Deneb abrió la puerta en ese momento y se hizo la luz. Gracias a eso Elyon pudo ver que ya la habían reparado (aunque no tenía idea de cómo ni cuándo, pero la puerta estaba como nueva). El oráculo caminaba hacia ella con cara de funeral.

—La reina me contó lo que hiciste —dijo Deneb, sentándose a su lado en la cama.

Elyon solía tolerar a la mujer, pero ese día no la quería tener cerca. Tuvo que suprimir las ganas de arrinconarse.

—¿Qué sucedió, Elyon? Pensé que ya habías asumido tu papel.

Quería gritarle exactamente lo que a Lyra, pero sabía que no le convenía. Lo mejor era tenerlas contentas, volver a fingir que pondría de su parte. No quería que las sesiones de tortura regresaran. Y ahora no sólo temía por Vela, sino también por Ezra y por Bastian.

—Fue un desliz, vi la puerta abierta y no me pude resistir. Extraño el aire fresco, oráculo —mintió, aunque eso último era verdad.

Deneb la miró por unos segundos antes de hablar.

—La Noche de la Luna Roja está cerca. Temo que todo nuestro trabajo haya sido en vano. Temo que no estés preparada para recibir la bendición de Orekya y convertirte lo que naciste para ser.

—No es así, en serio. Le dije a la reina cosas sin sentido porque estaba enojada. Pero usted ha visto mi progreso, ya puedo controlar las tres afinidades de la luna y conozco de memoria las oraciones para Orekya. Estoy lista.

El oráculo bajó la cabeza.

—Eso no es suficiente. Eres una niñita ingrata y estúpida que no es capaz de comprender su destino —bramó al tiempo que enterraba las uñas en su túnica—. Eres la elegida y piensas que es un juego, pero no es así. Esto lleva casi un milenio preparándose, ha sido la misión de vida de muchos antes que tú. Es la misión de vida del *sectae* y depende de ti. No voy a permitir que nos la arrebates.

A Elyon le sorprendió la explosión de Deneb, quien siempre estaba calmada y le hablaba con respeto. Definitivamente, esa noche arruinó todo con su intento de escape.

—Ha llegado la hora de que conozcas la verdadera historia, esa que sólo los más fieles son dignos de escuchar. No estás preparada, pero vas a tener que estarlo, porque la Luna Roja no te va a esperar —continuó Deneb. Miraba a Elyon directamente a los ojos—. Cuando la conozcas, entenderás la importancia de nuestra misión. Entenderás por qué es necesario que aceptes que tu destino es ser la siguiente Avalon.

Elyon no se atrevía a hablar.

Llevaba tiempo ansiando escuchar esa misteriosa historia. Deneb decía que los iluminados, las personas que estaban en el rango más alto del *Avalon Sectae,* eran los únicos con el privilegio de conocerla. Elyon ni siquiera era miembro, se suponía que tomaría su lugar entre ellos la noche de la Luna Roja.

—Quiero escucharla —susurró al fin.

No creía que una historia la fuera a iluminar y a convencer de aquello en lo que creían Lyra y Deneb, pero quería *saber.*

Saber por qué tanto fervor. Por qué tanta entrega.

—Primero tienes que arrepentirte de lo que hiciste. Vas a estar tres días en soledad para que pienses en tus acciones irresponsables —dijo Deneb, después se puso de pie—. A la tercera noche regresaré, entonces conocerás la verdad.

Elyon asintió.

Deneb llegó a la puerta. Antes de salir dijo una última cosa.

—Esta noche tu pegaso se quedará sin comida. Y como castigo adicional, voy a cancelar de forma definitiva su salida semanal.

No. Eso sí que no.

—¡No puede! —exclamó, poniéndose de pie—. Vela necesita aire libre o se volverá a enfermar.

Su pegaso estaba encerrado en algún otro lugar del castillo, Elyon no sabía dónde. Lo que sí sabía era que Vela era un ser de los cielos y que le era imposible vivir entre muros. Deneb había comenzado a sacarla a la playa hacía algún tiempo. Si bien no le permitía volar, el aire libre la fortalecía. Era lo único que la mantenía sana.

—Hubieras pensado en eso antes de intentar arruinar nuestros planes.

Si la cadena no la hubiera detenido, Elyon se habría lanzado contra Deneb.

—*Benedae mader Avalon* —dijo el oráculo. Esta vez no esperó a que le respondiera, simplemente salió del cuarto y cerró la puerta.

Elyon sintió una impotencia tan grande que la ira se apoderó de su cuerpo como fuego. Lanzó la mesa de noche con fuerza contra la pared y esta se rompió en mil pedazos. Ni siquiera eso le trajo satisfacción.

Se tapó los ojos con el dorso de las manos y respiró hondo. No soportaba sentirse así.

A Elyon nunca le había gustado la oscuridad, pero la oscuridad parecía gustar de ella. Lo notaba en ocasiones como esa, en las que fantaseaba que con sus propias manos era capaz de tomar el cuello de Deneb y apretarlo hasta que dejara de respirar. O cuando imaginaba que estrellaba la cabeza de Lyra contra la pared, una y otra vez, hasta que explotaba.

La oscuridad había sido su única compañera durante su encierro, y aunque en un principio intentó resistirla, cada vez le era más difícil. Todavía podía ver la luz si se esforzaba, si cerraba los ojos y la imaginaba, porque ella misma ya no era capaz de conjurarla. La luz se sentía como su hogar, pero

la oscuridad

se sentía como una aventura.

La oscuridad se estaba enamorando de ella.

Elyon temía que ese sentimiento fuera recíproco.

Capítulo 19

EMIL

El rey de Alariel no se había acostumbrado al horario de Ilard-ya. Ya estaba muy entrada la noche y, normalmente, estaría durmiendo, pero allí todo era distinto. Se dirigía a la primera reunión con los Viejos Sabios y estaba haciendo un gran esfuerzo por mantener los ojos abiertos. A pesar de que lo que más quería era dejarse caer en la cama, no lo iba a hacer. Si pensaba pasar más días y noches en el reino de la luna, debía aprender a vivir como ellos.

Un sirviente de la mansión lo guiaba al salón en el que sería la junta. Emil iba acompañado por cuatro miembros de la Guardia Real y por el general Lloyd. El resto del Consejo ya lo esperaba ahí y a Mila no se le había permitido la entrada. Los Viejos Sabios eran muy estrictos.

Mientras caminaba por los pasillos de la mansión, Emil se preguntaba por qué la reunión sería allí y no en el castillo, como se había estipulado desde un inicio. La sabia Igatha envió un comunicado a primera hora de la noche, alegando que, por razones de fuerza mayor, así sería. Obviamente no especificó las razones de fuerza mayor.

Emil sospechaba que tenía algo que ver con Lyra.

La noche anterior, cuando volvió de la playa al banquete, la reina ya no estaba. Por un momento temió que los hubiera descubierto en su playa privada, pero luego la fiesta continuó con normalidad, así que descartó esa posibilidad. Eso sí, Lyra ya no volvió. Zelos le comentó que se había ido con algo de urgencia. ¿Habría pasado algo? No tenía forma de saberlo, pero fuera lo que fuera, no querían a nadie en el castillo.

—Hemos llegado —dijo el hombre que los había guiado hasta el salón.

El general Lloyd tocó la puerta y anunció a Emil. Cuando este entró, vio que ya lo esperaban y se habían puesto de pie para recibirlo. Del Consejo Real estaban todos menos Lord Anuar y Lord Tiberius. El primero no quiso siquiera poner un pie en Ilardya, y el segundo se quedó para estar al pendiente de la situación con los rebeldes de Lestra.

Emil tomó su lugar en la cabecera de la mesa, la sabia Igatha en la otra. Luego los demás tomaron asiento.

—Quisiera pedir una disculpa por el repentino cambio de planes —dijo Igatha—. No queríamos cancelar la reunión, así que cambiarla de lugar nos pareció lo más apropiado.

—¿Sucedió algo en el castillo? —preguntó Lady Jaria.

La anciana la miró antes de responder.

—Ustedes no deben preocuparse por eso, hay asuntos importantes que tratar.

—Tiene razón —concedió Zelos—. Supongo que la reina Lyra se ausentará, ¿cierto? Nos hubiera gustado que estuviera presente.

—La reina confía en que nosotros tomaremos las mejores decisiones para Ilardya —habló uno de los Viejos Sabios.

Emil no dudaba que los Viejos Sabios velarían por el beneficio de su reino, pero esa no era la razón por la que era necesario que la reina Lyra estuviera presente en una reunión tan importante. Ella tenía que dar la cara por Ilardya y en lugar de eso pasaba todo su tiempo recluida en su castillo.

—Rey Emil —lo llamó la vieja Igatha—. Queremos agradecerle por la grandiosa idea de convocar esta audiencia. Es cierto que, desde la guerra de la Isla de las Sombras, la relación entre territorios se ha debilitado. ¿Qué mejor manera de fortalecerla que en persona?

—Y nosotros le agradecemos, nuevamente, por recibirnos. Estoy de acuerdo con usted —contestó el joven rey—. Sé que todos los aquí presentes deseamos la paz entre territorios; y aunque esta se ha mantenido necesita respaldarse con el Tratado. Una de nuestras más grandes inquietudes es que no ha logrado restablecerse por completo. Lo ideal sería que, para el final de nuestra visita, eso quedara resuelto.

Esta era tan solo la primera reunión de las varias que habían acordado. Estaba consciente de que, para discutir el Tratado en su totalidad, se necesitarían varias sesiones, pero quería dejar claro desde un inicio cuáles eran sus intenciones. Bueno, las que podía decir en voz alta. Su principal inquietud era otra, que esperaba poder formular de una manera que no sonara acusatoria. El Consejo pondría de su parte para dar pie al tema. No tenía sentido retrasarlo. Ya era hora.

—Por supuesto —dijo Igatha—. El Tratado también es importante para nosotros.

—Sería conveniente repasarlo punto por punto. Podemos comenzar hoy mismo, pero antes quisiéramos abordar un tema que nos concierne a todos —habló Lady Minerva, luego miró al rey—. ¿Su majestad?

Emil asintió.

—En la nación del sol estamos consternados por algo que comenzó a ocurrir hace algunos meses. Estoy seguro de que en Ilardya también se han dado cuenta —dijo, asegurándose de mirar a cada uno de los Viejos Sabios a los ojos—. El sol se comporta de forma irregular. No sale todas las mañanas a la hora de siempre y a veces las noches son muy largas.

Hubo silencio en la sala durante algunos segundos. Era tan pesado que Emil podía escuchar los latidos de su corazón.

—Sí, estamos conscientes de esa situación —respondió la vieja Igatha.

No elaboró más, así que el joven rey decidió continuar.

—Creemos que es importante discutirlo con ustedes, pues tal vez tengan información que nosotros desconocemos. Ya sea sobre la causa o alguna posible solución —dijo y se apresuró a agregar—: Nosotros hemos investigado por nuestra cuenta pero, lamentablemente, en Alariel no parece haber respuesta.

—¿Y cree que en Ilardya la haya? —preguntó otra de las ancianas. Ella lucía más vieja que el resto.

Si Emil pudiera, le diría que todo apuntaba a que sí. Le diría que al parecer la reina Lyra buscaba traer a Avalon de vuelta y con ella la noche eterna. Pero eso era, precisamente, lo que no podía decir.

—No lo sabemos —fue lo que contestó—. Pero no queríamos perder la oportunidad de preguntárselos en persona.

—Lamentablemente, su majestad, no tenemos idea de cuál pueda ser la causa de ese fenómeno —dijo la vieja Igatha. Su tono era cortante.

—¿Tal vez en sus bibliotecas haya información que nos pueda ser de utilidad? —preguntó Lady Seneba—. Si nos permitieran acceder a sus archivos...

La anciana juntó las manos sobre la mesa.

—Eso no será posible. Los archivos en el castillo de Ilardya son sólo para los ojos de la Corona. Pero en la mansión hay una biblioteca, si lo desean pueden revisar esos libros.

—Se lo agradecemos —dijo Zelos—. No queremos causarles inconvenientes. Es sólo que, como dijo nuestro rey, es un asunto que nos tiene preocupados.

La mujer más vieja volvió a hablar.

—Es una preocupación que no compartimos.

Emil miró a la anciana preguntándose si lo que acababa de decir era una broma. Pero nadie reía, ni siquiera ella.

La sabia Igatha se aclaró la garganta.

—Disculpen a la sabia Wenn, está por cumplir ciento veintiún años y no sabe lo que dice —expresó con una sonrisa—. Entendemos su preocupación, pero no podemos ayudarlos.

—Me gustaría hablar con la reina Lyra al respecto —dijo Emil, sosteniéndole la mirada a Igatha—. Tal vez ella nos pueda dar acceso a los archivos del castillo, eso sería de mucha ayuda. Quisiera que reconsideraran mi solicitud de tener una audiencia directa con ella.

La sonrisa se borró del rostro de Igatha.

—Eso no está a discusión. Tampoco su entrada al castillo —respondió de forma definitiva—. Ahora, volvamos al tema del Tratado.

A Emil le quedaron claras dos cosas: la primera era que no los querían dentro del Castillo de la Luna. La segunda era que algo estaba ocultando la Corona.

Emil estaba en la biblioteca con Mila; buscaban entre los libros de la Mansión Este. No esperaba encontrar información muy útil ahí, pero si no hacía algo se iba a volver loco. La reunión con los Viejos Sabios no había salido del todo mal, comenzaron a discutir el Tratado desde sus orígenes, cuando Helios lo pactó con Selene, la fundadora de Pivoine. Desde hacía siglos no había tenido muchas reformas, pero los tiempos habían cambiado drásticamente, así que, punto por punto, sería el tema a discusión por el resto de su estancia.

Los Viejos Sabios no parecían querer discutir otro tema.

—Creo que la única neutral es la sabia Igatha —dijo Emil, hojeando un libro de historia ilardiana—. Los demás nos miraban como si no quisieran que estuviéramos en Ilardya.

—Supongo que es normal. Las viejas generaciones son las que inculcan esas ideas de que el sol y la luna no pueden llevarse bien —contestó Mila, leyendo otro libro—. Durante un milenio hubo paz, pero no armonía. Ambos territorios siempre han pensado que el otro es lo peor y que jamás debemos convivir. Nosotros incluso pensábamos eso.

Era cierto. Cuando todavía era un príncipe incapaz de salir de su castillo, pensaba que los ilardianos eran viles, los enemigos naturales del sol. Luego había salido del muro y había conocido un poco del mundo. ¿Cómo había podido ser tan ingenuo y cerrado? ¿Cómo era que tantas generaciones lo habían sido?

—Me gustaría que eso cambiara.

—Puedes hacerlo cambiar, poco a poco. Eres el rey —dijo Mila—. Aprovecha que repasarán cada punto del Tratado. Tal vez podría plantearse una semana al año en la que los dos territorios convivan o algo así.

—Lo dices como si fuera muy fácil —respondió Emil, dejando escapar un suspiro—. El Tratado sirve para mantener la paz, pero también marca la división de Alariel e Ilardya. Son tradiciones muy antiguas.

—Y tú eres un rey muy joven, ¡puedes hacer propuestas nuevas! —lo animó su amiga—. Las cosas no tienen que mantenerse igual por siempre. Esta tensión entre reinos sólo causará más problemas a futuro. Lo ideal sería vivir en armonía, poder entrar y salir de ambos territorios sin dificultad.

Emil cerró el libro que tenía en las manos, no parecía haber nada útil ahí.

—Aunque yo propusiera cosas nuevas, si la reina Lyra no está ahí para dar su opinión y aprobación, nada va a cambiar —resopló—. Ni los Viejos Sabios ni el Consejo tienen planes de modificar el Tratado, las reuniones serán sólo para revisar qué se está cumpliendo y qué no de lo que ya está escrito.

Lo que Mila describía era una utopía. Si el joven rey lo pensaba, a él también le gustaría vivir en un Fenrai así. Pero... no sabía si los territorios estaban preparados. En Alariel, la mayor parte de la población le temía a los ilardianos. En Ilardya no pensaban lo mejor de los alarienses. Si querían eliminar todos los prejuicios, tendrían que ir poco a poco, a pasos minúsculos.

Emil se preguntaba: ¿en verdad sería posible vivir en total armonía algún día?

No lo sabía. Mucho menos con lo que sucedía en estos momentos. Medio Alariel culpaba a Ilardya del comportamiento extraño del sol. Y si realmente ellos tenían algo que ver, la relación entre los territorios sólo empeoraría.

Y con cada minuto que pasaba en el reino de la luna, las sospechas de Emil crecían. Estaba casi seguro de que, por lo menos, Lyra sabía qué estaba pasando y no hacía nada por detenerlo. Las palabras de la sabia Wenn resonaron en su cabeza: «Es una preocupación que no compartimos».

—Sólo Emil, Mila, ¿están ahí? —se escuchó la voz de Rhea justo antes de que tocara la puerta.

Eso sacó a Emil de sus pensamientos, ¡al fin había llegado la capitana! La estaban esperando para que trajera consigo a Ezra y a Bastian, quienes seguramente tendrían algunas respuestas o información valiosa.

—Sí, ¡adelante! —contestó Mila con una sonrisa.

Rhea abrió la puerta y, contrario al de Mila, su rostro era serio.

—Les tengo malas noticias —dijo la capitana antes de cerrar la puerta.

El cuerpo de Emil se tensó al instante. Ezra y Bastian no venían con ella, ¿qué significaba eso?

—¿Les pasó algo? —preguntó, acercándose a ella.

—No lo sé. Mi contacto no los vio la noche que llegamos, y yo fui a dormir y nada. No han puesto un pie en la casa, sólo estaba el lobo de Bastian. Y está bastante inquieto, por cierto —explicó Rhea, cruzando los brazos—. Tal vez estén fuera en alguna misión, pero no hay forma de saberlo porque no dejaron nota.

Mila también se acercó a Rhea.

—No hay que alarmarnos, debemos pensar positivamente. Bastian y Ezra son muy fuertes, seguro están bien y no han vuelto porque están investigando algo importante.

—Puede ser —dijo Emil, sin ganas.

No quería imaginar que les hubiera pasado algo malo, así que se aferraría a las palabras de Mila.

—El lobo del chico nos puede ayudar a rastrearlos. Está afuera, propongo que demos una vuelta con él —dijo Rhea.

Emil sintió un poco de esperanza, ¡era cierto! Los lobos ilardianos tenían un gran olfato y Oru podría rastrear a su dueño. Si bien le preocupaba un poco salir a las calles ilardianas en plena noche, esta vez no tendría que ir encubierto. Tenía el permiso de la Corona de estar en la ciudad, debía aprovecharlo.

—Creo que es una excelente idea.

Rhea alzó una ceja y después sonrió.

—Cómo has cambiado, chico —dijo, mirándolo atentamente—. Recuerdo que la última vez que te invité a hacer una cosa peligrosa, casi tuve que rogarte.

—En aquel tiempo tenía mucho miedo.

—¿Y ahora?

Emil le devolvió la sonrisa. Una triste y sincera.

—Todavía tengo miedo, pero elijo enfrentarlo.

Porque su corazón era valiente y porque las palabras de Elyon nunca lo habían abandonado.

«Ser valiente significa que aunque tengas miedo, sigues adelante».

Llevaban siguiendo a Oru casi una hora. El lobo olfateaba los callejones de Pivoine mientras Emil, Mila y Rhea lo seguían. La Guardia Real los acompañaba a una distancia moderada. No tenían permitido dejar solo al rey de Alariel. Ya amanecía, así que no había demasiadas personas afuera, pero las pocas que los veían pasar les dedicaban miradas prolongadas. Algunas eran despectivas y otras denotaban simple curiosidad o confusión.

Nadie se les acercaba.

—Ahí —dijo Rhea, apuntando hacia donde el lobo se había detenido a olfatear.

Era un gran molino de viento en el que parecía no haber nadie.

—Está marcado con sangre —señaló Mila.

Emil ya lo había visto. Era el símbolo de Avalon, una media luna dentro de un sol. Bastian les había contado que los fanáticos de Avalon habían pintado eso en los rincones de la ciudad, pero hasta ese momento no había visto alguno.

—Rhea, ¿tú sabes algo sobre el culto de Avalon?

La aludida frunció el ceño.

—No demasiado. Sé que son muy fieles y que, ahora más que nunca, hay rumores sobre su regreso —respondió mientras pasaba una mano sobre la sangre seca.

—¿Y tienes idea de qué sucedería si Avalon regresara?

Rhea se encogió de hombros.

—Los fanáticos son muy herméticos, no sueltan nada fuera del culto. Si quieres mi opinión, no creo que Avalon pueda revivir. Era una humana, no una diosa. Incluso, antes de pisar su tumba, yo dudaba de su existencia.

—¿Y ya no dudas?

—Es difícil creer en ella cuando no aparece siquiera en nuestros libros de historia, pero todo apunta a que sí existió. Tú mismo estuviste en su tumba, esa debería de ser prueba suficiente.

Debería, pero todo era bastante ambiguo. En la tumba no habían visto el cuerpo de Avalon, sólo el de un ejército. Además, se suponía que si abrían el pozo de los cristales, Avalon sería liberada, pero no fue así. Elyon y él lo habían abierto a base de engaños, y no sucedió nada. No apareció Avalon. No se manifestó en ningún momento. No hubo señal alguna de su liberación.

No la hubo.

Hasta que sí la hubo.

—Oh, por Helios —exclamó Emil, sintiendo cómo su corazón se aceleraba ante el descubrimiento.

¡Cómo no se le había ocurrido antes!

—Emil, ¿qué pasa? —preguntó Mila, poniendo una mano en su hombro.

—Es... sólo... —sus pensamientos no se ordenaban—. Se suponía que si abríamos la tumba de Avalon, la liberaríamos. Pero no pasó nada. O eso pensábamos. ¿Qué tal si eso es lo que está ocasionando el comportamiento extraño del sol? Tiene sentido. En este milenio jamás había ocurrido. No creo que sea mera coincidencia que comenzó a suceder a los pocos meses después de que rompimos el sello.

Todo concordaba. Las historias decían que Avalon había sido quien trajo la noche por primera vez a Fenrai. Eso significaba que era capaz de traer la noche eterna, ¿no?

Cada vez que el sol se demoraba en salir, las noches se hacían más largas.

Era cuestión de tiempo para que esa noche eterna llegara.

—No lo había pensado, tal vez tengas razón —Mila puso la mano en su barbilla, pensativa—. Incluso concuerda con eso que me contaste que decía el prisionero ilardiano, que la princesa de la luna traería a Avalon de vuelta y que con ella vendría la noche eterna.

Rhea alzó una mano a la altura de su pecho.

—Aguarden, van muy rápido con sus conclusiones —dijo y volvió a mirar el símbolo de sangre—. Si es cierto que Avalon fue liberada cuando la tumba se abrió, no fue la princesa de la luna quien la trajo de vuelta. Fueron Emil y Elyon.

—Lo sé, pero esa información la obtuvo mi madre meses antes de que encontráramos la tumba. Tal vez la reina Lyra tenía la intención de liberarla, pero nosotros le hicimos el trabajo —Emil se pasó una mano por el cabello—. No lo sé, es sólo una teoría, todavía no tengo nada claro. Pero... estoy casi seguro de que esto comenzó cuando abrimos esa tumba. Y no nos dimos cuenta.

Hasta ahora.

—Si es así, es probable que tus sospechas sobre Lyra sean ciertas —dijo Mila—. Tal vez sepa algo o esté involucrada directamente con Avalon.

Emil asintió. Ahora más que nunca, creía que Lyra ocultaba algo en el castillo, ¿pero qué? Y más importante: ¿cómo entrarían?

En ese momento escuchó a Oru gruñir.

—¡Su majestad, cuidado! —gritó un soldado de la Guardia Real mientras corría hacia él.

El joven rey reaccionó rápido y se cubrió la cara con ambos brazos antes de que una piedra lo golpeara. Cuando el soldado se puso frente a él con su escudo, bajó los brazos y pudo observar a dos ilardianos con más piedras en sus manos. Llevaban una vestimenta peculiar: túnica blanca, capucha, tapabocas... y un medallón con el símbolo de Avalon.

—¡El rey Emil Solerian es un invitado personal de la Corona de Ilardya! Si le hacen daño, habrá consecuencias —bramó el soldado.

—¡No nos importa! ¡No los queremos aquí! —exclamó uno de los ilardianos—. ¡Los hijos de Helios son enemigos de Avalon!

—Emil, son miembros del culto —le susurró Mila, situándose a su lado. Tenía una mano en el pomo de su espada, preparada para desenvainar.

Emil asintió, sin poder quitarles los ojos de encima. Una parte de él quería ordenarle a la Guardia Real que los arrestara para interrogarlos, pues era seguro que ellos tenían información sobre todo esto. Pero lamentablemente, los ilardianos no estaban bajo su jurisdicción, no tenía poder sobre ellos.

A menos...

—Mila, necesito que me lastimen —le dijo a su amiga en voz muy baja.

Su amiga lo miró desconcertada, pero luego entendió que, si los ilardianos lastimaban a Emil, la guardia tendría todo el derecho de arrestarlos.

—Lo siento, pero no puedo permitirlo —respondió.

Uno de los ilardianos lanzó otra piedra con fuerza, pero ahora toda la Guardia Real estaba rodeando a Emil. Incluso Oru se había plantado hasta el frente, mostrando todos sus dientes.

—¡Los hijos del sol se creen muy poderosos, pero Avalon les enseñará! —gritó el ilardiano, escupiendo saliva con cada palabra—. ¡La Luna Roja se aproxima y ese será su fin!

Los soldados de la Guardia Real desenvainaron sus espadas y los dos miembros del culto huyeron despavoridos. No rompieron formación durante varios minutos, asegurándose de que no hubiera más peligro.

Emil no pensaba en el peligro que corría, lo único que se repetía en su cabeza era que debía hablar con algún miembro del culto de Avalon. Tenía demasiadas preguntas.

—Debemos volver a la mansión, su majestad —dijo uno de los soldados—. Las calles de Pivoine no son seguras para usted.

—No podemos volver todavía, no...

Mila le dio un apretón de mano y Emil suspiró.

—Mañana podemos continuar con nuestra investigación —dijo su amiga—. Además, Rhea debe volver a su casa en caso de que Ezra y Bastian ya se encuentren allí.

Emil sabía que no habría forma de convencer a Mila de que se quedaran fuera más tiempo, por lo menos no ese día. Gavril y ella eran muy sobreprotectores, más desde que perdieron a Elyon.

—Está bien —respondió Emil, no muy convencido—. Vamos, Oru.

El lobo se acercó a él.

—Por aquí, su majestad —dijo uno de los soldados.

Así fue como emprendieron el camino de regreso hacia la Mansión Este. Rhea los acompañaría hasta allí y después volvería a su casa para revisar si Ezra y Bastian habían vuelto. Emil no podía evitar sentir preocupación al no saber nada sobre ellos. Especialmente sobre su hermano mayor. Ilardya no era lugar para las personas de la nación del sol. En más de un milenio no lo había sido. Se preguntaba si eso realmente podría cambiar algún día.

No lo veía cercano.

Mientras caminaban, el joven rey prestó especial atención a las paredes de la ciudad y pudo notar varios símbolos de sangre que antes no había visto. Bastian tenía razón, se encontraban en todas partes. El culto de Avalon se apoderaba de los rincones de Pivoine. Y al parecer consideraban enemigos a los hijos de Helios. Eso era peligroso.

—Oigan —susurró Emil para Rhea y para Mila—. ¿Escucharon lo que dijeron esos sujetos sobre una Luna Roja?

Su amiga asintió.

—Que sería el fin de los hijos del sol —respondió en voz baja—. Estoy segura de que también está conectada con eso de la noche eterna.

—Tenemos que averiguar cuándo saldrá la Luna Roja —dijo Emil y luego miró a la capitana—. ¿Sabes si ya ha habido una luna así antes?

Rhea lo pensó durante unos segundos.

—Se dice que la primera luna de todos los tiempos fue roja.

Por Helios.

—Y se supone que Avalon trajo la luna a Fenrai. Todo esto se conecta de algún modo y nos faltan muchas piezas para entenderlo por completo —dijo Emil.

Comenzaba a frustrarse. Sentía que en un corto tiempo había aprendido información importante, pero no tenía idea de qué hacer con ella. No sabía cómo proceder.

El camino continuó en silencio mientras el sol, poco a poco, comenzaba a alumbrar el cielo. Cuando al fin avistaron la Mansión Este, desde lejos notaron que los guardias de la entrada discutían con alguien. Emil aguzó la mirada y reconoció a los soldados como solaris, pero a la persona con la que discutían no la había visto jamás. Era una ilardiana.

Sus sentidos se pusieron alerta.

—Su majestad, quédese detrás de nosotros —dijo uno de los soldados que lo acompañaban.

Se acercaron un poco más y pudo escuchar la discusión. La chica estaba alterada y... ¿los estaba amenazando?

—¡Si no me dejan ver al rey, en la noche vendré a sacarles los ojos para alimentar a los lobos!

Emil casi se frena en seco, esa ilardiana sonaba peligrosa.

Al escuchar pasos tras de ella, la ilardiana volteó. Era una chica grande, de ojos grises y cabello blanco. Pero lo que más llamaba la atención de ella eran sus múltiples perforaciones, una en el labio y varias en una oreja. Además, la parte izquierda de su cabeza estaba rasurada.

—Qué buen estilo —dijo Rhea.

—¡Que no se acerque al rey! —gritaron los guardias de la entrada.

—No se preocupe, su majestad. Podemos con ella —aseguró uno de los soldados que iban con él.

Por lo menos, con el sol en el cielo, tenían ventaja.

—¿Su majestad? —preguntó la ilardiana—. Oh, ¡por todas las estrellas!

Corrió hacia ellos y los soldados prendieron fuego en sus manos. Rápidamente formaron una barrera entre Emil y la chica.

—¡Bola de imbéciles, sólo quiero hablar con él! —exclamó ella, nada intimidada—. ¡Es sobre su hermano!

Emil se tensó. ¿Qué sabía esa extraña sobre Ezra? No pudo evitarlo, apartó al soldado que tenía en frente para hacer contacto visual con ella.

—¿Conoces a Ezra? ¿Está bien?

—Sí y no. Bueno, no estoy segura —respondió, no lucía muy preocupada—. Yo los ayudé a infiltrarse al castillo durante el banquete de bienvenida, me refiero a Sebastian y a Ezra. Quedamos en encontrarnos el día de hoy, pero no llegaron.

Emil sintió un golpe en seco en la boca del estómago. Una sensación fría y pesada, como si se hubiera tragado un bloque gigante de hielo.

—¿Qué estaban haciendo en el castillo?

—No puedo revelar esa información —dijo la chica, cruzándose de brazos—. Solo creí conveniente avisarte porque eres el rey de Alariel. Seguramente puedes hacer algo si es que los atraparon. Es decir, es obvio que los atraparon, debí saber que no iban a poder lograr nada sin mí.

Emil cerró los ojos, sintiendo muchas cosas a la vez. El miedo se estaba mezclando con exasperación. No entendía muy bien las intenciones de la chica y no ayudaba que no estuviera dispuesta a darles más información. Y más importante…

—¿Quién eres?

Ante eso, la chica alzó la cabeza.

—Mi nombre es Nair.

Capítulo 20
ELYON

La primera vez que Elyon sintió que la oscuridad estaba dentro de ella, fue cuando Lyra clavó una estaca de metal en la herida de su hombro.

¿Cuántos días habían pasado desde el regaño de Deneb? Era difícil medir el tiempo sin su rutina habitual, pero si sus cálculos no estaban mal, habían pasado tres noches. Eso lo suponía por los tres vasos de agua que le había traído el oráculo, uno por noche. Y nada de comidas. La cadena le impedía moverse en la habitación, por lo que tampoco había tenido acceso al cuarto de baño. Se sentía sola y triste y sucia. Ya no soportaba su propio olor.

Pero esa no era la primera vez que pasaba días encadenada.

Al inicio de su encierro ella se negaba rotundamente a colaborar con Lyra y Deneb. Le habían confesado que la razón de su captura fue que era la única persona en Fenrai capaz de utilizar poderes de sol y magia de luna sin necesidad de cristales. Porque era lo que el *Avalon Sectae* había estado esperando desde hacía siglos; desde que los oráculos predijeron su llegada.

«Eres la nueva Avalon, la que nos devolverá la gloria. La que le mostrará a Fenrai, en carne y hueso, que Avalon existió y existe».

Esas habían sido las palabras de Deneb.

¿Y qué pensaba Elyon sobre eso? Que era imposible. Es decir, su magia de luna ni siquiera había sido de nacimiento, se manifestó de la nada cuando era pequeña, esa vez que desapareció por tres días. Además, siempre había creído que Avalon era tan sólo una leyenda, y aunque ahora estaba casi segura de que fue real, se negaba a aceptar lo que esas mujeres aseguraban.

Se negaba también a desarrollar sus poderes de luna.

Tal vez era una forma de rebeldía o tal vez en el fondo pensaba que, si Lyra veía que ya no era capaz de conjurar magia lunar, la dejaría ir. Se daría cuenta de que cometió un error y de que Elyon no tenía nada que ver con Avalon. Pero esa Elyon inocente jamás se había topado con un ser tan lleno de oscuridad como la reina de Ilardya.

Así fue como empezó la tortura.

Todas las noches, Lyra llegaba por la compuerta del techo y la dejaba abierta para que Elyon pudiera tomar la energía directamente de la luna. Pero ella se negaba. Por cada noche de negación, Lyra la castigaba de una forma distinta. A veces era algo tan simple como dejarla encadenada y sin comidas, pero la mayoría de las ocasiones recurría al dolor. A la reina le fascinaba causar dolor. Y a sus ilusiones también.

Parecía que las ilusiones de Lyra tenían vida propia.

Se materializaban en sombras o en criaturas horrorosas que encajaban sus garras en el cuerpo de Elyon. En su cráneo, en sus mejillas, en su abdomen. La garra se posaba sobre la piel de Elyon y bajaba lentamente, sacando sangre y gritos.

Pero por más que la torturaran, Elyon se resistía.

Fue cuando Lyra cambió de táctica y empezó a forzarla a utilizar su magia. Una vez conjuró una esfera de agua y la lanzó hacia Elyon, sin darle explicaciones. Esta rodeó su cabeza y ella comenzó a ahogarse. Sentía el agua entrar a sus pulmones y entonces se dio cuenta de que si decidía manipular el agua, podría hacerla explotar en mil gotas. No quería hacerlo pero tampoco quería morir, y ya sentía su pecho arder.

Pero Lyra la soltó antes y después la tomó del cabello y estrelló su cabeza contra el piso. Fue cuando Elyon comprendió que la reina no podía matarla, porque creía que era la siguiente Avalon. Trató de utilizar ese conocimiento para su ventaja, pero cada noche le era más difícil resistirse. Cada noche, Lyra llegaba con algún método nuevo para forzar su magia.

Elyon recordaba muy bien que esa fue su peor temporada de encierro. Había perdido toda su esencia y sus ganas. Se sentía como una coraza vacía. Intentaba alcanzar su luz, pero esta la había abandonado, ya no parecía vivir en ella. En cambio, la oscuridad brotaba y se expandía rápidamente como una plaga. En su mente se repetía una y otra vez lo mismo: «Cuando sientas que la oscuridad te está consumiendo, siempre hay que buscar un poco de luz».

¿Pero dónde iba encontrar luz en un lugar así?

Luego llegó la noche en que todo cambió. Lyra había aparecido sin ilusiones ni agua ni telequinesia. Simplemente traía una estaca de metal en la mano. Elyon estaba arrinconada en la cama. La reina se acercó a ella para tomarla del cuello y tirarla al piso; había puesto el peso de su cuerpo sobre el de Elyon, luego rasgó su ropa para dejar expuesta la herida de su hombro.

Y clavó la estaca sin piedad.

Empujó y empujó y empujó y

los gritos de Elyon le destrozaron la garganta.

—¿Te duele? —dijo la sombra de Lyra con espeluznante tranquilidad —. Defiéndete, sabes que puedes.

Sintió la herida abrirse y casi pierde el conocimiento a causa del dolor. Pero no se lo permitió. Quería defenderse, quería quitarse a Lyra de encima y no sólo eso, quería ser ella quien la tomara del cuello y la estrellara contra el piso. Ese pensamiento oscuro hizo que su mente despertara del estado de estupor en el que había estado durante todo ese tiempo.

Decidió que iba a usar su magia lunar.

No para defenderse, sino para hacer pagar a la reina.

Un grito de guerra salió de su boca y, dentro de ella, sintió la magia como un torbellino, alimentada por la luna. Abrió los ojos y miró a Lyra. Se visualizó lanzándola contra la pared y eso fue lo que pasó. Usó telequinesia y, como si hubiera ocurrido una explosión, la reina salió disparada hacia la pared.

El sonido del golpe fue exquisito.

Pero, para su desgracia, Lyra parecía pensar exactamente lo mismo. Al fin había logrado que usara su magia de luna, esa era una victoria para ella. Pero ¿qué tal si Elyon lo aprovechaba?

Si empezaba a entrenar con magia lunar, aprendería no sólo a dominarla, sino a *entenderla.* Su magia siempre había sido un enigma para ella y, si quería salir de ahí, descubrirla era su única posibilidad.

Así fue como decidió que iba a entrenar.

Lyra la entrenaba como parte de su preparación para la noche de la Luna Roja, en la que Elyon debía aceptar su destino como Avalon. Pero Elyon lo hacía para salvarse. Porque ya no podía quedarse sin hacer nada si en verdad pensaba escapar. Iba a dejar de lamentarse por su situación, iba a salir de su miseria e iba dominar su magia de luna.

Esa noche, la oscuridad la había hecho despertar, e irónicamente con eso pudo ver un poco de luz en su camino.

A partir de ese suceso, las cosas cambiaron. Elyon cooperaba no sólo con los entrenamientos de Lyra, sino con las lecciones de Deneb. Escuchaba atenta las oraciones del libro de Avalon y no cuestionaba nada de lo que el oráculo le decía. Sus enseñanzas también le servirían como herramienta para escapar. Para conocer cuáles eran los planes que tenían para ella y utilizarlos como ventaja.

Lyra dejó de torturarla y Deneb empezó a premiarla. Seguía siendo una prisionera, pero sus días y noches se hicieron más llevaderos.

Claro, eso hasta que Elyon intentó escapar.

Ahora volvía a estar encadenada y castigada. Tendría que poner mucho de su parte para que la perdonaran, y lo intentaría. El encierro la había vuelto una experta en el arte del engaño. También le había enseñado que mentir no era malo, era más bien un método de supervivencia.

Deneb no llegó esa noche, sino hasta la siguiente.

Abrió la puerta y no dijo nada, simplemente caminó hacia donde Elyon se encontraba y la miró. Elyon le devolvió esa mirada. El oráculo llevaba puesto su uniforme completo: la túnica blanca, la capucha, el tapabocas y el medallón con el símbolo de Avalon. Por lo general no iba a visitarla con esa vestimenta, pero suponía que hoy era una noche especial. La noche en la que al fin le revelarían algunos de los secretos que guardaban en los niveles más altos del *Avalon Sectae.*

También llevaba consigo una cubeta llena de agua y un bolso grande. Luego sacó una llave del bolsillo de su túnica y con esta liberó el pie de Elyon de la cadena.

—No intentes nada, tengo un cristal —le advirtió, luego le dio la cubeta—. Ve a asearte, voy a cambiar tus sábanas.

Elyon asintió y, antes de ponerse de pie, sobó su tobillo; sintió alivio instantáneo. La cadena había dejado una marca que seguramente se convertiría en un moretón, pero nada grave. Se levantó de la cama y, tomando la cubeta, entró al cuarto de baño, ansiosa de poder asearse al fin.

No tardó mucho. Cuando salió, Deneb ya la esperaba sentada en la silla con el libro de Avalon en mano. El cuarto además estaba completamente limpio e iluminado, una visión que agradecía después de tantos días en penumbra y suciedad.

Esa noche se iba a asegurar de no cometer errores. Tenía que reaccionar de la forma que Deneb esperaba ante lo que le iba a contar para así tenerla contenta. Estaba preparada para no pelear. Caminó hacia la cama y se sentó.

—Espero que estas noches te hayan servido para reflexionar y que hayas aprendido tu lección.

Elyon no tardó en asentir.

—Quiero pedirles una disculpa a la reina y a usted por el gran inconveniente que les causé —dijo con su voz más dulce—. No volverá a pasar. Voy a poner de mi parte.

El oráculo suspiró.

—Eso espero. Quiero confiar en ti —posó su mano sobre la de Elyon—. Y la reina Lyra también. De hecho, ella me concedió el permiso de contarte más sobre Avalon. Es un gran privilegio, se requieren años de dedicación en el *sectae* para poder acceder al origen de todo.

—Estoy consciente de que soy privilegiada.

—Es tu destino, Elyon —dijo la mujer con fervor, apretándole la mano—. Fuiste elegida por la diosa Orekya para llevar sus poderes y convertirte en la Avalon de nuestros tiempos. Y así como te hemos entrenado para que domines tu lado lunar, tenemos que preparar tu mente.

Elyon le devolvió el apretón.

—Estoy lista.

Eso no era mentira. Desde que supo que Lyra y Deneb hacían todo esto porque en verdad creían en Avalon y dedicaban todo su tiempo a una secta para adorarla, se moría de ganas de saber por qué. ¿De dónde venía toda esa veneración? Y más importante, ¿quién era Avalon realmente?

En Alariel, Avalon siempre había sido la mala del cuento. Su nombre no era más que una leyenda. En la versión que Elyon conocía, Avalon había traído la noche a Fenrai porque en su corazón no había luz, y eso había desencadenado la Guerra del Día y la Noche. Pero... ¿qué tanto se alejaba eso de la historia que Deneb estaba a punto de contarle?

Suponía que era momento de averiguarlo.

Deneb soltó su mano.

—¿Quiénes son tus dioses, Elyon?

Elyon se quedó callada durante algunos segundos. No se esperaba esa pregunta.

—En Alariel, Helios es nuestro dios —respondió, juntando las manos en su regazo—. Es el dios del sol y de todo.

—Sin embargo, Helios fue un simple humano.

Sí, Helios había sido el emperador de Fenrai hacía un milenio, y aunque pertenecía a la raza humana, se decía que al morir había alcanzado la divinidad.

—¿No dirías que tu nación es ignorante al tener a un ser humano como su único dios? —continuó Deneb.

—Helios hizo mucho por Fenrai. Por Alariel.

La mirada de Deneb se tornó sombría.

—Qué falta de respeto —espetó, escupiendo cada palabra—. Ese hombre se creía un dios y sus súbditos, como marionetas, también lo creyeron. Pero los verdaderos dioses existen. Los que crearon el universo, los que realmente son seres divinos.

—¿Avalon es uno de esos seres divinos?

—Por supuesto que no. Avalon nunca se atribuyó un título que no era suyo —respondió Deneb—. Pero sí fue elegida por una diosa.

Elyon asintió.

—Por Orekya —dijo, pues conocía las oraciones.

Salve Orekya, por creer en Avalon, por hacerla tu mensajera.

—Así es. Orekya llegó a Fenrai dispuesta a bendecirnos —explicó Deneb, pasando su mano de forma suave por una página del texto—. Pero en un mundo donde no conocen ni rezan a los dioses, no podía obrar. Por eso eligió a Avalon para que portara su poder. Ella aceptó.

Elyon trataba de procesar esa nueva información. Tenía miedo de hablar y decir algo erróneo. No quería que Deneb se molestara y se fuera antes de terminar.

—En el origen de los tiempos sólo había sol, y aunque el sol es importante, también es fundamental su contraste. Hace un milenio había sequía. Los ríos y lagos se estaban secando. Las plantas estaban quemándose y los animales muriéndose —continuó el oráculo—. Pero al emperador Helios eso no le importaba, fue Avalon quien siempre estuvo buscando una forma de contrarrestar los efectos tan abrasadores del sol. Ella era la mejor solaris de su tiempo y aun así entendía que el sol estaba acabando con el mundo.

Elyon intentaba imaginárselo. Un sol eterno que nunca descansaba y no permitía que Fenrai descansara de él. Las palabras de Deneb tenían sentido. Elyon adoraba al sol con todo su ser, pero cada vez que llegaba la noche recibía la frescura con alivio.

—Por eso Avalon utilizó los poderes de la diosa para brindar equilibrio a Fenrai. Trajo la noche y la luna. Así fue como después nacimos los hijos de la luna. Realmente todos somos hijos de Avalon; sin ella, no existiría nuestra especie —hizo una pausa—. Sé que tú naciste como hija de Helios, pero él no fue tu creador. No como Avalon fue la nuestra.

—En Alariel se cuenta otra historia —dijo Elyon, esforzándose para no sonar impertinente—. Se dice que Avalon trajo una noche eterna para dividir Fenrai, no para traer equilibrio. Helios trajo el sol de vuelta cuando la enfrentó y luego se desató la Guerra del Día y la Noche.

Deneb frunció el ceño, asqueada.

—No te lo voy a repetir: Helios no es un dios. Nunca tuvo las capacidades para traer el sol de vuelta —su voz era contundente—. Los poderes de un dios son difíciles de controlar para un ser humano, por eso, cuando Avalon los recibió, al inicio sólo hubo noche.

Fue ella misma quien trajo de vuelta al sol cuando supo cómo dominar ese poder y hacerlo suyo.

Elyon se mordió el labio para no decir más. Quería debatir, quería hacer mil preguntas, pero sabía que, con lo poco que había dicho, ya se había arriesgado demasiado. Además... una parte de ella creía lo que Deneb le contaba. Esa historia era mucho más coherente que la que conocían en Alariel, en la que Avalon era tan sólo una villana sin motivos reales y, además, un personaje ficticio.

Aquí y ahora, Deneb hablaba de Avalon como personaje histórico.

Como la creadora de toda la especie ilardiana.

Decidió tomar el riesgo.

—¿Cómo es posible que no haya registros de la existencia de Avalon si hizo cosas tan importantes? —preguntó, poniéndole toda la inocencia posible a su voz.

Deneb suspiró, sus siguientes palabras salieron llenas de rencor.

—Por obra de Helios, que la acusó de traición. Vivió muchos más años que ella; se aseguró de enterrar cada rastro de la verdadera historia. Incluso, una de las condiciones que puso para acabar con la guerra y firmar el Tratado fue que tampoco se hablara de Avalon en el reino de la luna. Selene Yuenai, la fundadora de Pivoine, accedió. Ya no quería pelear. Deseaba concentrarse en construir lo que ahora es Ilardya.

—¿Avalon murió antes de que acabara la guerra?

—Sí, Helios la enterró viva en ese pozo de cristal; el que se convirtió en su tumba.

Elyon abrió los ojos de par en par. ¿Era posible que esa fuera la verdad? ¿Que el verdadero villano de la historia... fuera Helios?

—Avalon fue la salvadora del mundo y se le trató como a una peste —dijo Deneb, frunciendo el ceño—. Pero nosotros estamos aquí para devolverle su lugar y su gloria. Tú serás la más afortunada cuando recibas a Orekya de forma consciente y tomes ese lugar.

—En la noche de la Luna Roja.

Sabía que esa era la noche que el *sectae* había estado esperando desde sus orígenes. Sabía que era la noche más importante para todos ellos y que querían que fuera igual para ella. Todo su entrenamiento había sido en preparación para ese acontecimiento.

—Exactamente. Los oráculos la han anunciado desde sus primeras generaciones: la cuenta regresiva para la llegada de la Luna Roja comenzó la noche que abriste la tumba. Sólo la nueva elegida de Orekya sería capaz de romper el sello.

Elyon asintió, pero en su mente todo era muy confuso todavía. ¿Entonces Emil y ella habían desatado la inminente llegada de la Luna Roja cuando abrieron la tumba de Avalon? Le parecía una locura... pero tenía sentido.

Lo que no tenía sentido era otra cosa.

—Hay algo que no entiendo. Si Avalon hizo tanto por Fenrai, ¿por qué guardan su historia sólo para los miembros del *sectae*? ¿No sería bueno que todo el mundo la conociera?

Ante eso, Deneb esbozó una sonrisa grande y macabra.

—Oh, el mundo la va conocer —dijo, acariciando la barbilla de Elyon—. Cuando la luna sea de sangre y reclames tu lugar, nadie dudará.

Un escalofrío recorrió su espalda. Cuando el oráculo hablaba así, Elyon tendía a retroceder. Pero ahora entendía un poco más los motivos del *sectae*. Avalon no sólo fue quien dio origen a toda la especie lunar, sino que también salvó al mundo de perecer bajo el sol eterno. Avalon fue una heroína, no una villana; y por un milenio la habían enterrado, olvidado y difamado.

—¿Y cuál es mi papel en todo esto? —preguntó y se apresuró a continuar—. Estoy consciente de que soy la nueva Avalon, pero, cuando acepte la bendición de Orekya, ¿qué va a pasar?

—Vas a traer justicia.

Elyon esperaba que elaborara más su respuesta, pero no. Eso fue lo único que le dijo. Y no le gustó nada cómo sonó. Avalon podría haber sido bondadosa y justa, pero dudaba que el *sectae* tuviera los mismos valores.

¿A qué clase de justicia se refería?

Lo extraño era que, en vez de estar preocupada, sólo sentía curiosidad.

Capítulo 21
BASTIAN

Bastian comenzaba a desesperarse.

Estaba harto del encierro y esas cuatro paredes despertaban en él una fobia que creía haber dominado hacía tiempo. Estaba de pie, dando vueltas en el pequeño cuarto que se había convertido en su prisión, y no podía esperar a que Lyra entrara por aquella puerta.

—Bas, respira hondo.

La voz de Ezra era como un bálsamo.

La sola presencia de Ezra lo era. Le extrañaba que su hermana los hubiera encerrado juntos, pero suponía que era porque no tenía demasiado lugar en los túneles. Eso era bueno, porque si los hubieran separado, Bastian estaría aún más frenético.

Se dejó caer en el piso, a un lado de Ezra.

—Necesitamos salir de aquí —le dijo.

—Lo sé, pero nuestra única opción es esperar a que venga Lyra y atacar —respondió Ezra.

El lugar cada vez se hacía más oscuro. Había una antorcha prendida en la pared, pero se extinguía poco a poco. Fuera de eso, era un cuarto vacío muy similar al de Elyon; con una puerta de madera como la que había volado antes con telequinesia. Lo volvería a hacer si tuviera reserva suficiente, pero no era el caso. Debía guardar lo que le quedaba para Lyra.

—Se está tardando.

—De todos modos tenemos que idear un plan —dijo Ezra—. Si escapamos, no podemos dejar a Elyon.

—Ni al pegaso —agregó Bastian, casi como una queja. Todavía no superaba que no habían podido escapar, o por lo menos ocultarse, porque Ezra y Elyon se negaron a irse sin el pegaso.

En parte lo entendía, él tampoco dejaría a Oru si supiera que estaba en peligro.

Pero los lobos de la luna no eran criaturas indefensas; si su compañero estuviera en una situación similar, Bastian confiaba en que él podría escapar por su cuenta.

—Sigo sin creer que esté viva. Por un momento pensé que se trataba de una ilusión, pero no, era ella —soltó Ezra, recargando su cabeza en la pared.

—Hay que decirle a tu hermano.

Ezra suspiró.

—Sí, no dejo de pensar en Emil, en cómo va a reaccionar —respondió—. Pero no quiero que intente rescatarla y se ponga en peligro, preferiría que se enterara cuando Elyon ya esté a salvo.

—Emil ya no es un niño que necesite de tu protección. Creo que ha demostrado que es capaz de muchas cosas —dijo Bastian, pensando en aquel chico de fuego.

El mayor se pasó una mano por el cabello.

—Lo sé, pero nunca voy a dejar de preocuparme por él.

—Por cosas así, agradezco no ser cercano a mi hermana.

Ezra lo miró, había confusión en sus ojos.

Bastian se apresuró a explicar.

—Mientras haya más personas importantes para ti, más vulnerable serás —dijo, devolviéndole la mirada—. El amor nos hace vulnerables. Y yo no necesito eso en mi vida.

Alistar y Nair habían sido sus únicos amigos durante años, y hasta con ellos procuraba mantener una distancia.

Ezra meditó sus palabras en silencio. No lo juzgó ni tampoco trató de hacerlo cambiar de opinión. Bastian lo agradecía.

No podía creer que de nuevo estaba exponiéndose y dejando sus sentimientos al descubierto ante Ezra. Tenía que controlarse cuando estaba a su lado, el problema era que no quería.

Con Ezra sentía unas ganas tremendas de dejar salir lo que estaba dentro de él y de su corazón.

Pero no lo iba a hacer. Su corazón no entendía que solamente lo estaba protegiendo.

—¿Sabes? Siempre he sido alguien solitario —habló Ezra después de unos minutos—. Son muy pocas las personas a quienes permito que entren a mi corazón, pero una vez que lo hacen, no hay vuelta atrás. Daría mi vida por ellas. Eso podría hacerme sentir vulnerable, pero elijo que me haga sentir más fuerte.

Ezra no podía decir cosas así y esperar que Bastian tuviera una reacción coherente.

Se tapó los ojos y ahora fue él quien recargó su cabeza en la pared. Sentía cómo caían sus defensas y no podía permitirlo, tenía que desviar el tema antes de que se pusieran a hablar de sentimientos.

Irónicamente, quien lo salvó fue Lyra, que en ese momento abrió la puerta del cuarto.

Al fin.

Bastian y Ezra se pusieron de pie al mismo tiempo.

Su hermana entró sola, pero él no era tonto, sabía que llevaba un cristal consigo y que si se sentía amenazada llamaría a su ejército de sombras. Antes de caminar hacia ellos, la reina cerró la puerta.

Bastian jamás había sentido tantas ganas de lastimar a alguien. Por muchos años se mantuvo indiferente, intentó alejarse de su familia para que esos sentimientos negativos no se transformaran en algo incontrolable, pero Lyra siempre se la había puesto difícil. Antes lo atormentaba, lo perseguía, lo aterrorizaba. ¿Y ahora creía que podía aprisionarlo sin más? No lo iba a permitir.

Se lanzó hacia ella, anticipando que detuviera el movimiento con telequinesia, pero no fue así. Lyra esquivó el golpe y después se lo regresó, dándole en el estómago.

A pesar del dolor, Bastian sonrió al entender que su hermana iba a pelear, y la embistió con la cabeza en el pecho. Chocaron contra la pared y Lyra se agachó para, de una patada, hacerlo caer.

—¡Bastian! —gritó Ezra, pero no intervino.

Él sabía que eso era entre hermanos.

Rodó en el suelo para esquivar el codazo que su hermana le iba a propinar. Cuando Lyra cayó y se barrió en la piedra, Bastian se levantó y se lanzó contra ella para inmovilizarla, pero era demasiado rápida. En segundos ya estaba de pie y lo había tomado del cuello, aprisionándolo contra la pared.

Su sombra apareció tras ella.

—¿Todo ese odio en tus ojos es para mí? —canturreó—. No sé cuál versión de ti me gusta más, esta o la que me miraba con terror.

Bastian usó toda su fuerza para darle un cabezazo en la frente. El sonido fue *muy* satisfactorio y aprovechó el segundo de dolor de su hermana para ser ahora él quien le propinara un golpe en el estómago. Eso hizo que lo soltara y retrocediera dos pasos.

Un hilo de sangre cayó de la frente de Lyra hasta su barbilla. Ella ni se inmutó.

—Jamás volveré a mirarte con terror. Ya no te tengo miedo —espetó, respirando agitadamente.

Lyra ladeó un poco la cabeza.

—¿Qué haces aquí, Sebastian? —preguntó la sombra, situándose justo a un lado de la reina.

Ezra caminó hacia donde estaba Bastian y miró a Lyra. Seguramente había decidido que la pelea de hermanos había terminado y ahora no lo dejaría solo.

—Estamos aquí para detenerte —respondió sin dudarlo—. Tu maldita secta de locos tiene que parar lo que sea que esté haciendo.

—Ah, tendrás que ser más específico —dijo la sombra.

—Sabes perfectamente a lo que me refiero. Andan por ahí predicando que el sol se tornará en tinieblas y vendrá la noche del nuevo comienzo.

La sombra se acercó a Bastian.

—Predicamos la verdad y nos aseguramos de que todo siga su curso, pero no somos los causantes de que la noche eterna vaya a llegar —acercó su rostro oscuro al de Bastian—. El crédito es de quienes rompieron el sello de la tumba de Avalon.

Bastian abrió los ojos de par en par.

Emil y Elyon.

Se atrevió a mirar de reojo a Ezra. El mayor se esforzaba por mantener una expresión neutra, pero él podía ver que esa información también lo había sorprendido.

—¿Por eso tienes encerrada a Elyon? —preguntó Ezra con fuego contenido en la voz.

Lyra lo miró por primera vez, la sombra acercó su rostro al de Ezra.

Bastian quería que le quitara los ojos de encima.

—Elyon está aquí para cumplir con su destino.

No tardó en unir las piezas, todo comenzó a tener más sentido. Elyon tenía poderes de sol y magia de luna, al igual que Avalon. Lyra los había engañado a todos en la isla, jamás quiso matarla, su intención siempre fue secuestrarla para que formara parte de los planes torcidos de la secta.

—Eres una desquiciada. No puedes obligarla —dijo Bastian.

—Lo hará voluntariamente —respondió la sombra al instante.

Ezra negó con la cabeza.

—Ella no haría nada que perjudicara a Fenrai, la conozco muy bien.

Antes Lyra le había dedicado una mirada de fastidio, incluso de desinterés, pero esa declaración hizo que lo observara con detenimiento. Ezra le devolvió el gesto. Lucía grande e imponente, pero la reina se veía peligrosa.

—¿Quién eres? —preguntó la sombra, posando una garra sobre la barbilla de Ezra.

Bastian apenas iba a decirle a su hermana que eso no le incumbía, pero Ezra, siempre valiente y sin medir las consecuencias, se le adelantó.

—Ezra Solerian.

Lyra alzó ambas cejas.

—Esto se pone cada vez más interesante —soltó la sombra.

Antes de que cualquiera de los dos pudiera reaccionar, las puntiagudas garras de la sombra, a una velocidad impresionante, se clavaron en el abdomen de Ezra.

El sonido que salió de la garganta del mayor sonó estrangulado y áspero. Era un sonido espantoso que Bastian jamás había escuchado, y pronto decidió que era el peor que había oído en su vida.

Gritó su nombre y también desconoció su propia voz.

Todo pasó en cuestión de segundos. La sombra sacó sus garras del abdomen del mayor y la sangre brotó al instante. Ezra posó las manos sobre la herida de forma involuntaria; el rojo líquido se escurría entre sus dedos. Los guantes blancos que llevaba puestos se tornaron carmesí.

No. Eso no podía estar pasando. Tenía que ser una pesadilla.

Bastian se dio cuenta de que estaba paralizado, sólo podía ver cómo Ezra iba agachándose lentamente y lleno de agonía. Posó una de sus manos en el suelo y quedó de rodillas. Esa imagen lo descongeló. Fue como si su cuerpo reaccionara por sí solo y se tirara al piso, a un lado del mayor.

—Ezra, tranquilo, tranquilo. Vas a estar bien —dijo, frenético, sin dejar de ver la sangre.

Bastian se quitó el grueso lazo que llevaba como cinturón y apartó las manos de Ezra de la herida para poder hacer presión. El mayor respiraba con dificultad y empezaba a sudar frío. Y él sentía que le faltaba el aire y, mierda, ¿por qué había empezado a temblar?

—Voy a llevármelo —habló la sombra de Lyra.

La reina estaba cerca de ellos, mirándolos desde arriba.

Bastian alzó el rostro y miró a su hermana con una nueva clase de odio. Una que nacía desde lo más profundo de su corazón y que lo devoraba por dentro, peleando por salir y acabar con todo.

—No te atrevas a tocarlo.

Lyra alzó una ceja.

—Más y más interesante —canturreó la sombra.

Ezra intentaba decir algo, pero no podía hablar. Su tez se estaba tornando pálida. *No, no, no.* Bastian pegó más su cuerpo al de él de forma protectora y miró con terror cómo el pedazo de tela ya estaba casi completamente cubierto de sangre.

Vio por el rabillo del ojo que Lyra avanzó hacia Ezra.

—¡No te acerques! —gritó con fuerza.

Y no lo pensó, con la poca reserva que le quedaba, la mandó a volar hasta el otro lado del cuarto. Su hermana chocó contra la pared de forma aparatosa y luego cayó al suelo. Bastian aprovechó ese momento para ayudar a Ezra a cambiar de posición y recargarlo contra la pared. Maldición, era demasiada sangre.

Los ojos de Ezra comenzaron a cerrarse y Bastian sintió una ventisca gélida recorrer sus venas. De pronto lo único que podía escuchar era el martilleo inclemente de su pulso.

—No puedes cerrar los ojos, ¿me oíste? —le dijo, sin dejar de presionar la herida.

Lyra se puso de pie y los miró desde donde estaba, al otro lado del cuarto.

—Lamento decirte que has acabado con mi paciencia, hermanito —siseó la sombra.

Lyra hizo un ligero movimiento con la cabeza. Bastian salió disparado hacia otra de las paredes, pero cuando chocó, su hermana no lo dejó caer al suelo, más bien lo mantuvo ahí, en el aire. Aunque ya sabía que no lograría nada, no pudo evitar patalear y lanzar golpes, como si eso fuera a liberarlo. Esa era una telequinesia que provenía de los cristales y a él ya no le quedaba nada en su reserva.

Sólo pudo mirar desde allí como Lyra se acercaba a Ezra, quien luchaba por mantenerse despierto. Se agachó a un lado de él y le retiró el cabello que tenía pegado en la cara a causa del sudor.

—¡Aléjate de él! —gritó, sin dejar de pelear por liberarse.

Lyra miró a Bastian.

—¿Es terror eso que veo en tus ojos? —preguntó la sombra, victoriosa, apareciendo a un lado de él.

En ese momento, el fuego que brindaba la única luz al lugar se apagó y dejó el cuarto en total oscuridad. No era la oscuridad que Bastian conocía y en la que solía navegar sin problemas. Esta era otra clase de negrura. Totalmente densa e infinita. No podía ver nada. Pero lo que más le asustaba era que tampoco podía escuchar nada.

—¡Ezra! —gritó una última vez.

Fue como si su nombre lo liberara, porque justo al soltarlo, la magia que lo sostenía desapareció. Cayó al suelo y se dio cuenta de que la oscuridad densa también se había ido. Y no sólo eso. No había rastro de Lyra, ni de Ezra.

—Maldición —susurró, levantándose.

Caminó hacia donde había estado Ezra y su estómago se revolvió al ver toda la sangre que se encontraba regada en el helado piso de piedra. La cabeza le empezó a dar vueltas y sintió como si la garganta se le cerrara, dificultándole el paso del aire. Posó una mano sobre la pared para sostenerse e intentar respirar, pero no podía.

De pronto era como si las paredes del cuarto se estuvieran acercando a él para aplastarlo. El espacio se encogía a su alrededor y era definitivo que no había suficiente aire en el lugar.

Pudo escuchar los latidos de su corazón acelerándose a un ritmo peligroso y entendió que estaba teniendo un ataque como los que solía sufrir cuando era pequeño. No supo por qué recordó la ocasión en la que se quedó encerrado, por accidente, en el armario de una de las habitaciones de huéspedes del castillo. Habían tardado dos noches en encontrarlo.

Siempre había odiado los espacios cerrados, pero llevaba años sin experimentar lo que sentía en esos momentos. No tenía duda de que algo se había desatado por lo que acababa de ocurrir.

Su hermana hirió a Ezra y se lo llevó. Se lo llevó y no tenía idea de qué iba a hacerle. El solo pensamiento le entumecía todo el cuerpo. No podía perder a Ezra, simplemente no podía.

Lyra siempre había buscado la forma de romperlo y al fin lo había conseguido.

Bastian, ahora más que nunca, estaba seguro de que el amor hacía a las personas vulnerables.

Capítulo 22
ELYON

La compuerta del techo estaba abierta y la luna llena resplandecía en el cielo nocturno.

Elyon se encontraba sentada en el suelo de su prisión, con los ojos cerrados, y frente a ella estaba su reflejo.

Era una ilusión, un espejismo de ella misma que, llamando a la luz de la luna, pudo hacer que se multiplicara. Ahora había cinco en total. Abrió los ojos y las miró con detenimiento. Habían salido perfectas. Era la primera vez que lograba más de dos réplicas idénticas a ella, ¡estaba mejorando!

—Bien, ahora haz que se muevan —dijo la sombra de Lyra.

Elyon tuvo que cerrar los ojos nuevamente para imaginar la acción y lograr que su magia se sintonizara con lo que su mente proyectaba. De la magia lunar, las ilusiones eran las que más le costaban. Con el agua siempre había sentido afinidad, con la telequinesia ya podía lograr bastantes cosas, pero las ilusiones no se le daban muy bien.

—Las estás perdiendo —señaló la sombra.

Podía sentir cómo sus réplicas desaparecían una a una al mismo tiempo que la cabeza comenzaba a dolerle.

—Lo siento, volveré a intentarlo —dijo, abriendo los ojos.

Lyra se encontraba recargada en el muro de la habitación mirándola con atención.

Esa era la primera noche en que la visitaba desde su intento de escape. Cuando recién entró al cuarto, Elyon se había puesto tensa, pues no sabía qué esperar, pero Lyra le dijo que iban a practicar sus ilusiones. Llevaban varias horas con lo mismo.

—No, el entrenamiento de hoy ha terminado. —La sombra se posó a un lado de Lyra.

Elyon suspiró agradecida y esperó a que la reina se fuera, pero en vez de eso, la puerta se abrió y Deneb entró al cuarto, caminando hacia ambas. Como si hubiera sido invocada por Lyra. Le costó un poco asimilar que las dos estaban ahí al mismo tiempo. Eso jamás había pasado antes. Tenía el presentimiento de que algo importante estaba por suceder.

Deneb tomó las manos de Elyon.

—Ha llegado la hora. Mañana será la noche del nuevo comienzo. La Luna Roja reinará en el cielo.

Elyon se quedó sin aire durante unos segundos y estuvo a punto de jurar en nombre de Helios, pero se contuvo. Si en algo tenía razón el *sectae*, era en que Helios había sido un humano como todos los demás. No un dios.

No sabía qué responderle a Deneb. No podía salir del estado de asombro en el que se encontraba. Al fin estaba por llegar la noche de la Luna Roja, ese gran acontecimiento para el que la estuvieron preparando durante todo este tiempo de encierro. El gran acontecimiento por el que la habían secuestrado en primer lugar.

La noche que habían estado esperando.

—Querida, mañana será la noche más importante de nuestras vidas. De la tuya. Y deberás aceptar la bendición de Orekya de forma voluntaria, tal y como Avalon lo hizo hace un milenio —dijo Deneb al ver que ella no contestaba.

—¿Qué es lo que tengo que hacer? —preguntó y juntó las manos en su regazo.

—Te guiaremos sobre la marcha. Por ahora... sólo tienes que estar completamente convencida —dijo Deneb, había intensidad en su voz—. Tu cuerpo ha sido preparado con entrenamiento. Tu mente con oraciones y con la verdadera historia. ¿Qué más necesitas para estar de nuestro lado? Sin dudas, sin recelo.

Elyon pensó bien en su contestación. Era su oportunidad de entender un poco más acerca de en qué la estaban metiendo. Sabía que si hacía una pregunta o petición muy específica, no sería respondida. Deneb no le iba a hablar sobre el ritual que se efectuaría bajo la Luna Roja. Mucho menos le daría detalles de cuál sería su papel como la nueva Avalon (además de hacer que todos la conocieran y traer justicia). Esas cosas ya las había preguntado en vano.

Optó por otra cosa.

—Sé que Avalon fue una heroína y que su historia fue enterrada y manchada. Entiendo que el mundo deba conocerla. Lo que todavía no entiendo es... ¿por qué tanto fervor? —se atrevió a preguntar—. ¿Por qué tanto esfuerzo? Tanta lealtad.

Hubo silencio durante lo que se sintió como una eternidad.

—Porque Avalon nos salvó —dijo Deneb.

Elyon tuvo que resistir el impulso de poner los ojos en blanco ante otra respuesta tan abierta. Sí, ya sabía que Avalon salvó a Fenrai de sucumbir ante el fuego incansable del sol. También sabía que Avalon era la creadora de la especie lunar y que sin ella no existirían. Pero eso no respondía del todo su pregunta. Eso no explicaba por qué la adoraban con una pasión inquebrantable. Con la intensidad de Deneb y la lealtad de Lyra.

¿O sí? Tal vez Elyon no lo comprendía porque nunca había adorado a un ser que jamás había visto. Sí, en Alariel tenían a Helios, pero ella no lo veneraba; y los alarienses que sí lo hacían no tenían ese fervor que veía en Lyra y en Deneb.

—Entonces... la veneran por ser su creadora.

—Aunque esa ya es razón suficiente, me refería a que en verdad nos salvó —dijo Deneb—. Antes de conocer la palabra de Avalon, yo vivía en las calles, pasaba hambre y frío.

Eso sí era más parecido a la respuesta que buscaba.

—Gracias a Avalon me convertí en aquello para lo que nací: un oráculo —continuó, sus ojos lucían luminosos—. Los rangos más altos del *sectae* están conformados por personas que han sido salvadas por ella.

Elyon miró a la reina Lyra, que era la líder del *Avalon Sectae*. Ella seguía en la misma posición desde que entró a la habitación, como una estatua viviente.

Deneb siguió los ojos de Elyon.

—Nuestra líder tiene su propia historia, por supuesto —agregó y luego negó con la cabeza—. Pero es sólo de ella.

Lyra dio un paso al frente.

Su sombra reapareció, justo a su lado.

—No —dijo fuerte y claro—. Déjame mostrarte.

En ese momento, la magia de Lyra absorbió todo a su alrededor. Elyon sintió como si su entorno fuera succionado y reemplazado por una ilusión como nunca antes había presenciado. Lo abarcaba todo y era tan real y tan intensa

que acabó por succionarla

a ella también.

Lo primero que vio fue a la pequeña princesa Lyra.

Parecía que se encontraba en su habitación. Un cuarto grande y sobrio, lleno de tonalidades negras y plateadas. En la enorme cama, ella lloraba. Era un llanto que trataba de ser silencioso pero que no podía ser contenido.

De pie, frente a ella, estaba una mujer adulta muy parecida a la princesa.

Llevaba su cabello plateado recogido en una trenza, su cuerpo era esbelto y alargado, adornado con un vestido azul repleto de lazos y nudos. Sus labios eran rojo carmesí. Sin duda, era la madre de Lyra.

—Un estorbo, eso es lo que eres —espetó la mujer—. A tu edad ya deberías haber desarrollado tu magia ¡y mírate! Tu padre ni siquiera puede verte de lo decepcionado que está.

La princesa comenzó a sollozar con más fuerza.

—Cállate ya. Será mejor que hoy no salgas de tu habitación. No tengo ganas de verte más —dijo con fastidio y se dio la vuelta para salir del cuarto. Antes de irse, dijo unas últimas palabras—: El peor día de mi vida fue cuando naciste.

La escena se disolvió y dio paso a otra. En esta, la pequeña princesa miraba a la misma mujer de labios carmesí. Esta se encontraba sentada en un largo sillón color negro, a un lado de ella había un arpa. En sus brazos tenía un bebé y le cantaba con ternura. Un hombre, que Elyon reconoció como el rey Dain en sus años de juventud, entró a la habitación. Ni siquiera prestó atención a Lyra.

—Esperaba que me recibieras en la entrada después de mi viaje, Adria —dijo el rey acercándose a la mujer.

—Y yo esperaba que estuvieras presente durante el parto de tu hijo —respondió sin siquiera mirarlo—. Que, por cierto, nació hace una semana.

El rey abrió los ojos de par en par.

—¿Es un varón?

La reina Adria, ahora sí, lo miró. Su sonrisa era resplandeciente.

—Así es. Al fin lo logramos —dijo. Luego depositó un beso en la frente del bebé—. Mi mayor orgullo.

—¿Cómo se llama? —preguntó él.

—Sebastian.

La pequeña princesa presenciaba la escena como una observadora invisible y apartada, sentada en el sillón de en frente. Sus diminutos puños arrugaban la tela de su vestido y en sus ojos había un sentimiento que, en un inicio, Elyon no supo identificar. Era parecido al deseo, pero más oscuro. Más fuerte e implacable.

Envidia.

La imagen cambió nuevamente, ahora la princesa Lyra estaba frente a un edificio grande y viejo. No llevaba puesto un vestido como en las primeras escenas que vio. En esta ocasión su atuendo era una simple túnica color gris con un lazo blanco en la cintura. Su largo cabello plateado estaba recogido en una cola. Lucía seria pero, sobre todo, aterrada.

La reina Adria charlaba con una mujer un tanto mayor. Esta tenía la melena rubia más abundante que Elyon hubiera visto jamás y los ojos negros más gentiles del universo.

—Entonces, ¿usted será la institutriz de Lyra? —preguntó Adria.

Lyra bajó la cabeza, estaba unos cuantos pasos detrás de su madre.

—No, yo soy la directora del lugar, pero le asignaré a nuestra mejor institutriz. Será un honor tener en el instituto a la futura reina de Ilardya —dijo la mujer.

La reina Adria soltó una cruel risotada.

—¿Ella? No, ni siquiera tiene magia. Si no fuera mi hija, dudaría que fuera lunaris —respondió, negando con la cabeza—. El heredero al trono se llama Sebastian Yuenai y él será criado en el castillo.

—Lo entiendo, de todos modos nos da gusto recibirla. Aquí la ayudaremos a desarrollar su magia. Además, estoy segura de que hará muchos amigos —dijo la mujer dirigiendo su mirada a Lyra.

Adria se encogió de hombros.

—Suerte con eso. La niña apenas habla y no tiene ni una pizca de magia en su cuerpo —dijo con desdén—. Ni su padre ni yo la queremos en el castillo, es una vergüenza.

—No sea tan dura, su majestad. Estoy segura de que será una lunaris poderosa, es sólo que a veces la magia tarda en salir.

—Como sea, tengo que irme. Es un viaje largo entre Zobeth y Pivoine. Recuerde que esto queda entre usted y yo. Nadie debe saber del parentesco de Lyra con la Corona. —Miró de reojo a su hija—. Eso va para ti también.

Lyra asintió.

Una vez dicho eso, la reina Adria se fue. Simplemente cruzó el umbral del instituto y desapareció, sin siquiera despedirse de Lyra. La pequeña princesa bajó la cabeza y parecía que se estaba aguantando las ganas de llorar. La directora no tardó en acercarse a ella, situándose a su lado, en cuclillas.

—Mi nombre es Valeska —se presentó, extendiéndole la mano—. Tú te llamas Lyra, ¿cierto?

Ella asintió.

—Te prometo que todo va a cambiar, Lyra —dijo sin retirar su mano—. Creo que necesitas escuchar estas palabras, así que te las diré de una vez: yo creo en ti.

La pequeña alzó la cabeza y, por primera vez, miró con detenimiento a Valeska.

—Oh, eres preciosa. Dime, ¿cuántos años tienes?

—Ocho —respondió en un frágil hilo de voz.

Elyon se sorprendió al escucharla hablar. Lyra jamás hablaba, siempre utilizaba su sombra para comunicarse.

—Pues debes saber que yo desarrollé mi magia hasta los nueve años.

Lyra alzó ambas cejas.

—¿En serio?

—¡Sí! Estás en la edad perfecta y yo te voy a ayudar. Es más, lo acabo de decidir, yo misma seré tu institutriz —le dijo con una sonrisa que valía mil soles—. Bienvenida a tu nuevo hogar.

En ese momento, Lyra le dio la mano.

La fachada del instituto fue la primera en esfumarse cuando la escena cambió. Ahora Lyra se encontraba sentada en el piso de una habitación bastante simple, con una cama de madera, un escritorio y una mesa de noche. Ya no se veía tan pequeña, por lo que Elyon supuso que habían pasado algunos años.

Formaba un círculo con la compañía de dos sombras de apariencia humana.

—No, ya no estoy sola. Los tengo a ustedes y a Valeska —dijo Lyra.

Las sombras no dijeron nada.

—No insistan, no me interesa volver a ver a mis padres.

De nuevo, las sombras no emitieron sonido alguno.

—Si siguen así, me van a hacer enojar.

Tal parecía que Lyra estaba teniendo una conversación con aquellas sombras. Estas le decían cosas que sólo ella podía escuchar.

La puerta de la habitación se abrió y Valeska apareció dos segundos después. Iba con una bandeja repleta de comida.

—Lyra, de nuevo no bajaste a cenar —dijo Valeska poniendo la bandeja en la mesa de noche—. Los demás chicos te extrañan.

La princesa arrugó la frente.

—No es verdad. No le agrado a nadie. Me la paso mejor con mis amigos.

Valeska miró a las dos sombras que estaban con Lyra, luego le sonrió con dulzura.

—Tus ilusiones han mejorado muchísimo, estoy orgullosa —dijo y posó una mano sobre el cabello de la princesa—. Pero no pueden ser tus únicos amigos.

Lyra se encogió de hombros e hizo que sus ilusiones se fueran.

—No lo son, también te tengo a ti.

Valeska asintió.

—Por supuesto, mi Lyra —dijo, extendiéndole la mano para ayudarla a que se pusiera de pie.

La princesa la tomó y quedó cara a cara con Valeska. La mujer la sujetó de ambas manos y les dio un apretón.

—Mira qué alta te has puesto, ya casi estás de mi tamaño —exclamó con una risa—. Todavía recuerdo cuando llegaste, eras tan pequeña.

—Pero ya no lo soy, en dos semanas cumpliré doce años.

Valeska la miró a los ojos durante unos segundos, sin decir nada.

—¿Sabes? He estado pensando en tu obsequio de este año. Quiero que sea algo especial —en su voz había emoción—. Creo que sé lo que te daré. Es el regalo más grande que puedo ofrecerte.

Lyra ladeó la cabeza.

—¿Qué es?

—El regalo de Avalon.

El nombre de Avalon hizo eco en el espacio antes de que todo se volviera negro y la imagen se transformara. Elyon pudo ver a Lyra y a Valeska. Se encontraban en una especie de santuario en el que el símbolo de Avalon estaba por todas partes. En el altar, en los estandartes, en cada detalle.

—Avalon fue quien nos unió, Lyra —dijo Valeska—. Desde que te vi aquella primera noche, supe que eras lo que necesitábamos en el *sectae*.

—¿Por qué? No tengo nada de especial —contestó Lyra.

Valeska negó con la cabeza.

—Hace un milenio, Avalon le brindaba magia lunar a cualquiera que se uniera a su causa, así nacieron los lunaris. Cuando te vi allí, desolada y asustada, supe que era mi deber como su fiel seguidora ayudarte a sacar tu magia. Debía seguir su ejemplo. Gracias a ella tu magia brotó y cada noche se vuelve más fuerte.

—Pero... tú pasabas toda la noche ayudándome. Mi magia brotó gracias a ti.

Valeska le sonrió.

—No, fue Avalon. Mi fe en ella hizo que tuviera fe en ti. Hizo que cada noche fuera a tu habitación para ayudarte —la corrigió—. Sin Avalon, ni siquiera hubiera sido tu institutriz. Desde el primer minuto, ella nos unió.

Lyra la escuchaba con atención. Su cuerpo estaba rígido, pero en su rostro comenzaba a reflejarse algo grande. Era fascinación total.

—Si ella nos unió... —comenzó a decir—. Le estaré agradecida por siempre, porque ahora te tengo y ya no estoy sola.

Valeska la envolvió en sus brazos. En un abrazo lleno de cariño y amor.

—Nunca volverás a estar sola, mi Lyra —le dijo sin soltarla—. Feliz cumpleaños.

Lyra separó un poco su cabeza, pero no rompió el abrazo.

—¿Cómo era Avalon?

—Era una guerrera sin igual. Valiente y justa. Lo dio todo por nosotros.

—¿Era bonita?

Valeska rio.

—No hay muchos registros de su apariencia pero se dice que su cabello negro era indomable y que tenía los ojos del mismo color de la noche. Su rasgo más particular era una cicatriz. Iba justo de aquí —posó su dedo índice sobre la sien de Lyra y luego lo bajó hasta sus labios—, hasta aquí.

Lyra abrió la boca con sorpresa. Luego dijo:

—Quiero saber todo sobre Avalon.

Valeska asintió.

La imagen volvió a transformarse. Elyon miraba con atención cómo cada detalle desaparecía y era reemplazado por otra cosa. Nunca había visto ilusiones tan vibrantes como esas que Lyra le mostraba. En esta nueva escena, el lugar era muy parecido al santuario que acababa de ver pero diez veces más grande. Estaba repleto de personas vestidas con túnica blanca y tapabocas. La princesa se encontraba en un podio y, a un lado de ella, estaba Valeska.

—Esta es la noche en la que nuestra Lyra, al fin, se unirá oficialmente a nosotros —dijo Valeska con una mano en la espalda de la princesa—. Durante su iniciación demostró una lealtad incomparable. Ha estudiado y aprendido, y a sus cortos quince años está lista para honrar a Avalon y esperar por su regreso.

Todos los presentes, que eran más de cien, aplaudieron de forma enérgica.

Lyra los miró, luciendo más segura que nunca. En sus labios había atisbos de una sonrisa. Una tan mínima que era casi imperceptible. Pero Elyon no podía dejar de mirarla, pues jamás imaginó que fuera capaz de sonreír.

Valeska dejó de observar al público y le dedicó una sonrisa a la princesa, después la tomó del rostro con suavidad para darle un beso en la frente.

—Eres mi mayor orgullo —susurró la mujer, sólo para Lyra.

Elyon pudo ver cómo los ojos de Lyra se tornaron cristalinos. Cómo esa frase había llegado hasta lo más profundo de su ser.

—¿Quieres decir unas palabras? —le preguntó.

La princesa asintió.

—Gracias por aceptarme y darme la bienvenida. Gracias por mostrarme el camino —Lyra habló con una claridad y seguridad que su versión más pequeña jamás había mostrado—. Sin Avalon estaría perdida en vida y completamente sola. Incluso no tendría mi magia. Gracias a ella encontré una familia que jamás me dará la espalda. Gracias a ella entendí que tengo una voz digna de ser escuchada. Y la usaré para predicar su palabra. *Benedae mader Avalon!*

Los presentes volvieron a aplaudir y comenzaron a repetir aquella frase como un cántico ferviente.

Lyra los miraba desde arriba, en aquel podio. Los miraba con un brillo en sus ojos plateados. Uno que no tenía antes y que tampoco tenía ahora.

Elyon sentía que necesitaba ver *más.* Pero Lyra decidió que eso era suficiente y de forma brusca las ilusiones desaparecieron, una por una. Al final sólo quedó Valeska, quien no tardó en esfumarse, dejando a la princesa sola. Ella miraba hacia donde antes había estado su institutriz.

Hasta que también se fue.

El entorno de Elyon volvió a ser su gris prisión, ese lugar que tanto odiaba. Deneb seguía a su lado y la reina estaba frente a ella, observándola.

—¿Ahora lo entiendes? —preguntó Deneb—. Avalon ni siquiera ha vuelto y ya ha hecho todo por nosotros, los miembros de su *sectae.* Imagina lo que sucederá una vez que aceptes tu destino.

Pero Elyon no podía dejar de pensar en lo que acababa de ver. Jamás imaginó que la reina le mostraría de forma tan clara su pasado, y aunque ahora creía conocerla más, había muchas piezas que faltaban para que todo tuviera sentido. Sí, entendía que los padres de Lyra la habían abandonado dejándola a su suerte para criar a Bastian como el rey de Ilardya. También entendía que Valeska fue la primera persona que le mostró amor a la pequeña princesa. Y sí, incluso entendía por qué Lyra se lo atribuía todo a Avalon.

Era por Valeska, porque Lyra creería todo lo que esa mujer le dijera.

—¿Dónde está Valeska? —preguntó casi de forma inconsciente.

Al instante, se dio cuenta de que había cometido un error. El semblante de Lyra se oscureció, su sombra se hizo más grande y acercó sus garras a Elyon. Pero Deneb atravesó su brazo, indicándole que retrocediera. La reina no hizo nada durante unos segundos, pero luego cedió.

Elyon tuvo que apretar los labios para no preguntar más. Era obvio que algo había sucedido con Valeska. Cuando la pequeña Lyra estaba con esa mujer, se veía en paz, incluso feliz. En ese momento sólo había brutalidad y odio en su mirada. Además, todavía quedaba una incógnita muy grande: ¿cómo llegó a convertirse en la líder del *Avalon Sectae*?

—Elyon, sólo queremos que confíes en el *sectae* así como nosotras lo hacemos. La reina Lyra te ha mostrado su historia para que comprendas el poder de nuestra unión —continuó Deneb—. Debes estar convencida de que estás haciendo lo correcto al tomar tu lugar como la nueva Avalon. Serás venerada por todos, serás lo que este mundo necesita. Así que dime: ¿estás de nuestro lado?

Aunque ahora entendía un poco más de dónde venía tanta lealtad y devoción, sabía que todavía se le estaban ocultando muchas cosas. Y quería descubrirlas. Tal vez la única opción para obtener las respuestas que buscaba era... estar de su lado. Del lado del *sectae*.

Ellos estaban convencidos de que Elyon era la elegida para ser la nueva Avalon, sólo faltaba que ella misma se convenciera.

Quién sabe, tal vez tenían razón.

Además, ser la nueva Avalon no podía ser algo tan malo. Ella era quien había traído equilibrio a Fenrai.

—Sí, estoy de su lado.

Era hora de recibir a la noche de la Luna Roja.

Llegó el momento de que el sol se convierta en tinieblas.
El momento de la luna de sangre.
El momento que has esperado toda tu vida.

Pero ¿realmente confías en esa niña?
No debes quitarle los ojos de encima, debes vigilarla
y
si se atreve a desobedecer no nos quedará más remedio que
atravesar su corazón y no su hombro.

Eso sería una desgracia.

Parte 3

LA LADRONA

La Luna de Sangre estaba en el cielo y la llamaba.
Era un llamado que ya había sentido antes.
¿Acaso ese era su destino?

Capítulo 23
EMIL

Emil no podía ocultar la desesperación que sentía.

Eso le pasaba por hacer lo correcto. Porque, en vez de actuar por su cuenta, acudió al Consejo Real para explicarles la situación de Ezra. Su primer impulso fue correr al Castillo de la Luna, pero no lo hizo. Porque sabía que eso sería irresponsable. Porque la experiencia le había enseñado. Porque ya no quería preocupar a nadie.

El problema es que la preocupación se lo estaba comiendo a él.

—El mensajero no ha vuelto aún, su majestad —dijo Lady Minerva—. No creo que los Viejos Sabios estén despiertos a esta hora del día.

Por supuesto, Emil no había dormido nada.

El sol brillaba en el cielo y parecía que los únicos despiertos en Ilardya eran los habitantes de la Mansión Este.

—No podemos esperarlos. Mi hermano está atrapado ahí y no sé si está bien —exclamó Emil por enésima vez.

—Apoyo al rey. Si nos plantamos en la puerta tendrán que atendernos —dijo Rhea. Se encontraba sentada en uno de los sillones de la sala, con los pies sobre la mesa y los brazos cruzados.

—O podemos infiltrarnos, tengo algunas ideas —sugirió Nair acostada en el suelo, a un lado de Oru.

Nair los había seguido dentro de la mansión y nadie se opuso. Emil lo agradecía, pues ella era la última persona que había visto a Bastian y a Ezra. No era como que estuviera dando información útil, pero, por lo menos, estaba dispuesta a ayudar.

—El rey de Alariel no puede infiltrarse en ningún lugar —dijo Zelos mientras negaba con la cabeza—. A donde vaya tiene que anunciarse.

Nair bostezó sin molestarse en taparse la boca.

Emil se dejó caer en uno de los sillones y puso las manos sobre los ojos. El joven rey nunca había sido el más impulsivo con sus acciones, pero en estos momentos le gustaría serlo. Como Ezra. Estaba seguro de que su hermano mayor no habría esperado por nadie para ir en busca de él.

Por eso se tenía que repetir mentalmente, una y otra vez, que hacía lo correcto.

El Consejo Real le había enlistado las mil y una razones por las que no podía simplemente ir a exigir que lo dejaran entrar al castillo. Y estaban en lo cierto. No podía llegar y culpar a Lyra de tener encerrado a Ezra. Eso podría ocasionar fracturas en la relación entre territorios. Además, el asunto del Tratado ni siquiera había quedado resuelto, por lo que no podían hacer enojar a la reina o a los Viejos Sabios.

—Emil, tranquilo. Ya no tarda en meterse el sol, seguramente el mensajero nos traerá pronto una respuesta —dijo Mila sentándose a su lado.

—¿Y si no?

—Si no, creo que la mejor opción es ir directamente al castillo. Como dice Rhea: van a tener que atendernos.

Rhea le guiñó el ojo a Mila y Emil pudo jurar que su amiga se sonrojó un poco.

—No lo aconsejo, su majestad —intervino Lady Jaria—. Los Viejos Sabios han recalcado que no somos bienvenidos en el castillo.

Emil frunció el ceño.

—No pienso pasar la noche sin saber nada sobre Ezra —dijo, su voz retumbaba en la habitación—. Si el mensajero no llega cuando salga la luna, iremos al castillo.

Como esa fue una orden, nadie puso objeción.

Zelos suspiró.

—Creo que lo mejor será dormir un poco, para estar repuestos cuando salga la luna.

—Sí, vayan a dormir —dijo Emil.

—¿Y usted, su majestad? —preguntó Lady Seneba.

—No tengo sueño todavía, subiré en un rato.

Todos los presentes comenzaron a dispersarse, dispuestos a dirigirse a sus respectivas habitaciones. En la gran sala sólo quedaron Emil, Mila, Rhea y Nair. El joven rey tomó su reloj de mano para revisar la hora y su desesperación se intensificó al darse cuenta del tiempo que faltaba para que la luna se posara en el cielo. Lo único bueno de ese día era que el sol había salido a su hora habitual.

—No piensas dormir, ¿verdad?

La voz de Mila era suave, un tono que sólo utilizaba con sus amigos más queridos.

—No creo. Pero ustedes duerman, tengo el presentimiento de que será una noche larga.

Mila negó con la cabeza.

—Te haré compañía.

—Yo también, no tiene sentido regresar a casa si pronto iremos al castillo —dijo Rhea.

Los tres miraron a Nair, pero esta ya se encontraba profundamente dormida en el piso. Ni siquiera se había acurrucado, estaba desparramada, como si no tuviera ninguna preocupación en el mundo.

El joven rey se puso de pie.

—Voy a salir a entrenar al jardín.

—¿Quieres pelear un rato? —sugirió Mila con una sonrisa de medio lado.

Emil no solía entrenar mucho con Mila, ya que por lo general tenían tiempo libre en horarios muy diferentes del día, así que, cuando la oportunidad se presentaba, no podía dejarla pasar. Su amiga era la solaris más poderosa que conocía, no sólo por el alcance de su fuego, sino por su habilidad en pelea y por su entrega.

Emil tenía muchas ganas de un buen duelo. Quería sacar toda la frustración que llevaba dentro del cuerpo.

—Por supuesto.

Así fue como comenzaron a pasar de forma rápida las horas de espera. Ambos salieron al jardín y aprovecharon los rayos directos del sol para expulsar todo su fuego y lanzarlo sobre el otro. Mila había mejorado muchísimo durante ese último año, pero Emil también. Desde que decidió dejarlo salir por completo para explorar sus límites y su control, su habilidad en general había progresado. Su técnica no era tan perfecta y precisa como la de su amiga, pero sí era más libre y, tal vez, por eso, más letal.

Los dos estaban bañados en sudor cuando Mila decidió que quería tomarse unas horas para descansar el cuerpo y regresó a la mansión. Emil se había quedado un rato más, exigiéndose y dejando escapar lo que sentía en forma de llamas. Sólo se detuvo cuando notó unos curiosos ojos negros y plateados observándolo desde las ventanas. Los sirvientes de la mansión ya estaban despertando, lo que significaba que pronto saldría la luna.

Se quedó bajo el sol todo el tiempo que pudo para abastecer su reserva. Esperaba no necesitarla esa noche, pero lo mejor era prevenir.

Una pequeña sonrisa, de esas sinceras que ya casi no le nacían, se posó en sus labios al ver a Mila y a Rhea juntas. Estaban en el sillón largo; su amiga se había recargado en el hombro de la capitana y esta apoyó su cabeza en la de Mila. Su corazón reaccionó de forma contradictoria ante la imagen. Por un lado se llenó de alegría, porque Mila merecía ser feliz. También Rhea. Por otro lado sintió un vacío, porque recordó que él jamás podría tener algo así. Porque ya lo había tenido y lo había perdido.

Las personas siempre decían que el dolor sanaba con el tiempo, pero él comenzaba a pensar que sus heridas necesitarían más que eso.

Tal y como lo predijeron, la luna estaba en el cielo, grande y redonda, pero no había señales del mensajero. Era una noche fría en Ilardya, así que todos se pusieron varias capas de ropa antes de salir camino al castillo. Ali se encontraba afuera de la Mansión Este. Rhea le había enviado un mensaje urgente pidiéndole que trajera a los cinco lobos del *Victoria* y así lo hizo. Cada lobo podía llevar a dos personas, y también estaba Oru, así que serían un máximo de doce.

Al final se llegó a la conclusión de que sólo diez personas irían al castillo, ya que Zelos no creía que la cosa fuera a pasar a mayores. Después de todo, sólo iban a preguntar amablemente si habían visto al príncipe Ezra por ahí. De la Guardia Real iban tres solaris y el general Lloyd. Del Consejo iban Zelos y Lady Minerva. En otro lobo iban Rhea y Mila; Nair tenía uno para ella sola y Emil iba montado en Oru.

El lobo de Bastian estaba muy encariñado con ambos hermanos Solerian. Cada vez que Bastian visitaba el castillo de Eben llevaba a Oru con él, así que se había creado una especie de vínculo entre ellos.

El camino al Castillo de la Luna se hizo corto gracias a la velocidad de las majestuosas criaturas. Emil recordaba la primera vez que montó un lobo, cuando tuvieron que cruzar el Bosque de las Ánimas. En ese tiempo la experiencia le había parecido terrible, pues acababa de perder a toda su guardia personal de forma sádica y brutal, además estaba peleado con Elyon. A eso debía sumarle que el Bosque de las Ánimas era el lugar más desolador en el que había estado, así que no pudo disfrutar aquel momento.

Pero ahora era distinto.

Mientras sentía la brisa helada acariciar su rostro y revolver su cabello, su cuerpo vibraba con emoción.

Llegaron al castillo por la entrada principal y, sin bajar de los lobos, se acercaron a los guardias que vigilaban la entrada. Eran cuatro, lucían confundidos de verlos allí.

—Rey Emil Solerian, no nos avisaron de su llegada.

Emil habló con firmeza.

—Necesito ver a la reina Lyra.

Los guardias se miraron unos a otros, dudosos.

—Eso no será posible, su majestad —dijo uno de ellos.

Emil tuvo que tragarse su frustración. Sabía que iban a negarle ver a Lyra, pero no había querido dejar de intentar.

—Sabemos que la reina Lyra es una persona muy reservada —habló Zelos, bajándose del lobo en el que iba—. Así que, en caso de que ella no pueda recibirnos, pedimos ver a los Viejos Sabios.

—No es eso —respondió otro guardia—. No es posible que vean a la reina porque no está en el castillo.

Ante esa revelación se hizo un silencio total. Era como si incluso el viento hubiera dejado de soplar.

—Disculpen, pero teníamos entendido que la reina no dejaba el castillo —dijo Zelos, usando su tono de voz más diplomático—. Por lo menos, no desde su coronación.

—Está en lo correcto, esta es la primera vez.

Emil no daba crédito a lo que escuchaba. ¿La reina de Ilardya al fin se había dignado a salir de su castillo? ¿Por qué? Dudaba que fuera sólo porque quisiera dar un paseo.

—¿Nos podrían decir a dónde fue? —se atrevió a preguntar.

Esta vez, el guardia más serio fue el que habló.

—No se nos compartió esa información —espetó. Su voz era rasposa y dura.

Por supuesto que no.

—Entiendo —respondió, bajándose de Oru—. Entonces necesitamos ver a los Viejos Sabios. Por favor, notifíquenles que estamos aquí.

Los guardias volvieron a mirarse, como preguntándose qué hacer. Al final no tuvieron más remedio que aceptar su petición. Uno de ellos abrió el portón de la entrada para avisar. En el momento en el que entró, Oru corrió a una velocidad tan impresionante que los hombres apenas alcanzaron a reaccionar.

—¡Atrapen a ese lobo! —rugió un guardia.

Tres de ellos comenzaron a perseguir a Oru por el puente que conectaba la entrada en tierra con la del mar, pero el lobo era mucho más rápido. Emil no creía que pudieran alcanzarlo. Quiso aprovechar la conmoción para intentar entrar, pero el guardia restante, sin tocarlo, lo interceptó.

—Lo siento, su majestad, debemos esperar la aprobación de los Viejos Sabios.

—Y yo debo asegurarme de que no le hagan daño a ese lobo.

—No se preocupe por eso —dijo, cerrando el portón—. Siento que tengan que esperar. Tan pronto obtenga respuesta se lo haré saber.

Emil entendía que el guardia estaba dando por finalizada la conversación, así que, ahora sí, no les quedaba más remedio que esperar. Se acercó al grupo y les indicó silenciosamente, con un movimiento de cabeza, que se alejaran un poco. Tenían cosas que discutir. Una vez que estuvieron a unos cuantos metros de la entrada, comenzó a sacar sus pensamientos.

—Esto es muy extraño —dijo en voz baja—. Tenemos que decidir cómo proceder.

—¿A qué se refiere, su majestad? —preguntó Lady Minerva—. Se supone que vamos a esperar a los Viejos Sabios, ¿no?

—Si nos permiten entrar al castillo, sí —respondió—. Pero si nos niegan la entrada, necesitamos decidir cómo vamos a encontrar a Ezra. Además, me da curiosidad saber a dónde fue la reina Lyra.

Una parte de Emil sentía que eso no era de su incumbencia, pero la parte más racional le gritaba que sí lo era. Tenía suficientes pruebas para sospechar que Lyra estaba involucrada con el comportamiento del sol, y aunque nada era contundente, su instinto le decía que esta vez no se equivocaba.

—Tal vez en las calles de Pivoine la vieron —sugirió Rhea—. Aunque también está la posibilidad de que haya ido por mar. Si fue así, mi tripulación puede averiguar dónde está.

—Esperen, tenemos que concentrarnos en una cosa a la vez —intervino el general Lloyd, alzando una mano a la altura de su pecho—. Su majestad, estamos de acuerdo en que, en este momento, lo más importante es averiguar si su hermano está encerrado en el castillo, ¿cierto?

El general tenía razón.

—Sí. Ezra va primero —respondió.

—Y Sebastian —agregó Nair y luego se cruzó de brazos—. No es que me importe mucho, la verdad. Es sólo que necesito rescatarlo para poder burlarme de él por eso y porque lo atraparon.

En ese momento escucharon el sonido del portón abriéndose. El guardia que les había dicho que esperaran corrió hacia ellos.

—La sabia Igatha los recibirá enseguida —dijo, extendiendo un brazo hacia la entrada—. Síganme. Sólo les pido que dejen a los lobos, ellos pueden quedarse en la entrada en tierra.

Bajaron de los lobos y siguieron al guardia. Al frente iba el general Lloyd, seguido de Zelos y Lady Minerva. Emil y el grupo de jóvenes iban en medio; y atrás los soldados de la Guardia Real. Mila tomó del brazo al joven rey y susurró:

—Esto me da mala espina. Dijiste que los Viejos Sabios dejaron muy claro que no éramos bienvenidos en el castillo.

Emil asintió.

—Pero no nos queda otra opción, es nuestra única oportunidad para entrar.

—Lo sé. Hay que tener cuidado.

Atravesaron el umbral en tierra y siguieron su camino por el puente. El sonido de las olas solía relajarlo, pero esa noche rugía agresivo; casi iracundo. Era como si también el mar quisiera advertirles que no avanzaran más.

—Por todas las estrellas —susurró Rhea con asombro—. Miren la luna.

Emil alzó la cabeza. Lo que vio en el cielo nocturno lo dejó paralizado. La luna estaba llena, tal y como hacía un momento, pero ahora tenía algo distinto. Se estaba comenzando a pintar de carmesí. Una parte del astro se teñía de un rojo tan intenso, que parecía sangre.

—No puede ser...

Pero así era.

La Luna Roja estaba llegando.

Capítulo 24
BASTIAN

Bastian Yuenai no había llorado en años.

No había llorado desde que decidió que iba a ser fuerte. Desde que decidió que iba a proteger su corazón a toda costa.

Era muy pequeño cuando comprendió que, por más amor que le diera a sus padres, este jamás sería correspondido. Con su padre, el rey Dain, era más evidente. Ese hombre sólo pensaba en él mismo y en el poder, jamás le mostró una pizca de cariño a Bastian.

Con su madre era difícil. Sabía que la reina Adria lo había amado con locura; algunos de sus recuerdos más felices eran en los que su madre lo abrazaba o acariciaba su cabello. Tenía muy pocos recuerdos así. Su madre era una mujer voluble. En sus noches buenas lo llevaba al salón de música y cantaban y tocaban y reían. En sus noches malas, que eran la mayoría, era implacable y cruel. Era tanto su afán de moldear a Bastian para que fuera el rey perfecto, que a veces olvidaba que su hijo era una persona y no un muñeco de barro.

Así que, desde pequeño, aprendió a proteger su corazón de sus padres. O eso intentaba. Su madre lograba atravesar sus defensas con cualquier gesto mínimo de afecto.

Luego tuvo a sus primeros amigos, Nair y Alistar. Ellos habían llegado a su vida para cambiarla. De pronto, sus noches en el castillo ya no eran tan solitarias. Ellos lo hacían feliz y Bastian, tan estúpido, había dejado que las barreras de su corazón se cayeran. Porque sus amigos jamás lo lastimarían.

Hasta que lo hicieron.

No fue su culpa. Nair había tenido que irse cuando despidieron a su madre de la cocina y Alistar dejó de tener tiempo para él cuando comenzó a trabajar de tiempo completo en la biblioteca. Bastian lo sabía, pero su maldito corazón no tenía piedad y dolía y dolía y dolía. Porque otra vez estaba solo. Otra vez sólo tenía las noches buenas y malas de su madre. Otra vez no tenía a nadie más que a Oru, su amigo más leal.

Oru era una criatura libre que iba y venía al castillo cada vez que quería. Bastian anhelaba ser como él.

Tiempo después, Lyra volvió al castillo para empeorarlo todo.

Al inicio, Bastian pensó que podrían ser amigos. Después de todo, esa chica de ojos distantes era su hermana. Siempre supo que tenía una, aunque no la había conocido. Pero Lyra no tenía interés en Bastian, o por lo menos no una buena clase de interés.

Ella gozaba torturándolo con sus ilusiones. Sombras que eran tan reales que parecían tener vida propia. Él nunca había conocido a un lunaris que pudiera materializar sus ilusiones como Lyra lo hacía. Era poderosa y lo sabía; jamás dudó en usar su magia para su beneficio. La utilizaba como venganza.

Se había asegurado de volver loca a la reina Adria. Todos los días, Bastian la escuchaba gritar. Sabía que era porque las ilusiones de Lyra la atormentaban cuando intentaba dormir. La perseguían a todos lados, arrinconándola, aterrorizándola... tal y como a él.

Sólo que él había resistido.

Su madre no.

El día que la reina Adria murió, Bastian lloró por última vez. Sin su madre en el castillo, ya no tenía sentido estar ahí. Al rey Dain ni siquiera pareció importarle la muerte de su esposa, pues estaba demasiado inmerso en los planes que comenzó con Lyra. Ella le había brindado poder absoluto con los cristales y él la complacía en todo por mera conveniencia.

Bastian dejó de dormir en el castillo cuando intentaron reclutarlo en la secta de Avalon casi a la fuerza.

Su padre ni siquiera notó su ausencia.

A Bastian le daba igual, porque ya había decidido que nunca más abriría su corazón. Los momentos más dolorosos de su vida los habían causado otras personas: se iban, lo lastimaban, lo rechazaban. Y él se hartó de sufrir. El niño que había sido tomó toda la fuerza que le quedaba para ponerse una armadura y esta resultó ser de la medida perfecta.

Y, vaya, él pensaba que su armadura era irrompible. Hasta que llegó Ezra.

Pero Ezra no la rompió, lo que hizo fue más cuidadoso, más gentil, más gradual: fue retirándola, pieza por pieza, de su corazón. Bastian intentó resistirse, intentó defenderla a capa y espada. Ezra logró que bajara la espada y estas eran las consecuencias.

Sin espada y sin armadura, le habían sacado el corazón del pecho.

O por lo menos eso sintió cuando su hermana se llevó a Ezra. Pero no tenía tanta suerte. Si en verdad le hubiera arrancado el corazón, no dolería tanto. No había llorado. Al parecer había perdido la capacidad de hacerlo, pero no recordaba la última vez que había sentido tantas ganas.

Jamás se iba a perdonar haber permitido que Lyra se lo llevara. La imagen de Ezra rodeado de su propia sangre, pálido y luchando por mantener los ojos abiertos, era una que lo atormentaría por siempre.

Sin pensarlo, volvió a golpear la puerta de madera con toda su fuerza. Esta, obviamente, resistió. La había pateado y golpeado tanto que sus nudillos tenían sangre seca incrustada, combinada con la sangre fresca de los intentos más recientes.

Se dejó caer al suelo lleno de frustración, recargándose en la pared. No se había movido de donde estaba en horas. Ese punto del cuarto era el único en el que su claustrofobia no se apoderaba de él. Ahí la prisión no se encogía. Ahí había suficiente aire.

Así que ahí estaba.

Un fuerte sonido hizo que abriera los ojos. ¿En qué momento se quedó dormido? Sacudió la cabeza para aclarar sus sentidos y volvió a escuchar el ruido. Eran golpes sólidos, estridentes. Se levantó de su sitio y pegó la oreja a la puerta de madera.

Dio un paso atrás cuando sintió otro golpe. Pero no era un puño o un objeto, era como si un animal estuviera arremetiendo contra la puerta. ¿Sería posible que...?

—¿Oru?

—Bastian, ¿eres tú? Por todas las estrellas.

Jamás pensó que la voz de Alistar pudiera tener un efecto tan demoledor en él.

—¡Alistar, sácame de aquí! —exclamó con urgencia.

Hubo una pausa en la que Bastian escuchó pasos.

—Aléjate de la puerta, voy a volarla.

Bastian no puso objeción. Se hizo a un lado y en cinco segundos hubo una explosión de astillas de madera. Lo primero que vio fue a su amigo con una antorcha y tuvo que entrecerrar los ojos para que la luz tan repentina no le calara. Después, Oru se lanzó hacia él, casi derribándolo. Lo recibió con los brazos abiertos.

—No puedo creer que me encontraran, nadie conoce estos túneles.

Acariciaba el lomo del lobo, pero miraba a Alistar.

—Oru te rastreó. Llegó corriendo a mi habitación y entendí que debía seguirlo —respondió Alistar—. Nair y yo sabíamos que los habían atrapado. Los he buscado por todo el castillo, pero la reina los ocultó bien.

Fue en ese momento que Alistar se asomó al cuarto.

—¿Dónde está Ezra?

Bastian sintió como si le hubieran pateado el estómago. Oru notó el cambio en la postura de su compañero y se separó un poco de él, mirándolo con ojos cristalinos. El lobo siempre parecía entender sus sentimientos a la perfección.

—Mi hermana se lo llevó.

Alistar alzó ambas cejas. Antes de decir cualquier cosa, observó a Bastian con detenimiento, como analizándolo.

—Lo siento mucho —soltó al fin.

—No lo sientas, Ezra está bien. Tiene que estarlo.

Porque ahora que había salido de esa prisión inmunda, iba a ir por él y se largarían del castillo para nunca volver. ¿Quién iba a decir que su amigo siempre había tenido la razón? No debieron entrar. Maldición, ¡Alistar incluso le había advertido que estaría arriesgando la vida de Ezra si lo hacían!

Alistar suspiró.

—Entonces supongo que no saldremos de aquí hasta encontrarlo.

—Supones bien —respondió decidido—. También tenemos que ir por Elyon.

—¿Quién es Elyon?

—Luego te explico. Vamos, antes de que mi hermana baje.

—Espera, Bastian —le dijo. Con sólo su tono de voz le indicó que se calmara—. La reina Lyra no está. Salió del castillo apenas anocheció.

Bastian abrió los ojos de par en par. Lyra jamás salía del castillo. Incluso antes, cuando volvió del internado, no dejaba el lugar. ¡Por todas las estrellas, era conocida como la reina que ni siquiera se había presentado ante su pueblo! Todo porque rehusaba salir del maldito castillo. La última vez que lo hizo fue cuando siguió al rey Dain a la Isla de las Sombras y capturó a Elyon.

Era evidente que ahora tampoco había salido sólo porque sí. Lyra Yuenai iba a hacer algo perverso esa noche.

—Alistar…, ¿cómo está la luna hoy?

—Roja.

—Mierda.

—Todavía no está completamente roja, pero está comenzando a adquirir esa coloración —le informó—. Yo apenas lo noté, pero en el castillo ya se está haciendo el caos, todos están alarmados.

—Tienen razón para estarlo —respondió.

Debía detener a Lyra, eso no estaba a discusión. Pero también tenía prioridades: no iba a salir del castillo sin Ezra.

—Primero vayamos a la celda de Elyon, aunque creo que será en vano. Estoy seguro de que mi hermana la llevó con ella —dijo Bastian, caminando hacia el cuarto donde habían encontrado a la chica.

Su corazón (ese desgraciado) estaba martillando con fuerza en su pecho. Presentía que esa noche acabaría en tragedia y se negaba a considerar todo lo que podía salir mal. Aceleró el paso, casi corría cuando se detuvo frente a la puerta donde Elyon estaba encerrada. Ya no quedaba rastro del destrozo que hizo cuando usó telequinesia.

—Alistar, necesito que vueles la puerta.
El aludido arqueó una ceja.
—¿Por qué no lo haces tú?
—¡Mi reserva está agotada, idiota! —bramó, luego añadió con ironía—: No sé si recuerdas que estaba atrapado sin ningún contacto con la luna. Fue hace poco, de hecho.
Alistar puso los ojos en blanco.
—Contigo lo mejor es ir al grano —farfulló—. Te sugerí que lo hicieras porque sé que podrás. Esta luna es distinta y poderosa, puedo sentir claramente cómo su energía traspasa los muros. Si no estuvieras tan inmerso en tu miseria, también lo habrías sentido.
Bastian estaba preparado para contestarle con alguna otra irreverencia, pero las palabras de Alistar lo detuvieron en seco. No tuvo ni que cerrar los ojos para darse cuenta de que tenía razón. Tan pronto concentró su atención en su magia, pudo sentirla, lista y potente. Tanto que no podía creer que no la hubiera notado antes.
Era tan grande el poder que ni siquiera tuvo que visualizar lo que quería hacer. Con una ráfaga de aire que se sintió como un tornado, la puerta de madera voló en pedazos.
—De nada —dijo Alistar.
Bastian entró al cuarto para encontrarse con lo que ya sabía: Elyon no estaba.
Lyra iba a utilizarla para algún ritual enfermo de la secta.
—Espero que no sea muy tarde —susurró para sí mismo, luego miró a su amigo—. Tenemos que detener a Lyra, pero antes hay que encontrar a Ezra.
—No está en las mazmorras del castillo. Fue el primer sitio donde revisé. De hecho, he buscado por todo el maldito lugar. Sólo me faltaban estos túneles, tiene que estar aquí.
Comenzaron a recorrer los túneles a prisa, volando en pedazos cada puerta cerrada, pero los cuartos estaban vacíos. No eran demasiados, había cinco en total, así que no se demoraron mucho. Bastian quería gritar, pues cada que entraba a uno y no veía a Ezra, un pedazo de su corazón (ese imbécil) se agrietaba. El pecho le dolía más con cada segundo que pasaba. Era más de lo que podía soportar.
Oru frotó el hocico contra el brazo de Bastian.

Eso lo calmó un poco.

No podía perder la cabeza. No podía entrar en estado de desesperación. Tenía que encontrar a Ezra, no había otra opción a considerar. Estaba decidido.

—¿Dónde más podría estar? —preguntó en voz alta—. ¿Seguro que ya revisaste todo el castillo?

Alistar asintió.

—Cada rincón. A menos que haya algún otro lugar secreto.

—No que yo sepa. Aunque con Lyra nunca se sabe...

Lyra.

—¿Qué tal si mi hermana se lo llevó? —se atrevió a considerar, aunque esperaba estar equivocado.

—No podremos saberlo si nos quedamos aquí.

Bastian se tomó la cabeza con ambas manos. Algo le decía que Lyra sí se había llevado a Ezra, pero ¿qué tal si no? Se odiaría a sí mismo si salía del castillo y lo dejaba atrás. Pero confiaba en Alistar y si él decía que ya había revisado todo el lugar, no tenía sentido perder el tiempo buscando allí, serían horas desperdiciadas.

—Bien, salgamos de aquí. —Se dirigió a la puerta que daba a la habitación de su madre para salir por la playa—. Ya descubriremos a dónde se fue. Será la mejor ilusionista que existe, pero fuera del castillo no puede esconderse. Y menos de noche en Pivoine. Esta es mi ciudad y conozco cada uno de sus rincones.

Alistar y Oru lo siguieron.

—Me alegra que estés recuperando el espíritu —dijo su amigo. Su tono era serio pero con tintes de sarcasmo—. Mas no hay que descubrir nada. Escuché a quienes prepararon el barco en donde se fue. Sé dónde está la reina.

Bastian se frenó en seco y se giró hacia Alistar casi como resorte.

—¿Y por qué no lo dijiste antes?

El aludido se encogió de hombros, como si la situación no fuera de vida o muerte.

A veces, Bastian sentía ganas de estrangular a sus amigos.

—Mi prioridad era encontrarte y sacarte del castillo, no pensé que necesitáramos detener a la reina.

—¿Dónde está?

Si Alistar no le decía pronto, iba a explotar.

—En el Bosque de las Ánimas.

Bastian tuvo que asimilar la información antes de actuar. Aquello sólo empeoraba. Ese bosque era un lugar maldito, todas las historias que lo rodeaban terminaban en muerte. Odiaba cruzarlo cada vez que iba a Eben a visitar el Castillo del Sol, y eso que con Oru el viaje era rápido. Aun así, siempre que pasaba por ahí sentía como si algo lo persiguiera y lo intentara atrapar para no dejarlo ir jamás.

Apretó los puños. Su sangre hervía y su magia exigía ser liberada.

Eso lo guardaría para su hermana.

Por otro lado, su corazón (ese estúpido) latía con fervor, más expuesto que nunca.

Ese era para Ezra. Porque iría por él hasta el fin del mundo.

Iría al Bosque de las Ánimas y jamás se había sentido tan seguro de algo en su vida. Eso le hizo pensar en la posibilidad de que Ezra tuviera razón. Tal vez sólo era cuestión de elegir. El amor lo podía hacer vulnerable, pero también lo podía hacer fuerte. ¿Y ahora mismo?

Se sentía más fuerte que nunca.

Capítulo 25
ELYON

Estaba en el Bosque de las Ánimas.

En ese horrendo lugar al que hubiera preferido no regresar jamás.

Cuando Lyra y Deneb fueron por ella, antes de que anocheciera, la hicieron cambiarse a un vestido blanco y simple, sin mangas y hasta la rodilla. Luego le cubrieron los ojos y la ataron de manos. Después la sacaron de su prisión.

Una parte de Elyon no lo podía creer a pesar de que ya tenía sospechas de que así sería. No podía recibir la bendición de Orekya y convertirse en la nueva Avalon si no estaba directamente bajo la Luna Roja.

Después de un rato, le quitaron la venda de los ojos. Lo primero que vio fue el cielo, grande e infinito. La compuerta de su prisión le daba una visión muy limitada, así que poder divisarlo en toda su inmensidad le daba vida. ¡Al fin estaba al aire libre! El viento rozaba su piel y movía su largo cabello. Elyon daría todo por seguirlo, por volar.

Luego vio la luna. Era redonda y se bañaba en sangre. Un escalofrío recorrió su espalda cuando sintió como si tirara de su pecho. Como si el astro la estuviera llamando con insistencia. Era una sensación familiar y desconocida a la vez. Pero ¿cómo podía ser familiar? Jamás había estado ante la luz de la Luna Roja. Bajó la mirada, ya no quería observarla.

Pero al bajarla se topó de lleno con un grupo de personas vestidas con túnicas blancas.

Decenas de personas que parecían mirarla sólo a ella. Esperándola.

Desvió la mirada para analizar sus alrededores. Se encontraba en el claro de un bosque; en un inicio no sabía de qué bosque se trataba, pero cada vez sentía su respiración más agitada. El claro estaba rodeado de enormes árboles secos y grises que lucían muertos. Y el suelo no parecía tierra, sino polvo. No... ceniza.

Fue cuando se dio cuenta de que estaba en el Bosque de las Ánimas.

Que el *sectae* fuera a realizar la ceremonia en ese lugar de pesadilla no le daba buena espina. Pero ya estaban ahí y no había vuelta atrás.

A su derecha se encontraba la reina Lyra y a su izquierda estaba Deneb, atendiendo a un hombre que llevaba puesto el mismo uniforme que el resto de los presentes. Elyon, ahora sí, decidió dedicarles una mirada prolongada a las personas que la rodeaban. Eran los miembros del *Avalon Sectae* que fueron a verla aceptar su destino. Estaba segura de que no eran todos, probablemente sólo los rangos más altos se encontraban allí.

La miraban con veneración.

A pesar de que sus bocas estaban cubiertas por un largo trozo de tela, sus ojos reflejaban demasiados sentimientos. Era la noche que habían estado esperando.

A Elyon le fastidiaba un poco que ella fuera la pieza más importante y no tuviera idea de qué iba a pasar. Estaba ansiosa, pero no sabía si de buena o mala manera. Maldición, ¿cuándo iban a soltarle las manos? Las cuerdas la lastimaban y eso le causaba más ansiedad. De hecho, todo el lugar contribuía con eso.

Miró de nuevo hacia el cielo. La luna ya era más carmesí que marfil. Faltaba poco, muy poco.

—Hermanos y hermanas, les habla *mader* Deneb —exclamó el oráculo, su voz resonó por todo el claro—. Son ustedes privilegiados de estar aquí bajo esta Luna Roja, formando parte de la noche del nuevo comienzo. Nuestra gran líder, *mader* Lyra, me ha concedido el honor de ser la maestra de ceremonias.

Cuando los presentes fijaron su vista en Deneb, el brillo en sus ojos adquirió otro tipo de intensidad. Antes lucían maravillados, ahora... parecían rayar en la locura.

—La Luna Roja está a punto de tomar el cielo, ¡y Orekya le dará la bendición a la elegida! —continuó Deneb y extendió los brazos—. El sol se ha tornado en tinieblas, la noche eterna comenzará ¡y será el inicio de nuestro camino a la gloria!

¿Noche eterna?

Elyon apenas estaba asimilando lo que acababa de escuchar cuando el oráculo la tomó del hombro para hacerle dar un paso al frente. Ella casi tropieza, pero logró balancearse.

—A partir de ahora, el nombre de Avalon pasará a ser: Elyon —dijo, mientras extendía el brazo hacia ella—. Elyon, que está tocada por la luna y por el sol. Elyon, que con su poder logró abrir la tumba que yacía sellada desde la muerte de nuestra creadora. Elyon, que vengará las injusticias e iluminará a todos los hijos de la luna.

En ese momento, los presentes comenzaron a aplaudir extasiados.

Elyon tuvo que resistir el impulso de retroceder, pues cada vez los veía más cerca de ella.

El discurso de Deneb la inquietaba. Sentía que apenas entendía una parte mínima de cuál sería su papel en eso que era tan grande como un milenio. Si ella sería la que los iluminaría a todos (no tenía idea de cómo iba a hacer eso), ¿eso significaba que se convertiría en la líder del *sectae*? No. No lo creía. La reina y el oráculo jamás se lo permitirían. En el fondo sabía que la iban a usar a su conveniencia, como a una marioneta.

Por eso le seguían ocultando cosas.

—Elyon, repite conmigo —habló Deneb, mirándola a los ojos.

No tuvo más remedio que asentir.

—Yo soy Elyon, la nueva Avalon, y acepto mi destino —exclamó el oráculo.

Era una frase corta, pero Elyon sentía que era la más importante que diría en su vida. Sentía como si esa frase fuera a marcar un antes y un después. Abrió la boca, pero a su garganta le pesaban las palabras. Tuvo que tragar saliva y tuvo que armarse de valor y tuvo que tomar una decisión. Porque, aunque no tenía certeza de muchas cosas, sí la tenía de una:

El universo al fin le estaba mostrando que su existencia era importante.

Toda su vida había buscado la respuesta. ¿Por qué y por qué y por qué? Los recuerdos pasaron por su mente como ráfagas de luz. El más potente era de un barco, una noche, una misión. Estaba con Emil; él la miraba como si ella fuera el ser más maravilloso que existiera. Y ahí, ante sus ojos color miel y su corazón lleno de fuego, Elyon había dicho: «Todavía no descubro por qué estoy aquí, pero lo haré».

De alguna manera, todas sus aventuras la habían llevado hasta ese preciso momento. A la Noche de la Luna Roja. Porque tal vez era por eso

que estaba aquí.

—Yo soy Elyon, la nueva Avalon, y acepto mi destino.

Deneb cortó la cuerda que ataba sus manos.

Todos respondieron a coro:

—*¡Benedae mader Elyon!*

Y la luna se tornó completamente roja.

Abrió los ojos. Ya no estaba en el Bosque de las Ánimas.

Pero tampoco en un lugar desconocido, ya había estado ahí antes. Era la Isla de las Sombras.

¿Estoy soñando?

Se encontraba justo en el templo, al centro veía perfectamente el pozo de cristal. La tumba de Avalon. Pero no estaba destruida, no estaba abierta. Eso significaba que era una visión del pasado. De antes de que ellos encontraran la isla.

La luna estaba llena, pero no roja.

¿Qué estoy haciendo aquí?

Su voz no podía materializarse. En su propia mente la sentía sólo como un eco. ¿Qué estaba pasando? Hacía unos segundos se encontraba bajo la Luna Roja, rodeada del *sectae,* y ahora… estaba allí. Caminó con lentitud hacia el pozo de cristal y cuando estuvo a un paso de él le dedicó una mirada amarga. Le recordaba el inicio del fin.

Posó su mano sobre él. O eso intentó, porque esta lo traspasó. Como si su cuerpo y la isla no estuvieran en la misma dimensión.

El sonido de unas pisadas suaves la hizo brincar del susto. Pensó que estaba sola, pero alguien se acercaba. Se alejó un poco del pozo, mas no se escondió. Estaba segura de que, fuera quien fuera, no podría verla.

Es como si no estuviera aquí.

Una niña muy pequeña y pálida entró al templo. Estaba empapada, sus cabellos color ceniza se le pegaban en la cara. Sus ojos grandes lucían aterrados y se abrazaba a sí misma mientras intentaba no llorar.

Esa niña pequeña era ella.

Elyon se tapó la boca con ambas manos. Su cabeza empezó a dar vueltas y sus piernas cedieron. Se dejó caer al suelo sin quitarle la vista de encima a la niña. No podía ser no podía ser no podía ser. Pero sí que podía.

No tenía duda alguna, estaba presenciando su pasado.

No, alguien se lo estaba mostrando.

Esos recuerdos que le habían arrebatado ahora le eran devueltos.

Al fin iba a saber qué le había sucedido durante los tres días en los que estuvo desaparecida. Su yo pequeña, de alguna manera, había llegado a la Isla de las Sombras, ¿o será que la isla había llegado a ella?

No quería parpadear. No quería perderse ni un segundo de esa memoria.

Estaba a punto de saber cómo había nacido su magia lunar.

La pequeña estaba de pie frente al pozo, mirándolo con curiosidad. Se quedó allí parada durante varios minutos sin hacer nada. Seguía abrazándose y temblaba, sus dientes chocaban unos contra otros. Elyon la miraba con fascinación. Esa niña todavía era feliz, todavía tenía el amor de sus padres, todavía no conocía el rechazo. Esa niña no sabía lo que estaba a punto de ocurrirle.

«Elyon».

Los vellos de Elyon se erizaron al escuchar esa voz. Era una voz que desconocía, pero que por alguna extraña razón recordaba vagamente. Al parecer la pequeña también la había escuchado, porque miraba para todos lados, confundida.

«Elyon».

Esta vez, la voz claramente surgió del pozo. La pequeña se percató de aquello y recorrió la poca distancia que quedaba entre ellos. Sus ojos ya no mostraban curiosidad o confusión, se habían nublado casi por completo. Era como si algo ahí dentro la llamara de forma hipnotizante. Era insistente y fuerte y la niña no pudo resistirse.

Lo tocó.

En ese momento, Elyon se quedó sin aire y cerró los ojos.

Cuando los abrió, era una con la niña pequeña. Podía tocar y podía ver y podía *sentir* lo que ella sentía.

Todo se puso negro, a lo lejos pudo divisar unos ojos grandes y amarillos. Elyon dio un paso hacia atrás, pero eso no cambió nada, porque sentía que esa presencia la rodeaba por completo. Estaba en todo el espacio. Era como si la presencia fuera... absoluta.

«Elyon».

La voz era ancestral y carente de emociones. La escuchaba cerca, como si le hablara al oído. Y distante, como si estuviera en otra habitación. La cosa es que ahí no había muros, no había nada, sólo oscuridad. Pero logró recordar: ¡esa era la voz que la había llamado cuando cruzó el Bosque de las Ánimas en lobo! La de los ojos amarillos que la observaron y la aterrorizaron en ese inmundo lugar. Pero ¿a quién pertenecía esa voz? ¿Acaso era la de Avalon?

Intentó controlar su cuerpo, pero fue inútil. Estaba reviviendo lo que había ocurrido en esos tres días y no podía hacer nada para cambiarlo. Era una mera espectadora.

—¿Quién eres? —preguntó en un hilo de voz.

«Soy todo».

—No entiendo.

«Mi nombre es Orekya».

La pequeña niña seguía completamente confundida, pero ella ya estaba entendiéndolo. Orekya la había llamado.

—¿Dónde estoy? Quiero ir a casa... —dijo la niña.

«Estas conmigo. No te preocupes, te ayudaré a volver a casa. Pero antes... necesito tu ayuda».

—Si te ayudo, ¿me prometes que iré a casa?

«Una diosa jamás miente».

La niña asintió.

—Bien, te ayudaré.

«Mi poder es enorme y ha vivido sellado durante casi un milenio. Este cristal es una prisión para mí, ha ido absorbiendo toda mi esencia».

—Eso suena horrible...

«Con mi poder contenido aquí, estoy al borde de la desaparición. Necesito un nuevo conducto. Elyon, pase lo que pase, no despegues tus manos del pozo de cristal, ¿estás lista?».

—Sí, pero... ya no estoy en el pozo de cristal.

«Te equivocas. No te has movido».

En ese momento, la oscuridad desapareció como si hubiera sido succionada. Frente a ella estaba nuevamente el pozo de cristal. Sus manos todavía lo tocaban. La presencia de Orekya aún se sentía cercana y lejana a la vez, en cada rincón. Su voz áspera y ancestral repitió:

«No despegues tus manos hasta que te conceda el permiso. Resiste, Elyon».

Lo primero que sintió fue como si algo tirara de su pecho.

Eso dio paso a un dolor inigualable que la recorrió desde la punta de los dedos hasta los talones, y su visión se tornó roja durante unos instantes. La pequeña soltó un grito desgarrador pero no se separó del cristal, tal y como Orekya se lo había ordenado. Después del dolor vino el poder. Un poder enorme que empezó como una chispa en su pecho y se extendía por todo su cuerpo. Sintió que sus piernas flaqueaban, pero aun así resistió.

Hasta que algo comenzó a estrangularla.

Tal y como en sus pesadillas.

Con horror se dio cuenta de que se sentía justo como esa presencia de sus peores sueños. De que era *esa* presencia. Descartó de inmediato la posibilidad de que se tratara de Orekya, pues a la diosa se sentía diferente, infinita.

Y esta... esta otra presencia intentaba detenerla. A Elyon... y a Orekya.

«Resiste, Elyon», repitió la diosa.

—N-no puedo... respirar —dijo la niña.

El poder crecía en su pecho a paso lento. Elyon podía sentir cómo una nueva clase de magia brotaba en su cuerpo. Una que no era tan cálida ni tan abrasadora, sino fría y bella. Pero sus pulmones agonizaban por la falta de aire, su visión se nublaba y era como si miles de alfileres se clavaran en su garganta. El poder de Orekya aún no terminaba de expandirse dentro de ella, pero ya no podría resistir mucho más.

Su cuerpo experimentó un violento espasmo que la hizo separarse del pozo y, antes de quedar inconsciente, creyó ver a quien la sostenía del cuello. Era una mujer de cabello negro y ojos oscuros. Esos ojos no reflejaban crueldad, era una mirada llena de tristeza.

Lo que más llamó su atención fue la gran cicatriz que iba desde la sien hasta los labios de la mujer.

Luego todo se hizo negro.

Abrió los ojos y dio una gran bocanada de aire, posando las manos sobre su cuello.

Lo primero que vio fue la Luna Roja. Gracias a ella se percató de que la visión había acabado, de que estaba de vuelta en el presente. Se encontraba recostada en el suelo. Su cuerpo se sentía pesado y diferente y como si fuera a

EXPLOTAR.

Tuvo que cerrar nuevamente los ojos para soportarlo. Estaba experimentando justo lo que sintió durante esos tres días, cuando Orekya le otorgó parte de su poder. Pero esta vez era distinto porque la chispa ya no luchaba por crecer dentro de ella. No, ahora esa chispa era un incendio que la calcinaba por dentro. La sentía en cada parte de ella.

Orekya había completado lo que no pudo terminar años atrás.

Porque en ese entonces, Avalon se lo había impedido.

Esa presencia de sus pesadillas siempre había sido Avalon. Esa presencia que intentó detenerla cuando rompió el sello de la tumba... había sido Avalon. ¿Pero por qué? No tenía sentido.

—¡Ha despertado!

La voz de Deneb la regresó al momento.

—Elyon, ¿qué sientes? —le preguntó el oráculo ofreciéndole su mano—. La bendición de Orekya ya ha caído sobre ti.

Elyon tomó la mano de Deneb para incorporarse. Su cuerpo se sentía extraño. El ardor del fuego cedía, pero daba paso a una nube negra con toda la fuerza de sus rayos. Con algo de miedo intentó rozar su magia lunar y casi se queda sin aliento al sentirla más potente que nunca. Dentro de ella habitaba algo peligroso.

—Puedo sentirla... —susurró.

El oráculo la escuchó y una enorme sonrisa adornó su rostro.

—¡Hermanos y hermanas, Avalon ha vuelto! —Una ola de aplausos resonó en el claro del bosque—. Pero hay que recordar que tiene un nuevo nombre: Elyon. Ella le brindará honor y justicia a la memoria de Avalon. Ella nos guiará en la venganza contra los hijos de Helios. Ella hará que el *sectae* sea la institución más poderosa de Fenrai.

—*¡Benedae mader Elyon!* —rugieron a coro.

—Elyon, has aceptado tu destino y ahora pasarás a formar parte de nosotros. De nuestro *sectae* —continuó Deneb—. Esta ceremonia también es tu iniciación.

Le dedicó una mirada de confusión.

—Pensé que... ya era parte de ustedes.

No era que quisiera ser parte del *Avalon Sectae*; pero con todo lo que acababa de ocurrir, simplemente lo asumió.

—No te preocupes, tu ceremonia de iniciación no será como la de un miembro regular. Pasarás directamente a los altos rangos —le aseguró Deneb—. Y como todo alto rango, debes demostrar que estás dispuesta a darlo todo por nuestra causa.

Elyon tenía un mal presentimiento.

—¿Qué debo hacer?

Como respuesta, la reina Lyra chasqueó los dedos.

En ese instante, frente a ella, aparecieron Ezra y Vela. Por un momento Elyon pensó que se trataba de una ilusión, pero algo en su pecho le decía que no era así. Que era real y que algo horrible estaba a punto de ocurrir.

Ezra estaba hincado, atado de pies y de manos, pero fuera de eso no tenía ningún rasguño. El pegaso estaba recostado sobre uno de sus costados y sus cuatro extremidades estaban sujetas con una cuerda.

—¿Elyon? —soltó Ezra, observándola con los ojos abiertos de par en par.

—¿Qué significa esto? —exclamó Elyon, mirando primero a Lyra y luego a Deneb.

—Sacrificio, Elyon —dijo el oráculo y luego extendió los brazos. Uno hacia Ezra y el otro hacia Vela—. Debes mostrarnos que estás dispuesta a lo que sea, incluso a sacrificar a un ser querido. Siempre cuidamos de tu pegaso con eso en mente, pero luego este hombre llegó a nosotras para darte la oportunidad de elegir.

¿Deneb hablaba en serio?

Volvió a posar sus ojos en Ezra. Él la miraba con intensidad, pero no con miedo. Luego observó a Vela, que relinchaba y agitaba sus alas en vano.

Deneb dio un paso hacia Elyon y de su túnica sacó una daga.

—Debes elegir tu sacrificio, Elyon —dijo.

Y le entregó el arma.

Capítulo 26
EMIL

El guardia de la entrada los había guiado a lo que parecía ser una sala de reuniones. Llevaban varios minutos esperando a la sabia Igatha. Zelos, Lady Minerva, el general Lloyd y los soldados se encontraban sentados, pero Emil, Mila, Rhea y Nair no se habían despegado de la ventana. El joven rey estaba genuinamente angustiado.

La luna se había tornado roja en su totalidad.

Eso no podía ser bueno. Aunque tampoco había ocurrido nada malo... aún. Emil se imaginó que, cuando la Luna Roja estuviera en el cielo, una catástrofe ocurriría de forma inmediata; pero no. Todo parecía estar en paz. Todo parecía seguir igual. Aun así, no podía quitarse del pecho la sensación de que algo funesto sucedería. Sólo era cuestión de esperar.

Pero no quería esperar.

Quería detenerlo con sus propias manos en ese preciso instante. La pregunta era: ¿cómo?

—Su majestad, qué sorpresa. —La voz de la anciana Igatha lo hizo voltear—. No lo esperaba. No quiero ser grosera pero sabe que nuestra reina no permite visitas en el castillo.

—Lo sé, pero es urgente —respondió Emil y caminó hacia ella.

—Claro, es por eso que hice una excepción —concedió, luego se dirigió hacia la mesa—. ¿Podemos tomar asiento?

Emil asintió y miró a las chicas para que lo imitaran.

—Se lo agradezco —dijo el joven rey una vez que se sentó—. No queremos quitarle mucho tiempo, así que debo ser directo.

La anciana asintió.

—Mi hermano, el príncipe Ezra, ha desaparecido. Y hay fuentes que dicen haberlo visto por última vez en el castillo.

Igatha alzó una ceja.

—¿Y por qué su hermano estaba en el castillo? —preguntó.

—Eso no lo sabemos.

—Sabia Igatha, no buscamos problemas, sólo queremos saber si algún guardia lo ha visto —agregó Zelos juntando las manos sobre la mesa.

La anciana guardó silencio por lo que pareció ser un minuto.

—No. O por lo menos, no se me ha informado —respondió y luego agregó—: No creo que su hermano esté aquí, su majestad. Yo me entero de todo lo que sucede en este castillo.

—Entonces seguramente sabe dónde se encuentra la reina Lyra en estos momentos —soltó Emil sin tono acusatorio; trató de impregnar legítima curiosidad en su declaración.

Un silencio sepulcral se adueñó de la habitación. La sabia Igatha le dedicó una mirada extraña al joven rey. O por lo menos él no podía descifrarla, pero era la primera vez que lo veía así. ¿Qué había detrás de esos ojos grises? En ese momento parecían ser una cortina de humo; una densa, de esas que no permiten ver absolutamente nada.

—Sí —respondió al fin—. Sé dónde está. Tenía un asunto muy importante que atender.

Emil en verdad quería ser diplomático. Quería hacer las cosas de la forma correcta. Quería, sobre todo, asegurar la paz entre Alariel e Ilardya, y eso implicaba no hacer enojar al reino de la luna. Pero su prioridad era proteger a su nación, siempre. Y en esos momentos, la Luna Roja representaba el mayor peligro. Si Lyra estaba involucrada de alguna forma, tenía que detenerla.

Desde que puso un pie en Ilardya había tratado ese asunto con evasivas, ¿y le había funcionado? No. Él tenía sólo unas cuantas respuestas, mientras Lyra siempre estuvo tramando algo y era probable que en ese preciso momento estuviera poniendo en acción su plan.

Así que tomó su decisión.

—Necesitamos que nos diga dónde está la reina —dijo sin más.

La sabia Igatha arqueó una ceja y apretó la mandíbula.

—Me temo que eso no será posible.

—Y yo me temo que no acepto esa respuesta —respondió sin quitarle los ojos de encima—. Vine a Ilardya buscando una audiencia directa con su reina y se me negó. Entiendo que sea una persona reservada, pero eso no debería liberarla de sus responsabilidades. Me parece una falta de respeto que no asista a las reuniones y que no se interese por asegurar la paz entre los territorios.

La anciana abrió la boca, sorprendida. Tuvo que aclararse la garganta antes de responder.

—¿Y no es una falta de respeto hacer esa clase de asunciones sobre nuestra reina?

—Disculpe, pero no son asunciones, es lo que ella ha demostrado.

Los presentes estaban callados, observaban impávidos la conversación.

—La reina Lyra tiene una forma muy particular de regir, así que entiendo que parezca que no está interesada, pero no es así. Es inteligente y sabe que Ilardya está en buenas manos con los Viejos Sabios —respondió Igatha—. Comprendo su frustración, su majestad. Sé que hubiera preferido tratar todos los problemas directamente con ella, pero así no hacemos las cosas aquí. Y lamentablemente, no puedo decirle dónde está la reina.

Emil suspiró y se levantó de la silla.

Los demás lo imitaron, con excepción de la anciana.

—¿Se va, su majestad? —preguntó.

—Así es. No puedo obligarla a que me diga dónde está, así que yo mismo la buscaré.

Alguien en Pivoine debía haberla visto. Si bien nadie le daría información a él, Rhea y Nair podrían preguntar.

Y todavía estaba preocupado por Ezra, tendría que idear algún plan para rescatarlo. No podía simplemente buscarlo en el castillo, eso sí que no se lo permitirían. Esperaba que Bastian estuviera con él. Tal vez los dos ya habían podido escapar y estaban escondidos.

—No creo que pueda encontrarla, Pivoine es una ciudad muy grande —dijo Igatha.

Emil comenzó a caminar hacia la puerta.

—Entonces será mejor que empiece a buscar de una vez. Gracias por su tiempo, sabia Igatha.

Abrió la puerta, pero antes de que pudiera poner un pie fuera de la sala, esta fue cerrada de forma brusca y fuerte. Emil se giró, confundido, al instante comprendió que había sido cerrada con telequinesia.

Ahora fue la sabia Igatha quien suspiró. Se levantó de la silla y comenzó a chasquear la lengua.

—Lo siento, su majestad, pero no puedo permitir que salgan —dijo juntando las manos detrás de la espalda—. Como le comenté antes, la reina atiende un asunto importante y no debe ser interrumpida.

—No puede encerrarnos —habló Lady Minerva—. Esto va en contra del protocolo.

—Me temo que en estos momentos hay cosas más importantes que el protocolo.

—¿Quiere decir que somos sus prisioneros? —dijo el general Lloyd sin molestarse en ocultar su enojo—. No puede hacerle esto al rey de Alariel.

La sabia Igatha sonrió.

—Si quieren salir, tendrán que pasar sobre mi cadáver.

—No puede estar hablando en serio —dijo Emil negando con la cabeza.

La situación había tomado un rumbo inesperado, pero no pensaba quedarse ahí, así que intentó abrir la puerta de nuevo. Pero esta ni siquiera se movía; estaba atascada.

—Hablo muy en serio, su majestad. No se preocupe, sé defenderme —respondió con una tranquilidad inquietante—. También sé atacar.

En ese momento, la anciana ladeó la cabeza y el cuerpo de Emil voló contra el muro; su espalda absorbió todo el impacto. Cayó al suelo de rodillas, intentando asimilar lo que acababa de ocurrir: la sabia Igatha lo había atacado con telequinesia.

La Guardia Real la tenía rodeada con las espadas desenvainadas.

Mila corrió a auxiliarlo.

—¿Estás bien? —preguntó.

Emil asintió, levantándose.

—¡Atacar al rey es una ofensa mayor! —exclamó Zelos—. ¡Es una violación al Tratado!

—Conozco bien el Tratado, Lord Zelos. No se preocupe, después de esta noche ya no será necesario.

Dicho esto, las espadas de los soldados salieron volando e inició el caos. Los solaris sacaron el fuego de su reserva para atacar a la anciana, pero esta había comenzado a levitar, tal y como la reina Lyra lo había hecho en la Isla de las Sombras. Emil no tenía duda de que Igatha llevaba consigo un cristal.

La anciana usó su magia para levantar una de las espadas y dirigirla hacia uno de los soldados, quien logró esquivarla y le lanzó un torbellino de fuego. Igatha llamó al agua del mar, que entró con fuerza por el gran ventanal y lo hizo explotar en mil pedazos. Antes de que la enorme ola pudiera derribar a los solaris, Rhea alzó las manos para detenerla con su magia.

—Emil, es hora de irnos —dijo Mila.

El joven rey no lo pensó más y lanzó una bola de fuego contra la puerta para hacerla arder. Tardó sólo unos segundos, gracias a la intensidad de las llamas.

—¡Salgamos de aquí! —gritó Emil.

—¡Ni de broma, hay que poner a esa vieja decrépita en su lugar! —exclamó Nair.

—No. Nos vamos ya —dijo Zelos.

—¡Nosotros la detendremos! —rugió el general Lloyd—. ¡Llévense lejos al rey!

Emil odiaba dejar a su guardia pero entendía que el deber de esos soldados era protegerlo.

Salió de la sala seguido por los demás, pero se topó de lleno con la guardia ilardiana. Había por lo menos veinte hombres y mujeres bloqueándoles el paso. Maldición, ¡era una emboscada! Desde el inicio habían planeado mantenerlos en el castillo.

—Hay que dividirnos —susurró Nair—. El castillo tiene muchas salidas, van a tener que atraparnos uno a uno.

—El rey no puede ir solo —dijo Lady Minerva.

—Yo iré con él —exclamó Mila—. Los demás hagan lo que dijo Nair, ¡ahora!

Mila no era parte de la Guardia Real. No tenía autoridad sobre los presentes y, sin embargo, todos le hicieron caso. Zelos y Minerva corrieron hacia la derecha, Rhea hacia la izquierda, Nair optó por volverse invisible. Emil y Mila corrieron en dirección contraria a los guardias.

Nair había tenido razón, los soldados se dividieron y ahora sólo unos cinco los perseguían a ellos. No los atacaban, pero tenían sus espadas listas para pelear. Mientras corría, Emil también desenvainó la suya y observó por el rabillo del ojo que Mila ya lo había hecho. El Castillo de la Luna era un lugar grande y bastante lúgubre, iluminado sólo por algunas antorchas. El joven rey trataba de observar los alrededores en busca de una salida, pero parecía que sólo se adentraban más.

Llegaron a unas escaleras y no les quedó más remedio que subirlas, se encontraron con un prolongado pasillo sin puertas. En sus paredes había retratos de lo que parecían ser todas las generaciones de la familia Yuenai. Podían escuchar las pisadas de sus persecutores cada vez más cerca.

—Creo que hay una puerta al final —dijo Mila.

Emil podía verla. A unos cuantos metros había otras escaleras con una gran puerta al final de estas.

—Es nuestra única opción, pero van a acorralarnos.

—No si los detenemos.

Cuando pusieron un pie en las escaleras, Mila giró, acto que hizo que Emil se detuviera e hiciera lo mismo. Los cinco soldados iban hacia ellos a toda velocidad. Entonces, su amiga produjo un orbe de fuego y lo lanzó hacia la alfombra; esta se prendió al instante. Violentas llamas crecieron para crear una barrera entre los guardias y ellos.

—¡Vamos! —exclamó Mila.

Los soldados se habían detenido ante las llamas. Emil no sabía si había algún lunaris acuático entre ellos, pero no se iba a quedar para averiguarlo. Corrieron hacia arriba, dirigiéndose a la puerta. Cuando el joven rey intentó abrirla, suspiró aliviado al encontrarla sin seguro.

Se toparon de lleno con el cielo estrellado y la Luna Roja, observándolos desde su lugar. Emil cerró la puerta y analizó el entorno. Habían subido a una especie de azotea; al techo del castillo. Era un espacio amplio con un puente que conectaba con otra área. Todo estaba rodeado por un parapeto. Los dos caminaron hacia este y miraron hacia abajo.

Sin pegasos para escapar era probable que estuvieran atrapados. A menos que hubiera más puertas que dieran al interior del castillo.

—Busquemos una salida —dijo él.

En ese momento, aparecieron frente a ellos dos mujeres que parecían ser las vigilantes de esa área. Ninguna de las dos esperó para lanzarse hacia ellos con su espada. Emil y Mila no lo pensaron, juntaron sus espaldas y cada uno se batió en combate con una ilardiana.

Él prefería usar su fuego, pero tenía que guardar su reserva para cuando realmente la necesitara. Con su espada comenzó a dar estocadas que la ilardiana recibía y devolvía. La mujer rozó el torso de Emil con el filo de su arma, pero eso no hizo gran daño gracias a sus capas de ropa.

Emil se alejó de Mila para maniobrar mejor con su cuerpo y la batalla continuó. La ilardiana dio un salto a la vez que atacó por lo alto. Si el joven rey no se hubiera agachado rápido, el impacto podría haberse llevado su cabeza. Aprovechó que ya estaba a ese nivel para atacar las piernas de la mujer.

No quería asesinarla, sólo incapacitarla.

Sí, había matado en la Isla de las Sombras, no sólo al rey Dain. Pero eso había sido por las circunstancias. No quería volverse un asesino.

Así que se impulsó con los pies para quedar atrás de la ilardiana y, con un movimiento rápido y preciso, pasó el filo de la espada por la parte posterior de sus piernas, justo en la pantorrilla. La mujer soltó un alarido de dolor y cayó al suelo. No estaba inconsciente pero tampoco podría levantarse.

Emil corrió hacia Mila y se dio cuenta de que su amiga ya tenía todo bajo control. La mujer ilardiana con la que se había enfrentado yacía inconsciente en el suelo.

—¡Mila, tenemos que buscar por dónde sa...!

Pero su amiga lo interrumpió, corriendo hacia él.

—¡Cuidado! —su voz salió desgarrada.

Gracias a su advertencia, Emil giró justo antes de que una lanza se le clavara en el pecho. En lugar de eso, el arma le pasó por el brazo izquierdo, desgarró su ropa y le hizo un corte en la piel. Por el dolor que sintió supuso que era profundo. Se agarró el brazo y vio cómo la sangre brotaba.

Los guardias ilardianos que los habían perseguido estaban ahí. Se detuvieron a algunos metros de distancia en posición de ataque.

Mila se puso frente a Emil. Su rostro se ensombreció por completo.

—Emil, quédate atrás —soltó.

—¡No! ¡Todavía puedo pelear! —Era cierto, su brazo fuerte era el derecho. Una herida así no lo dejaba incapacitado.

—¡No me importa! —rugió Mila, su cuerpo temblaba—. No puedo perderte. No puedo perder a nadie más.

Dicho esto, Mila dejó caer su espada e invocó su fuego, dejando salir un grito que parecía un llamado de guerra. Emil nunca la había visto así. Corrió hacia los soldados con los brazos cubiertos en llamas y comenzó a golpearlos. Los ilardianos gritaban cuando el fuego hacía contacto con su piel, pero no dejaban de pelear.

Debía detener el sangrado de su brazo, así que con su espada cortó tela de su saco para hacerse un vendaje improvisado que sostendría en su lugar con un nudo. Mientras hacía eso, no perdió de vista a Mila. Verla pelear era impresionante. Su amiga era pequeña y utilizaba eso como su mayor ventaja. Un golpe desde abajo en la barbilla sacó de combate a uno de los guardias ilardianos. Se movía con velocidad y destreza y, esta vez, estaba furiosa.

El problema era que la reserva de Mila acabaría pronto. Tenía que ayudarla.

Se apresuró para terminar con el vendaje y corrió hacia ella, pero fue interceptado por Igatha, que apareció en el cielo como si volara y bajó para quedar frente a frente con él; sus pies no tocaban el suelo. La anciana sonreía de una forma que erizó los vellos del brazo de Emil. Además, su imagen completa era digna de una leyenda de horror: su largo cabello era una maraña de nudos y flotaba en el aire, en su rostro tenía una quemadura grande y viscosa, su túnica estaba rasgada y chamuscada.

No había rastros del general Lloyd ni del resto de su guardia.

—Nunca me han gustado las personas entrometidas, su majestad —siseó la anciana—. Créame, lamento mucho que hayamos tenido que llegar a esto.

En ese momento, Igatha alzó las manos y las espadas que yacían en el suelo se levantaron en el aire y salieron disparadas hacia Emil. El joven rey logró lanzarse al suelo para esquivarlas. Cuando rodó para ponerse de pie, la anciana le lanzó una esfera de agua que lo envolvió del torso hacia arriba para tratar de ahogarlo.

Pero él ya conocía esa jugada, así que creó un orbe de fuego con su mano derecha y lo arrojó hacia el pecho de la mujer. Eso fue suficiente para desconcentrarla; la burbuja explotó en mil gotas, liberándolo. Igatha posó su mano en el fuego y lo extinguió con agua, pero Emil ya estaba corriendo hacia ella con sus llamas a punto de salir.

La anciana salió disparada cual flecha hacia el cielo, Emil lanzó un torbellino de fuego tras ella. Este la alcanzó por los pies, ocasionando que Igatha soltara un grito de dolor. El joven rey extinguió sus llamas para cuidar la reserva que le quedaba y corrió para tomar su espada. Apenas la tuvo en las manos cuando una ola de agua lo golpeó de lleno, derribándolo y arrastrándolo hasta el parapeto de la azotea.

El golpe le sacó el aire pero ni así soltó la espada. Igatha parecía titilar justo frente a él, invisible y luego ya no, y luego otra vez. Emil arremetió contra ella, pero era difícil atacarla mientras levitaba y desaparecía sin dar tregua.

De verdad odiaba esos malditos cristales.

Comenzó a desesperarse cuando la anciana soltó una carcajada, como si sólo estuviera jugando y divirtiéndose con él. Emil dejó la espada y, cuando Igatha apareció frente a él por tan sólo dos segundos, se abalanzó hacia ella y la tomó del brazo.

Igatha se hizo invisible pero el joven rey la tenía sujeta, así que prendió su mano en fuego y la dirigió al rostro de la anciana, justamente donde sabía que estaba la quemadura.

Cuando las llamas hicieron contacto con la carne, la mujer chilló y volvió a aparecer.

—¡Me las vas a pagar! —exclamó y posó ambas manos sobre la quemadura, que lucía más grotesca que antes.

Como respuesta, Emil volvió a tomar su espada.

La anciana lucía exhausta, era cuestión de tiempo para que fuera físicamente incapaz de seguir en la pelea. Emil sólo tenía que mantener el combate durante unos minutos. Pero Igatha era inteligente y sabía que no iba a resistir mucho más, por eso alzó su mano y, con ella, el cuerpo del rey.

Emil flotaba horrorizado en el aire y no pudo hacer nada cuando la anciana lo dirigió, por encima del parapeto, fuera de la azotea. Su cuerpo volaba sin piso que pudiera sostenerlo. Miró hacia abajo y tragó saliva al darse cuenta de que la caída era bastante profunda. Abajo sólo había piedra.

Si la sabia Igatha lo dejaba caer, sería su fin.

—¡Emil! —gritó Mila mientras trataba de llegar a él, pero todavía quedaban dos soldados en combate y le era imposible acercarse.

Emil trató de abalanzarse hacia el muro pero era inútil, su cuerpo estaba suspendido en un punto fijo. Luego pensó en volver a usar su fuego para atacar, pero eso sólo haría que la anciana lo soltara ahí mismo.

—Ya es suficiente —dijo Igatha, mirándolo—. Para ser honesta no creo que la reina Lyra lo quiera muerto, pero tampoco creo que le importe mucho.

—¡Si continúa con esto provocará una guerra!

Ella se encogió de hombros, luego le arrebató la espada con telequinesia. Esta salió disparada hacia el techo, barriéndose contra el piso de piedra.

—Sería una guerra que Ilardya ganaría —respondió triunfal—. Después de esta noche, el sol no volverá a salir. Alariel no tendrá oportunidad contra nuestra magia lunar. Avalon nos llevará a la gloria.

Emil palideció. Sintió como si su estómago cayera desde esa altura.

—Pero no se preocupe, su majestad, usted no estará aquí para verlo. Espero que la caída lo mate al instante para que no sufra —continuó la anciana—. ¿Últimas palabras?

Antes de que Emil pudiera responder, una enorme hacha fue lanzada desde más arriba; iba prendida en fuego y daba vueltas cual remolino. El hacha impactó con el brazo derecho de Igatha y se lo cortó. Todo pasó demasiado rápido, tanto que el joven rey apenas alcanzó a asimilarlo.

Tan pronto el brazo de la anciana cayó al suelo y la sangre comenzó a brotar de su cuerpo, perdió el control.

Ya no había magia que sostuviera a Emil y caía a una velocidad impresionante. Alzó sus manos, tratando de sostenerse de algo, pero no había nada. Su mente no parecía registrar que estaba a punto de morir y su única reacción fue cerrar los ojos con fuerza.

—¡Te tengo!

Emil impactó bruscamente contra algo, en definitiva no era el suelo de piedra. Abrió los ojos y se dio cuenta de que se trataba de un pegaso. Había caído sobre su estómago y, al incorporarse, vio que detrás de él, en la silla de montar, estaba Gavril.

Una risa involuntaria, que más bien parecía un sollozo, se escapó de su garganta al ver a su amigo. Por Helios, no podía creer que Gavril estuviera ahí, en Pivoine. Ahora los dos volaban hacia arriba, de vuelta a la azotea del castillo, sobre Lynx.

—¿Qué estás haciendo aquí? —preguntó al recuperar la voz.

—Leí tu carta esta mañana.

Aterrizaron en el techo y Gavril bajó de Lynx de un salto. A Emil todo le daba vueltas.

—Gracias... —dijo, bajándose con lentitud.

En verdad estaba agradecido de que su amigo estuviera ahí. No sólo porque acababa de salvarle la vida, sino porque a su lado se sentía más fuerte.

Gavril negó con la cabeza, indicándole que no era necesario agradecerle; ya se encontraba mirando a la anciana agonizante. Igatha estaba de rodillas emitiendo gemidos llenos de dolor. Su túnica estaba bañada en sangre, al igual que su cabello. Se había formado un charco rojo alrededor de ella, no tardaría en morir.

Su amigo tomó el hacha del suelo y, cuando Emil pensó que la usaría para cortarle la cabeza, Gavril hizo algo peor. Invocó un tornado de fuego del tamaño de una montaña; nació como una serpiente y se alzó por los cielos, dejándose caer con la boca abierta y devorando a la anciana con sus llamas.

Cuando el fuego se extinguió, ni siquiera quedaron huesos.

Emil no daba crédito a lo que acababa de ocurrir.

—¡Gavril, la anciana ya estaba a punto de morir! ¡Eso fue innecesario!

Gavril le devolvió la mirada. En sus ojos verdes no había arrepentimiento.

—No voy a permitir que te hagan daño. Ella estuvo a punto de asesinarte —respondió, limpiando la sangre del filo de su hacha—. Ya no voy a dudar cuando se trate de proteger a los míos.

—Pero...

—¡Chicos!

Mila corrió hacia ellos y se abalanzó hacia Emil con los brazos abiertos. El joven rey la envolvió en sus brazos. Pudo sentir toda la preocupación y el alivio de su amiga por la forma en que apretaba su cuello y enterraba la cabeza en su pecho. Cuando la soltó, Mila corrió a abrazar a Gavril, que sólo la rodeó con un brazo, pues con el otro seguía sosteniendo el hacha.

—Esto se está poniendo muy peligroso y me quedé sin reserva. Hay que irnos ya —dijo Mila después de soltar a Gavril.

La reserva de Emil también estaba por agotarse, pero no le importaba.

—Hay que irnos para buscar a Lyra y detenerla. Igatha dijo que después de esta noche el sol no volvería a salir, no podemos permitirlo.

Su amiga suspiró y puso ambas manos sobre sus ojos. Después de unos segundos las bajó y dejó al descubierto una expresión que Emil jamás había visto en ella. Ahí estaba de nuevo ese rostro ensombrecido de antes, pero sus ojos eran los que destacaban de forma arrolladora. El azul en la mirada de Mila siempre había sido como el cielo en un día soleado, claro y transparente. Pero en ese momento, el sol se había ocultado para dar paso a un azul más denso, ese que pinta el cielo en el punto más oscuro de la noche.

—No hay forma de que podamos enfrentarnos a ella sin nuestros poderes, Emil. No voy a permitir que nos arriesguemos cuando tenemos todas las de perder.

Emil abrió los ojos de par en par. Por lo general, Mila era idealista y jamás se escondía cuando había que pelear.

—¿Y nos quedaremos sin hacer nada mientras la Luna Roja está en el cielo? —preguntó tratando de modular la voz, pero salió casi como un grito—. ¡No podemos rendirnos sin luchar!

Mila lo tomó de los hombros.

—¿Recuerdas lo que te dije hace un momento? No puedo perderte —expresó con la voz quebrada—. Ni a ti, ni a Gavril, ni a nadie más. No podría soportarlo.

Emil la entendía. Él tampoco podría soportar otra pérdida. La muerte de Elyon y de su madre le habían causado ya más dolor del que debería permitirse en una vida. Pero aun así... aun así... no podía quedarse sin hacer nada cuando el mundo como él lo conocía corría peligro.

—Lo siento, pero voy a pelear —respondió más decidido que nunca.

Mila sacudió la cabeza con fuerza.

—Mírate, estás herido y sin poderes.

—Todavía tengo un poco de fuego.

—Basta —habló Gavril—. Emil, en esta discusión estoy de acuerdo con Mila, primero debemos ver por nosotros y luego por los demás.

Emil abrió la boca para expresar su desacuerdo, pero Gavril alzó la mano en señal de que no había terminado de hablar.

—Mila, es obvio que Emil no va a cambiar de parecer. Es terco y se preocupa más por el resto del mundo que por él mismo —continuó, observando a sus dos amigos—. Así que pelearemos, pero nos aseguraremos de tener posibilidades de ganar.

Mila se cruzó de brazos.

—¿Cómo?

Ahora fue el turno de Gavril de suspirar. Se quedó callado durante unos segundos, como si sopesara su siguiente acción. Gavril siempre trataba de ocultar lo que pasaba por su mente, pero era una persona de rostro y cuerpo expresivos; además, Emil lo conocía a la perfección. Su amigo se pasó una mano por detrás de la cabeza y desvió la mirada. Era evidente que estaba nervioso, una emoción nada común en él.

Los músculos del estómago de Emil se contrajeron cuando una sospecha inimaginable se plantó en su cabeza.

—¿Gavril? —preguntó. Su voz salió temblorosa.

Los ojos verdes de su amigo chocaron con los suyos.

Luego Gavril se agachó y, de su bota, sacó una pequeña bolsa. No le dio tiempo a nadie de preguntar, simplemente extendió la palma de su mano y vació ahí el contenido.

Diez relucientes cristales.

Mila se tapó la boca con ambas manos para acallar su sorpresa.

Emil sintió como si le hubieran clavado un puñal en la espalda. Miró los cristales y luego a Gavril y tuvo que repetir la acción tres veces porque a su mente le costaba aceptar lo que sus ojos veían. Abrió la boca, quería decir algo o gritar o llorar o las tres cosas, pero le resultaba imposible pronunciar cualquier palabra. El peso de lo que su amigo había hecho lo hundía como si la piedra del suelo se hubiera transformado en arena movediza. Lo peor de todo era que él se estaba dejando hundir. Porque prefería desaparecer que enfrentar la realidad.

—¿Cómo pudiste? —fue lo primero que dijo cuando recuperó la voz—. Lo prometiste, Gavril, ¡lo prometiste!

—Prometí que no le revelaría a nadie su ubicación. Esa promesa está intacta —respondió, apretando los cristales en su puño—. Pero te lo dije, Emil. Te dije que teníamos que usarlos si llegábamos a necesitarlos. ¡Y esta noche los necesitamos más que nunca!

Emil negó con la cabeza, sentía sus ojos arder.

—No me arrepiento de haberlos traído —continuó Gavril dando un paso hacia él—. Por más que me duela haberte lastimado.

Emil retrocedió ese paso.

—Jamás pensé que tú... —dijo de forma casi inaudible—. No puedo creerlo... yo... siempre he confiado en ti ciegamente.

—¡Por eso tuve que hacerlo! —respondió alzando la voz—. Llevas mucho tiempo poniendo a todos antes que a ti, ¡alguien tiene que ponerte a ti primero y ese alguien soy yo! Traje los cristales para protegerte. Los traje para que pudiéramos pelear.

A pesar de que Emil entendía la lógica de Gavril, su corazón estaba demasiado lastimado para aceptarlo. La tristeza se estaba transformando en algo rojo y caliente.

—¡No te atrevas a decir que hiciste esto por mí! —exclamó, sintiendo como si rugiera—. ¡Sabes lo que pienso de esos malditos cristales! Te repetí una y otra vez que no eran una opción, ¡confié en ti y traicionaste mi confianza!

Ante sus palabras, Gavril palideció. Fue como si Emil le hubiera dado un golpe en el estómago.

Mila se interpuso en medio de ambos y extendió los brazos.

—Este no es momento para pelear entre nosotros. —Miró primero a Gavril y luego al rey—. Emil, entiendo cómo te sientes, pero Gavril hizo lo correcto. Necesitamos esos cristales si queremos tener una oportunidad de salvar Alariel.

Mila tomó el puño cerrado de Gavril con suavidad, él abrió la mano. Los cristales brillaban, listos para ser usados.

—¿Están cargados con energía solar? —le preguntó.

Gavril asintió.

—Desde la mañana estuvieron bajo el sol.

Mila tomó dos cristales, uno lo guardó en su bolsillo y el otro lo alzó frente a Emil.

—Sé que harías lo que fuera por tu nación, así como Gavril haría lo que fuera por ti. Y yo también.

Emil se mordió el labio inferior y apretó los puños. Su corazón le decía que no tomara el cristal. Le decía que estos habían sido su perdición. Que por ellos ya no tenía a su madre ni a Elyon. En un mundo ideal no necesitaría ayuda de esas abominaciones para pelear, pero la realidad era que sin el sol en el cielo, estaban en gran desventaja.

Sintió que su mano se movía casi de forma involuntaria hacia el cristal que Mila le ofrecía, pero antes de que la acción fuera significativa o notoria, unas pisadas lo interrumpieron.

Rhea y Nair aparecieron. Atravesaron la puerta y corrieron hacia ellos. Zelos y Lady Minerva las seguían.

—¡Es imposible salir! ¡Hay guardias en cada puerta y ventana! —exclamó Rhea.

—¡Prepárense! —agregó Nair—. ¡Todavía hay unos cuantos persiguiéndonos!

Esa afirmación se quedó corta, pues como si se tratara de una plaga, por lo menos dos docenas de guardias llegaron a la azotea.

Algunos llevaban su espada desenvainada, pero otros tenían esferas de agua en las manos y otros una variedad de armas flotando a su alrededor.

—¡Al ataque! —rugió una lunaris acuática que corrió hacia ellos. Los ilardianos la siguieron.

Emil tomó el cristal de la mano de Mila.

Capítulo 27
ELYON

Para el horror de Elyon, tomar la daga entre sus manos la hizo sentir *bien*.

Era de nuevo esa oscuridad que ahora vivía dentro de ella como su fiel amante.

Apretó la empuñadura del arma pensando en una salida.

Ella creyó que, al recibir la bendición de Orekya, demostraría que aceptaba su destino como la nueva Avalon, pero le estaban pidiendo algo imposible. Alzó su rostro y se topó de lleno con los ojos de Lyra, que bajo la Luna Roja adquirieron un espeluznante tono rosáceo. La reina la observaba con una ceja levemente enarcada, su mirada parecía decir:

«¿Qué vas a hacer, Elyon?».

Dio un brinco al escuchar esa voz dentro de su cabeza. Era la voz de la reina Lyra, o más bien, la voz de su sombra. Pero no la veía por ningún lado, era como si realmente estuviera en su mente. Elyon quería sacarla a golpes.

«Todos hemos tenido que sacrificar algo…».

Elyon mantuvo el contacto visual con Lyra.

«¿Quieres saber qué sacrifiqué yo?».

La reina no le permitió reaccionar, pues justo cuando soltó esa pregunta todo alrededor de Elyon se transformó.

Ya no estaba bajo la Luna Roja, ahora se encontraba presenciando una ilusión de Lyra. Una muy realista. Una de su pasado.

En ese recuerdo, Lyra ya era una adolescente. Tendría tal vez unos dieciocho años; aún era princesa. Llevaba puesta una túnica blanca simple y frente a ella estaba un anciano que traía puesto el uniforme completo del *Avalon Sectae*. El espacio en el que se encontraban estaba borroso, como si la reina no se hubiera molestado en armar la ilusión completa. O tal vez no quería que Elyon viera el lugar.

—No puedo hacer lo que me piden… —dijo Lyra, abrazándose a sí misma.

—Todos debemos sacrificar algo, pequeña —respondió el anciano entregándole una daga. Lyra la tomó.

—Quieren que sacrifique algo que ame y no puedo hacerlo. Sólo tengo a una persona y no podría soportar mi existencia sin ella —su voz salió como un hilo, casi inaudible.

El anciano se encogió de hombros.

—Es lo que el *sectae* requiere para que puedas subir de rango y aumentar tu grado de divinidad. ¿Qué no deseas ser más cercana a Avalon?

—Por supuesto que sí.

—Entonces demuéstralo, usa esa daga para sacrificar algo que amas.

—¿Aunque esa persona sea uno de nosotros? —preguntó, apretando la empuñadura de la daga.

—¿Podría saber de quién se trata?

Lyra agachó la cabeza.

—Valeska.

—Ah, tu iniciadora. Tiene sentido —respondió asintiendo. Sus ojos pequeños no demostraban compasión alguna—. No te preocupes, ella lo entenderá. Ser un sacrificio de amor es un honor.

Pero Lyra no alzó la cabeza. Ya no apretaba la empuñadura de a la daga, sino su filo. Su delgado cuerpo temblaba mientras gotas de sangre salpicaban el piso. Se quedó así, sangrando y sin moverse. Estaba tomando la decisión más difícil de su vida. Valeska era la única persona que le había dado amor, después de todo, y le estaban pidiendo que la asesinara.

Elyon ya sabía cómo terminaba la historia, pues era obvio que Valeska estaba muerta.

Pero entonces, Lyra alzó la daga frente a ella y observó la sangre, fascinada. El anciano la miraba con el ceño fruncido, con falsa consternación. Parecía como si estuviera viendo a un fenómeno.

—Puede ser cualquier cosa que ame, ¿cierto? —preguntó y su voz sonó como un dulce.

El anciano arqueó una ceja.

—Sí, ya te lo dije.

—Entonces, elijo mi voz.

En ese momento, Lyra abrió la boca y, con su mano libre, sacó su lengua. Todo pasó demasiado rápido. El movimiento de la daga fue brutal y casi imperceptible; el corte fue limpio. El anciano gritó cuando la mayor parte de la lengua de la princesa cayó al suelo.

Lyra cerró la boca, pero sus labios y su barbilla escurrían sangre a borbotones. Lo más escalofriante era que ella lucía tranquila. Como si no sintiera dolor. Pero eso era imposible.

—¡Ayuda! —el hombre chilló—. ¡Necesitamos a un curandero!

El anciano se esfumó y también la escena. La reina estaba por mostrarle otra ilusión. Elyon seguía estupefacta, trataba de asimilar lo que acababa de presenciar y tardó algunos segundos en procesar la nueva imagen. Ahora se encontraba en una habitación modesta, pero cálida y muy hermosa. Los colores que la adornaban eran marrones y lilas; la luz de la luna llena se colaba por la gran ventana. Lyra dormía en una cama doble. Lucía muy relajada, como si estuviera en casa.

Era obvio que ese no era el Castillo de la Luna, ni tampoco el instituto.

Cuando Valeska entró a la habitación, Elyon lo entendió. Era su casa; Lyra vivía con ella.

—Lyra, ¿me escuchas? —preguntó la mujer. Su voz era suave, como un arrullo.

Lyra abrió los ojos con lentitud y miró a Valeska. Luego asintió.

—¿Puedes ponerte de pie? Tengo algo importante que decirte...

Se levantó de la cama y caminó hacia Valeska. La mujer se movió y la recibió en sus brazos a mitad de camino. La abrazaba con fuerza, como si no quisiera soltarla. Lyra le devolvió el abrazo con el mismo cariño.

Así se quedaron durante algunos minutos en los que ninguna dijo nada; pero Elyon creyó escuchar algo. Se concentró en su oído y se percató de que eran sollozos.

Eso se hizo evidente cuando el cuerpo de Valeska comenzó a temblar y su llanto se intensificó.

Lyra lucía confundida, pero no soltó a la mujer, sino que la abrazó con más fuerza y empezó a frotar su espalda, tratando de calmarla. Fue en ese momento que Valeska metió una mano a su túnica y de ahí sacó un puñal, el cual alzó para clavarlo directo en la yugular de la princesa.

Pero Lyra lo vio y, de un empujón, se separó de Valeska.

La expresión en los ojos de la princesa era de agonía total. Miraba a la mujer como si no la conociera. Elyon pudo ver que su corazón se rompió en mil pedazos.

—Perdóname, mi Lyra, pero debes entenderme —exclamó Valeska sin dejar de llorar—. Eres a quien más amo en este mundo y si hago este sacrificio al fin me darán lo que merezco. Voy a ser ascendida a alfa, ¡me convertiré en *mader* Valeska!

Lyra negó con la cabeza y de sus ojos brotaron lágrimas que empaparon sus mejillas. Valeska aprovechó para acercarse nuevamente a ella. Paso que daba, paso que la princesa retrocedía. Ese fue un grave error, pues pronto la pared le impidió alejarse más.

—No quise llegar a esto, no pensé que requirieran otro sacrificio de mi parte, pero ya sabes cómo son los altos mandos. —Alzó una mano para secar con el pulgar las lágrimas de la princesa—. Sé que sacrificaste tu voz por mí, siempre has sido la más fuerte, mi Lyra. Tengo mucho que aprender de ti. Nunca te olvidaré.

Lyra cerró los ojos.

Valeska alzó el puñal.

Y una explosión de sombras la mandó a volar hacia atrás. Lyra abrió los ojos y observó a Valeska desde arriba. La mujer estaba en el suelo, apenas reaccionando ante lo que acababa de ocurrir. La princesa se dirigió lentamente hacia ella y, en el camino, recogió el puñal que había caído. Aún lloraba, pero en sus ojos ya no se veía reflejada la agonía. No, en esas nubes grises había un monstruo hecho de oscuridad pura. Un monstruo que había nacido a causa de la traición.

—Lyra, ¿qué estás haciendo? —chilló Valeska e intentó levantarse.

La princesa no se lo permitió; clavó el puñal en la mano de la mujer para detenerla en el piso de madera. El grito de Valeska fue ensordecedor. Lyra se agachó para quedar a su nivel y la miró a los ojos. Las sombras que habían salido de la explosión se posaron tras ella, y una se posicionó justo en sus hombros.

—Nunca te olvidaré —dijo la sombra.

Lyra desenterró el puñal de la mano de Valeska y, como una ráfaga, le cortó la garganta.

Mientras Valeska se desangraba en el piso y perdía la vida segundo a segundo, Lyra lloraba.

Volver a la realidad fue como si despertara de una pesadilla. Dio una gran bocanada de aire y miró al cielo. La Luna Roja seguía ahí, grande y amenazante. Frente a ella los miembros del *sectae* se estaban impacientando; pero nadie la presionaba. Ni siquiera Deneb. Todos la observaban con curiosidad, esperaban su próximo movimiento.

Nadie se había dado cuenta de que Lyra le había mostrado sus recuerdos.

Elyon entendía por qué se los había mostrado. Para que entendiera la importancia del sacrificio que debía hacer. Lyra se había mutilado a sí misma. Luego había tenido que asesinar a la única persona que le dio amor en toda su vida.

Pero Elyon no era como la reina.

Y tampoco quería pertenecer a un grupo que la obligara a sacrificar a sus seres queridos. No creía que esos sacrificios fueran petición de Orekya. Ni siquiera de la misma Avalon. Eso lo habían impuesto los mismos miembros del *sectae*, ¿y para qué? ¿Para demostrar lealtad incondicional?

Elyon conocía esa clase de lealtad. No tenía nada que ver con la que pedía el *Avalon Sectae*.

Sí, había recibido la bendición de Orekya y aceptó su destino como la nueva Avalon. Eso no significaba que tuviera que someterse a reglas inhumanas que se habían impuesto hacía casi un milenio por un grupo de fanáticos. Avalon había sido una heroína, pero ellos no compartían su visión. Ellos sólo querían venganza y la llamaban justicia.

Esa noche, bajo la Luna Roja, Elyon se sentía
más poderosa que nunca.

Y la oscuridad, su nueva compañera, la estaba llamando.

Sus garras comenzaron a acariciarle el cabello y fueron bajando por su brazo lentamente. Era una caricia siniestra y deliciosa que terminó justo en la mano con la que todavía sostenía la daga. Elyon miró el arma y su corazón respondió acelerando sus latidos. Podía escucharlos retumbar en sus oídos.

Alzó la daga y miró primero a Ezra. Él no había despegado los ojos de ella. Luego miró a Vela, que ya se había cansado de mover las alas y estaba tumbada en el pasto con su único ojo abierto.

Era momento del sacrificio.

Se movió con arrojo y en segundos. Sin darle tiempo a nadie de reaccionar, giró su cuerpo hacia Deneb y le clavó la daga en el pecho con toda la fuerza que tenía. La sangre manchó la túnica blanca del oráculo.

Cuando Deneb cayó al suelo, la conmoción empezó. Los miembros del *sectae* se abalanzaron hacia ella, algunos con espadas desenvainadas, al mismo tiempo que Lyra. Pero Elyon usó telequinesia para congelar los cuerpos de todos. Ni siquiera tuvo que mirarlos.

Dentro de ella habitaban los poderes de una diosa.

Incluso había logrado paralizar a Lyra, que se quedó congelada en posición de ataque. En sus ojos había rabia pura. Sus sombras salieron disparadas hacia Elyon, pero ella dejó salir a las suyas propias; una batalla de sombras empezó a librarse en el claro del bosque. Con su magia de luna jamás habría logrado hacer algo así, pero ahora, con la bendición de Orekya…

Se miró las manos, incrédula.

—¡Cómo te atreves… a traicionarnos! —habló Deneb, un hilo de sangre escurría de su boca.

Elyon se agachó y clavó la daga con más fuerza en el pecho del oráculo. La mujer soltó un grito que le recordó sus días de tortura.

—He aceptado mi destino, pero lo voy a vivir a mi modo —le dijo, saboreando cada palabra.

Deneb la miró como si quisiera maldecirla.

—El *sectae*... se ha preparado para esta noche... por más de un milenio y tú... —tuvo que parar porque empezó a toser sangre—. Tú nos estás privando de nuestra gloria. Ese poder que... llevas dentro... nos pertenece. Eres una vil ladrona.

—Me pertenece a mí, Deneb.

Con ambas manos, sacó la daga del pecho de Deneb. La hoja estaba muy adentro y el oráculo gimió de dolor ante la acción. Era demasiada sangre.

—Y si eso me hace una ladrona, que así sea —finalizó.

Y clavó la daga directo en el corazón de Deneb.

La poca vida que quedaba en el cuerpo del oráculo se esfumó en segundos.

Elyon se levantó y observó lo que sucedía. Todos seguían paralizados por su telequinesia, mirándola con una mezcla de horror y furia. Pero Lyra... ella era quien la observaba con ganas de desollarla. De cortarla en trozos para alimentar a los lobos. De arrancarle las extremidades una a una para escuchar sus gritos.

Las sombras seguían batiéndose en combate, así que Elyon aprovechó para correr hacia donde estaban Ezra y Vela. Primero desató a su pegaso, que tan pronto se vio liberado, se levantó y comenzó a sacudir sus alas. Elyon quería abrazarla con fuerza, pero eso tendría que esperar. Ahora era el turno de Ezra.

Se arrodilló a su lado y deshizo los nudos de las cuerdas. Cuando soltó las manos de Ezra, él la tomó de los hombros.

—Elyon, ¿estás bien? ¿Qué está pasando?

Ella negó con la cabeza.

—No puedo explicarlo ahora, tenemos que salir de aquí.

Ezra miró al pegaso.

—Vela luce muy débil. No sé si esté en condiciones de volar, mucho menos de llevarnos a los dos.

Elyon sabía que el mayor tenía razón. Su pobre Vela no había volado en mucho tiempo; estaba desnutrida y frágil.

—Entonces hay que correr y tiene que ser ahora. Estoy perdiendo el control de todos, puedo sentirlo —respondió.

Era verdad. Esos poderes en su interior parecían inagotables pero eran *demasiado*. Tanto, que Elyon no sabía si los podría mantener al margen. El cuerpo le dolía y su cabeza palpitaba.

—Yo correré, tú sube a Vela y vete lejos —dijo Ezra.

—¡No voy a dejarte aquí!

Ezra se levantó y tomó las manos de Elyon para que ella hiciera lo mismo.

—No me vas a dejar, voy a escapar —le aseguró, mirándola con decisión.

—No puedo...

—Elyon, tienes que irte. A ti es a quien quieren.

Ezra tenía razón, pero Elyon no se sentía capaz de dejarlo.

Era por su culpa que lo habían capturado y no quería que le pasara nada malo. Era obvio que los miembros del *sectae* lo perseguirían cuando perdiera el control sobre ellos (y faltaba poco), pero la amenaza principal era Lyra y ella iría a donde Elyon fuera.

La idea de apuñalar a la reina ahí mismo hacía que su cuerpo vibrara, pero sabía que sus sombras no le permitirían acercarse.

Tenía que debilitarla o tomarla por sorpresa. Y lo haría.

Pero primero la iba a alejar de ahí.

—Está bien, pero prométeme que vas a correr y buscarás un lugar seguro —le dijo, apretando sus manos.

Ezra le devolvió el apretón y asintió.

—Y tú prométeme que te pondrás a salvo. Te queremos con vida, Elyon.

Elyon no quería mentirle a Ezra, pero sabía que no podía decirle lo que pensaba hacer.

Era extraño. En su tiempo de encierro había mentido a diestra y siniestra sin remordimiento alguno, pero por alguna razón mentirle a Ezra la hacía sentir culpable. No importaba, tenía que hacerlo.

Así que asintió.

—Mañana a primera hora te buscaré en el muelle de Zunn. Ve ahí con Vela y espérame.

—Corre, Ezra —dijo Elyon, tratando de aguantar las punzadas en su cabeza—. No voy a poder sostenerlos durante más tiempo.

Ezra la miró por unos segundos antes de echarse a correr. Al pasar por el grupo de ilardianos, se detuvo sólo lo suficiente para quitarle la espada a uno de ellos. Elyon lo observó alejarse y perderse entre los árboles del Bosque de las Ánimas. Esperaba con todo su corazón que pudiera salir ileso de ese maldito lugar.

Elyon corrió hacia Vela y pegó su frente al hocico de la criatura. Su pegaso la recibió con cariño, acurrucándose contra ella. Podría quedarse así por toda la eternidad, pero necesitaba apresurarse.

—¿Puedes volar, querida amiga? —le preguntó.

Como respuesta, Vela extendió sus alas y las batió.

Elyon tuvo que ahogar un sollozo. Al fin tenía de vuelta a Vela.

Al fin volvería a volar.

Con cuidado trepó a su pegaso y, una vez en posición, Vela comenzó a correr para impulsarse y emprender el vuelo. Tan pronto Elyon sintió el aire acariciando su rostro, la paz que la había abandonado hacía mucho tiempo la invadió. Era una sensación que había dado por perdida y el recuperarla la llenaba de esperanza. La criatura se elevó por el cielo nocturno de Pivoine y ella no podía creer que estaba volando de nuevo. Una sonrisa apareció en el rostro de Elyon y no pudo evitar darse cuenta de que no recordaba la última vez que había sonreído.

Esa dicha no le duró mucho, pues las punzadas en su cabeza se hicieron insoportables y pudo sentir cuando su telequinesia dejó de funcionar.

En ese momento, un ejército de sombras se extendió tras ella.

La persecución comenzó.

—¡Vela, más rápido!

Su pegaso hizo caso pero las sombras de la reina eran veloces; volaban como torbellinos hacia ella. Elyon no podía ver a Lyra por ningún lado, pero las ilusiones ya eran suficiente problema. Ella conjuró las suyas propias, sólo que esta vez no salieron como antes. Eran más pequeñas y sin forma y, cuando chocaban con las de la reina, eran devoradas sin piedad.

Elyon cerró los ojos, tratando de concentrarse para utilizar bien el poder en su interior. Podía sentir la magia lunar a su disposición, pero no sus poderes de sol. Suponía que estos se manifestarían cuando el sol se posara en el cielo, o por lo menos eso esperaba. No podía preocuparse por eso en ese momento, pues dentro de su cuerpo había caos.

El poder de Orekya le pesaba. Elyon temía que fuera demasiado para ella. Para una simple humana.

Una ilusión en forma de bestia alada se manifestó frente a ellas y Vela apenas alcanzó a desviarse. Elyon contraatacó con una réplica de ella misma y luego otra. Ahora había tres chicas volando en pegaso y aprovechó esa distracción para alejarse.

Tenía qué decidir adónde ir. No podía volar sin rumbo.

Lyra no descansaría hasta tenerla en sus garras.

Elyon sabía que, mientras la reina siguiera con vida, ella tendría que vivir huyendo. Y eso no era vida.

Lyra le había arrebatado su vida cuando la encerró en esa prisión. La alejó de su hogar, de sus amigos, de su corazón. La torturó y la magulló y la quebró. Pero también la hizo más resistente. Y sobre todo, la hizo descubrir un lado suyo que desconocía. O tal vez era un lado que antes ni siquiera existía. Tal vez Lyra lo había ayudado a nacer. Era ese lado oscuro que ahora formaba parte de ella. Era esa oscuridad que la impulsó a asesinar a Deneb y que ahora le rogaba hacer lo mismo con la reina.

La Elyon de antes jamás hubiera tenido esos pensamientos.

Pero la Elyon de ahora no iba a permitir que volvieran a arrebatarle su vida.

Iba a luchar por ella.

Así que cuando la bestia alada de Lyra descubrió cuáles eran las ilusiones y comenzó a perseguirla sólo a ella, Elyon dirigió a Vela hacia el destino que acababa de decidir. Al que sería su campo de batalla. Al lugar al que pensaba regresar una última vez para después no volver a pisarlo jamás.

Al Castillo de la Luna.

Capítulo 28
EZRA

Estaba corriendo a toda velocidad, pero no sabía qué dirección tomar.

El oscuro bosque sólo era iluminado por la luz de la Luna Roja, dándole a cada uno de los árboles un aspecto más lúgubre de lo normal. Eran árboles altos y ancestrales, sin ninguna hoja en sus ramas. Con cada pisada que daba, polvo espeso se levantaba del suelo y lo hacía toser. ¿Y lo peor de todo? Se sentía observado. Como si las criaturas del bosque estuvieran ocultas, esperando para atacar.

Nunca había estado en un lugar en donde el silencio fuera tan absoluto.

Se detuvo cerca de un árbol para apoyarse en el tronco y tomar un respiro. Miró a su alrededor, tratando de buscar el camino indicado, pero sólo había árboles y polvo. ¿Cómo iba a salir de ahí? Alzó la vista y observó la luna. Recordaba que Mila y Elyon le contaron que encontraron la Isla de las Sombras siguiendo a la luna.

Sabía que eran situaciones totalmente distintas, pero estaba en Ilardya.

Así que seguiría a la luna.

En ese momento de la noche se veía más roja que nunca.

Ezra todavía no entendía bien qué estaba ocurriendo. Lo único que sabía con seguridad era que Bastian había tenido razón: la secta de Avalon estaba involucrada. Y de algún modo, Elyon también. Por lo que había escuchado en el ritual, ella era la nueva Avalon. Esa parte ya estaba más clara: Lyra la había secuestrado para que pudiera cumplir con su destino.

Pero Elyon había decidido tomar las riendas de ese destino.

Sólo esperaba que lograra escapar. Que llegara a Alariel con vida. No tenía idea de cómo reaccionaría Emil cuando la viera, pero sabía que tenerla de vuelta sanaría las heridas de muchas personas.

Por su parte, él tenía que volver al Castillo de la Luna por Bastian. No podía dejarlo ahí. Y le rogaba a Helios que estuviera bien. No tenía tiempo que perder y se estaba desesperando porque el bosque cada vez lucía más espeso. Pero continuaría siguiendo a la luna, pues no tenía otra guía.

En ese momento, algo cambió. El silencio del bosque ya no era tan absoluto. Escuchaba sus pisadas, pero también las de alguien más. No, por lo menos eran tres personas más. Sólo pudo suponer que el control de Elyon había cedido y eran los miembros de la secta quienes iban tras él. Apretó la empuñadura de la espada que llevaba y se detuvo.

—¡Ahí está! —exclamó una mujer.

Fue la primera que apareció frente a él, seguida de dos hombres. Los tres llevaban espada.

Ezra era bueno con la espada, la sentía como una extensión de su cuerpo. Pero tres contra uno nunca era buena idea. Tenía que encontrar una forma de enfrentarlos en combate uno a uno.

Los tres corrían hacia él. Uno de los hombres tomó la delantera, sujetando su espada con ambas manos. Ezra corrió directamente hacia él y, cuando el oponente arremetió con su arma, se agachó para embestirlo con la cabeza. El ilardiano gimió a causa del impacto y Ezra aprovechó para darle una estocada en el estómago.

La espada no duró más de dos segundos hundida en el cuerpo del hombre, Ezra la retiró y corrió. El filo del arma estaba bañado en sangre y esta parecía brillar más de lo normal a causa de la coloración de la luna. Los dos miembros de la secta que quedaban lo estaban alcanzando, podía escucharlos tras él, muy cerca.

Vio su oportunidad perfecta en un estrecho camino cubierto por árboles muy juntos entre sí. Se adentró al área y volteó para recibir a sus oponentes, que no cabían al mismo tiempo en el reducido espacio. La mujer llegó primero a él, Ezra comenzó a caminar hacia atrás cuando las espadas de ambos chocaron.

Ella tenía más habilidad que el primero que atacó, esquivaba las estocadas de Ezra sin mayor dificultad. La ilardiana cada vez era más certera y, cuando Ezra se topó de espaldas con el tronco de un árbol, arremetió. Como no estaba tan cerca de él sólo logró herirle el pecho de forma superficial, pero al ver que lo tenía acorralado, se impulsó con todo el peso de su cuerpo para clavarlo contra el árbol.

Ezra reaccionó con rapidez y se dejó caer; la espada de la ilardiana le rozó el cabello y se hundió en el árbol casi hasta la mitad. Mientras intentaba sacarla, él estiró la pierna para pasarla por sus pies y derribarla. Cuando cayó, le tomó la cabeza con una mano y la estrelló con fuerza contra el tronco. Escuchó el crujir de su cráneo y la soltó.

Se levantó al tiempo que llegó el último ilardiano. Con una mano sujetaba la empuñadura de su espada y con la otra revisaba la herida en su pecho. La adrenalina le impedía el paso al dolor, pero de todos modos no parecía profunda. Eso lo tranquilizó. Al ver al oponente lejos, se atrevió a darle la espalda para correr y buscar salir del estrecho camino. Ya no lo necesitaba.

—¡Cobarde! —gritó el ilardiano cuando lo vio correr.

Pero Ezra estaba listo para enfrentarlo tan pronto saliera de esa masa de troncos. Siguió a una misma velocidad por un minuto y los árboles comenzaron a aparecer más separados entre sí. O eso pensó, hasta que escuchó un crujido y se dio cuenta de que los troncos habían empezado a moverse.

¿Qué demonios...?

Era como si las raíces fueran sus piernas y las ramas sus brazos. Los movimientos eran lentos y torpes, pero no por eso menos peligrosos. Uno de los árboles alzó su raíz justo cuando Ezra pasó por allí, haciéndolo tropezar. Su espada salió volando y, al levantarse, lo primero que hizo fue correr hacia ella. La tomó, pero estaba atascada en la raíz de otro árbol, o más bien, la raíz la estaba sujetando.

—¡Te tengo! —exclamó el ilardiano que quedaba, alzando su espada.

Ezra dejó de luchar por su arma y se dispuso a correr, pero no fue necesario, pues la rama de un árbol atravesó al ilardiano por atrás. De la espalda al pecho. Su cuerpo quedó suspendido en el aire y la sangre salió de forma tan escandalosa que roció el rostro de Ezra.

Aprovechó para tomar la espada que el ilardiano había dejado caer y continuó con su huida. ¿Qué rayos era ese bosque? Jamás había escuchado de árboles vivientes y, si lo hubiera hecho, no lo hubiera creído. Pero ahí, frente a él, los troncos luchaban por no dejarlo salir.

Una rama salió disparada de un costado, Ezra apenas alcanzó a frenarse a pocos milímetros de esta. Se agachó para pasarla pero fue recibido por una raíz que se insertó con brutalidad en su hombro izquierdo.

Ezra soltó un grito rasposo y se impulsó hacia atrás para separar su cuerpo de la raíz. Juró ver estrellas a causa del dolor, pero no le importó; debía salir de ahí cuanto antes. Y, al parecer, Helios había escuchado sus plegarias, pues a una corta distancia podía distinguir que ya no había árboles, ¿sería otro claro? Fuera lo que fuera, era mejor que esos troncos poseídos.

Estaba a unos cuantos pasos de su libertad cuando la raíz más grande que había visto se atravesó frente a él; Ezra no lo pensó, tomó la espada con los dos brazos y la cortó sin piedad. Juró escuchar un chillido muy agudo, pero no le prestó demasiada atención, ya que su acción había empeorado el estado de su hombro y ahora le dolía con la potencia de mil soles.

Pero había valido la pena, pues al fin salió de la maraña de árboles.

Se alejó lo más que pudo antes de dejarse caer boca arriba. La Luna Roja lo recibió, burlona. Ezra cerró los ojos y posó la mano sobre su hombro, enfocándose en inhalar y exhalar. Estaba exhausto y, sobre todo, lleno de sangre.

Pasó un minuto y se incorporó para mirar alrededor, y ahogó un suspiro al ver el mar; Ezra había llegado a las afueras de Pivoine. ¡Por Helios! Contra todo pronóstico, logró salir del bosque. Era como si esos árboles malditos estuvieran plantados justo en la salida para asesinar a cualquiera que intentara huir.

Pero lo había logrado.

Comenzó a caminar hacia el puente que conectaba el bosque con la ciudad, pero se detuvo cuando se dio cuenta de que alguien lo estaba siguiendo. No corría, pero sus pisadas contra el pasto eran certeras. Definitivamente, su persecutor quería ser escuchado. Ezra se detuvo y giró, en posición de ataque.

No muy lejos vio a una mujer que parecía haber salido de entre los árboles. En un inicio la desconoció, pero conforme se fue acercando se percató de quién era. Llevaba el uniforme de la secta de Avalon, prístino y completo. Su cuerpo era delgado y su cabello negro era corto. Se trataba de Sorcha, la lunaris que había intentado matarlo cuando quiso infiltrarse al *sectae.*

La noche sólo se ponía peor.

—No creí que volveríamos a encontrarnos —habló Sorcha, continuando su camino hacia él—. Cuando te vi como sacrificio pensé que obtendrías tu merecido, pero quizá tu destino siempre fue que yo te asesinara.

Ezra afianzó el agarre en la empuñadura de la espada.

—¿Estabas en el ritual? —preguntó, intentaba hacer tiempo. Sabía que no podría contra una lunaris, mucho menos si llevaba un cristal.

—Era una ceremonia, qué falta de respeto —bufó y ladeó la cabeza—. Los hijos de Helios son unos incultos. Es una lástima que nuestra nueva Avalon haya nacido en cuna de sol... por eso nos traicionó. ¡Robó nuestra gloria!

Ahora que estaba a tan sólo un metro de él podía observarla mejor. Sorcha no tenía el semblante serio y aburrido de aquella noche en la que la conoció. No, en esta ocasión lucía frenética. Sus ojos estaban enormes y enrojecidos, inyectados de locura.

—¡Ella era nuestra justicia prometida! —continuó, alzando los brazos—. Era nuestra venganza... —Parecía que la mujer iba a llorar en cualquier momento—. Y si ella no va a acabar con los hijos de Helios, tendremos que hacerlo nosotros... de uno por un...

No la dejó terminar; se lanzó a ella con todo el peso de su cuerpo y la derribó. Su única ventaja era el elemento sorpresa y no pensaba desaprovecharlo. Sorcha trató de quitárselo de encima pero Ezra era mucho más grande y pesado que ella.

Alzó su espada, pero esta le fue arrebatada con telequinesia y voló lejos.

La mujer trató de hacer lo mismo con él; Ezra pudo sentir una fuerza invisible empujándolo, pero logró sujetar a Sorcha del pelo y juraría que casi le arranca el cuero cabelludo con el brusco movimiento. La lunaris gritó y dejó la telequinesia, pero le arañó la mejilla y luego fue por el ojo. Ezra pudo cerrarlo a tiempo y solo sintió el ardor en su ceja cuando las uñas se le enterraron.

Tenía que acabar con ella pronto, así que con ambas manos la tomó del cuello y apretó, estrangulándola.

En ese momento, un lobo grande y monstruoso apareció de la nada, mostró los colmillos y corrió hacia Ezra con el hocico abierto. No le quedó más remedio que soltar a Sorcha y correr, pero cuando estuvo lo suficientemente lejos, el lobo se esfumó.

Mierda. Había sido una ilusión.

La mujer se levantó del suelo con una sonrisa.

—¡No puedes contra los poderes que me ha brindado Avalon!

Ezra sabía que se refería al cristal que llevaba en alguna parte del cuerpo.

Sorcha alzó los brazos y Ezra escuchó el agua del mar moverse tras él. Miró por encima de su hombro y su cuerpo se tensó cuando vio que una enorme ola, del triple de su tamaño, iba hacia él. Comenzó a correr, aunque en el fondo sabía que era inútil intentar escapar; era una ola controlada por magia lunar. Pero él no era de los que se rendían.

El agua lo alcanzó, fría y poderosa, y lo arrastró al mar.

Era como si un torbellino lo empujara hacia abajo, sin darle posibilidades de nadar hacia la superficie. El agua salada le quemaba los ojos y aumentaba el dolor en sus heridas. La gélida temperatura estaba entorpeciendo su cuerpo. Aun así, mantuvo la boca cerrada y aguantó la respiración, aunque sus pulmones se quejaran.

Pero entonces, dejó de sentir esa presión.

No iba a esperar a que volviera, así que se apresuró a nadar hacia la superficie. Cuando su cabeza salió, Ezra tomó una gran bocanada de aire. Se talló los ojos con el dorso de la mano y, después, buscó a Sorcha con la mirada. La escena frente a él lo paralizó momentáneamente.

Un enorme lobo blanco estaba aferrado al brazo de Sorcha; parecía querer arrancárselo.

Ezra conocía a ese lobo.

—¡Ezra!

Su corazón se saltó un latido.

Por Helios, esa era la voz de Bastian.

Se apresuró a nadar hacia la orilla y lo vio. El lunaris corría hacia él; Ezra se talló los ojos nuevamente y rogó porque no fuera una ilusión. Pero no lo parecía, los gritos de Sorcha indicaban que todo era muy, muy real.

Ezra salió del agua con dificultad y corrió hacia Bastian, pero antes de que pudieran llegar el uno al otro, Oru salió disparado hacia los troncos del bosque. El lobo soltó un chillido cuando una de las raíces le rodeó el lomo, impidiéndole cualquier movimiento.

—¡Oru! —gritó Bastian.

—¡Esta me la vas a pagar! —exclamó Sorcha.

Su brazo derecho estaba destrozado, casi en tiras; escurría sangre sin parar.

Sorcha se elevó por los cielos y alzó su brazo izquierdo. Esta vez del mar no salió una ola, sino un tornado de agua tan monstruoso, que parecía estar alimentado de nubes negras y rayos. Ezra maldijo internamente.

Pero antes de que la mujer pudiera siquiera mover su creación, Bastian ladeó la cabeza y la hizo caer. No, más bien la hizo estrellarse contra el suelo. Era como si la hubiera empujado con fuerza desde arriba.

Luego, con su misma telequinesia, levantó el cuerpo de Sorcha y comenzó a caminar hacia ella.

—¿Estás dispuesta a decirme todo lo que sabes sobre los planes de tu secta inmunda? —le preguntó.

—¡Jamás! ¡Prefiero morir! —exclamó; parecía que los ojos se le saldrían de las cuencas.

Ezra tomó la espada del suelo y se acercó a la mujer.

—Eso supuse —dijo Bastian.

Luego asintió.

Y Ezra le cortó la cabeza a Sorcha.

El lunaris dejó caer el cuerpo de la mujer. Su cabeza rodó en el pasto, manchándolo de carmesí.

Bastian y Ezra quedaron frente a frente. Se miraron por unos segundos que parecieron una eternidad. En los ojos del ilardiano había algo que el mayor jamás había visto y le costaba reconocer qué era.

Esos ojos plateados siempre brillaban con picardía, pero tras ellos había neblina espesa. Una que no le permitía ver más allá. Y esa noche... esa noche la neblina se estaba disipando.

—Lyra no logró su cometido. Elyon se rebeló y escapó —dijo Ezra.

Tenía muchas otras cosas que decir, pero sabía que era importante que Bastian supiera eso.

El ilardiano analizó la información durante un instante; luego bajó la mirada hacia el abdomen del mayor.

—Tu herida —fue lo primero que Bastian le dijo.

Ezra posó la mano sobre la cicatriz.

—El oráculo tuvo que usar los cristales para sanarme. Al parecer estuve a punto de morir desangrado, no podían permitirlo. Me iban a usar como sacrificio.

Bastian cerró los ojos y suspiró. Tuvo que tomarse un momento antes de hablar.

—Tendrás que explicarme eso del sacrificio. Pero primero vamos con Oru, aunque no creo que necesite mucha ayuda.

Se dirigieron hacia la salida del bosque y, efectivamente, el lobo ya se encontraba mordiendo la raíz para escapar. Si le hubieran dado un minuto más, habría podido salvarse solo. Pero ya estaban ahí, así que Ezra cortó la raíz con la espada. De nuevo se escuchó ese chillido.

Oru lanzó la raíz muerta con su hocico.

—¿Puedes buscar a Alistar? —Bastian le acarició el lomo—. Tráelo. Los estaremos esperando.

Ezra podría jurar que el lobo asintió antes de adentrarse al Bosque de las Ánimas.

—¿Estará bien? —preguntó.

—Sí, ha cruzado el bosque cientos de veces.

—¿Y Alistar?

—Se quedó peleando contra algunos lunáticos de la secta; debe de tener todo bajo control.

—Pero y...

No pudo terminar lo que iba a decir, pues Bastian se lanzó hacia él para envolverlo en sus brazos. El movimiento fue tan inesperado y tan fuerte que Ezra cayó hacia atrás cuando sus cuerpos se encontraron. El ilardiano lo había rodeado por el cuello y ahora hundía su cabeza en el cabello del mayor.

Ezra tardó un poco en reaccionar por la sorpresa, pero sus brazos supieron qué hacer y rodearon a Bastian por la espalda.

Se quedaron ahí, Ezra contra el pasto y Bastian encima de él. Y se dejó llevar y cerró los ojos y se permitió *sentir.* Siempre se había preguntado cómo sería abrazar a Bastian así, de esa forma tan cercana. En sus sueños a veces lo abrazaba y esos eran los sueños más felices. Pero no tenían comparación con la realidad.

No le alcanzaban las palabras para describir lo que sentía al abrazar a Bastian. No las encontraba. Tal vez ni siquiera existían.

Bastian se separó de él lentamente. Ezra sintió como si una parte de él se fuera con esa distancia. Abrió los ojos y se apoyó con los codos. El ilardiano estaba frente a él, muy cerca. No se había incorporado, más bien estaba sentado de rodillas. Suspirando, él también se sentó, con una pierna extendida y la otra con la rodilla hacia arriba.

Ezra sentía que estaban teniendo un momento especial y no quería perderlo. Ya no quería evadir sus sentimientos. Ya no podía. El fuego que había estado conteniendo lo quemaba por dentro y ahora que se acababan de reunir, ese abrazo ocasionó que las llamas perdieran el control. Lo que sentía por Bastian era tan inmenso que podría quemar ciudades enteras.

Estaba seguro. Si no actuaba, su corazón se iba a prender en fuego.

—Bastian, yo…

Pero al parecer, el chico también había estado en una batalla mental, pues habló al mismo tiempo que él.

—Creí que te había perdido. Yo...

Los dos se quedaron callados, mirándose el uno al otro.

—Maldición, me estoy volviendo irracional —dijo Bastian, negando con la cabeza—. ¿Puedes creer que esté intentando hablar de sentimientos la mismísima noche en la que el mundo se podría ir a la mierda? Y por supuesto, ¡con un cadáver fresco a sólo unos metros de distancia!

Ezra parpadeó varias veces. Era verdad, era el peor momento y también era el peor lugar. Pero ahí estaban, y era como si una burbuja los hubiera envuelto mientras, efectivamente, el mundo se iba a la mierda. Y no supo si fue la situación o el sarcasmo de Bastian o una reacción tardía al abrazo. Pero no lo pudo evitar.

Comenzó a reír.

El sonido de su risa lo desconcertó, pues no era uno que escuchara con frecuencia, pero no podía parar.

Bastian había abierto la boca; lo miraba como si no pudiera creer lo que estaba pasando. Lo miraba con total atención. Lo miraba maravillado. Como si la risa de Ezra fuera el sonido más hermoso del mundo. Como si fuera el mismísimo sol.

Esa mirada tan plateada y tan intensa hizo que Ezra dejara de reír.

Bastian lo tomó del rostro.

Cuando los labios de Bastian se posaron sobre los suyos, Ezra soltó un suspiro que gritaba *al fin*. Porque él había querido besar al chico de los ojos plateados desde la noche en la que este le sonrió por primera vez. Y ahora sentía los latidos de su corazón en la sien y en las manos y en cada centímetro de su cuerpo.

Porque ese era un beso que rompía con la espera. Un beso que quemaba en los labios y en el cuerpo. Un beso que hasta las estrellas añoraban desde arriba. Era Ezra sujetando a Bastian de la espalda para acercarlo más a él. Era Bastian con el cabello suelto acariciando las mejillas de Ezra. Era la culminación de cada momento y cada palabra y cada vez que lo escuchaba decir su nombre. También era el inicio.

Era el primero, pero no era el último.

Porque no había forma de que Ezra pudiera vivir sin besar a Bastian cada día. No cuando ya sabía de lo que se había estado perdiendo.

Se separaron lentamente, con la respiración agitada, apoyando cada uno su frente contra la del otro.

—Eso fue… —habló Ezra.

—Lo sé —respondió Bastian.

Ninguno de los dos era bueno para expresar sus sentimientos con palabras. Pero ese beso lo había dicho todo.

Alguien se aclaró la garganta cerca de ellos. Los dos voltearon como resorte y se toparon con Alistar y Oru. Los recién llegados los observaban con curiosidad. Bastian apretó con fuerza la mano de Ezra antes de ponerse de pie. El mayor lo imitó.

Alistar lucía desaliñado. Tenía raspones y tierra por todas partes, pero no parecía herido de gravedad. Oru no tenía un solo rasguño, lucía listo para pelear.

—Bien, ya se encontraron. ¿Ahora cuál es el plan? —les preguntó, cruzándose de brazos.

—Todavía tenemos que detener a Lyra —dijo Bastian—. Elyon escapó y estoy seguro de que no va a descansar hasta encontrarla.

Ezra asintió.

Definitivamente tenían que detener a Lyra o jamás podrían vivir en paz. Tal vez la ceremonia de la Luna Roja se había arruinado, pero Elyon seguía siendo la nueva Avalon y eso la convertía en algo vital para cualquier plan futuro del *Avalon Sectae*. O estaba la otra opción: que Lyra estuviera tan furiosa que sólo quisiera encontrarla para asesinarla. Fuera como fuera, esto no sólo afectaba a las personas involucradas. Era algo que podría cambiar el futuro de Fenrai.

Miró a la Luna Roja.

Esperaba que Elyon hubiera encontrado un buen escondite.

Capítulo 29
ELYON

Elyon veía el Castillo de la Luna a lo lejos.

Vela iba lo más rápido que podía, pero las ilusiones de Lyra no cesaban. Eran implacables y veloces y despiadadas. A la reina no se le veía por ningún lado, pero Elyon sabía que no podía estar muy lejos.

Avistó el castillo a la distancia y le indicó a Vela que se dirigiera hacia allá, pero fueron interceptadas por un estruendoso rayo que impactó justo frente al pegaso e hizo que se desestabilizara. La criatura relinchó y sus alas se batieron sin control. Si Elyon no hubiera estado sujetándose fuertemente se habría caído.

Otro rayo impactó a un costado de Vela. Elyon gritó cuando el relámpago consumió el ala de su pegaso, pero luego se percató de que no le había pasado nada. Los rayos eran una ilusión. Acarició la melena de su amiga para tratar de apaciguar sus temblores, pero Lyra estaba cumpliendo su cometido.

Quería aterrorizar a Vela, pues era el único medio de escape de Elyon.

—Vamos, amiga, falta poco —le susurró sin dejar de acariciarla.

Ya podía ver las torres blancas del castillo.

En ese momento la bestia alada volvió a aparecer, posándose frente a ellas. Vela se frenó por completo. Elyon analizó a la criatura. Era grande, por lo menos del doble del tamaño de Vela, tenía unos cuernos largos y alas de pájaro. Lo más sobresaliente eran sus colmillos; eran tan enormes que la bestia ni siquiera podía cerrar la boca.

Se tuvo que repetir mentalmente que sólo era una ilusión.

El problema era que algunas de las ilusiones de Lyra eran muy reales.

Elyon lo sabía por experiencia.

La criatura rugió y se abalanzó hacia Vela; Elyon estaba preparada y conjuró una ilusión propia. Una que representaba su antigua vida. Era un pegaso hecho de luz, tan grande como la bestia. El pegaso voló y se lanzó hacia esta, extendiendo sus alas para rodearla y consumirla. Pero la bestia dio un zarpazo y el pegaso desapareció.

Elyon apretó los puños y se dejó llevar por el trepidante poder dentro de ella. Lo sentía en cada hueso y en cada palpitación y en cada respiración. Era ancestral y demasiado para su cuerpo, pero respondía a ella como si fueran uno mismo. Así que volvió a tomarlo y a darle forma para que hiciera su voluntad.

Y detrás de ella se formó un ejército de pegasos de luz.

Todos eran grandes y majestuosos y brutales. Todos tenían enormes alas hechas de rayos tan brillantes como los del sol. Todos se lanzaron a la bestia al mismo tiempo.

Y con su luz la consumieron por completo.

Los pegasos se desvanecieron al instante. Elyon tuvo que hacer un esfuerzo para no perder el conocimiento. Sentía punzadas en la sien y su respiración estaba muy agitada. Tenía que aprender a controlar mejor ese poder, porque si no, iba a acabar con ella.

Pero no era momento de pensar en eso. Tenía una misión.

Continuó hacia el castillo, miraba hacia todos lados para estar preparada por si otra ilusión decidía atacar. Pero era como si hubieran dejado de seguirla. Eso le daba mala espina. No creía que Lyra fuera a dejarla escapar tan fácil. Si la había dejado de perseguir era por algo.

Fue entones cuando escuchó los gritos de la multitud.

Venían de Pivoine. Gritos plagados de terror.

Elyon miró hacia abajo y suspiró con horror al ver lo que estaba pasando. Una horda de sombras cruzaba la ciudad y destruía todo en su camino. Los ilardianos corrían y lloraban y pedían ayuda. Las sombras eliminaban a quien se cruzara en su camino, aunque su objetivo no parecía ser la gente de Pivoine. No, iban como unidad hacia un punto en específico.

Al Castillo de la Luna.

Lyra al fin había entendido hacia dónde se dirigía Elyon.

Tragó saliva pero no se permitió sentir miedo. Había decidido que se iba a enfrentar a ella y que la haría pagar por todo. Lyra creyó que la tenía en sus garras y ese fue su error. Jamás debió subestimarla. Elyon pensaba recuperar su vida por completo y para hacerlo tendría que ponerle fin a la de la reina de la luna.

Vela tomó velocidad y Elyon se aferró a ella. Volaron por encima del castillo, siendo observadas por las estrellas y por la luna que seguía bañada en sangre. Sus nuevos poderes se sentían atraídos a la Luna Roja, debía usar ese factor a su favor. Esperaría a Lyra en la parte más alta del castillo, al aire libre.

—Al techo, Vela.

El pegaso obedeció.

Se dirigieron al techo del castillo, descendiendo poco a poco. Cuando estuvieron lo suficientemente cerca, Elyon vio fuego.

En la azotea del castillo se libraba una batalla y había llamas por todos lados. No podía distinguir los rostros de las personas que estaban allí. Eran tal vez unas veinte, la mitad yacía inconsciente en el suelo. Así que bajó más y más. Lento, lento, lento.

Vela se encontraba a escasos metros de altura cuando el corazón de Elyon se detuvo.

Para luego comenzar a latir como si quisiera escapársele del pecho.

Se talló los ojos varias veces sin poder creer lo que veía. O más bien, a quiénes veía. Porque allí abajo, en el Castillo de la Luna, estaba su vida. Allí abajo estaban ellos. Mila, con su espada ardiendo y su destreza sin igual. Gavril, con sus puños cubiertos en llamas y su fuerza aplastante. Y Emil.

Emil.

Con su valentía. Con sus ojos de sol. Con su corazón
de fuego.

Emil.

Capítulo 30

EMIL

Lo estaban logrando.

Habían acabado con la mitad de esos lunaris. Odiaba estar consciente de que jamás lo habrían hecho sin ayuda de los cristales. Seguía furioso con Gavril, pero sabía que su amigo los había llevado para protegerlos. Para darles una oportunidad.

Él no imaginó que esa noche se iba a tornar en una batalla interminable, pero mientras más soldados lo atacaban, más adrenalina lo invadía. Usaba su fuego para intimidar, para rodear, para quemar. Emil no quería asesinar a nadie pero no era idiota; en momentos así tenía que elegir entre su vida o la de su oponente. Además, también debía proteger la de sus amigos.

Un lunaris le lanzó dos dagas con telequinesia, Emil logró esquivar una por completo, pero la otra le pasó por el cuello dejando en su camino una fina línea de sangre. Se tocó la herida para asegurarse de que no fuera profunda y otro soldado aprovechó para derribarlo.

Emil cayó contra el suelo con fuerza, recibiendo de lleno el peso del soldado que cayó encima de él. Ese lunaris comenzó a aplastarle los ojos con sus pulgares. El joven rey gritó y trató de quitárselo de encima, pero no podía, así que encendió sus manos en fuego y las posó sobre la cabeza de su agresor.

El olor a quemado lo inundó al instante. El lunaris se quitó de encima y comenzó a rodar en el piso para intentar apagar las llamas. El otro soldado veía con horror la escena, pero tan pronto como Emil se levantó, volvió a ponerse en posición de ataque. Usó su telequinesia para tomar una de las espadas del suelo y corrió hacia el rey.

Emil se quedó plantado en su sitio y de sus manos comenzaron a salir orbes de fuego a toda velocidad. Lanzó una y dos y tres y cuatro. El lunaris logró eludir algunas, mas otras lo alcanzaron en la ropa. Pero este era persistente y a pesar de que se quemaba, continuó corriendo hacia él.

Un rayo de luz llegó como un látigo y cortó al lunaris a la mitad. El cuerpo cayó al suelo, bañándolo de sangre.

—¿Se encuentra bien, su majestad? —preguntó Lady Minerva, acercándose a él.

Emil asintió, la mujer continuó hacia otro oponente.

Aunque Lady Minerva era la directora de la Academia para Solaris, siempre se sorprendía al verla pelear. ¡Vaya que lo hacía bien! Emil seguía impactado con lo que acababa de presenciar y no pudo evitar mirar el cuerpo del soldado caído. La luz, sin cristales, no era capaz de actuar así. Casi había olvidado el gran poder que tenían y cómo aumentaban el alcance de cada afinidad.

Emil sentía el diminuto cristal en la planta del pie. Lo había puesto allí para mantener su piel siempre en contacto con este. Fue idea de Gavril, ya que tenerlo en la mano podría entorpecer sus movimientos por miedo a dejarlo caer.

En ese momento vio cómo un soldado con espada se acercaba a Rhea por detrás. La capitana utilizaba agua contra otra lunaris acuática; estaba muy concentrada en la batalla. Emil tomó una de las espadas ensangrentadas que estaban en el piso y corrió en esa dirección. Prendió fuego al arma y logró interponerse antes de que el hombre llegara a Rhea.

Ese soldado era bueno con el arma; rápidamente empezó con Emil lo que parecía una danza de espadas. El joven rey esquivaba y blandía y el hombre hacía lo mismo como espejo. Se movían por toda la azotea y llegaron al puente que conectaba esa estructura con otra. Desde donde estaba podía ver que Nair y Zelos se encontraban justo del otro lado, peleando contra más ilardianos.

Pero ellos continuaron su batalla en el estrecho puente. Emil logró darle una estocada en un costado del abdomen y el hombre soltó un grito de agonía, pues el filo atravesó su piel y el fuego la quemó. El rey retiró la espada del cuerpo del soldado y este posó las manos en la herida.

Emil pensó que iba a caer. En lugar de eso, el hombre lo miró con una expresión que advertía muerte y dos lobos salieron por detrás de él. Aparecieron de la nada, estaba seguro de que eran ilusiones, pero aun así eran imponentes. Mostraban sus colmillos y gruñían, acercándose a él de forma lenta y peligrosa. Emil retrocedía sin perderlos de vista.

Las ilusiones de un lunaris normal no podían hacerle daño físico, pero ¿y si tenía un cristal?

Otro grito salió de la garganta del hombre, era como un cántico de guerra. Y los lobos, de un salto, se lanzaron a él. Emil prendió fuego en sus manos. No iba a correr de esas ilusiones. Y si eran reales, las recibiría con sus llamas.

Pero todo pasó muy rápido.

En un segundo, los lobos estaban en el aire con sus garras extendidas a punto de llegar a él. Pero al siguiente, una luz potente bajó como rayo del cielo y envolvió a las criaturas y las desapareció.

Emil abrió la boca a causa de la impresión.

Frente a él estaba un pegaso de luz.

Era una de las criaturas más bellas que había visto en su vida.

Más rojo que nunca, el lunaris volvió a gritar y corrió hacia el pegaso, ya sin importarle la herida en su abdomen, pero ni siquiera pudo llegar este. El cuerpo del hombre se elevó en el cielo y, como si una fuerza invisible lo hubiera golpeado, voló y cayó del puente.

El pegaso se dio la vuelta y miró a Emil.

El joven rey no pudo evitar acercarse. Se sentía atraído, de alguna forma, a su luz. Su pecho estaba cálido y su pulso acelerado; no comprendía por qué, pero algo en lo más profundo de su ser imploraba que fuera hacia el pegaso. Levantó la mano con lentitud y con cuidado para no ahuyentarlo. Cuando estuvo a punto de posarla en su cuello, la criatura dio un salto y regresó al cielo.

Emil alzó el rostro.

El pegaso de luz había desparecido. Pero arriba, además del manto de estrellas y de la Luna Roja, volaba un pegaso blanco.

Y del cuello del pegaso se asomaba un rostro pálido.

El rostro de un fantasma.

Emil sintió que todo el aire se le escapaba. Sus piernas perdieron fuerza y tuvo que sostenerse del parapeto del puente para no caer. Cerró los ojos y se concentró en sus respiraciones. ¿Era un sueño o una pesadilla? O tal vez se trataba de una ilusión. Las palpitaciones de su corazón retumbaban en sus oídos como un martilleo imparable. No podía pensar ni procesar ni entender.

Cuando abrió los ojos, el pegaso blanco había bajado un poco más. Todavía no tocaba el piso, pero estaba frente a Emil.

Ella estaba frente a Emil.

Elyon.

Los ojos comenzaron a arderle. Ahí estaba y era demasiado real y no podía ser. Elyon estaba muerta. Él la había visto morir. Él había visto su cuerpo caer y había gritado y llorado y peleado. Y no la pudo salvar.

No podía ser real.

La miró con detenimiento, tratando de controlar el temblor que se había apoderado de su cuerpo. Era Elyon, con sus ojos de luna grandes y expresivos. Elyon, con su cabello cenizo despeinado por el viento. Elyon, pálida y delgada y diferente.

Diferente, pero indiscutiblemente ella.

—Elyon… —dijo al aire, y sonó casi como un suspiro.

Él sabía que ella no le respondería. Nunca lo hacía. Ni en sueños ni en pesadillas. Ni cuando le hablaba a la luna.

Pero tal vez…

—Emil.

Ella estaba realmente ahí, frente a él.

Su voz terminó de quebrarlo. Una lágrima solitaria rodó por su mejilla.

El pegaso, Vela, bajó por completo. Emil se atrevió a dar un paso. Tenía que llegar a Elyon. A pesar de que el mundo le daba vueltas y sus piernas apenas podían sostenerlo, terminó con la distancia que los separaba.

Alzó la mano, necesitaba sentirla.

Pero en ese momento, un ejército de sombras la consumió.

Capítulo 31

ELYON

Lyra llegó flotando entre sus sombras, lucía como la mismísima reina del caos.

Su largo cabello parecía haber cobrado vida, los mechones eran como serpientes blancas a punto de atacar. Sus manos estaban cerradas en puños firmes y furiosos. Sus ojos… Esos ojos estaban llenos de muerte. Y eso los volvía más aterradores que nunca.

Elyon no podía ver nada más que a Lyra y a sus sombras volando alrededor, rozándola y empujándola, trataban de tumbarla del pegaso. No lo tenía muy claro, pero suponía que la reina la atrapó dentro de una ilusión, pues ya no parecía estar en el castillo. Ya no escuchaba espadas chocando ni golpes ni gritos.

Ya no veía a Emil.

Emil.

Tendría que guardar ese nombre en su corazón por el momento.

Era la hora del enfrentamiento.

Cerró los ojos. Visualizó el poder dentro de ella. Era cegador y brillante y pesado. Y le pertenecía.

Cuando abrió los ojos, todo era oscuridad. Ya no había nada alrededor. Lyra y sus sombras habían desaparecido. No, estaban escondidas, aguardaban el momento perfecto para atacar. Durante su encierro, la reina solía castigar a Elyon dejándola en total oscuridad durante días y noches enteros. ¿No sabía que eso las había unido? A la oscuridad y a ella. Elyon se sentía en su elemento.

Si Lyra quería jugar en la oscuridad, que así fuera.

Le indicó a Vela que se moviera, el pegaso voló.

El espacio era inmenso y extraño. A pesar de que volaba, no había viento o brisa que meciera su cabello. No sentía frío ni calor. Tampoco había olor alguno. Además, aunque estaba en total oscuridad, podía verse claramente a ella misma. Voló durante unos minutos, buscando y esperando el próximo movimiento de Lyra. Pero no sucedía nada.

—No puedes esconderte en la oscuridad para siempre, Lyra —exclamó.

Su voz salió fuerte y con eco. Como respuesta, algo chocó contra su cuerpo por un costado. Elyon trató de abrazarse de Vela para no caer, pero una mano la tomó del cuello y alzó su cuerpo. Vio cómo su pegaso era consumido por la oscuridad.

—¡Vela! —gritó.

Podía sentir garras en su piel. Unas que ya conocía.

Era Lyra. O más bien, la sombra de Lyra.

—Mocosa insolente —dijo la sombra con su voz de serpiente—. Manchaste el nombre de Avalon y ese es el crimen más grande que alguien puede cometer. ¡Es el crimen por el que los hijos de Helios fueron condenados!

Elyon no pataleó. Usó toda su fuerza de voluntad para mantenerse en calma aunque esas garras le estuvieran aplastando la garganta.

—¡Los hijos de Helios... no... serán condenados! —respondió con la voz entrecortada—. ¡No mientras yo posea... la bendición de Orekya!

Con la otra mano, la sombra le dio una bofetada que casi le rompe el labio inferior. Había sangre en su boca, el sabor era metálico y amargo. La escupió.

—Vas a hacer lo que yo diga o voy a matarlos a todos —amenazó la reina a través de su sombra.

No si ella la mataba primero.

—Jamás volveré a obedecerte —dijo Elyon.

La oscuridad formaba parte de ella y, por eso mismo, sabía que la única forma de combatirla era con luz.

Así que dejó salir su poder.

Sus ilusiones hechas de luz aparecieron con la fuerza de una explosión, mandando lejos a la sombra que la tenía entre sus garras. Un aura de luz rodeó su cuerpo; ahora toda ella brillaba. El escenario cambió al antojo de Elyon. Ella observaba maravillada cómo la oscuridad se desvanecía y era reemplazada por un espacio hecho de cristal, por el que la luz se reflejaba y se filtraba de forma iridiscente en cada rincón. Había pedazos de cristal incrustados en el piso, en el techo, a los lados. Era un lugar etéreo.

Lyra estaba justo frente a ella.

Porque en su ilusión llena de luz no podía esconderse.

—No mereces el poder que llevas en tu cuerpo —la sombra se posó detrás de la reina. Su tamaño había aumentado y sus dedos delgados descansaban sobre los hombros Lyra.

—Lo hubieras pensado antes de arrebatarme mi vida para dármelo —le respondió.

Y luego atacó.

Los enormes pedazos de cristal que se encontraban enterrados en el suelo se levantaron y salieron disparados hacia Lyra, pero antes de que pudieran tocarla ella alzó una mano y los detuvo con telequinesia. Elyon apretó los puños, invocando más poder. La reina abrió los ojos de par en par al darse cuenta de que una energía más fuerte estaba empujando.

Era una batalla de mentes. Elyon sabía que podía ganarla.

Empujó y empujó y empujó y pudo sentir cuando venció la telequinesia de Lyra.

Los enormes cristales se unieron y aprisionaron a la reina, envolviéndola hasta la cintura en una estructura transparente y afilada. Elyon se acercó a ella y la miró desde abajo. Flotó para quedar a su altura y, una vez que estuvieron cara a cara, la tomó del cuello con ambas manos. Y apretó.

Lyra no emitió ningún sonido. La expresión en su rostro tampoco cambió. En sus ojos plateados sólo había odio dirigido hacia Elyon, pero a ella no le importaba. Estrangulaba a la reina con toda la fuerza de sus pequeñas manos. Y lo disfrutaba.

Pero cometió el error de olvidarse de las sombras.

La sombra de Lyra estaba tras ella y de un zarpazo la mandó a volar. Su cuerpo impactó contra una estructura de cristal que se rompió por el golpe. Elyon gritó al sentir dolor en toda su columna, pero antes de que los pedazos pudieran cortarla o incrustársele en la piel, los desapareció. Esta era su ilusión, después de todo.

Pero mantenerla la estaba drenando.

Lyra logró liberarse de su prisión de cristal y corrió hacia Elyon a una velocidad impresionante. Ella apenas alcanzó a levantarse del suelo cuando la reina la tomó del cabello con tal fuerza que sus pies quedaron al aire.

—Agradece que no puedo matarte, niña estúpida —siseó la sombra.

Elyon vio con horror cómo la sombra de Lyra comenzaba a envolverlas. Era como si un manto congelado la cubriera, la sensación era fría y pesada. Pero no se iba a dejar.

Era hora de volver a la realidad.

Tratando de ignorar la helada sensación que la estaba invadiendo, cerró los ojos para ver en su interior y tomar su poder y romper la ilusión.

Fue como si el mundo explotara. Los cristales salieron disparados en todas direcciones y la sombra de Lyra se fue con ellos. La escena cambió de forma drástica, nada similar a la delicadeza a la que Lyra la había acostumbrado. En menos de lo que tarda un chasquido de dedos, estaban de vuelta en el puente del castillo.

Lyra estaba frente a ella, apoyada en pies y manos. Un ejército de sombras las rodeaba por completo. Eran demasiadas pero, al mismo tiempo, parecían una única y enorme masa que se movía en conjunto. Era ruidosa y potente y peligrosa y apenas la dejaba ver hacia afuera.

—¡Hay que hacerlas arder!

Elyon creyó escuchar la voz de... ¿Gavril?

—¡No! ¡Te estoy diciendo que ahí está Elyon!

Esos gritos de desesperación eran de Emil.

Elyon extendió su brazo para verificar si esas sombras eran ilusiones palpables y, al tocarlas, sintió como si la descarga de un rayo le recorriera el cuerpo. Las ilusiones de Lyra eran muy poderosas, pero estaba segura de que en parte era gracias a los cristales. El problema era que la reina tenía una dotación inmensa en su posesión. Eso la hacía casi invensible.

Al fin entendía por qué los cristales amplificaban los poderes de sol y la magia de luna. El poder de Orekya había estado contenido en las ruinas, en esa tumba de cristal, por más de un milenio. Los cristales lo habían absorbido. Estaban impregnados de la esencia de una diosa.

Miró a Lyra, que apenas se estaba incorporando. Elyon se dio cuenta de que era la primera vez que la veía... así. Descompuesta y cansada y abatida.

—Una desgracia... —soltó la sombra que seguía detrás de ella.

Y se lanzó hacia Elyon.

Ella reaccionó rápido y elevó su cuerpo. Un chorro de agua salió de sus manos y lo lanzó hacia arriba, logrando que las sombras se dispersaran en esa área. Elyon no aguardó para utilizar ese hueco como salida. Fue recibida por la Luna Roja en el cielo, que perdía gradualmente su coloración.

No.

Elyon tenía que acabar con Lyra antes de que el carmesí se esfumara.

En ese momento el ejército de sombras desapareció y dejó a la vista a la reina, que miraba a Elyon desde abajo.

—Oh, por Helios...

Esa voz.

Se permitió una distracción mínima para buscar a Mila. Su amiga se cubría la boca con ambas manos y sus ojos azules la observaban, pero no daban crédito a lo que veían. Elyon quería olvidarse de todo para bajar a abrazarla. Los había extrañado más que a nada. Más, incluso, que a su libertad.

Pero Lyra notó la expresión en su rostro.

—Voy a matarlos a todos...

La sombra había aparecido a un lado de Elyon, tomándola por sorpresa y lanzándola con fuerza contra el piso.

Su hombro derecho recibió el primer impacto, la mayor parte del dolor se acumuló allí aunque todo su cuerpo se arrastró en la piedra. Pero Elyon no se permitió ni un segundo para recuperarse, su mente sólo gritaba por la vida de sus amigos. No iba a dejar que Lyra les hiciera daño.

La reina seguía inmóvil en su sitio, pero había llamado nuevamente a su arsenal de sombras. Elyon miró horrorizada cómo estas arremetían contra sus amigos, aunque el miedo no le duró demasiado, porque cada uno de ellos comenzó a pelear. Había fuego y destellos de luz por todas partes. Vio también a Lord Zelos, a Lady Minerva y a Rhea. Todos luchaban.

Le tranquilizaba saber que también tenían cristales ¡y estaban recargados con energía solar!

Elyon moría de ganas de volver a conjurar su luz. No una ilusión de su luz, añoraba la real. La que siempre había habitado dentro de ella.

Pero no era momento de pensar en eso.

Alzó las manos y, con telequinesia, levantó seis espadas cubiertas de sangre que yacían en el suelo; las apuntó hacia Lyra y las lanzó. Pero la reina alzó el cadáver de un soldado ilardiano y lo extendió frente a ella para utilizarlo como escudo. Las espadas se clavaron grotescamente en el cuerpo. Lyra lo dejó caer.

El estómago de Elyon se revolvió.

—El poder de Orekya es magnífico —dijo la sombra llena de anhelo—. Si tan sólo aceptaras utilizarlo para vengar a Avalon...

—Si Avalon es la heroína que ustedes juran que es, ¿por qué buscaría venganza? —exclamó Elyon, alzando la voz—. ¡Ella trajo equilibrio a Fenrai! ¿Por qué querría una noche eterna?

La sombra creció aún más, un aura negra había aparecido a su alrededor.

—¡Porque la enterraron viva! ¡Porque quisieron desaparecerla de la historia! —rugió, su voz sonaba más salvaje que nunca—. Porque la volvieron una villana. ¿Tú no querrías cobrar venganza?

La verdad era que no sabía cómo responder. La Elyon de antes jamás habría tenido pensamientos vengativos, pero ahora... ahora dudaba. Sería una hipocresía contestar esa pregunta de forma negativa, cuando lo que más quería hacer en ese momento era vengarse de Lyra.

Tal vez, si ella fuera la Avalon que habían enterrado viva y de alguna forma hubiera vuelto de la muerte, querría cobrar venganza. Pero no lo era. Y jamás le haría daño a las personas de la nación del sol. Ya no creía en Helios como un dios, pero eso no tenía nada que ver con Alariel. Ellos no tenían por qué pagar por errores cometidos hacía un milenio.

—Mi respuesta no importa. Yo no soy esa Avalon y no es mi deber vengarla.

Esas palabras enfurecieron a Lyra. Su rostro se veía deformado por la ira. Su cuerpo estaba tenso y sus manos hechas puño.

—Una desgracia —repitió la sombra, luego miró a la reina—. Te dije que tendríamos que matarla.

Lyra asintió.

Elyon quedó paralizada por unos segundos. Todo ese tiempo ella pensó que la sombra de Lyra era como un reflejo. Uno que Lyra utilizaba para comunicar lo que quería decir. Pero en ese instante... parecía que la sombra tenía vida propia y era capaz de conversar con la reina.

¿Cómo era posible? Esa sombra era una ilusión hecha por Lyra, no debería ser capaz de pensar. Recordó esa memoria que la reina le había mostrado en la que platicaba con sus sombras en el internado. Esas ilusiones habían sido su única compañía, además de Valeska. ¿Y si realmente tenían identidad propia y no eran una simple creación de su mente?

Elyon comenzó a sentir miedo, pero se lo tragó.

—Inténtalo —dijo, mirando sólo a la reina.

En ese momento sucedió algo sorprendente: Lyra sonrió.

Pero no era una sonrisa cálida, de esas que llegan a los ojos y al corazón. Era una sonrisa fría y sádica y la más cruel que había visto. No pudo evitar el escalofrío que recorrió su espalda. Quería borrársela del rostro.

Con la sonrisa de Lyra vino algo más:

caos.

El aura negra de la sombra explotó. Fue como si la sombra absorbiera toda esa energía oscura y la utilizara para crecer y crecer y crecer. Cuando alcanzó su tamaño final se posicionó en el mar, justo frente al puente del castillo. Era un monstruo. Un gigante. Una bestia del tamaño de la torre más alta. Sus garras parecían las ramas torcidas de un árbol y eran más grandes que un cuerpo humano. Su cabeza tenía terminaciones picudas y filosas que asemejaban púas. Y su cuerpo parecía nacer desde las profundidades el mar.

Lyra flotaba al centro de la sombra.

Elyon retrocedió un paso de forma involuntaria. ¿Cómo iba a combatir eso?

En ese momento, vio cómo un pegaso volaba con su jinete hacia la sombra. No tardó en reconocer a Gavril, quien lanzaba fuego al enemigo como si su mano fuera un lanzallamas. La sombra emitía chillidos animales, pero el fuego no parecía tener mucho efecto en ella. Elyon miró alrededor y se percató de que las otras ilusiones habían desaparecido. Lyra estaba concentrando toda su magia en el gigante.

—¡Todos al mismo tiempo! —exclamó Mila.

A un lado de Elyon se posicionaron Emil, Mila y Lady Minerva. Al otro estaban Rhea, Lord Zelos y una ilardiana a quien jamás había visto.

Elyon apenas podía creerlo. Estaba reunida con sus amigos. Iban a pelear juntos. Su corazón no podía con tanto y se desbordaba en sentimiento. Sólo faltaba Gianna, pero estaba feliz de que no estuviera ahí, en peligro.

Tomó posición de ataque.

—¡Ahora! —gritó su amiga.

Fuego y agua y sombras y luz se unieron en un espectáculo brillante y avasallador. Cuando todo ese poder impactó contra la sombra, esta comenzó a desvanecerse como en un parpadeo, pero fuera de eso no sucedió nada. Elyon notó que Lyra hacía un gran esfuerzo por mantenerla. Tenían que atacarla a ella. Si acababan con la reina, sus ilusiones morirían con ella.

—¡Vamos contra Lyra! —exclamó Elyon, preparando un potente rayo de luz en sus manos. Seguía siendo una simple ilusión, pero era igual de real que las de la reina—. ¡Ahora!

La sombra actuó más rápido. Alzó una de sus garras y con fuerza la estrelló contra el puente, partiéndolo a la mitad. El piso de piedra estalló en pedazos y en polvo y en desorden.

Elyon saltó hacia el lado contrario, pero la piedra seguía derrumbándose debajo de ella. Corría para no caer y, cuando dejó de sentir el piso y perdió el equilibrio, Rhea la sostuvo del brazo y la arrastró hacia ella.

—¡Cuidado!

La voz de Gavril sonaba desesperada. La sombra lo sujetaba con una de sus enormes garras, aplastándolo junto a su pegaso.

Pero su grito había sido de advertencia, pues la bestia nuevamente arremetió contra el puente con su garra libre. Esta vez sólo golpeó el lado donde se encontraban Lady Minerva, Mila y Emil. La estructura comenzó a caer y sus amigos corrieron hacia la seguridad del techo, pero Lady Minerva tropezó y el joven rey se detuvo a ayudarla.

—¡Rápido! —gritó Elyon.

El piso se derrumbaba a una velocidad impresionante. Lady Minerva logró ponerse de pie justo cuando las piedras debajo de donde estaban se desprendieron. Emil reaccionó rápido y la empujó con fuerza hacia Mila, que había regresado por ellos, pero él no alcanzó a llegar a la parte estable de la estructura.

Y cayó.

—¡Emil! —el grito salió desde lo más profundo del ser de Elyon.

Concentró toda su telequinesia en él y logró sostenerlo. Casi se le escapa el aire del alivio. Emil ahora flotaba en el cielo, estaba a salvo.

Hasta que no lo estuvo.

La garra libre de la sombra tomó a Elyon, apretó su cuerpo con fuerza y lo levantó. Elyon vio estrellas a causa del dolor. La sensación era esa misma descarga de rayos calcinando su piel. La sentía en su sangre y en sus venas y no podía soportarlo. Esas garras la aplastaban como si quisieran romperle los huesos. Hacerlos polvo.

Perdió la concentración.

Perdió a Emil.

Vio con horror cómo el joven rey caía y caía y caía y

no pudo sostenerlo.

—¡No!

Su grito salió desgarrado y lleno de potencia, al mismo tiempo que el de sus amigos. Entonces, una explosión de luz brotó de su cuerpo. Un chillido animal se escapó de la sombra cuando sus garras comenzaron a humear. Dejó caer a Elyon, o más bien la lanzó y ella impactó contra la piedra. Rodó varias veces, haciéndose cortadas y raspones. Pero ella no sentía dolor físico, no cuando se estaba quedando sin aire y sus ojos ardían con la intensidad de mil llamas.

Se incorporó y corrió hacia la ruptura del puente dispuesta a saltar.

Pero en ese momento, de esa misma ruptura, salió Vela. Su pegaso llegó volando desde abajo.

Sobre ella estaba Emil.

Elyon dejó de sentir las piernas y tuvo que detenerse para recuperar el aliento.

El rey llevaba fuego en las manos. Vela voló hacia la sombra justo a la altura donde se encontraba Lyra. Emil lanzó sus llamas directo contra la reina y dio en el blanco. La bestia gritó, soltando a Gavril y a su pegaso. La reina no tardó en contrarrestar el fuego con agua. Su ropa estaba quemada casi por completo, pero ella seguía en una pieza.

Lyra juntó los brazos en su pecho, luego los extendió y su movimiento causó una ola invisible. Vela y Lynx salieron volando lejos, pero ni Emil ni Gavril cayeron de los pegasos.

Elyon no quería que sus amigos se siguieran poniendo en peligro, así que tomó su turno para atacar. De sus manos dejó salir un chorro de agua a toda propulsión con la intención de sacar a Lyra de la sombra. Tal vez eso debilitaría la ilusión. Pero la reina decidió defenderse con la misma técnica y le devolvió el ataque. Ahora era cuestión de fuerza y resistencia.

Hasta que un enorme lobo blanco apareció corriendo a toda velocidad hacia Lyra. Sobre el lobo iba Bastian. Elyon apenas se dio cuenta de lo que sucedía. Todo fue muy rápido.

El lobo no se detuvo siquiera cuando el puente acabó; más bien, saltó. Se impulsó alto, alto, alto.

Llegó a la reina tomándola por sorpresa y le clavó los colmillos en el hombro. La expresión en el rostro de Lyra era de dolor puro, pero se convirtió en pánico cuando Bastian rasgó la parte superior de su ropa y le arrancó un collar.

El collar tenía una pequeña pieza de cristal.

Oru se impulsó de vuelta al puente.

Tan pronto el cuerpo de la reina perdió contacto directo con el cristal, el tamaño de la sombra disminuyó considerablemente y ella dejó de flotar.

Comenzó a caer, pero Elyon la sostuvo con telequinesia. Iba a acabar con ella con sus propias manos. Iba a mirarla a los ojos cuando le quitara la vida, poco a poco. Sin cristales, Lyra sólo tenía sus ilusiones para pelear. Sin cristales, esas ilusiones no eran más que eso: visiones intangibles.

Vela había bajado a Emil junto a su hermano Ezra, que también había llegado. Ahora iba por Elyon. El pegaso se situó en la ruptura del puente para que ella pudiera saltar sobre su lomo. Una vez montada en Vela se elevó en el cielo nocturno a la misma altura que Lyra.

La reina de la luna respiraba con dificultad. Su hombro estaba bañado en sangre y su piel más pálida de lo normal. Ella, que siempre lucía perfecta y desalmada, en ese momento parecía más humana que nunca. Lo único que seguía igual en ella eran sus ojos: destilaban brutalidad y desprecio.

No quería volver a verlos jamás.

—Hasta nunca —susurró.

Su poder se abrió paso dentro de ella. Todo le dolía; había abusado demasiado de él en una sola noche. En su primera noche. Sentía incluso como si su cuerpo fuera a romperse desde adentro. Estaba exhausta y pesada. Su pulso le martilleaba en las muñecas y en las sienes y en el cuello. Pero necesitaba tomarlo una vez más. Cerró los ojos y le dio forma.

Un rayo de luz cayó desde el cielo e impactó contra Lyra.

Era una ilusión. Pero ya entendía que las ilusiones no sólo podían engañar visualmente. También podían engañar a los sentidos. Era lo que Lyra hacía con las suyas. Los cristales las hacían sólidas, pero eso no tenía nada que ver con hacer creer a una persona que lo que sentía era dolor.

Su luz estaba cargada con la potencia de mil rayos. Estaba haciendo que Lyra sintiera como si la estuvieran calcinando. La reina intentó aguantar, pero sólo fue cuestión de que Elyon aumentara la intensidad para que un grito desgarrador saliera de su garganta.

Era la primera vez que la escuchaba emitir cualquier sonido, por lo menos fuera de sus recuerdos.

Ese grito era música para sus oídos.

—¡Elyon, no!

Era Mila, llamándola desde abajo.

—¡No podemos matarla! ¡Ella tiene las respuestas que necesitamos!

Elyon la escuchaba pero quería ignorarla.

Su amiga tenía razón. Lyra todavía ocultaba muchos secretos sobre Orekya y Avalon y el *sectae*. Ella apenas comenzaba a asimilar su nuevo poder, pero todavía no lo comprendía en su totalidad. Tenía tantas, tantas dudas. La que ahora gobernaba en su mente era: ¿por qué Avalon no quería que tomara los poderes de Orekya?, ¿por qué había intentado detenerla? Deneb ya estaba muerta y tal vez la reina era la única persona que tenía esa respuesta y todas las que necesitaban.

Pero ¿y su venganza?

La oscuridad dentro de ella le imploraba que continuara con lo que estaba haciendo.

—¡Elyon! —esta vez fue Emil quien la llamó.

Su voz hizo que la oscuridad se aplacara.

No desapareció. Pero ya no le gritaba ni la empujaba ni le exigía.

Así que Elyon detuvo su poder.

La reina comenzó a caer, inconsciente.

El pegaso de Gavril voló para atrapar su cuerpo. Elyon vio cómo la criatura bajó hacia el techo del castillo. Gavril y Zelos corrieron hacia allá, listos para recibirla y contenerla.

Elyon se quedó ahí, mirando cómo el último rastro carmesí de la luna se desvanecía. Una brisa helada sopló y le revolvió el cabello. Cerró los ojos y la recibió con gusto. No podía creer que aquello hubiera terminado, por lo menos en ese momento. Todo su cuerpo palpitaba y apenas podía mantenerse consciente. El poder de Orekya había causado estragos en ella.

—¡Elyon!

Al escuchar su voz otra vez, abrió los ojos.

Miró hacia abajo y vio que Emil iba hacia ella. Corría con desesperación y con ahínco y con todo su ser. Elyon le indicó a Vela que bajara.

Volando a toda velocidad, su pegaso se dirigió hacia él; era como si la criatura supiera dónde estaba el corazón de Elyon. Mientras más se acercaban, más podía apreciar sus facciones. Ese rostro que tanto había extrañado.

Su cabello oscuro y alborotado, su piel besada por el sol, su boca y sus labios y sus ojos que estaban bañados en lágrimas.

—¡Emil!

Se encontraron justo en la ruptura del puente. El pegaso siguió volando y la pasó. Antes de que siquiera aterrizara, Elyon se lanzó a los brazos abiertos de Emil.

Cuando sus cuerpos chocaron, cuando los brazos de Emil la rodearon como si fuera lo más preciado para él, cuando los de Elyon lo abrazaron del cuello y su nariz se hundió en su cabello...

Recuperó su vida.

Capítulo 32
EMIL

Emil tenía a Elyon en los brazos.

Viva y real y ahí.

Se dejaron caer hacia el suelo sin soltarse.

Todavía no se recuperaba de todo lo que acababa de ocurrir: la batalla, los cristales, la reina, la Luna Roja, Elyon. Todavía no entendía cómo era posible que ella estuviera con vida. Pero lo estaba y eso era lo único que importaba. Luego habría tiempo para preguntas. En ese instante sólo quería sentir su piel y su tacto y su respiración y su corazón.

Viva.

No podía parar las lágrimas mientras la sujetaba. Sentía que había recuperado una parte de él que creyó perdida para siempre. Una parte importante, esa que sonreía con facilidad y que era feliz.

Quería abrazarla con más fuerza porque tenía miedo de que en cualquier momento fuera a desaparecer, como siempre que la veía en sueños y pesadillas.

Tenerla en sus brazos lo llenaba de una forma definitiva. Podía escuchar el latido frenético de su corazón retumbando en todo su cuerpo.

Se atrevió a separar su cabeza un poco para mirarla a los ojos. Elyon alzó su rostro y le devolvió la mirada. Emil sollozó al ver esos ojos de luna que tanto había extrañado. No había olvidado esa salpicadura de pecas en su rostro que sólo se notaba cuando la tenía así de cerca. No había olvidado su nariz ni sus labios ni su mentón.

Una primera lágrima se deslizó por la mejilla de Elyon; a esa le siguieron muchas más.

—Estoy muy cansada —fue lo primero que le dijo.

—¡Elyon!

Esa era la voz de Mila. Emil alzó el rostro para ver cómo su amiga corría hacia ellos, tras ella iba Gavril. Primero llegó ella y luego él; ambos se dejaron caer y los rodearon en sus brazos. Elyon sollozó y el joven rey no podía recordar cuándo había sido la última vez que se sintió así de completo. Sólo faltaba Gianna para que el momento fuera perfecto.

Sin embargo, por ahora era suficiente.

Elyon estaba viva y con ellos. Sus amigos estaban a salvo. Habían ganado la batalla.

Sentía, por primera vez en mucho tiempo, que estaba bien.

Que iba a estar bien.

Capítulo 33
BASTIAN

El sol no volvió.

Después de la Luna Roja no amaneció.

Era difícil medir el tiempo si el sol no salía para indicar un nuevo día, pero el gran reloj en el molino del centro de Pivoine indicaba que habían pasado veinticuatro horas desde la batalla con Lyra. Lo miraba sentado desde la azotea de un edificio abandonado de la ciudad.

Los demás seguían en el Castillo de la Luna. Esperaban a que llegara un barco desde Zunn a recogerlos.

No los habría dejado en el castillo de no ser porque los empleados, los guardias y hasta los Viejos Sabios habían huido cuando la batalla se salió de control. Eso sólo confirmaba lo que él siempre había sabido: no le eran leales a la reina.

Suspiró con pesadez.

La capital del reino de la luna estaba hecha un caos. En gran parte, Lyra la había destrozado con sus sombras. El pueblo se encontraba enojado y confundido; exigía que la familia real respondiera por los desastres ocasionados. Además, todos habían visto de lejos la conmoción en el castillo y demandaban una explicación.

Bastian, el único miembro que quedaba de la familia Yuenai, tendría que dar la cara.

El problema era que no quería tener nada que ver con esa familia. Ni con el trono. Especialmente no con el trono. Él no había nacido para ser rey, pero amaba Ilardya y no era capaz de darle la espalda cuando más necesitaba un guía.

Todavía no decidía qué hacer.

Lyra sería trasladada directamente a la prisión de Severia, que era la más grande e impenetrable de Alariel. Según le habían dicho, nunca nadie había logrado escapar de ese lugar. Ahí no llegaban los rayos del sol ni la luz de la luna, así que era a prueba de solaris y lunaris. Eso lo tranquilizaba. Lyra no podría usar su magia y ya no tenía ni un cristal consigo.

Bastian ya había comenzado a escuchar las habladurías de la gente en Pivoine. Algunos decían que la reina estaba muerta. Otros decían que había huido. Unos pocos más que no les importaba, con tal de que no volviera al trono. Nadie sabía con exactitud qué había sucedido durante la noche de la Luna Roja en el castillo, pero sospechaban que, fuera lo que fuera, el rey de Alariel había tenido que ver con la desaparición de Lyra.

A Ilardya no le importaba el paradero de una reina que nunca vio por ellos.

¿Pero a la secta? Esa era otra historia. Sabía que muchos de los miembros más importantes habían sido asesinados, pero todavía quedaban demasiados y podrían seguir causando problemas. Tendría que permanecer alerta en caso de comportamientos inusuales durante las próximas noches.

Unas pisadas resonaron tras él, pero Bastian no se alarmó. Reconocería el sonido de ese caminar donde fuera.

—¿Ya decidiste qué harás?

Ezra se sentó junto a él.

—No —respondió encogiéndose de hombros—. Pero tengo que quedarme en el castillo durante algunos días. Sé que los empleados y los soldados van a regresar, por lo menos para ver qué pasó. Tiene que haber alguien que los reciba y lamentablemente soy el único miembro de la familia Yuenai que está disponible.

—Me quedaré contigo —dijo Ezra.

Bastian lo miró.

—¿No tienes que regresar a Eben con tu familia?

—Sí, pero los alcanzaré en algunos días. Allá hay mucho apoyo —respondió, también mirándolo—. No quiero dejarte solo.

—No estaré solo. Alistar y Nair serán la nueva generación de Viejos Sabios —bromeó.

Ezra alzó una ceja.

—No creo que Nair esté muy feliz con ese título.

Bastian sonrió al imaginar la reacción de su amiga, pero al recordar la gravedad de la situación volvió a suspirar.

—No puedo confiar en esos viejos decrépitos; espero que no vuelvan a poner un pie en el castillo. La anciana Igatha sabía lo que mi hermana estaba haciendo; eso me hace pensar que todos estaban enterados o que incluso son parte de la secta —respondió, pasándose un mechón de cabello por detrás de la oreja—. De todos modos, no he decidido qué haré. Por ahora sólo intentaré ordenar el caos que dejó Lyra, pero no me voy a proclamar como rey.

—Bien, te ayudaré a ordenar ese caos.

Bastian le dedicó su sonrisa de siempre. Esa confiada y arrogante.

—Confiesa, sólo quieres quedarte porque no podrías soportar estar lejos de mi increíble persona.

—No voy a negarlo.

Cuando Ezra era así de directo, tomaba a Bastian por sorpresa. Pero le gustaba.

—La verdad es que yo tampoco quería que te fueras.

—Lo sé.

Ya no dijeron nada más. Entre ellos no era necesario. Bastian apoyó la cabeza sobre el hombro de Ezra y tomó su mano. Él la recibió con un apretón.

Se quedaron así, con las manos unidas y en silencio, mirando la luna. Era un pequeño momento de paz y felicidad que Bastian se permitiría antes de meterse de lleno en los problemas que Lyra había dejado. La luna los vigilaba desde el cielo; lucía brillante y hermosa, sin embargo, esperaba que el sol volviera a salir.

El cuerpo de Ezra se relajó contra el suyo.

Bastian era un ser de luna, pero ya no podía concebir su mundo sin sol.

Capítulo 34

EMIL

Elyon no había despertado.

Después de la batalla y del reencuentro, intentó darles explicaciones apresuradas y confusas, pero pronto perdió el conocimiento. Lo único que había quedado claro era que, al parecer, ella era la nueva Avalon, por eso Lyra la había secuestrado.

Emil suspiró y dejó caer la cabeza hacia atrás. En ese momento se encontraba sentado en un sillón en la antesala de una habitación de huéspedes del Castillo de la Luna. Lo que más quería era salir de ahí, pero tenían que esperar al barco que los transportaría de vuelta a casa. No debería tardar en llegar.

El general Lloyd lo había organizado todo. Por fortuna, el padre de Gavril y Gianna estaba con vida. La sabia Igatha pudo derribarlo a él y a los otros tres miembros de la Guardia Real; los soldados murieron, pero el general sobrevivió. Lo encontraron poco después de la batalla, tirado en uno de los pasillos del castillo, jadeando y sin poder moverse. Con un cristal, Lady Minerva usó poderes de sanación sobre él. El hombre estaba furioso consigo mismo por haber sido derrotado por una anciana, pero Emil lo entendía: Igatha había tenido un cristal en su posesión y él solamente su reserva.

Mandó traer dos barcos. Uno perteneciente a la familia real que se encargaría de transportar al rey y a los demás a Zunn, donde los recibiría parte de la guardia con sus pegasos, para subir a Eben. El otro barco era uno de máxima seguridad, ya que en este trasladarían a Lyra a la prisión de Severia. En ese navío viajaban, por lo menos, doscientos soldados solaris.

Claro que, sin sol, no había diferencia entre los solaris y los que no tenían poderes.

Alguien tocó la puerta.

—Emil, nuestro barco acaba de llegar —dijo Mila y luego entró a la antesala de la habitación—. Hay una cuadrilla de solaris listos para escoltarnos al muelle.

Emil se levantó del sillón.

—Iremos en seguida. Tengo que despertarla —respondió, pasándose una mano por el cabello—. Sigue dormida.

Bastian les indicó que podían usar los cuartos de huéspedes para descansar, pero nadie había dormido, sólo Elyon. Emil no se había separado de su lado.

Mila le dedicó una sonrisa.

—Los veo abajo.

Emil entró a la habitación, que estaba siendo iluminada por una pequeña vela y por la luz de luna que entraba por la ventana. Se acercó a Elyon y la miró durante unos segundos. Tenía rasguños y moretones en el rostro y en todo el cuerpo. Además estaba mucho más delgada que antes. Apretó los puños y la mandíbula.

Elyon estuvo viva todo ese tiempo.

Durante más de un año estuvo sola, encerrada.

Y él no intentó salvarla. Ni siquiera la buscó. No hizo nada. ¿Cómo iba a ser capaz de perdonarse algo así?

Respiró hondo. No era momento de atormentarse, tenían que apresurarse para regresar a Alariel.

Emil alzó la mano para tocarle el hombro a Elyon, pero se detuvo. No quería asustarla. No tenía idea de qué atrocidades había vivido durante su encierro, así que debía despertarla con cuidado. Con suavidad. Para que al abrir los ojos ella supiera que ya todo había pasado. Que ya no era una prisionera.

—Elyon —susurró.

Ella ni siquiera se movió.

Emil se agachó para quedar en cuclillas y poder hablarle más de cerca.

—Elyon, soy yo, Emil. Despierta, es hora de irnos —le dijo en voz baja.

La chica se removió un poco entre las sábanas y luego abrió los ojos con lentitud. Lo primero que hizo fue frotárselos con el dorso de la mano, pero cuando no reconoció el entorno, se sentó de golpe.

—Ay, me mareé —se quejó. Luego vio a Emil y sus hombros se relajaron visiblemente—. ¿Dónde estoy?

Emil tardó un poco en reaccionar. Y es que el simple hecho de escuchar su voz le parecía algo maravilloso.

—En el Castillo de la Luna, pero ya nos vamos —le respondió al fin—. Un barco nos espera. Iremos a Eben.

Elyon abrió la boca, pero no dijo nada.

—¿Estás bien?

Ella asintió.

—Sí, es sólo que... todavía no puedo creer que soy libre —dijo bajando la cabeza—. Hubo momentos en los que creí que jamás volvería a ver el cielo y mucho menos la nación del sol.

—Alariel te espera. Y el cielo también.

Elyon sonrió de forma débil pero sincera. Luego miró hacia la ventana, y al ver la noche negra, su semblante se descompuso.

—¿No ha amanecido?

—No. Creemos que Lyra sabe exactamente por qué. Será interrogada muy pronto —respondió Emil.

Elyon se quedó callada durante unos segundos. Apretaba la sábana con las manos.

—Creo que puedo traer el sol de vuelta.

Emil creyó no haber escuchado bien.

—¿Qué dices?

Elyon asintió. Luego retiró las sábanas que la cubrían y se levantó de la cama para dirigirse a la ventana. Pegó sus manos al vidrio y miró a la luna como si la retara. Emil la siguió y se posó a su lado. Pero él no miró la luna. Sólo la veía a ella.

—El poder que tengo dentro de mí... —dijo Elyon en voz baja—. Es el mismo que tuvo Avalon. Hace un milenio lo utilizó para traer equilibrio a Fenrai. Si ella pudo hacerlo... yo también.

Aunque lo que Elyon decía sonaba imposible, le creía. No entendía cómo funcionaba ese poder y desconocía lo que ella sabía de Avalon, pero suponía que les explicaría todo cuando estuvieran más tranquilos y en casa.

—Alguna vez te dije que creo que eres capaz de lograr todo lo que te propongas —le dijo, recordando aquella noche en la que Elyon le confesó que le temía a su magia lunar y por eso no la usaba—. Ahora estoy más seguro que nunca. Me lo has demostrado una y otra vez.

«¿Te imaginas si aprendieras a utilizar tu magia? No sólo lograrías grandes cosas, serías la más grande».

Ese año no sólo había aprendido a usarla, la había dominado. Tal vez los poderes de Avalon corrían por sus venas, pero si Elyon no supiera manejar esa magia, no habría podido pelear como lo hizo en la batalla contra Lyra. Emil jamás iba a olvidarla con su vestido blanco, en el aire, llena de luz.

Elyon lo miraba con intensidad.

El joven rey tuvo que hacer uso de toda su fuerza de voluntad para no sonrojarse.

—No sabes cuánto te extrañé —dijo Elyon.

Emil sonrió. Era una sonrisa que le llegaba hasta los ojos.

Algún día le contaría a Elyon exactamente cuánto la había extrañado. Cómo la veía cada noche en sus sueños. Cómo le hablaba a la luna esperando que ella lo escuchara. Cómo no había podido sacarla de su corazón.

—Vamos a casa.

Cuando aterrizaron en Eben, más de la mitad de la Guardia Real los esperaba fuera del castillo para recibirlos. Al frente se encontraban los miembros del Consejo Real y, por supuesto, Arthas. Emil lo contempló todo desde Saeta, su pegaso. Avistar su hogar lo llenó de una paz que llevaba más de un año sin sentir. Amaba esa ciudad flotante con todo su ser, pero ahora comprendía que cuando todas las personas que quería se encontraban allí, el lugar le parecía más resplandeciente.

Saeta fue el primero en aterrizar; seguido de Lynx, Vela y los demás pegasos. Los únicos que no habían llegado con ellos eran el general Lloyd y Lord Zelos, pues se fueron en el otro barco, directo a Severia.

Tan pronto Emil bajó del pegaso, su padre corrió hacia él con brazos abiertos. Lo rodeó con fuerza y con cariño; el joven rey le devolvió el gesto. En el abrazo de su padre se sentía la preocupación y el dolor de los últimos días. Emil odiaba haberle hecho eso, pero no se arrepentía.

Su viaje a Ilardya le había regresado a Elyon.

—Hijo, no sabes cuánto me alegra que estés de vuelta... —soltó Arthas.

—Siento haberte preocupado. Estoy bien. Estamos bien.

Su padre alzó el rostro, buscando a alguien con la mirada.

—¿Dónde está Ezra?

—Se quedará en Ilardya unos días junto a Bastian, pero volverá pronto.

Arthas asintió.

En ese momento, unos pasos apresurados se escucharon entre la multitud de soldados, quienes se hicieron a un lado para dejar el camino libre. Emil alzó el rostro para tratar de ver quién corría y al instante sus ojos la encontraron.

Gianna.

Iba a toda velocidad, alzando su falda con las dos manos. Su rostro no era la máscara que solía mostrar ante todos. Estaba desaliñada, con los ojos abiertos de par en par y una expresión descompuesta.

—¿Es cierto? —preguntó cuando logró llegar a él—. ¿Es cierto que...? Oh, por Helios.

Los ojos de Gianna se llenaron de lágrimas cuando Elyon dio un paso al frente. Emil pudo ver que casi perdió el equilibrio, pero logró mantenerse de pie para dar los pasos que le faltaban. Primero la tomó del rostro, como si no pudiera creer que era real y que estaba allí. Sus hombros temblaban y sus labios también. Cuando Elyon alzó una mano para tomar la de Gianna, ella se rompió.

La abrazó con todo su ser mientras lloraba con fuerza.

Emil jamás pensó que Gianna permitiría que tanta gente la viera así. En su estado más vulnerable y sincero.

Entonces apareció Marietta Lloyd. Iba casi marchando hacia su hija, viendo la escena con descontento. El joven rey caminó hacia ella para interponerse en su camino. No iba a permitir que arruinara la reunión de Gianna y Elyon.

—Ah, su majestad —lo saludó la mujer—. Es bueno tenerlo de vuelta. Escuché que la misión se complicó.

—Gracias por su preocupación —respondió con seriedad—. Por ahora lo único que queremos es descansar.

—Claro, se lo merecen —dijo, asintiendo—. Yo sólo tengo que hablar con mi hija.

La mujer se hizo a un lado para pasar a Emil y caminó apresurada hacia Gianna. Cuando estuvo tras ella, la tomó del hombro con aparente delicadeza y la apartó de Elyon. Desde lejos el gesto pareció suave, pero el joven rey pudo ver que Marietta dejó las uñas clavadas en la piel de su hija. Gianna se encogió.

—Hija, ¿por qué lloras? ¿Te sientes mal? —le preguntó. Luego hizo como si apenas hubiera visto a Elyon y se tapó la boca con su mano libre—. ¡Elyon, qué gusto que estés con vida! Cuando escuchamos el rumor no podíamos creerlo.

Elyon no dejaba de ver las uñas hundidas en el hombro de Gianna.

—Oh, la nación ha estado muy desanimada sin el sol, pero tu regreso amerita una celebración —continuó Marietta, mostrando todos los dientes en una sonrisa exagerada—. ¿Qué te parece un banquete? ¡La mismísima reina estará feliz de ser la anfitriona! ¿Verdad, Gianna?

Se hizo el silencio.

Elyon ladeó la cabeza.

—No te quedes callada, hija.

—Es sólo que no creo que sea la mejor ocasión para un banquete, madre —respondió Gianna en voz baja.

Pero Marietta Lloyd tenía una misión.

—Tonterías. Como reina de Alariel, debes darle una bienvenida apropiada a tu invitada.

Emil quería detener esa conversación. Su plan era que todo el grupo de amigos se reuniera para contarle a Elyon sobre las cosas que habían ocurrido durante su ausencia. Especialmente lo de su matrimonio.

Gianna lucía miserable.

Pero Elyon ahora miraba a su amiga de forma diferente. Luego posó sus ojos en Emil, llenos de duda. El joven rey quería explicárselo todo. Pero ahí, en ese momento, no podía. No con toda esa gente alrededor. No con Marietta Lloyd presente.

—Lo siento, pero creo que no me siento muy bien —dijo Elyon, esforzándose por sonreír—. Quisiera ir a recostarme.

—Oh, es una lástima —respondió Marietta con una sonrisa triunfal—. Tendremos que dejar el banquete para otra ocasión.

El padre de Elyon había llegado unos minutos después, así que Emil no había podido verla en horas. Ambos se habían encerrado en la habitación de Elyon, la que había utilizado durante el Proceso, y no habían salido.

Emil suponía que estaban teniendo un momento padre e hija. O por lo menos, eso esperaba. Sabía que Elyon añoraba el amor de sus padres y estos no habían sido los mejores en dárselo. Especialmente su madre, que ni siquiera había acudido al enterarse de que su hija estaba viva. Aunque suponía que todavía tenía tiempo, Melion Valensely había llegado tan rápido sólo porque estaba en Zunn cuando recibió la noticia.

De todo corazón, esperaba que la madre de Elyon también llegara.

Él se encontraba en su habitación, recostado en la cama. Habían programado una reunión del Consejo Real tan pronto volviera Zelos, pero eso sería hasta dentro de unos días. De momento le habían aconsejado descansar y eso era lo que intentaba hacer, pero no podía. Estaba tenso, no sólo por Elyon, sino por todos los problemas que aún no se arreglaban.

En ese momento, alguien tocó su puerta.

—Adelante.

Gavril entró a la habitación, esta vez portaba su ropa normal: unos pantalones negros, una camisa blanca y un chaleco. Emil ya se había acostumbrado a verlo con el uniforme de la Guardia Real. Pero eso no fue lo que le pareció extraño.

—¿Por qué usaste la puerta y no el balcón? —preguntó.

Gavril se encogió de hombros.

—No sé si perdí ese derecho.

Emil se sentó en la cama de golpe.

—No, Gavril. Eres mi mejor amigo y... aunque me dolió lo que hiciste, gracias a ti estamos con vida —respondió, levantándose para dirigirse hacia él—. Cuando te vi con los cristales enfurecí, pero... creo que siempre tuviste razón. Es bueno saber que los tenemos allí, por si algún día los necesitamos.

Gavril soltó un suspiro. Era como si de verdad hubiera temido que Emil siguiera molesto con él.

—Qué bueno, porque no me gustó nada entrar como si fuera una persona civilizada.

Emil sonrió y Gavril le devolvió el gesto.

No se imaginaba su vida sin Gavril. Cuando sintió que lo traicionó ni siquiera supo cómo reaccionar, porque jamás pensó que él, *sobre todo él,* fuera a hacerle algo así. Pero en batalla comprendió las razones de su amigo.

—Oye, creo que este es el primer momento de paz que tenemos desde que volví de la misión para capturar a los rebeldes —dijo Gavril; ya no había ni un atisbo de sonrisa en su rostro—. No se supone que deba decir nada hasta la reunión del Consejo, pero tenía que advertirte.

Los hombros de Emil se tensaron.

—¿Pudieron capturar a alguien? —preguntó.

Gavril bufó.

—No, al parecer volvieron a Lestra, pero encontramos una comunidad oculta al sur de Vintos, creemos que ahí los reciben y les dan posada —respondió, cruzándose de brazos—. Está poblada de alarienses, aunque tenemos la sospecha de que muchos son rebeldes. Nos hospedamos ahí durante varios días y escuchamos algunos rumores...

—¿Qué clase de rumores?

Gavril lo miró a los ojos. Emil pudo ver en ellos que lo que estaba por decir no le iba a gustar. Más por el hecho de que tardó en contestar, como si estuviera sopesando sus palabras. Después de unos interminables segundos, tomó aire.

—Dicen que no eres el legítimo rey de Alariel.

Emil sintió como si una piedra enorme cayera de golpe en su estómago.

Tuvo que repetir la frase en su mente un par de veces para poder asimilarla.

—¿Qué? ¿De dónde salió un rumor así? No tiene sentido, yo... —se quedó callado. Las palabras dejaron de salirle.

Intentaba buscar en su mente alguna explicación coherente, pero no la encontraba.

—Es un rumor sin fundamento, pero está tomando fuerza. Los rebeldes lo han estado esparciendo —dijo Gavril, la expresión en su rostro era sombría—. Nuestra teoría es que lo están sembrando para poder poner a uno de ellos en el trono...

—Cuando me asesinen —completó Emil.

—Eso no va a suceder.

Emil caminó hacia la sala y se dejó caer sobre un sillón, pasándose las manos por el rostro. No terminaba con un problema y ya tenía otros mil encima. Nunca había dudado de su lugar como rey de Alariel. Había nacido destinado para serlo. ¿Qué ganaban los rebeldes al crear un rumor así? Tenía el presentimiento de que la situación era más complicada de lo que parecía. Especialmente porque uno de los líderes ya había intentado secuestrarlo cuando apenas era un niño.

Cuando, invadido por un pánico sin igual, ocasionó el Atardecer Rojo de Zunn.

—Esto no me gusta nada.

Gavril se dirigió hacia donde estaba y puso una mano sobre su hombro.

—No permitiré que te hagan daño.

—Lo sé.

Ahora sabía que Gavril lo protegería hasta de él mismo.

Pasaron horas antes de que Emil al fin decidiera buscar a Elyon.

Para su mala suerte, su habitación estaba vacía. No tuvo tiempo siquiera de entrar en pánico, pues uno de los guardias le dijo que Elyon acababa de salir, apenas unos minutos antes, a dar una vuelta en pegaso.

Emil corrió tan rápido como pudo a los establos. Ahí comprobó que, efectivamente, Vela no estaba en el corral designado. Se dirigió hacia donde estaba Saeta y comenzó a prepararlo para volar. La encargada de esa noche se ofreció a hacerlo, pero el joven rey tenía prisa y lo hizo él solo.

Afuera del establo montó a Saeta. A los pocos segundos ya estaban en el cielo.

La luna seguía grande y las estrellas brillaban como nunca. Era una noche más fría de lo normal, pero la sensación en su piel era agradable. Voló durante algunos minutos alrededor de Eben sin poder encontrarla. No sabía por qué su corazón latía tan rápido y con una sensación de urgencia.

¿Y si se había alejado de Eben?

Lo vigilaban desde abajo. Varios soldados estaban listos para volar si se alejaba demasiado. Tenían la orden de no perderlo de vista.

De pronto, una ráfaga de viento revolvió su cabello con fuerza.

Su cabeza siguió la dirección del viento y ahí las vio. Elyon volaba a toda velocidad sobre Vela. Su cabello largo estaba suelto y danzaba con la brisa. Su postura era relajada y, aunque no alcanzaba a ver su rostro con claridad, podría apostar a que había dicha en sus ojos. Porque volar era parte de Elyon.

Emil la siguió y no tardó mucho en alcanzarla. Saeta se posicionó justo a un lado de Vela.

—¡Elyon! —exclamó Emil.

La chica lo miró y le sonrió, pero le indicó a Vela que fuera más rápido.

—¡Elyon, sólo quiero que hablemos!

Vela comenzó a volar haciendo patrones distintos y a Saeta no le quedó más remedio que seguirlos. Hubo un momento en que el pegaso dio una vuelta tan brusca y abrupta, que Emil casi se cae. Escuchó las risas de Elyon. Ella lo estaba viendo desde lejos sin molestarse en disimular su carcajada.

Ahí comprendió que era un juego.

Y sonrió.

Ahora los dos pegasos volaban y jugaban en la brisa nocturna. Cuando Emil se acercaba lo suficiente para ver el rostro de Elyon, notaba que sus mejillas estaban sonrojadas y en sus labios había una sonrisa. Pero lo más impresionante eran sus ojos que captaban el reflejo de la luna y brillaban como si fueran dos estrellas del firmamento.

Esa noche no hablaron.

Se quedaron horas y horas juntos, volando.

Y ahí, en el cielo, sólo eran él y ella.

Capítulo 35
ELYON

Elyon se encontraba en el Lago Helios.

Llevaba horas ahí; había pedido que la dejaran sola, como siempre.

Porque su poder requería que sólo le prestara atención a él.

Tenía que encontrar un equilibrio.

Su cuerpo estaba adolorido y sentía punzadas en la cabeza, pero no se iba a rendir. Avalon lo había logrado hacía un milenio y ella iba a hacer lo mismo.

Un simple humano jamás podría llamar al sol de vuelta. Pero el poder que yacía en su interior no era de este mundo. Era un poder inmenso. El poder de una diosa. Solamente tenía que llegar a él, a la parte más profunda de él, y moldearlo a su voluntad.

Tres semanas.

Ese era el tiempo que llevaba intentándolo. Ese era el tiempo que llevaba de vuelta en Eben. No había recuperado su vida del todo, pero estaba tratando. Aunque había cosas que no tenían arreglo, o por lo menos no uno sencillo.

Le dolía saber que todos habían seguido con sus vidas cuando ella no estuvo. Pero no lo resentía, sabía que habían tenido que hacerlo. Era sólo que... tantas cosas habían cambiado. Era como si ella se hubiera quedado atrapada en el tiempo mientras los demás vivían y crecían y cambiaban.

Pero eso no era cierto, ella también había cambiado.

Incluso más que los demás.

Cerró los ojos y visualizó su energía interna. Eran como ondas oscuras y espesas. Las sentía en su pecho y en su abdomen y en sus piernas. En cada parte de su cuerpo. Su sangre hervía y su pulso se aceleraba y sus manos sudaban; podía tocarla. Siempre podía tocarla, pero no lograba que se volviera una misma con ella.

Hasta esa noche.

Esa noche que golpeó y golpeó y golpeó la barrera que no la dejaba entrar. Que sintió como si sus entrañas sangraran y sus músculos se desgarraran. Porque Alariel estaba perdiendo la esperanza sin su sol. Porque Fenrai temblaba de frío. Porque extrañaba su luz con toda el alma y ya no quería vivir en la oscuridad.

Cuando la barrera se rompió, esas ondas negras se desvanecieron y pudo ver un destello en su interior. Se acercó a él y con toda la fuerza que le quedaba... lo tomó.

Abrió los ojos, asustada, pues nunca había sentido algo de tal magnitud. Sus manos temblaban y su corazón martilleaba y su cabeza iba a explotar. El poder que ahora sostenía sobrepasaba lo que su cuerpo podía soportar. Pero no lo iba a soltar, no lo iba soltar no lo iba a soltar no lo iba a soltar.

Lo hizo suyo.

Y perdió el conocimiento.

Lo primero que sintió fue el dolor en cada una de sus extremidades; era como si un pegaso le hubiera pasado encima. Luego su cabeza empezó a dar vueltas. Trató de incorporarse, pero estaba hecha de plomo. Su cuerpo no había reaccionado bien, como cada vez que intentaba usar el poder de la diosa a gran escala. Era como si este la consumiera por dentro y la desgastara hasta los huesos. Si seguía así, llegaría un día en el que no despertaría después de perder el conocimiento.

Se le escapó un quejido e intentó abrir los ojos, pero una luz cegadora se lo impidió.

Luz.

Sus ojos se abrieron de golpe.

Su visión tardó un poco en acoplarse, pero pronto se percató de que se encontraba en la cama de su habitación en el castillo de Eben. El gran ventanal estaba abierto y por ahí se colaba una brisa que no era tan fría como la de los últimos días. Por ahí se colaban unos cálidos rayos de luz brillante.

Elyon ahogó un sollozo y se levantó de la cama con dificultad para acercarse a la ventana. Asomó la cabeza y miró hacia arriba.

Ahí estaba, tan grande y tan majestuoso como lo recordaba. Ahí, en el cielo claro y lleno de nubes blancas. Ahí, como si nunca se hubiera ido...

Ahí estaba el sol.

Epílogo

El sol había regresado a Fenrai y en Alariel se respiraba esperanza.

Acababa de volver de Pivoine para pasar unos días en el Castillo del Sol. Apenas se dirigía hacia allá, pero pidió que no fueran por él, pues tenía ganas de caminar un rato en el mercado de Zunn. Eso era extraño; por lo general prefería estar en lugares donde no había mucha gente, pero echaba de menos su nación, su casa. Disfrutaba de los aromas que le recordaban su niñez, de las personas que lo saludaban con cariño al pasar, de los ruidos tan familiares y de la música típica.

En Zunn se respiraba tranquilidad y armonía.

Llegó a una de las plazas más grandes, en donde las parejas bailaban y los niños jugaban. Una mujer se encontraba tocando el laúd y todos parecían divertirse bajo el sol.

Alzó la cabeza y dejó que sus rayos lo bañaran.

Esperaba poder dar una vuelta en su pegaso antes del anochecer.

Se dispuso a seguir con su camino hacia el castillo, pero de pronto la música cesó y el ambiente cambió. El ruido ya no era alegre ni jovial, se había transformado en murmullos de consternación. Algunas personas se acercaban a los oídos de otras para susurrar. Otras comenzaron a correr. Los demás lucían tan confundidos como él.

Un grito desgarrador resonó en el lugar.

Sus sentidos se encendieron y corrió hacia la fuente del grito. Era cerca de la plaza, a tan sólo unas cuantas calles. Mientras más se acercaba, más conmoción encontraba. Las personas caminaban a toda prisa en sentido contrario, como si quisieran huir. Pero otras, como él, luchaban por acercarse para ver qué ocurría. Todo era desorden y bulla y movimiento.

Se abrió camino entre la gente y se encontró con lo que parecía ser una calle cerrada.

Había algo al final de esa calle. Era lo que había ocasionado tanto alboroto.

Trató de no empujar a nadie para llegar hasta el frente, cosa que le resultó difícil. Pero al fin lo logró.

Lo que sus ojos vieron lo dejó helado.

Ahí, descuartizados en la calle, se encontraban los cuerpos de cuatro pegasos. Les habían arrancado las alas, les cortaron las extremidades y les sacaron los ojos. Era una carnicería. Lo más grotesco y monstruoso que había visto jamás. Era un baño de sangre y de mal olor y de insectos revoloteando sobre los cadáveres.

Pero eso no era todo.

Pintadas con sangre en la pared de la calle, justo encima de la masacre, estaban las siguientes palabras:

MUERTE AL FALSO REY.

Agradecimientos

Escribir los agradecimientos es muy importante para mí. Tengo muchas personas a las que quiero darles las gracias porque sin ellos esta segunda novela simplemente no estaría aquí.

Escribir siempre ha sido mi sueño. Desde los diez años creaba mis propias historias en forma de historietas; luego a los trece empecé a escribir mis novelas a mano. Solía decir que de grande quería ser escritora y publicar libros… y aquí estoy. A veces, todavía me cuesta creerlo, pero es real. Y hay muchas personas que me han ayudado y que forman parte de este sueño.

En esta ocasión, primero quiero agradecer a mis lectores; a todas esas personas que leyeron *El príncipe del sol.* Gracias por eso, por sus reseñas, dibujos, fotos, comentarios, por amar a mis personajes tanto como yo los amo. Vivir esta aventura con ustedes es lo mejor que me ha pasado. Sin su apoyo no me hubiera sentido tan motivada para escribir *La ladrona de la luna.* Los quiero muchísimo y espero no haberlos hecho sufrir mucho esta vez (no prometo nada para el siguiente libro, jajaja).

A mi hermana Andrea. Ella fue mi guía en esta novela. Fue la primera lectora de cada capítulo y me dio consejos y retroalimentación en todo el camino de escritura. En verdad creo que hay una gran parte de ella en este libro. Andrea, gracias por siempre estar ahí y por apoyarme. Siempre voy a decir que eres la mejor hermana.

Obviamente agradezco a mis papás. Papá, todavía me parece increíble que leyeras y amaras tanto *El príncipe del sol*. Saber que te sientes orgulloso de mí me llena el corazón. Mamá, tú siempre eres mi animadora número uno y quiero agradecer tu apoyo incondicional (aunque se te olviden los nombres de los personajes, jajaja). ¡Gracias a ambos por recomendarle mi libro a todo el mundo!

A mi hermano Pato, quien no suele leer pero leyó *El príncipe del sol* y me dijo que es su libro favorito (gracias, me hiciste llorar). Y a mi hermana Cristy, quien, aunque no puede leerme, siempre está ahí para sacarme sonrisas y animar mis días de escritura intensa.

Quiero agradecer a mi editora Paola, a quien ahora puedo llamar amiga. Trabajar juntas nos unió y nuestra relación ha ido creciendo y se ha transformado en algo mágico. Gracias, Pao, por tu amistad, tu cariño y tus consejos. Eres una gran parte de *La ladrona de la luna* y espero que lo sigas siendo de todos mis (nuestros) futuros proyectos.

A mis increíbles beta: Ana, gracias por tu sinceridad y por tus audios interminables, me sirvieron muchísimo y, además, me sacaron una sonrisa, al igual que tus notas. Lewis, te admiro y significa mucho para mí que me hayas ayudado tanto con este libro; muchas gracias por formar parte de esto. Lucía, gracias por haberte dado el tiempo para ayudarme, a pesar de que te tocó estar muy ocupada con la vida; tu opinión es muy importante para mí. Mariam, que leas mi manuscrito y me ayudes es un privilegio; gracias por tu dedicación y por querer tanto a cada personaje. Raiza, tú siempre eres mi compañera de aventuras y te agradezco siempre todos los consejos (en especial, los que tenían que ver con sangre y muerte, jajaja).

A toda mi familia. A los Ramírez, por acompañarme en este sueño y por apoyarme tanto. A los Lomelí, por siempre estar en cada paso que doy; por todo su cariño y amor. Me llena de alegría compartir esto con ustedes.

A mis grandes amigos: Cecie, Mara, Andy, Beto, Román, Ingrid, Kana y Roger, quienes son mis animadores y me inspiran cada día. Gracias por estar para mí y por querer tanto a sus sobrinos (o sea, a mis personajes). Les prometo que esta vez sí voy a hacer la trivia en mi cumpleaños y, el que pierda, también perderá mi amistad (bueno, eso último es broma... ¿o no?).

Agradezco a Max Monroy (Drunkenfist) por las ilustraciones del libro. Max, tu talento es infinito y me impresionas con todo lo que haces. Gracias (mil veces) por aceptar formar parte de este proyecto. Sigo maravillada con la forma en la que logras plasmar mi visión.

A David Espinosa, por el diseño de la portada. Yo soñaba con esta portada y tú la hiciste realidad. Gracias por tu creatividad y por tu paciencia, en verdad estoy enamorada del resultado final, ¡es mágico!

A Jesy Almaguer, por la fotografía de autora. Jesy, ya te he dicho que eres de mis fotógrafas favoritas y que desde que era una Clau adolescente soñaba con ser fotografiada por ti. Tu talento, dedicación y creatividad no tienen igual. Que tus fotos formen parte de mis dos libros es simplemente maravilloso.

A Héctor Garza, Andrea Izquierdo, Alberto Villarreal, Cecilia García, Luis García, Reny Revelles, Gera Avendaño, Benito Taibo, Diana Gutiérrez, Mariana Palova, Isa Cantos, Valentina Trava, Macarena Pérez, Guille Valdata, Daniela Caballero, Niky Moliviatis, Eri Guevara, Gustavo López y Rogelio Garza. A todos ellos, gracias por ser personas increíbles, por apoyarme y leerme.

No puede faltar el agradecimiento a todo el equipo de Editorial Planeta, por hacerme sentir parte de la familia y por guiarme en cada paso que doy.

Nos vemos muy pronto con más aventuras. A la nación del sol y al reino de la luna les espera algo grande.